Die »K« wußte mehr

Und 7 weitere spannende Blaulicht-Krimis

Das Neue Berlin

ISBN 978-3-360-01916-5

Neue Grünstraße 18, 10179 Berlin
Einbandgestaltung: Hou-Wing Chang
Einbandillustration: Lothar Wulsch
Satz: Pinkuin Satz und Datentechnik, Berlin
Druck und Bindung: CPI Moravia Books GmbH

Die Bücher des Verlags Das Neue Berlin
erscheinen in der Eulenspiegel Verlagsgruppe.

www.das-neue-berlin.de

Inhalt

Vorbemerkung 7

Hans-Joachim Hartung, Die »K« wußte mehr 9
Eberhard Richter, Das Alibi 50
Harald Eger, Nachts sind alle Enten grau 85
Barbara Neuhaus, Spätes Geständnis 114
Walter Niebuhr, Die letzte Fahrt 143
Hariette Plath, Eine verzwickte Sache 194
Karl Heinz Weber, Der verbotene Stolz 248
Bernd Diksen, Rache ist kein Kinderspiel 288

Anmerkungen 334

Vorbemerkung

Bekanntlich wurde in den Kriminalgeschichten der DDR selten geschossen. Waffen waren rar im Land, und dem trugen die Autoren Rechnung: Wenn in ihren Geschichten gemordet wurde, dann wurde erschlagen, vergiftet, gewürgt, überfahren ... Hier aber ist eine Geschichte nachzulesen, in der tatsächlich eine Waffe gezogen wird. Der Polizist kann es kaum glauben: »Wir sind ja schließlich nicht in Chikago oder sonstwo, wir sind hier bei uns.«

Was es »hier bei uns« – in den Krimis wie im Leben – alles nicht gab: schnelle Autos für Verfolgungsjagden, Super-Detektive, die im Alleingang ihre Fälle lösen, Serienkiller, Beschaffungskriminalität, Drogenhandel (wer wollte schon harten Stoff gegen die weiche DDR-Mark tauschen) ...

Aber stellen wir die Frage: Gab es – in den Krimis wie im Leben – etwas, das es anderswo nicht gab?

Ja, es gab Delikte, die kannte das bürgerliche Gesetzbuch nicht: Den Diebstahl oder das Vergehen am sozialistischen Eigentum etwa, in Krimis oft thematisiert, im Leben häufig praktiziert. Es gab »normale« Kriminalität, die politisiert wurde. Ein Betrüger bereicherte sich nicht nur, sondern schadete dem Sozialismus; ein Kleinkrimineller mutierte da schon mal zum Staatsfeind, und überhaupt war Kriminalität nicht nur verwerflich, sondern ein Störfaktor bei der Entwicklung der sozialistischen Gesellschaft. Es gab Delikte, die zu bestimmten Zeiten blühten: ja, es gab sie wirklich, Sabotage oder den Waren- und Kunstschmuggel über die offene Sektorengrenze. Nach dem Mauerbau verschwanden diese Stoffe aus der Kriminalliteratur. Und auf Seiten der Polizei? Zunächst einmal: Es gab keine Beamten, nur Angestellte. Die trugen militärische Dienstgrade und treten in den Geschichten stets als korrekte Vertreter der Staatsgewalt auf. Das mußte sein. Sie halten für den Delinquenten, wenn es denn ein auf Abwege geratener Bürger ist, gern ein belehrendes Wort bereit und vermitteln ihm die Gewißheit, daß auch er in den Schoß der Gemeinschaft zurückfinden wird. Sie sind unerbittlich, wenn sie einen Feind des Sozialismus ausmachen. Aber immer sind sie tüchtig und wissen, wo Bartel seinen Most holt – oder anders gesagt: sie wissen mehr, ganz wie es die Titelgeschichte des Buches ankündigt. Denn sie haben das große Ganze im Auge, eine Gesellschaft, aus der die Ursachen für Kriminalität bald verschwinden werden. Nein, so einfach war es nicht – im Leben wie im Krimi. Und genau das läßt sich in diesen Geschichten nachlesen, die unterhalten wollen und zugleich ein Stück Zeitgeschichte spiegeln.

HANS-JOACHIM HARTUNG

Die »K« wußte mehr

Zugegeben, weder eine Rauschgift-Schmugglerbande hatte ihre Hände im Spiel gehabt, noch war ein Mord geschehen; es ging allein um spurlos verschwundene Bettwäsche. Diese immerhin etwas eigenartige Angelegenheit aufzuklären, wurde Rainer Rister übertragen. Ausgerechnet Bettwäsche! Wer Rister kennen sollte, wird jetzt schmunzeln und sich den Unterleutnant vorstellen: verlegen vielleicht und mit hochrotem Gesicht. Das wiederum wäre falsch, auf Ehre, grundfalsch!

Wie es auch sei, diese Geschichte gehört zu Risters interessantesten Erlebnissen des vergangenen Jahres. Und sie geschah ungefähr zur gleichen Zeit, als Juri Gagarin* mit seiner »Wostok« in Sternennähe kurvte.

Aber wir wollen nichts vorwegnehmen, denn ehe sich unser Genosse Rister darum kümmern sollte, hatte sich bereits ein anderer damit beschäftigt ...

Die Nacht zerfloß zaghaft. Als endlich der Tag vor den Fenstern aufkam, hob Rolle den Kopf, gähnte und knurrte. Schneidereit, müde nach der durchwachten Nacht, kroch aus seinem Versteck hervor. Er reckte sich, stöhnte und bewegte die vom stundenlangen Sitzen ungelenk gewordenen Glieder. Sogleich war Rolle, der Rottweiler, neben ihm.

»Das behagt dir also auch nicht«, redete Schneidereit auf den Hund ein, »sich die Nächte um die Ohren schlagen und warten, immer wieder vergebens warten. Es ist zum Verrücktwerden! Aber gehen wir, Melitta wird uns sowieso verspotten.«

Im fahlen Morgendämmern kontrollierte Schneidereit noch einmal alle Räume der Weberei vom Dachgeschoß bis hinab in den Keller, überquerte den Fabrikhof und schritt

* Anmerkungen Seite 334

seiner Villa zu. Kaum hatte er den durch einen Zaun vom Hof getrennten Hausgarten betreten, jagte Rolle über den Rasen und verbellte ein Mäuschen. Aber die Maus konnte noch rechtzeitig unter die Tuffsteine entwischen, die zu einem grottenähnlichen Gebilde um den Springbrunnen aufgeschichtet waren. Der Garten und die Villa mittendrin, beides von Frau Melitta hier und dort überladen mit extravaganten Kleinigkeiten, zählten zu Schneidereits Besitzerstolz. Und die Hausherrin ließ selten eine Gelegenheit ungenutzt, ihren Besuchern die über die Tuffsteingrotte plätschernden Miniatur-Wasserspiele vorzuführen oder die Rokokouhr auf dem Kaminsims, vor der sich zu jeder vollen Stunde zierliche Püppchen bei Tamburinklängen verneigten.

An diesem frühen Morgen allerdings beachteten weder Schneidereit noch dessen Frau den Schlag der Tamburinuhr mit den knicksenden Blechpuppen. Wie erwartet, empfing Frau Melitta ihren Mann mit beißendem Spott.

»Ah, der Herr Privatdetektiv! Ist den nächtlichen Ermittlungen endlich die Krone des Erfolgs beschieden worden? Wie ich Meister Sherlock Holmes' getreuen Scholaren kenne, hat er den Dieb gestellt und im Zweikampf todesmutig überwältigt. – Oder sollte ich ganz und gar irren?«

»Laß den Unsinn, bitte«, erwiderte Schneidereit gereizt und ließ Wasser mit vollem Strahl in die Wanne rauschen. Das Rauschen bewahrte ihn vor weiteren Sticheleien. Bald räkelte er sich im Bad, doch fühlte er sich trotz doppelter Menge Fichtennadeltabletten nicht recht wohl in seiner Haut. Die Sorge um den Betrieb bedrängte ihn sogar in der Wanne. Und es gesellte sich Ausweglosigkeit hinzu, die Schneidereit nie so stark wie an diesem Morgen empfunden hatte.

Die Platze könnte man kriegen! Vor knapp drei Wochen hatte Lagerbuchhalter Jacobs zum ersten Male das Fehlen eines grüßeren Postens Bettwäsche gemeldet. Fünfzig Bezüge und hundert Kopfkissenbezüge, bereits versandfertig und verpackt, waren verschwunden!

Zuerst vermutete er einen Irrtum, durch Verzählen oder Fehlbuchung entstanden. Diese Annahme schied aus, als er mit Jacobs die Produktionsunterlagen und die Lagerkartei prüfte. An Hand der Kontrollzettel war einwandfrei nachzuweisen, daß die Wäsche alle Arbeitsbereiche passiert hatte und zu den Fertigbeständen gekommen war.

Diebstahl? Er kann nur im Warenlager verübt worden sein! Ausgerechnet dort, wo Jacobs mit Argusaugen über alles wacht? Das soll erst mal einer fertigbringen, zwei gewiß nicht kleine Pakete heimlich beiseite zu schaffen. Und doch war es geschehen! Und wer war der Täter? – Er, Textilkaufmann Helmut Schneidereit, Besitzer der Wäschefabrik »Belladonna«, wollte ihm auf die Spur kommen. Er ließ sich mit Jacobs' Wissen bei Arbeitsschluß im Warenlager einschließen, wartete wie ein Detektiv auf den Dieb. Nachdem er nächtelang umsonst gewacht hatte, meldete Jacobs einen weiteren Diebstahl. Vorgestern war das gewesen. Wieder bezog er seinen Wachposten hinter den Regalen, und wieder kehrte er frühmorgens unverrichteterdinge zurück. Die geopferten Nächte gingen nicht spurlos an ihm vorüber. Unter den Augen bildeten sich Tränensäcke, bei der Tagesarbeit konnte er sich kaum konzentrieren, und der Sekretärin war auch schon aufgefallen, daß ihm die Finger zu zittern begannen.

»Aber damit ist jetzt Schluß! Jawohl, endgültig Schluß!« Ohne es zu wollen, sprach er das laut aus. Sogleich erschien Frau Melitta im Badezimmer. »Bist du denn von allen guten Geistern verlassen?« empörte sie sich.

»Ich gehe zur Polizei, jawohl! Besser ein Ende mit Schrekken, als Schrecken ohne Ende.«

»Du mußt völlig übergeschnappt sein. Zur Polizei laufen? Weißt du denn, was du damit anrichtest? Du mißkreditierst dich. ›Belladonna‹ ist unzuverlässig! wird es heißen. Der Staat zieht seine Beteiligung an deinem Unternehmen* zurück. Und dann? Dann bist du bestenfalls ein kleiner Pinscher, der sich kaum über Wasser halten kann. Und die Kredite, die du aufgenommen hast für den Kauf neuer Webstühle? – Wie gesagt, dies rangiert unter ›bestenfalls‹. Es kann weitaus schlimmer kommen: Vor den Namen ›Belladonna‹ werden drei Buchstaben gesetzt, und dieser unzuverlässige

Textilkaufmann Schneidereit ist dann Angestellter im VEB*. So ist dies, mein Lieber; schütze uns Gott davor!«

»Womit gesagt sein soll, daß dein Liebherrgott mit Wäschedieben paktiert, amen.« Schneidereit hing den Bademantel um und schritt an seiner Frau vorüber ins Schlafzimmer.

Später, auf dem Wege zum Rathaus, brachten Melittas Einwände seinen Entschluß doch zum Wanken. Ich darf ihre Warnung wahrlich nicht auf die leichte Schulter nehmen, sagte er sich. Bin ich denn sicher, daß eine Anzeige nicht willkommener Anlaß ist, die staatliche Beteiligung an meinem Unternehmen zurückzuziehen? Sollte das nur erwogen werden, macht Melitta wahr, was sie verschiedentlich ankündigte: Sie wird die Fünfzigtausend, die sie als Mitgift in die Ehe brachte und in die Fabrik gesteckt hat, sofort zurückziehen. Dann allerdings ...

Langsamer wurde sein Schritt. Vor den Schaufenstern des Konsumkaufhauses*, früher Woolworth, knappe dreihundert Meter vom Rathaus entfernt, blieb er stehen und tupfte sich die Schweißperlen von der Stirn.

*

»Wer war denn der wißbegierige Mann?« erkundigte sich Unterleutnant Rister, als sie von einem ersten Rundgang durch die Weberei in Schneidereits Kontor zurückkehrten.

»Mein Lagerbuchhalter war das.« Schneidereit bot seinem Gast einen Sessel an und entnahm dem Schreibtisch ein Kistchen Zigarren.

»Ja, der Jacobs, eine treue und verläßliche Seele. Ich verstehe selber nicht, weshalb er Sie gleich mit allen erdenklichen Fragen überfiel. Andererseits ist's verständlich, denn ich habe Sie als Vertreter des Großhandelskontors eingeführt. Jene Herren lassen sich leider viel zu selten bei uns blicken.«

»Lassen wir das vorerst«, stoppte Rister den Redefluß des Geschäftsmannes. »Mich interessiert viel mehr der zwischen der Näherei und dem Lager liegende Lichtschacht. Führt dieser Schacht bis ins Parterre hinab, kann man ihn vom Hof her betreten, und sind die Entlüfterklappen weiter als nur spaltbreit zu öffnen?«

»Sie meinen, der Dieb könnte die Pakete durch die Lüftungsklappen geschoben haben, um sie später ... Nein, unmöglich. Erstens sind zwischen den einzelnen Stockwerken Fanggitter angebracht als Unfallschutz, zweitens ist der Lichtschacht nur vom Hof aus zugänglich. Die Tür liegt neben der Pförtnerloge, ein Unbefugter würde sofort entdeckt werden.«

Rister blätterte in seinem Notizbuch, überflog hier und da ein paar Eintragungen und bat schließlich den Textilkaufmann um den Lageplan oder die Bauzeichnung des Fabrikgebäudes. Schneidereit bewahrte sie im Stahlschrank auf. Während er noch in den Fächern des Tresors kramte, wurde nach kurzem Anklopfen die Tür seines Kontors geöffnet, ohne daß er dazu aufgefordert hatte. Die Zornesfalte in Schneidereits hoher Stirn unter dem schütteren graumelierten Haar zerfloß jedoch, als der Textilkaufmann den Besucher sah. Mit einer seiner Körperfülle nicht zuzutrauenden Behendigkeit schnellte er auf und machte seine Frau mit Rister bekannt.

Entgegen allen Befürchtungen, und Schneidereit hatte das Schlimmste erwartet, war Frau Melitta von ausgesuchter Höflichkeit. Mehr noch: Als fürsorgende Hausfrau brachte sie auf dem Tablett – sie trug ihrem Manne alltäglich das zweite Frühstück ins Büro – sogar ein zweites Gedeck. »Einen kleinen Imbiß zu einer guten Tasse Kaffee, dies werden Sie mir doch nicht ausschlagen?« wandte sie sich an Rister.

Ehe der für die Einladung danken konnte, überhäufte Schneidereit die Frau mit einem Schwall von Worten. »Stell dir bitte vor, Melitta, ich habe unseren Kriminalisten als Sortimenter des Großhandelskontors durch den Betrieb geführt. Er muß doch, um sich ein richtiges Bild machen zu können, mit allen örtlichen Gegebenheiten vertraut sein. Tatortbesichtigung, wie es in seiner Fachsprache heißt. Und weißt du, was ihn stutzig machte? Der Lichtschacht! Hältst du es für wahrscheinlich, daß die Pakete durch den Lichtschacht fortgeschafft wurden?«

»Sag mir lieber, was du im Stahlschrank suchst. Und falls tatsächlich auf mein bescheidenes Urteil Wert gelegt werden sollte, möchte ich sagen: Man müßte diesem Jacobs etwas auf die Finger sehen!«

*

... So begann für unseren Rainer Rister die Sache mit der Bettwäsche. Ein simpler Diebstahl, möchte man meinen, den ein »alter Hase« wie VP*-Unterleutnant Rister spielend aufklärt. Und doch wäre das voreilig gefolgert. Schon bei der Tatortbesichtigung erwies sich, daß es nicht leicht werden würde: Das Unternehmer-Ehepaar und auch der Lagerbuchhalter Jacobs schienen recht komplizierte Charaktere zu sein, die durch ihre Eigenarten die Ermittlungen eher erschwerten.

Sei wie es sei, am Abend jenes Tages zog Rainer Rister eine erste Bilanz, die etwa so aussah:

Kurz hintereinander zwei Diebstähle; gestohlen wurden größere Posten für den Export bestimmter Bettwäsche erster Qualität. Aber die Pakete mit zwanzig Bezügen kann der Täter nicht ohne weiteres aus dem Betrieb bringen. Wie wurde das Diebesgut fortgeschafft? Täglich etwas in der Tasche verborgen oder um den Leib gewickelt? Angenommen, es wäre so, müßte die Beute im »Belladonna« versteckt liegen und müßte der Täter das Versteck öfter aufsuchen. Das bedeutet doppelte Gefahr für ihn. Obendrein ist es riskant, in der kurzen Zeitspanne zwischen dem ersten und dem zweiten Diebstahl fünfzig Bezüge einzeln fortzuschaffen. Welchen Weg gibt es, die Beute in Sicherheit zu bringen?

Versuchen wir das Tatmotiv zu ergründen. Daß die Wäsche für eigenen Gebrauch entwendet wurde, scheidet wohl aus. Hat die Tat gesellschaftliche Ursachen? Soll Schneidereit samt seiner Fabrik in Verruf kommen? »Belladonna« ist kein volkseigener Betrieb, der Klassengegner dürfte daran kaum Interesse haben. Außerdem gäbe es andere Möglichkeiten, Schneidereit zu mißkreditieren. – Was bleibt demnach? Es bleibt das Motiv der persönlichen Bereicherung! Trifft das zu, muß die Wäsche »an den Mann gebracht«, muß sie verkauft oder verschoben werden. Wir sollten herumhorchen, welche Einzelhandelsgeschäfte größere Posten derartiger Wäsche zum Verkauf anbieten. Das kann Meister Möllerjahn übernehmen. Außerdem sollte der Abschnittsbevollmächtigte* mit einigen VP-Helfern* den Bahnhof überwachen. Schwerpunkt: Reisende, die in den Berliner Schnellzug steigen: »Belladonna«-Bettwäsche ist von den westlichen Ländern gefragt; ein wertvoller Exportartikel könnte ebensogut gängige Schieberware nach Westberlin sein!

Nun zum Täter. Wer hat Zugang zum Lager? Die drei Lageristen; hinzu kommt Jacobs, der Lagerbuchhalter. Schneidereits Frau hat ihn mit ihrer Aussage stark belastet. Weshalb? Will sie einen anderen entlasten? Vielleicht ihren Mann? Sie selber, das ist gewiß, geht nie in den Betrieb; aber Schneidereit ist täglich dort. Warum zögerte Schneidereit mit der Anzeige? Will er sich, mit Wissen seiner Frau und von ihr gedeckt, zusätzlichen Gewinn verschaffen? Anders ist es ihm nicht mehr möglich, denn »Belladonna« arbeitet seit kurzem mit staatlicher Beteiligung, und der Staat als Geschäftspartner läßt unsaubere Geschäfte nicht zu. – Hat Schneidereit die Diebstähle nur vorgetäuscht?

Über seine Ermittlungen und die daraus abgeleiteten Schlüsse wollte Rister am nächsten Morgen in unserer Arbeitsbesprechung berichten. Er sollte dazu vorerst keine Gelegenheit haben.

Kaum fünf Minuten war es her, seit die Dampfpfeife des nahe gelegenen Holzverarbeitungswerkes mit heiserem Pfiff zum Arbeitsbeginn signalisierte, da klingelte das Telefon.

VP-Meister Möllerjahn nahm das Gespräch an. »Wieviel sind es diesmal, Herr Schneidereit?« rief er in die Sprechmuschel und schickte Rainer einen bedeutungsvollen Blick zu. »Hundert große Bezüge! In dieser Nacht gestohlen? – Genosse Rister ist spätestens in einer halben Stunde bei Ihnen!«

*

Die Fenster in Schneidereits Kontor gestatteten einen vorzüglichen Blick über den Hof. Was sich dort tat, war stets zu beobachten; wer das Werktor passierte, wurde sogleich gesehen. Die Fenster ließen auch einen Blick auf die mehr als zwei Meter hohe Mauer zu, die die Fabrik nach allen Seiten umschloß und nur dort abgetragen worden war, wo Schneidereits Garten mit der Villa an das Fabrikgelände grenzte. Wohlbedacht hatte Schneidereits Vater das »Chefbüro« in diesem während der zwanziger Jahre angebauten Seitenflügel eingerichtet. Das Zimmer sollte ihm eine Art Kommandostand sein. Von hier aus konnte er die Vorgänge auf dem Hof ständig verfolgen. Auch die Mauer wurde zu jener Zeit um einen Meter aufgestockt; so hoffte Schneidereit senior die häufiger werdenden Streiks und Demonstrationen von seiner Fabrik fernzuhalten. Einige Male war ihm das wohl auch gelungen. Daran trug jedoch weniger die Mauer als die soziale Zusammensetzung »seiner Gefolgschaft« bei.

Da Schneidereits »Thüringische Weißwäschefabrik«, wie sie damals hieß, vorwiegend weibliche Arbeitskräfte beschäftigte, stellte der alte Fuchs wohlweislich Frauen ein, die aus den Dörfern kamen und in der Kreisstadt an der Unstrut um Arbeit nachsuchten. »Bauerntöchter sind harte Arbeit gewöhnt!« mochte der Senior-Chef dem heranwachsenden Junior zu verstehen gegeben haben. »Sie sind genügsam und nicht aufsässig wie Arbeiterfrauen aus der Stadt! Läßt du sie hin und wieder mal deine Großzügigkeit spüren, ehe sie noch mit ihren sozialen Forderungen und anderem Krimskrams kommen, hast du sie stets hinter dir. Merke wohl: Friede nährt, Unfriede zerstört!« – So hatte es der alte Schneidereit gehalten und auf seinen Sohn, den heutigen Besitzer von »Belladonna«, übertragen.

An solche Erzählungen seiner Mutter über die früheren Zeiten mußte sich Rister erinnern, als er an diesem Vormittag wieder in Schneidereits Kontor saß und der Textilkaufmann ihn vom dritten Diebstahl unterrichtete.

Die Mauer! Vielleicht führt der Weg der gestohlenen Pakete über die Mauer? Gegen die Streiks des erwachenden

Proletariats war sie dem Senior-Chef hoch genug gewesen, für den Wäschedieb mochte sie kein Hindernis sein. – Schade, daß Mutter nicht mehr lebt, dachte Rister. Sie hat unter dem alten Schneidereit etliche Jährchen gearbeitet und könnte mir manchen Tip geben. Ob der junge Schneidereit weiß, daß Mutter hier mal Weberin war? Sie war ja auch eine von den ›genügsamen Bauersfrauen‹; sogar im Betriebsrat war sie, hat dem Alten etliche Zugeständnisse abgetrotzt, auch einen Streik organisiert.

»Hören Sie mir eigentlich zu, Herr Rister?« fragte Schneidereit, als er das versonnene Gesicht seines Gegenübers bemerkte.

»In Ihren Kombinationen bleibt eine Lücke«, erwiderte der. »Sie gehen immer davon aus, der Diebstahl sei in der Nacht geschehen!«

»Stimmt das nicht? Jacobs entdeckte erst heute früh ...«

»Holen wir uns den Lagerbuchhalter mal her.«

Als Jacobs den Fabrikhof überquerte, kam Rolle, der Wachhund, durch den Garten und gebärdete sich wie toll. Der Kriminalist beobachtete diesen kleinen Zwischenfall. Bei anderer Gelegenheit hätte er ihm vielleicht ebensowenig Wert beigemessen wie dem Blick, den Frau Melitta, sie machte sich gerade im Garten zu schaffen, dem Manne nachschickte. – Was ist mit Jacobs? sann Rister. Irgendwelche Spannungen muß es zwischen Schneidereits Frau und ihm geben!

Schneidereit hielt große Stücke auf seinen Lagerbuchhalter. Er empfing ihn wie einen Vertrauten. Und als er ihm den wahren Grund von Risters Anwesenheit offenbarte, nickte Jacobs. »Endlich, Chef, machen Sie es richtig. Wenn Sie meine Meinung vertragen können: Es waren Kinkerlitzchen, nächtelang im Lager zu sitzen und zu warten. Dieser Ganove führt Sie sowieso gehörig an der Nase herum!«

»Wie kommen Sie denn darauf?« mischte sich Rister ein.

»Passen Sie auf: Der erste Diebstahl war in der Nacht vom zwanzigsten zum einundzwanzigsten März; am einundzwanzigsten früh hab ich das Fehlen der Pakete festgestellt.

In den Nächten darauf hat Herr Schneidereit im Lager gewacht. Bis Sonnabend, das war der einunddreißigste, hat er durchgehalten. Nichts ist passiert. Doch in der folgenden Woche, mittwochs war es, der zweite Diebstahl. Wieder hat sich Herr Schneidereit hinter den Regalen versteckt, wieder umsonst. Vor drei Tagen gab er es auf, prompt verschwanden letzte Nacht wieder hundert Bezüge.«

»Mann, wollen Sie behaupten, der Dieb wisse von meinen nächtlichen Wachen?« Schneidereit schritt erregt hin und her. »Wissen Sie, was Sie damit aussprechen, Jacobs?«

Der hob gleichmütig die Schultern. »Ich belaste mich selber, wenn man's so nimmt. Denn außer mir und dem Nachtpförtner wußte keiner im Betrieb von Ihrem Vorhaben.«

Rister ließ die beiden nicht aus den Augen. Er bemerkte den trotzigen Unterton in Jacobs' Stimme und sah auch, wie sich Schneidereit mehrmals die schweißig gewordenen Handflächen auswischte. Sowohl das eine als auch das andere dürfte aufschlußreich sein!

Sicher würde sich der Textilkaufmann nun lang und breit über Jacobs' Ansichten ausgelassen haben, hätte Rister nicht gefragt, ob er, der Lagerbuchhalter, gewiß sei, daß die Diebstähle nur nachts geschehen sein konnten.

Jacobs zog die Unterlippe zwischen die Zähne und blickte vor sich hin. – Weshalb antwortet er nicht sogleich? überlegte Rister. Überrascht ihn die Frage? Will er Zeit gewinnen?

Endlich, das Schweigen wurde bereits drückend, sagte Jacobs: »Nicht in der Nacht? Demnach gestern bei Tage? Möglich wäre es. Die Lagerbestände werden von mir immer frühmorgens überprüft.« Er sprach stockend, wie einer, der ein ihm unliebsames Geständnis ablegen muß.

»Demnach können die Pakete gestern im Laufe des Tages gestohlen worden sein?«

»Es ist möglich«, gab Jacobs zu.

»Und was war gestern? Fiel Ihnen etwas auf? Gab es Außergewöhnliches im normalen Geschäftsbetrieb?«

»Außergewöhnliches? Nein, wohl etwas nicht Alltägliches.« Jetzt wurde er lebhafter. »Gestern war Großliefertag.

Unser Fahrzeug war unterwegs, ein Gütertaxi mußte die Kolli zum Güterbahnhof transportieren. Das kommt manchmal vor. Aber es ist unmöglich, daß ein Auto, ob das eigene oder ein fremdes, die gestohlenen Pakete mit rausnehmen kann. Ich stehe selber an der Laderampe und überprüfe die Expedition. Nicht mal 'ne Maus kommt ungesehen auf das Fahrzeug!«

Mit dieser Auskunft begnügte sich unser Unterleutnant allerdings nicht. »Läßt sich feststellen«, erkundigte er sich, »an welchen Tagen in den vergangenen Wochen betriebsfremde Fahrzeuge eingesetzt waren?«

»Freilich geht das aus den Geschäftsbüchern hervor«, gab Jacobs zur Antwort. »Soll ich nachschlagen?«

»Bitte sehr, ist nun mein Lagerbuchhalter eine pflichtbewußte und verläßliche Seele oder nicht?« trumpfte Schneidereit auf, als Jacobs davoneilte.

»Warten wir ab, möglicherweise erleben wir noch tolle Überraschungen!«

In der Tat war überraschend, was Jacobs wenig später zu berichten wußte: Immer an den Tagen vor den Diebstählen hatten betriebsfremde Fahrzeuge Ware übernommen!

»Und das ist Ihnen bisher nicht aufgefallen?« wandte sich Rister an den Textilkaufmann. Verlegen schüttelte der den Kopf. Und er gestand sich im stillen ein, daß er detektivische Fähigkeiten wirklich nicht auf seine Haben-Seite buchen konnte. – Also ein fremder Kraftfahrer! Wie der Unterleutnant nur so schnell dahintergekommen war, daß die Ware nicht nachts, sondern bei hellem Sonnenschein, unter meinen und Jacobs' Augen gewissermaßen, gestohlen wurde. Hätte ich solche kriminalistische Kombinationsgabe und könnte mit ihr umgehen wie mit der Prozentrechnung, kein Kriminalist würde wegen dieser lausigen Diebstähle jemals seine Nase in »Belladonna« stecken!

Das Eintreten der Sekretärin riß ihn aus seinen mit ›hätte‹ und ›würde‹ reichlich gespickten Betrachtungen. Unwirsch erkundigte er sich, was sie denn wolle. Die gnädige Frau beabsichtige das Frühstück zu bringen, teilte das Mädchen mit.

Und die gnädige Frau ließe nachfragen, ob der Herr Unterleutnant gleichfalls Appetit auf einen Kaffee habe.

Rister, über den konventionellen Ton erstaunt, wehrte höflich, doch entschieden ab. Und ehe noch Frau Melitta mit dem Frühstückstablett im Büro erschien, verließ er es mit Jacobs. Die in den Geschäftsunterlagen abgehefteten Rechnungen über den Einsatz der Gütertaxen waren ihm wahrhaftig wichtiger als Frau Melittas Kaffee. Obendrein würde sie ihn nur wieder mit ihrer Neugier piesacken, und er verlor wenigstens eine Stunde seiner kostbaren Zeit!

*

Etliche Tage vergingen, ehe Rainer Rister der Frau Schneidereit wieder begegnen sollte. Das geschah dann am Freitag beim Frühlingsfest des »Belladonna«-Werkes, zu dem Schneidereit auch ihn, den Kriminalisten, nebst einigen Geschäftspartnern und Freunden des Hauses eingeladen hatte.

»Also wissen Sie, Herr Unterleutnant, Ihre Kriminalistik in Ehren, aber wozu muß der Pförtner die Taschen unserer Werkangehörigen kontrollieren?« brachte sie bei einem Tanz das Gespräch auf die noch immer nicht geklärten Diebstähle. »Ich verstehe dies jedenfalls nicht«, gab sie ihrem Unwillen Ausdruck. »Ich nahm an, es sei sicher wie das Amen in der Kirche, daß jener fremde Kraftfahrer – weshalb wurde er eigentlich nicht verhaftet? – auf infame Art die Wäschepakete entwendet hat.«

Es soll sich mancher schon am geheuchelten Amen verschluckt haben! dachte Rister, behielt das aber für sich. Stattdessen fragte er: »Hat Ihnen Ihr Mann nicht gesagt, daß wir den Kraftfahrer auf freiem Fuß gelassen haben und ihn beobachten?«

»Selbstredend berichtet mir mein Dickerchen alles. Dies wäre noch schöner, sollte es Geheimnisse zwischen Eheleuten geben. Außerdem bin ich daran interessiert, was in unserem Werk geschieht. Nur meine ich ... Bitte, Herr Rister, wäre ein nicht bewiesener, ein bislang leider unbewiesener

Hinweis gestattet? Ja? Also denn: Braucht ein Kraftfahrer, zumal ein betriebsfremder, für solche Schurkereien nicht Helfershelfer?«

»Sie meinen Jacobs?«

Die Frau hob die Schultern.

Nachdenklich gestimmt blieb Rister während der nächsten Tänze am Tisch. Zwar versuchten Schneidereits Freunde ihn in ihr Gespräch über Pferderennen und Autotypen einzubeziehen, doch gaben sie die Versuche bald wieder auf. – Dieser Rister ist eben doch ein ungeschlachter Klotz, bildete sich Schneidereit sein Urteil. Der kann nicht einmal Konversation machen, wie es sich in Gesellschaft gehört. Ist er dazu nicht fähig, wie will er dann raffiniert angelegte Verbrechen aufklären und mit allen Wassern gewaschene Ganoven erwischen?

Das Urteil, das sich Schneidereits, sie wie er, über Rainer, Rister bildeten, fiel wenig günstig aus, das muß man sagen. Nur – Unterleutnant Rister machte sich nichts daraus. Im Gegenteil, ihm war es recht, daß man um ihn kein großes Palaver veranstaltete. So konnte er ungestört die Vorgänge im Saal beobachten, konnte noch einmal das Vorhaben für den kommenden Tag überdenken.

Was weder Schneidereit noch Jacobs bemerkten, ihm war es nicht entgangen: dem Wäschedieb war ein grober Fehler unterlaufen! Er stahl die Pakete jedesmal, wenn Fahrzeuge vom volkseigenen Kraftverkehr Ware übernahmen. Er rechnete damit, daß der Verdacht auf den Fahrer falle. Allerdings übersah er, daß der Kraftverkehr nicht immer den gleichen Schnelltransporter schickte!

Aus diesem Fehler des Täters resultierte der Plan, ihm eine Falle zu stellen. Dieses Vorhaben war im Kollektiv der Abteilung K bis ins Detail beraten worden, die Sache mußte klappen.

Bei der Vorbereitung hatte es allerdings einige Schwierigkeiten gegeben. Schneidereit war der gewünschte Termin zu kurz gewesen. »Noch in dieser Woche einen größeren Posten Bezüge ausliefern? Unmöglich, Herr Rister. ›Belladonna‹ ist nur ein kleines Unternehmen!« Er, Rister, blieb unnachgiebig. »Unbedingt müssen Sie in dieser Woche eine Sendung expedieren«, forderte er. »Und zwar muß ein Gütertaxi den Transport übernehmen!«

Nach einigem Hin und Her stimmte der Textilkaufmann zu, und so war der Sonnabend, der Tag nach dem Frühlingsfest, als Liefertag benannt worden. »Hoffentlich erwischen wir den Kraftfahrer diesmal!« sagte Schneidereit mit einem Stoßseufzer.

Die Falle war vorbereitet. In der Wäschefabrik war der Liefertag bekannt. Die Lagerarbeiter hatten die Kolli zusammengestellt, die Versandpapiere lagen fix und fertig in Jacobs' Arbeitstisch. Morgen kommt der Kleintransporter des Kraftverkehrs auf den Hof; wird der Dieb handeln? Um die Vorgänge zu beobachten, wollte er, Rister, von Schneidereits Büro aus den Hof überwachen. VP-Meister Möllerjahn sollte als Reparaturelektriker in die Fabrik kommen und sich nahe dem Warenlager zu schaffen machen. Vom Einsatz des Genossen Möllerjahn wußte nur Schneidereit, doch war ihm unbedingte Schweigepflicht auferlegt worden.

Nach dem Gespräch, das Frau Melitta vorhin beim Tanz mit Rister führte, kamen ihm jedoch Zweifel, ob Schneidereit das Versprechen gehalten und weder seine Frau noch den Lagerbuchhalter eingeweiht hatte.

War richtig, sann Rister, daß ich ihm nichts von der Fehlspekulation des Diebes, nichts von der Falle sagte. Er hat nur erfahren, was unumgänglich war. Daß Möllerjahn bereits eingesetzt ist und diese Nacht den Betrieb überwacht, weiß er nicht. Schneidereit ist nicht bloß redegewandt, schwatzhaft ist er obendrein. – Immerhin, wir wollen ihn deswegen nicht verurteilen. Seine Schwatzhaftigkeit hat uns sogar einen Dienst erwiesen. ›Die Kriminalpolizei ist dahintergekommen, daß die Diebstähle von einem fremden Kraftfahrer …‹ Wahrscheinlich hat es auch der Wäschedieb erfahren. Und was man aus so berufenem Munde vernimmt! Der Dieb wird ermutigt worden sein, hoffentlich. Er wird sich ins Fäustchen lachen und sich wunder wer weiß wie schlau halten. Warte ab, Freundchen, morgen!

Jäh wurde Rister in seinen Gedanken unterbrochen. Jacobs kam an den Tisch und raunte ihm zu: »Sie werden am Telefon verlangt, Herr Unterleutnant. Im Büro, hinter der Gaststube.«

Geht es schon los? dachte Rister. Das kann nur Möllerjahn sein!

Er nickte Jacobs dankend zu und verließ den Saal.

Ohne Möllerjahns Beistand wäre Rister in den Ermittlungen nicht soweit voran. Möllerjahn wohnte damals noch nicht lange in der Stadt. Er war nach der Schule unmittelbar zu unserem VP-Kreisamt gekommen und begann gerade in der kriminalistischen Praxis. Freilich war er keinesfalls unerfahren, er hatte bereits etliche Dienstjahre in der Schutzpolizei hinter sich. Aber er war eben bei uns im Städtchen noch wenig bekannt, das half ihm gerade in diesem Falle.

Binnen kurzem stellte er fest, daß das Diebesgut weder in einem der privaten Einzelhandelsgeschäfte zum Kauf angeboten noch unterderhand gehandelt wurde. Beim volkseigenen Kraftverkehr erfuhr er, daß jedesmal ein anderer Fahrer die Transporte erledigt hatte. So konnte der um die Diebstähle gezogene Kreis eingeengt werden. Zugleich erhärtete sich die Annahme, daß die Wäsche nach Westberlin verschoben werde. Allein, was nützt ein Verdacht? Die Bahnhofskontrollen des Abschnittsbevollmächtigten und seiner freiwilligen Helfer waren bislang erfolglos geblieben.

Zurück zu unserem Möllerjahn. Vor einigen Tagen erlaubte ihm ein Straßenbahnschaffner, er wohnt der Wäschefabrik gegenüber, den Zutritt zu seiner Wohnung. Und Möllerjahn richtete sich ein in dem Zimmerchen, das wochentags ungenutzt stand und nur an manchen Sonntagen von dem außerhalb arbeitenden Sohn des Straßenbahners bewohnt wurde. Ein Zimmer war das, es konnte kein günstigeres geben: der Fabrikhof, der Werkeingang, Schneidereits Garten und die Villa ließen sich ausgezeichnet übersehen. Man hatte die gesamte Vorderfront der Weberei vor Augen, konnte jedes Fenster beobachten. Nur die fensterlose Rückseite des Hauptgebäudes, und dahinter lag sowieso bloß der Kohlenplatz, war nicht einzusehen.

Seit Mittag saß Möllerjahn hinter dem Fenster. Nachmittags wurde im »Belladonna« Lohn ausgezahlt wie jeden Freitag; der Fabrikhof war deshalb belebter als sonst. Zum Feierabend hatten es jedoch alle eilig, denn bis zum Wiedersehen beim Betriebsvergnügen blieben nur wenige Stunden.

Möllerjahn sah, wie der Tagpförtner vom Nachtpförtner abgelöst wurde. Die Dunkelheit senkte sich über den verlassenen Werkhof, hin und wieder machte der Nachtpförtner eine Runde durch die Maschinensäle. Sein Weg war am Licht hinter den Fenstern stets zu verfolgen. Dann verließ Schneidereits Hausgehilfin die Villa. Später kam ein Taxi; Schneidereits fuhren zum Frühlingsfest. Gewiß war die Frau mit ihrer Abendtoilette nicht rechtzeitig fertig geworden, und es mußte hopplahopp gehen, denn sie versäumten, den Hund freizulassen.

Nun lag auch die Villa lange im Dunkeln. Möllerjahn sah zur Uhr, die dreiundzwanzigste Stunde. Verdammt langsam verstrich die Zeit! Seine Hand tastete zu dem Tischchen, auf dem Stullenbüchse und Thermosflasche standen. Er nahm nur einige Schluck, der Tee mußte eingeteilt werden. Er sollte die ganze Nacht reichen und besonders in der dritten oder vierten Morgenstunde, sobald die Müdigkeit sich einstellte, gute Dienste leisten.

Langweilige Warterei! Wahrscheinlich würde die Nacht vergehen, ohne daß sich etwas ereignete. Morgen würde er hundemüde zur Dienststelle kommen und konnte statt eines Berichtes, der Leben in die Bude brächte und hitziges Für und Wider bei den Genossen auslöste, nur ein enttäuschendes Kopfschütteln vorbringen.

Wie sehr hoffte er, daß sich dort unten etwas ereignete. Dann würde er hinunterflitzen zur Straßenecke, zum öffentlichen Fernsprecher. – Unter siebzehn-zwounddreißig, Rufnummer der Schwanenteichgaststätte, ist Genosse Rister zu erreichen; daß er die Nummer bloß nicht vergißt!

Als Rister den Hörer aufnahm und sich meldete, sagte der Anrufer: »Sie sind ein ausgemachter Trottel!« und unterbrach die Verbindung. Rister machte ein verdutztes Gesicht: Was soll das bedeuten? Das Staunen schlug in Ärger um. Will man mich verhöhnen?

Verärgert wie er war, kehrte er nicht in den Saal zurück. Er schlenderte durch einige Nebenräume und tat gelangweilt. Doch seine Gedanken kamen nicht zur Ruhe. – Wer weiß, daß ich in der Schwanenteichgaststätte bin? Von den Genossen nur der diensthabende Offizier und Möllerjahn. Möllerjahn würde nur in dringenden Fällen anrufen, das war vereinbart. Wer inszenierte den Anruf? Die Sache beginnt rätselhaft zu werden!

Nahe der Bar sah er Melitta Schneidereit und versuchte, ungesehen an ihr vorbeizukommen. Doch ihre Blicke begegneten sich in einem Wandspiegel. Sogleich wandte sich die Frau um und hakte ihn unter. »Risterchen«, kokettierte sie, »seien Sie Gentleman. Nehmen Sie bitte ein einsames Weibchen in Ihre Obhut.«

»Fühlen Sie sich vernachlässigt?« Sein Zorn auf das rätselhafte Telefonat diktierte den barschen Ton.

»Puh, sind Sie ein Brummbär!« tat sie empört und zog einen Schmollmund. »Ganz wie mein Dickerchen. – Wie ist es, führen Sie mich zur Bar?«

»Ärger gehabt, hier, heute abend?« erkundigte sich Frau Melitta, nachdem sie in einer Sesselecke Platz gefunden hatten.

»Nicht mehr als Sie, möchte ich vermuten«, gab er zurück und wich einer direkten Antwort aus.

Eitel, wie Frauen eben manchmal sind, fragte sie: »Merkt man mir dies an?« Und sie begann auf den Burschen zu schimpfen, der – angetrunken wie er war – ihr beim Tanz zu nahe kommen wollte. Sie hielt diesen Zwischenfall für so wichtig, so empörend, daß sie ihn in allen Einzelheiten schilderte.

Rister gab sich seinen eigenen Gedanken hin. Weshalb erzählt sie mir das? Jeder im Saal hat schließlich gesehen, wie sie mit dem Blondkopf tanzte. Will sie dem beginnenden Klatsch vorbeugen? Sie hätte ihr Tun eher überlegen sollen! Man wird sowieso über sie reden. »Stell dir vor«, werden die Weberinnen morgen tuscheln, »die Schneidereiten hat den ganzen Abend nur einmal mit ihrem Mann getanzt. Du, verlaß dich drauf, zwischen den beiden stimmt's nicht mehr!« Und unter den wenigen Männern wird es heißen: »Mit keinem von uns hat Frau Schneidereit mehrmals getanzt, so hochnäsig ist sie. Wer ein zweites Mal hinging, holte sich einen Korb. Nur der Blondkopf machte eine Ausnahme; na ja, deer ...!«

Auch Rister war es aufgefallen, daß jener junge Mann bei der Frau allerhand Vorzüge genoß. Er war entschlossen, Schneidereit nach dem Blondkopf zu fragen, doch bot sich bisher keine Gelegenheit. – Bekam er sie jetzt, im Gespräch mit Frau Melitta?

»Von wem reden Sie eigentlich? Wer ist anzüglich geworden?« steuerte er auf sein Ziel zu.

»Dieser Stengel, halbgrün noch hinter den Ohren. Was Anstand heißt, werd ich ihm zeigen!«

»Ist Stengel in ›Belladonna‹ beschäftigt?«

»Dies ist er. Fahrstuhlführer, weil es zu anderem nicht langt. Und weil er ein armer Schlucker ist, hat mein Dikkerchen ihm eingeräumt, die Etagenheizung unseres Hauses zu besorgen. Dies bringt ihm guten Nebenverdienst ein, ja. Aber beim Tanz so mit dem Knie ... Dieses Früchtchen! Ach was, vergessen wir es, Risterchen. Wie wäre es mit einem Moritz-Cocktail? Oder Aperitif mit Sekt?«

Rister ging auf das Angebot ein, doch ihre Worte wollte er ein bißchen anders werten. Sie wird ihrem Mann Hörner aufgesteckt und mit dem Bengel eine Liebelei angefangen haben! Und nun befürchtet sie, daß die Geschichte ans Tageslicht kommt. Freilich, so kann es sein. – Aber wenn es so ist, weshalb dann diese Szene vorhin?

»Es wird Zeit, daß wir in den Saal zurückkehren!« mahnte er. »Man wird uns vermissen. Außerdem ...«

»... außerdem? Risterchen, kommen Sie mit Ausreden?«

»Ich muß meine Zelte abbrechen. Die letzte Straßenbahn ist ohnehin weg, und bis zum Hopfenbergviertel ist's ein Marsch von einer guten Stunde.«

»Noch zwei Aperitif-Sekt!« wies sie den Barkeeper an und gab Rister damit zu verstehen, daß sie sein Argument als Ausrede betrachte. Und als die schlanken Kelche mit dem prickelnden Getränk vor ihnen standen, zwinkerte sie ihm aufmunternd zu und brachte einen Toast aus: »Auf einen nicht so baldigen Erfolg eines dennoch hervorragenden Kriminalisten!«

Er sah überrascht auf. Sie neigte sich zu ihm, suchte seinen Blick. »Weil ich egoistisch bin! Haben Sie den Dieb erst erwischt, kommen Sie nicht mehr zu uns, und ich habe einen guten Freund verloren. Oder?« Ihre Blicke trafen sich. Der der Frau war tief und hintergründig, ehe sich die langen Wimpern über die lockenden Augen senkten.

Später, sie waren Arm in Arm zu den Tanzenden zurückgekehrt und das Fest ging langsam zur Neige, schlug Schneidereit vor: »Meine Frau hatte wieder eine geniale Idee, Herr Rister. Kommen Sie mit zu uns. Das Gästezimmer steht für Sie parat. Und außerdem«, der Textilkaufmann glaubte einen guten Witz zu machen und lachte dröhnend, »außerdem sind Sie dem Wäschedieb direkt auf der Pelle und brauchen nur zuzufassen!«

Vom Obermarktsturm schwangen zwölf Schläge durch die Nacht, die lind war wie im Mai. Mitternacht! Ein Luftzug strich durchs offene Fenster und spielte mit der Gardine. Möllerjahn griff zur Thermosflasche. Die Straße herab kamen Schritte. Ein später Passant, der es eilig hat! dachte Möllerjahn. Na was? Er wird vom Spätdienst kommen, daheim wartet die Frau auf ihn.

Abrupt stellte er den Teebecher zurück. Der Mann blieb vor Schneidereits Haus stehen, zog ein Schlüsselbund aus der Tasche, öffnete die Vorgartentür und verschloß sie wieder. Er ging gemächlich über den mit Steinplatten ausgelegten Weg zur Villa, schloß die Haustür auf. Im Treppenhaus flammte für kurze Zeit die kleine Beleuchtung auf. – Wieso kommt Schneidereit allein nach Hause? Und warum vorzeitig?

Der Beobachter am Fenster in der Wohnung des Straßenbahners wartete, daß im Herren- oder im Schlafzimmer das Licht eingeschaltet würde. Nichts. Dafür wurde die hintere, die in den Garten führende Tür geöffnet. Schneidereit ging durch den Garten. Im spärlichen Licht des Mondes war zu erkennen, daß er seinen Arbeitskittel übergezogen hatte, den er auch tagsüber trug. Nun überquerte er den Werkhof und verschwand im Kellereingang der Fabrik.

Die Weberei lag nach wie vor dunkel, nur einmal geisterte der Lichtstreif einer abgeblendeten Taschenlampe durchs Treppenhaus. Möllerjahn schimpfte vor sich hin, schimpfte auf den Fabrikbesitzer. Spielt der schon wieder auf eigene Faust Kriminalist! Schleicht sich in sein Versteck hinter den Regalen, will den Dieb auf frischer Tat fassen! Wenn Rister das wüßte! Rister hat ihm nachdrücklich alle Eigenmächtigkeiten untersagt. Teufel noch eins, Schneidereit wird alles verderben! Soll ich Rister unterrichten? Rufnummer siebzehn-zwounddreißig, die Schwanenteichgaststätte. Ich warte noch, vielleicht ist's gar nicht verkehrt, wenn Schneidereit im Lager wacht. Außerdem: verlasse ich jetzt meinen Posten und laufe zum Fernsprecher und es tut sich etwas dort drüben, was dann?

Es ereignete sich nichts; die erste Morgenstunde ging dahin, die zweite. Ehe die Turmuhr zu schlagen begann, hielt ein Taxi vor Schneidereits Haus. Zwei Männer entstiegen dem ›Wartburg‹ und eine Frau. Bringt Frau Melitta so spät noch Besucher mit? Sicherlich Geschäftsfreunde, und sie wollen weiterfeiern. Schau mal an, einer der Männer ist Rister! Er geht mit rein in Schneidereits Villa. Etwas veränderte Lage, aber prima gedeichselt vom Genossen Rister: Schneidereit sitzt in der Fabrik, Rister beobachtet von der Villa aus, und ich bin der dritte Teil der Zange! – Was geschieht denn jetzt dort unten? Aha, der Hund wird freigelassen. So, nun fehlt noch der Wäschedieb, dann wird die Zange zukneifen!

Der nächste Tag, der Sonnabend, brachte Regen, eintönigen Landregen. Und für Schneidereit brachte er Ärger, nichts als Ärger. Es begann, daß Frau Melitta nicht aufstand; sie habe Migräne, fühle sich unpäßlich und wolle im Bett bleiben, eröffnete sie ihm. Also mußte er, der Hausherr, seine Morgentoilette verkürzen, mußte in der Küche wirtschaften, für sich und seinen Gast das Frühstück bereiten, den Morgenkaffee filtern. Und er mußte den Tisch decken und wieder abräumen und zu guter Letzt noch hetzen, um rechtzeitig im Kontor zu sein. Bloß gut, daß Rister ein anspruchsloser Gast war, seine lieben Geschäftsfreunde hätten nicht stillschweigend übersehen, daß keine weichgekochten Eier auf dem Frühstückstisch standen. Rister störte es nicht, der war allein darauf bedacht, rasch in den Betrieb zu kommen.

Im Kontor ging der Ärger weiter. Gerade wollte sich Schneidereit die Morgenzigarre anstecken, meldete man ihm den ersten Besucher.

»Ich habe keine Zeit, Sie sehen doch!« Er deutete auf Rister. »Außerdem soll sich der Bursche um seinen Fahrstuhl kümmern und nicht um anderer Leute Frauen. Sagen Sie ihm das.« Die Sekretärin blieb hartnäckig. »Herr Stengel sagt, es sei wichtig, und er müsse Sie unbedingt informieren!«

Rister horchte auf: Stengel? Der Blondkopf?

Schneidereit barst beinahe vor Ärger. Fahrstuhlschaden! Ausgerechnet am Liefertag und ausgerechnet heute! – Donnerwetter, Schneidereit wurde sogar grob. »Sehen Sie zu, daß Sie das Ding flott kriegen! Für elf ist der Lastwagen bestellt. Kommt die Lieferung nicht binnen einer halben Stunde vom Hof, nimmt sie die Bahn nicht mehr an. Also los!«

Ehe Stengel sich's versah, war er wieder draußen. Er schnitt der Sekretärin eine Grimasse, was soviel wie ›Dicke Luft da drin beim Chef!‹ hieß, und schlenderte zu seinem Fahrstuhl zurück.

Hinter der Polstertür sagte Schneidereit zu Rister: »Das hat uns gefehlt, Fahrstuhldefekt! Wenn es hart auf hart kommt, müssen die Pakete aus dem vierten Stock hinab zum Hof getragen werden. Was das bedeutet …«

Rister dachte an die Falle. Der ausgefallene Fahrstuhl kann alles noch begünstigen, rechnete er. Für Möllerjahn gibt es einen echten Vorwand, in der Nähe des Lagers zu handwerken. Und müssen die Pakete vier Treppen hinab geschleppt werden, bekommt der Dieb eine noch bessere Chance. Soll er sie nutzen!

Überraschend und Schneidereits Laune keinesfalls bessernd, war Jacob's Erscheinen. Verlegen war sein Gruß, seine Bewegungen eckig und unbeholfen die Geste, mit der er einen grauen Arbeitskittel vorwies.

Schneidereit brauste auf: »Was soll das?«

»Das – Ihr Staubmantel!« stammelte Jacobs.

»Meiner? Wie kommen Sie denn dazu?«

»Im Aufenthaltsraum hab ich ihn gefunden. Vorhin, bei Arbeitsbeginn. Sicher haben Sie ihn dort hängen lassen.«

Schneidereit strich sich über die Stirn. Sein Arbeitskittel im Aufenthaltsraum der Belegschaft? Das war nicht gut möglich. Erstens legte er ihn nur im Kontor oder in der Wohnung ab; und zweitens glaubte er sich erinnern zu können, ihn gestern gar nicht getragen zu haben.

Der Lagerbuchhalter stand noch immer neben dem Schreibtisch, druckste herum, bekam den Blick nicht von dem mit einer Meerjungfrau verzierten Brieföffner, der wie stets genau rechtwinklig und mit Daumenbreite Abstand neben der kupfergetriebenen Federschale auf Schneidereits Schreibtisch lag. Schließlich faßte er sich doch ein Herz und sagte: »Das ist noch nicht alles. Es fehlen wieder Pakete; fünfzig komplette Garnituren!«

Nun war es um Schneidereits mühsam bewahrte Haltung geschehen. Er sprang auf, packte den Lagerbuchhalter am Revers seiner Jacke und schüttelte ihn unbeherrscht. »Was sagen Sie? Fünfzig Garnituren? Sagen Sie das noch einmal, schnell. Sagen Sie, daß es nicht wahr ist. Es kann doch nicht wahr sein!«

»Es ist so. Fünfzigmal zwei Bezüge mit vier Kopfkissenbezügen!«

»Hören Sie, Herr Rister, haben Sie das gehört? In der letzten Nacht, als wir beim Frühlingsfest waren, fünfzig Garnituren! Gestern zum Feierabend war alles vollzählig, hab es selbst überprüft. Diese Gauner!« Schneidereit hatte Mühe, sich zu beherrschen. Flehend wandte er sich an den Lagerbuchhalter: »Nicht wahr, Jacobs, Sie werden das bestätigen. Gestern abend hat nichts gefehlt.« Und wieder zu Rister: »Herr Unterleutnant, Sie müssen sofort eingreifen! Befehlen Sie, daß der Betrieb abgeriegelt wird. Keiner verläßt die Fabrik, befehlen Sie das. Alle Lagerarbeiter hierher. Einer nach dem anderen wird verhört!«

»Nein!«

Risters Absage war so entschieden, daß Schneidereit zusammenzuckte. Aber Rister hatte sich von der frappierenden Nachricht nicht überwältigen lassen. Sie überraschte ihn, freilich, doch ließ er sich nicht zu Unüberlegtheiten hinreißen. »Wir werden weder den Betrieb abriegeln noch mit Verhören beginnen«, erklärte er. »Alles muß seinen normalen Lauf nehmen. Nichts darf darauf hindeuten, daß der Diebstahl entdeckt worden ist. Die Pakete können noch nicht aus dem Betrieb geschafft worden sein. Der Dieb muß sich sicher fühlen, verstehen Sie!«

Bald darauf hatte es Rister eilig, die Wäschefabrik zu verlassen. Er kam zu uns ins Kreisamt gehetzt, es ging auf neun Uhr zu. Für neun hatte er sich mit Möllerjahn verabredet. Möllerjahn, der von einem Genossen unserer Abteilung abgelöst worden war, sollte über seine nächtlichen Beobachtungen berichten. Anschließend Beratung beim K-Leiter, dann wurde es höchste Zeit, zur Wäschefabrik zurückzukehren. Möllerjahns Monteuranzug und der Werkzeugkasten lagen griffbereit. Und Hauptwachtmeister Naumann, der diesmal den für »Belladonna« eingesetzten Schnelltransporter lenken würde, war schon zum Autohof des Kraftverkehrs unterwegs.

Während Rister ungeduldig auf Möllerjahn wartete, saß Schneidereit von Zweifeln gepeinigt in seinem Kontor. Der Mantel! grübelte er. Wie kommt mein Mantel in den Aufenthaltsraum? Letzten Endes glaubt die Kripo, ich habe die Pakete beiseite geschafft! Wenn sie mich verdächtigen, was dann? Dann ist alles aus! Dann hat Melitta recht, dann ist Schluß mit der staatlichen Beteiligung. Dann ... Aber das kann doch nicht sein, das darf nicht sein! Ich habe nie krumme Geschichten gemacht. Was wird der Unterleutnant tun? Er hatte es so eilig, von hier fortzukommen! Der Mantel! Wenn Rister mich verhaften läßt ...

*

Wieder stellte VP-Meister Möllerjahn Stullenbüchse und Thermosflasche griffbereit auf das Tischchen neben dem Fenster. »Das ist ein Scheibenkleister«, brummelte er, »dienstfreies Wochenende, sozusagen.« Und er dachte an sein Muttchen, das hinter ihrem Strickzeug sitzen und immerfort nach der Uhr blicken und warten würde auf den Sohn. – Weshalb mußte ich ihr auch schreiben, daß ich sie dieses Wochenende besuchen komme. Sie wird extra für mich Streuselkuchen gebacken haben, gefüllt mit Buttercreme; weil's mein Lieblingskuchen ist. Nun wartet sie vergebens!

Möllerjahns Gedanken verweilten nicht lange beim verpatzten Wochenende. Dort unten lag die Villa, die Fabrik. Der Hof war verlassen wie stets nach Arbeitsschluß. Nur Rolle, der Rottweiler, streunte auf dem Hofe herum. Heute früh hingegen ...

Viertel vor elf war ich dort, lange bevor das Gütertaxi eintraf. Der Pförtner war unterrichtet, daß ein Elektriker kommen sollte, er brachte mich gleich zum Fahrstuhl.

Der Fahrstuhl! Ist was wert, daß ich Elektromonteur gelernt habe. Ein Kriminalist müßte mindestens ein Dutzend Berufe beherrschen! Wäre eine Pleite geworden, hätte ich so tun müssen, als ob. Schlag elf kurvte der LKW auf den Hof, Naumann hinterm Lenkrad. Später stand er neben Jacobs auf der Rampe, tat unbeteiligt und beobachtete die Ladearbeiten. Was sonst auf dem Hof geschah, Genosse Rister überwachte es. Mein Revier war das obere Treppenhaus.

Und was brachte dieser Aufwand ein? Ich habe die Pakete oben gezählt, als sie aus dem Lager geholt wurden, Naumann hat sie beim Verladen gezählt. Keins zu viel und keins zu wenig. – Wo blieb das Diebesgut?

Sollte einer der Lageristen argwöhnisch geworden sein? Ach was, das sind Arbeiter, ehrlich und anständig. Sieht man doch. Auch Jacobs ist eine ehrliche Haut; fehlt ihm zwar ein bißchen Mumm in den Knochen, sozusagen, sonst würde er vor Schneidereit nicht so katzbuckeln. Hat er gar nicht nötig.

Und der Fahrstuhlführer? »Gib auf Stengel acht!« hatte ihm Rister extra aufgetragen. Auf Stengel aufpassen, Pustekuchen. Der zeigte mir die Schaltanlage und ist abgedampft. Stengel karrte Kohle zur Villa, damit für Sonntag genügend Heizmaterial drüben ist. Stengel hielt sich nachweisbar nicht im Fabrikgebäude auf. Ich konnte ihn vom Treppenhaus sehen; mit der vollen Schubkarre hin zur Villa, mit der leeren zurück zum Kohlenplatz. Und als der Fahrstuhl wieder flott war, mußte ich den Kerl auch noch suchen. Der saß im Keller, machte Rauchpause.

Menschenskind, wenn Rister aufs falsche Pferd gesetzt hat? – »Jedes Verbrechen hat gesellschaftlich bedingte Ursachen. Suche sie zu erforschen, und du findest den Weg zum Täter!« ist sein Leitsatz. Gut und richtig, er kann damit neunundneunzigmal Erfolg haben, beim hundertsten geht es schief. Welches gesellschaftlich bedingte Tatmotiv soll es für Stengel geben? Ich sehe keins.

Trotzdem bestand Unterleutnant Rister darauf, daß Stengel beobachtet werden muß. Mit anderen Worten: Möllerjahn, du solltest dein dienstfreies Wochenende verschieben!

So, und nun sitze ich wieder hier. Stengel ist in Schneidereits Villa; nachmittags war er im Garten beschäftigt. Genosse Rister ist felsenfest überzeugt, daß es Stengel war, der sich letzte Nacht in die Fabrik einschlich. Wahrscheinlich …

Möllerjahn trat näher an das Fenster. Über der Haustür der Villa war die Lampe eingeschaltet worden. Er schob den Stores zur Seite, um besser sehen zu können. Es war nur die Hausgehilfin, die jetzt heimging. Ihr Fortgehen war für Möllerjahn uninteressant, doch es war ein Signal: Ging das Mädchen, war die Arbeit getan. Schneidereits würden bald zu Abend essen, folglich war auch Stengel überflüssig. Möllerjahn griff nach Mantel und Hut, die auf einem Stuhle bereitlagen.

Jetzt kam Stengel aus dem Haus, eilig. Im Nu war Möllerjahn aus dem Zimmer, rutschte wie ein Lausejunge auf dem Treppengeländer hinab. Er erreichte die Straße, ehe Stengel im Fußgängergewühl untertauchen konnte, das zur Stadt hin lebhafter wurde.

»Dies ist mein Abend, dies wirst du mir wohl nicht verwehren. Oder?«

»Hör' auf, bitte.« Schneidereit hob abwehrend die Hände. »Dein ständiges ›dies‹, wie affektiert das klingt! Und außerdem – ich verstehe überhaupt nichts mehr. Bis nachmittags liegst du im Bett, hast unter Migräne zu leiden, doch am Abend willst du ausgehen. Am Samstagabend und bei solchem Wetter!«

»Gestatte mein Lieber, dies ist mein Rommé-Abend. Einmal im Monat; ich werde meine Freundinnen nicht enttäuschen.«

»Einmal im Monat? Du warst recht oft weg in letzter Zeit. Hat das auch mit dem Rommé zu tun?«

»Du solltest dich lieber um Jacobs kümmern. Was hat denn die Kriminalpolizei heute früh erreicht?«

»Rister wird schon wissen, was er tut.«

»Rister, Rister, immer dieser Rister. Der liebe Herrgott ist der auch nicht. Wo ist meine Puderdose?« Melitta Schneidereit lief von einem Zimmer ins andere, die Arme leicht angewinkelt und den Kopf in den Nacken gebogen. Sie lief nicht, sie schwebte. Ja, und die Kopfhaltung! In diesem dekolletierten Kleid war die Kopfhaltung eminent wichtig, erst dann kamen die oberen Partien richtig zur Geltung, schlanker Hals, hohe Stirn, abgerundete Schultern. Sie nannte das Kleid Nofretete.

Sie kehrte zu ihrem Manne zurück, ein Flakon in der einen, die ziselierte Puderdose in der anderen Hand.

»Und was gedenkt dein Rister weiter zu unternehmen? Seine Pedanterie beginnt langweilig zu werden, dies laß dir gesagt sein!«

»Bitte, Melitta, möchtest du nach diesem aufregenden Tag, und der gestrige Abend war ebenfalls anstrengend, nicht doch zu Haus bleiben?«

Sie ging auf nichts ein. Sie habe ihren Rommé-Abend und ließe schon gar nicht mit sich feilschen, damit basta. – Weil das Wetter wahrhaftig ungastlich war, allein hierin pflichtete sie ihrem Manne bei, vertauschte sie das ›Nofretete‹-Kleid doch noch mit einem schlichten wollenen. Dann klappte die Tür, und Schneidereit wußte sich allein.

Allein, für einen ganzen langen Samstagabend. Er zog die Hausbar heran, entnahm ihr die Kognakflasche. Der überstandene Auftritt ließ noch jetzt seine Hand zittern, die die Flasche über das Glas senkte.

Im Vorgarten begann Rolle zu bellen. Schneidereit stellte die Flasche zurück und trat auf die Veranda. Melitta wehrte den Hund ab, der sie umsprang. Rolle lief freudig winselnd zum Gartentor und kehrte zu seiner Herrin zurück. Sie aber hatte kein gutes Wort für ihn, fuhr ihm nicht mal über das Fell. Als sie die Gartenpforte hinter sich zuzog, stand Rolle mit gesenktem Kopf.

Siehst du, Rolle, dir geht es wie mir! sann Schneidereit. Wir werden beiseite geschoben, wenn es ihr paßt! Ihre Tratschfreundinnen sind wichtiger. –

Auf der gegenüberliegenden Straßenseite trat plötzlich ein Mann aus der Dunkelheit. Er mußte seit geraumer Weile dort gestanden haben!

Jetzt schritt er die Straße hinab. Hatte ihn sein, Schneidereits, Erscheinen auf der Veranda gestört? Weshalb hatte er dort drüben gestanden? Wollte er Melitta abholen? Oder – oder interessierte ihn die Fabrik? Gleich muß er im Licht der Straßenlaterne sein!

Der Mann neigte den Kopf, während er durch den Lichtkegel ging. Er trug einen Regenmantel, der vor Nässe glänzte, und einen Hut. Die Hutkrempe überschattete das Gesicht.

Schwächer wurden die Schritte des Fremden auf dem Straßenpflaster. Ihm nach! entschloß sich Schneidereit. Ihn verfolgen! – Vor der Garderobe kam ihm in den Sinn: Rister hat mir Eigenmächtigkeiten untersagt. Ich muß den Unterleutnant anrufen!

Er rannte ins Herrenzimmer, stieß gegen eine Vase, die zu Boden fiel und zersprang, drehte mit fahrigen Fingern die Wählerscheibe. Die Verbindung mit dem Rathaus klappte sofort, aber dann mußte er warten. Er trat ungeduldig von einem Bein aufs andere. Endlich eine Stimme. Rister war das nicht. »Aber ich muß den Unterleutnant unbedingt sprechen!« Rister sei nicht zu erreichen im Augenblick, erhielt er Antwort. Um was es sich denn handele? »Wenn ich mit dem Unterleutnant nicht jetzt, nicht sofort reden kann, hat es keinen Zweck!« Er knallte den Hörer auf die Gabel.

Der Regen hatte nachgelassen, dafür sprang ein ruppiger Wind durch die Straßen. Der Wind zerriß die Wolken und trieb sie vor sich her. Manchmal fand der Mond ein Wolkenloch, dann spiegelte er sich silbrig im Asphalt der Straßen.

Möllerjahn hatte ein ungastliches Quartier bezogen. Er stand unter einem Torbogen, durch den der Wind pfiff. Ihn fror. Eine geschlagene Stunde wartete er bereits, vier Schritte hin und vier zurück. Er mußte das Haus im Auge behalten, jenes Mietshaus mit der Nummer vierunddreißig.

Wie lange wartete er? Anderthalb Stunden waren es jetzt. Er dachte an sein Muttchen, das ebenfalls wartete. Enttäuscht würde sie um diese Stunde zu Bett gehen, jedoch fürsorglich – man weiß nicht, vielleicht kommt der Junge doch noch! – die Kaffeekanne in die Röhre gestellt haben. Ein heißer Kaffee, der würde jetzt guttun. – Jetzt? Keine Zeit dafür!

Das Zimmer im dritten Stock wurde von seinem Bewohner verlassen. Stengel trat auf die Straße. – Wohin wird er gehen?

Das langweilige Warten war vergessen und auch der kalte Wind. Das Erinnern an die Mutter war in weite Ferne gerückt und der Wunsch nach einer Tasse Kaffee unwichtig geworden. – Wohin geht Stengel?

Möllerjahn folgte ihm. Vor ihnen lag der Heumarkt. In welche der sechs strahlenförmig auseinanderlaufenden Straßen würde Stengel einbiegen?

Sieh mal an, er geht zurück zur Wäschefabrik! Ein paar hundert Meter noch, dann hat er die Villa erreicht. Was will er dort? Obacht, er wechselt auf die andere Straßenseite über, geht im Schutz der Bäume an Schneidereits Haus vorbei. Also nicht zur Villa! Zur Fabrik und dort über die Mauer?

Stengel schritt an der Fabrikmauer entlang wie ein Fremder. Er wandte nicht einmal den Kopf nach dem Ziegelsteingebäude. Bald hatte auch Möllerjahn die Weberei hinter sich gelassen. – Wohin sollte der nächtliche Marsch führen? Vor ihnen lag bereits der Stadtrand. Dort begannen Schrebergärten, und hinter den Gärten war freies Feld.

Jetzt bog Stengel von der Straße ab, bog in den Dohlensteig ein. Der Dohlensteig, ein Weg durch eine Laubenkolonie, war ungepflastert. Man hatte dort Schlacke aufgeschüttet. Dämpften die Gummisohlen unter Möllerjahns Schuhen auf dem Steinpflaster der Stadt auch jeden Schritt, auf dem Schlackenweg nützten sie nichts. Galoschen mit zentimeterdicken Filzsohlen müßte man haben! wünschte sich Möllerjahn und verfluchte die knirschende Schlacke.

Er paßte seinen Schritt dem Stengels an und versuchte eine schützende Zaunhecke zu erreichen. Es war höchste Zeit, denn wenig später blieb Stengel stehen und blickte sich nach allen Seiten um. Als er sich unbeobachtet glaubte, schlüpfte er in ein Gartengrundstück.

Weiter! befahl sich Möllerjahn. Möglichst nahe heran, ich muß sehen, was der dort treibt! Er ging in die Hocke und versuchte im Entengang, von der Hecke gedeckt, vorwärts zu kommen. Zu allem Übel fand der Mond ausgerechnet jetzt wieder ein größeres Wolkenloch. Was half es, weiter!

Die gute Hälfte des Weges war geschafft, als ein Arm aus dem Gestrüpp fuhr. Er wurde am Mantelkragen gepackt und ins Gebüsch gezogen. Seine Rechte griff zum Achselfutteral, Schon umschlossen seine Finger die Griffschalen der Makarow-Pistole, da erkannte er den anderen. – Rister? Was soll das bedeuten? –

Mochte Schneidereit unseren Unterleutnant auch in die Hölle verwünschen, weil er ihn telefonisch nicht erreichte, Rister war dennoch ›am Drücker‹, wie man so sagt. Doch soll niemand annehmen, Rainer Rister sei mit übermenschlichen Fähigkeiten ausgestattet und habe vorausgeahnt, daß ein gewisser Herr Stengel das Gartenhaus Nummer sieben am Dohlensteig mit seinem Besuch beehren wolle. Um der Wahrheit die Ehre zu geben: Rister wußte vor einer halben Stunde selber nicht, wohin ihn sein Weg führen sollte. Und daß er am Dohlensteig mit Möllerjahn zusammentraf, davon war er genauso überrascht wie der.

»Komm hier durch«, flüsterte Rister und bog das Gestrüpp auseinander. Möllerjahn stieg in den Garten, der an das Grundstück Nummer sieben grenzte. Sie schlichen an Beerensträuchern entlang und fanden eine umgestülpte Wanne, hinter der sie niederkauerten.

Das Gartenhaus auf dem Grundstück nebenan, eine bessere Laube, einstöckig, schien unbewohnt. Aber der Schein war trügerisch. Rister wußte, daß sich in dem Haus zumindest drei Personen aufhielten. Dennoch drang weder ein Laut aus der Laube noch ein Lichtschimmer. Wahrscheinlich hatte man die Fenster mit Decken verhängt und unterhielt sich flüsternd.

Während der Unterleutnant das Gartenhaus beobachtete, versuchte Möllerjahn Einzelheiten in der Umgebung zu erkennen. Einmal meinte er Schritte zu hören; es waren Tropfen, die aus dem Geäst der Bäume zu Boden fielen. Eine Maus raschelte im modrigen Laub des vergangenen Herbstes. Und was war das für eine Mauer dort hinten? So lange war er schließlich noch nicht in dieser Stadt, daß er alle ihre Winkel kennen konnte. Endlich begriff er: Die Gärten grenzen an die mittelalterliche Stadtmauer! Jenseits der Mauer zieht sich der Flutgraben entlang, dahinter beginnt die Südvorstadt, ein Arbeiterviertel: Auch Schneidereits Fabrik liegt dort! – Kann es zwischen »Belladonna« und diesem Gartenhaus einen geheimen Verbindungsweg geben? Unmöglich. Aber wieso ist Rister hier?

Möllerjahn kam nicht dazu, sich danach zu erkundigen. Drei Leute verließen soeben die Laube. Sie gingen tiefer in den Garten hinein. Sie mußten sich sehr sicher fühlen, denn sie gingen aufrecht und ohne Hast.

»Da ist eine Frau dabei!« raunte Möllerjahn, als die drei durch eine kleine Pforte in der Stadtmauer verschwunden waren.

»Jetzt erfahren wir das Geheimnis!« sagte Rister erregt. »Komm!«

Sie überstiegen den Zaun, prüften die Tür der Laube, fanden sie verschlossen und eilten nun ebenfalls zur Stadtmauer. Möllerjahn machte die Waffe schußbereit und wollte durch die Pforte. Noch rechtzeitig hielt Rister ihn zurück. »Obendrauf!« Das war mehr gehaucht als gesprochen, aber Möllerjahn verstand.

Sie erkletterten die aus Natursteinen gefügte, kaum noch zweieinhalb Meter hohe Mauer, lagen bäuchlings auf den groben Steinen, mußten den vom Klettern keuchenden Atem bezwingen und zugleich auf die nächtlichen Schleicher achten. Möllerjahn preßte Mund und Nase in den Mantelstoff und strengte seine Augen an. Manchmal sah er das Wasser des Flutgrabens aufblinken, die drei sah er nicht. Rister hingegen verließ sich mehr auf sein Gehör. Aber es schien ihm einen Streich zu spielen. Er wurde unruhig: War es falsch gewesen, auf die Mauer zu klettern?

Endlich vernahm er ein leises Geräusch, ein Scharren, als würde Holz gegen Stein scheuern. Und nun Plätschern. Eigenartig!

Wieder Stille.

Dann kamen die drei den schmalen, am Flutgraben entlangführenden Saumpfad zurück, balancierten auf einer Bohle über den Wasserlauf zur Stadtmauer herüber. Jeder der beiden Männer trug zwei Pakete, das Diebesgut!

Möllerjahn, er lag unmittelbar über der Pforte, versuchte sie zu erkennen: der erste – ein Fremder; der zweite – Stengel; zum Schluß die Frau – Melitta Schneidereit! Donnerwetter!

Die Pforte quietschte ein wenig, als die Frau sie hinter sich ins Schloß drückte. Besser einfetten! kommentierte Möllerjahn im stillen. Doch dazu werdet ihr kaum noch Gelegenheit haben!

Nachdem die drei Komplicen wieder in der Laube waren, ließen sich die Kriminalisten von der Mauer herab: »Mann!« raunte Möllerjahn, und Rister: »Machen wir Schluß!«

Den gleichen Weg, den die Diebesbande gegangen war, gingen auch unsere beiden. Allerdings machten sie vor der Laube halt und postierten sich an der Tür. Oder sollten sie anklopfen und um Einlaß bitten? Das wäre eine schöne Geschichte geworden! Und es wäre doch auch schade, würde sich einer von denen in der Laube bei der Flucht durchs Fenster noch den Anzug beschmutzen oder gar zerreißen! Wer höflich ist, oder sagen wir: wer das Überraschungsmoment nutzen will, der muß warten können.

Wie oft und wie lange hatte VP-Meister Möllerjahn schon gewartet? Das war unwichtig. Entscheidend blieb, daß das Warten nicht vergeblich gewesen war. – Sie standen wie Statuen neben der Tür und lauschten auf jeden Laut. Es schien da drinnen Streit zu geben. Er wurde mit gedämpften Stimmen ausgetragen, doch wenn man das Ohr an die Wand legte, war jedes Wort zu verstehen. Frau Melitta war tonangebend und behielt sich das letzte Wort vor. Dafür war sie dann die erste, die das Gartenhaus verließ – verlassen wollte.

Sie drehte den Schlüssel im Schloß, öffnete die Tür und erstarrte. Sie blickte in eine Pistolenmündung. Ehe sie den Schreck überwunden hatte, schob Rister sie beiseite und stand mit einem Satz in der Laube.

»Hände hoch!«

Möllerjahn, er war an der Tür stehengeblieben und hatte Rister gedeckt, drängte die Frau zu ihren Komplicen ins Zimmer. Auf einem wackligen Gartentisch aufgestapelt lag die in der vergangenen Nacht gestohlene Bettwäsche.

»Eine feine Gesellschaft ist hier beieinander!« sagte Rister und blickte sich in dem primitiv eingerichteten Raum um.

Im gleichen Moment sprang Möllerjahn vor. Mit der Handkante schlug er gegen den Unterarm des Fremden, dessen Rechte blitzschnell in die Hosentasche gefahren war. Der Mann stöhnte auf, gleichzeitig krachte ein Schuß. Frau Schneidereit begann hysterisch zu kreischen. Der Mann drehte sich langsam um sich selbst und setzte sich auf den Fußboden. Möllerjahn zog ihm die Hand aus der Tasche. Sie umklammerte noch die Pistole, mit der er sich bei Möllerjahns Schlag in den Oberschenkel geschossen hatte.

»O du mein Gott, dies ist das Ende!« jammerte die Frau.

»Behalten Sie die Arme oben, legen Sie die Hände hinter den Kopf. Und lassen Sie sich das eine Warnung sein!« mahnte Rister, während Möllerjahn die Taschen des Verletzten durchsuchte. Außer zwei Reservemagazinen und einem Personalausweis, ausgestellt für Adam Mustak, Berlin-Lichtenberg, brachte er einen auf den gleichen Namen lautenden Westberliner Ausweis zutage.

*

In jener Nacht, die diesem ereignisreichen Sonnabend folgte, herrschte Hochbetrieb in unserem um diese späte Stunde sonst stillen VP-Kreisamt. Die drei im Gartenhaus am Dohlensteig Festgenommenen sollten noch verhört werden. Über Sonntag wollte Rister die Ermittlungsakte abschließen, damit sie Montag früh dem Staatsanwalt übergeben werden konnte. Solchen Eifer waren wir von Rainer Rister ja gewöhnt; der fand erst Ruhe, wenn er unter eine übernommene Sache den Schlußstrich gezogen hatte.

»Müssen die Verhöre heute nacht noch sein?« fragte der Diensthabende, als Rister und Möllerjahn ihre verschmutzten Mäntel ablegten und die von der alten Stadtmauer hinterlassenen Spuren aus den Gesichtern wuschen. »Geht doch erst mal schlafen«, ratschlagte er. »Ihr habt euch doch die vergangene Nacht schon um die Ohren geschlagen!«

»Mann«, brauste Rister auf, »was sind denn das für pflaumenweiche Empfehlungen? Heut vor 'ner Woche ist kein Kubaner schlafen gegangen. Müdigkeit? Deswegen die Verteidigung der Revolution auf den nächsten Tag verschieben? Zweiundsiebzig Stunden*, da waren die Gangster samt ihrer Intervention ins Meer geworfen. So, und du rätst uns: Geht erst mal schlafen!«

»Bißchen schiefer Vergleich. Diese Melitta Schneidereit wird den Sozialismus bestimmt nicht in Gefahr bringen, wenn sie mal eine Nacht in der Haftzelle sitzt und ...«

»... und sich unterdessen neue Lügengeschichten ausdenkt. Nee, mein Lieber, das Eisen muß geschmiedet sein, solange es heiß ist!«

»Ich mache einen starken Tee unterdessen, der hilft uns über die nächsten Stunden hinweg«, sagte Möllerjahn. »Und sollte einer der Herren ein Fläschchen kubanischen Rum zur Hand haben, dann her damit. Einen Schuß davon in den Tee würde manchem guttun!« Er zwinkerte Rister zu, bevor er die beiden Streithähne verließ, die sich – er kannte das zur Genüge – bei jeder Gelegenheit auf solche oder ähnliche Weise foppten.

Als sie dann den Tee schlürften, fragte Möllerjahn: »Sag mal, Rainer, welcher Wind hat dir eigentlich die Spur zu Frau Melitta in die Nase geblasen?«

»Jacobs hat dabei geholfen und der fremde Kraftfahrer!«

Zuerst stutzte Möllerjahn. Dann begriff er: Das gespannte Verhältnis zwischen dem Lagerbuchhalter und der Frau! Rister versuchte es zu erforschen. Er erfuhr, daß Jacobs ein ordentlicher Kerl ist. Weshalb versuchte ihn Melitta Schneidereit zu belasten? Um einen etwaigen Verdacht von sich abzulenken! Das war vorerst nur eine Vermutung.

Später sprach die Frau allzu nachdrücklich davon, daß nur der betriebsfremde Kraftfahrer als Täter in Frage kommen könne. Und dann das Frühlingsfest, das sonderbare Verhältnis zwischen ihr und Stengel. Und hatte sie Rister nicht in die Bar gelotst, um Stengels Verschwinden zu verschleiern? Weshalb lud sie Rister ein, bei ihnen zu übernachten? Um für sich ein Alibi zu haben, falls am nächsten Morgen der erneute Diebstahl bekannt würde, und um Rister zu verwirren. Geschickt eingefädelt, nur hatte sie nicht bedacht, daß Rister ihr Tun eben ganz anders auffassen könne.

»Freilich waren es zuerst nur Vermutungen«, bestätigte Rister, »Vermutungen, wie so oft in unserem Beruf. Aber aus ihnen formt sich ein Bild. Das gleicht dann einem guten Gemälde, dem du mehr entnehmen kannst als das, was der Maler mit Farbe auf die Leinwand gebracht hat. – Kurz und gut, ich habe die Villa beobachtet, wollte erfahren, was Schneidereits so am Wochenende unternehmen. Als die Frau nach Einbruch der Dunkelheit das Haus verließ, folgte ich ihr. Dohlensteig Nummer Sieben, alles andere weißt du.

Und jetzt werden wir uns Stengel vornehmen!«

»Das ist nicht wahr!« erwiderte Stengel, als Rister ihm die Tat auf den Kopf zusagte. Er stritt hartnäckig alles ab. Rister ließ sich davon nicht beirren. Es geschah manchmal, daß einer leugnete, stundenlang leugnete und am Ende, wenn er sich im Netz seiner Lügen und Ausflüchte verstrickt hatte, die Tat doch eingestand. – Mal sehen, wie lange Stengel sich hinter seinem »Ich war es nicht!« verschanzt!

»Sie sind Fahrstuhlführer, Herr Stengel. Das haben Sie ausgenutzt, um die Pakete zu stehlen.«

»Ich habe nicht gestohlen, ich nicht.«

»So? Wer dann?«

Schulterzucken und ein verstocktes Gesicht.

»Wenn Sie darüber nichts aussagen wollen, dann sprechen Sie doch davon, welche Aufgaben Sie in Ihrer Nebenbeschäftigung als Hausbursche hatten.«

»Hausbursche ist übertrieben. Ich besorge nur die Heizung, zweimal am Tage, früh und abends. Das ist alles.«

»Und woher holen Sie das Heizmaterial?«

»Vom Kohlenplatz natürlich.«

»Da müssen Sie sicher auch in den Geräteschuppen?«

»Klar, dort steht die Schubkarre. Ich kann die Kohle schließlich nicht in Eimern rübertragen.«

»Ist Ihnen im Schuppen nichts aufgefallen? Haben Sie dort nichts weiter zu erledigen gehabt, als nur die Karre zu holen?«

Stengel tat gleichgültig. »Ich weiß nicht, was Sie wollen.«

Der Bleistift, den Rister bislang zwischen den Fingern drehte, wurde energisch in die Griffschale zurückgelegt. »Dann werde ich es Ihnen sagen:

Vor Jahrzehnten, als die Stadt noch nicht über die alte Stadtmauer hinausgewachsen war und es auch Schneidereits Weißwäschefabrik noch nicht gab, lag vor dem Südtor eine Ölmühle. Der Bach, der die Mühle trieb und an der Stadtmauer in den Flutgraben mündete, wurde seitdem Mühlbach genannt.

Um die Jahrhundertwende wurde die Stadtmauer zu eng. Die aufblühende Industrie verlangte Platz. Neue Fabrikanlagen, auch Wohnsiedlungen für die vom Land in die Stadt zuwandernden Arbeiter mußten angelegt werden. So entstand die Südvorstadt. Ein gewisser Herr Schneidereit, der Großvater Ihres Chefs, gründete eine Weißweberei am Mühlbach, dem er Brauchwasser in genügender Menge und billig entnehmen konnte.

Es kam die Zeit, zu der der zweite Schneidereit die Weberei vergrößern wollte. Sie war aber an drei Seiten von Wohnhäusern eingeschlossen, die vierte begrenzte der Mühlbach. Was tun? – Man müßte den Mühlbach in eine Kanalröhre leiten! Dieser Vorschlag des ehrenwerten Stadtrats Schneidereit fand Gefallen bei den Ratsherren. Der Mühlbach unterirdisch – eine hygienische Großtat der Stadtväter! Schneidereit rieb sich die Hände, er hatte Ruhm und Baugrund gewonnen. – Weshalb erzähle ich Ihnen das?

Noch heute fließt der Mühlbach, in eine Kanalisationsröhre gebettet, unterm Fabrikgelände dahin. Am Kohlenplatz, gleich neben dem Geräteschuppen, befindet sich ein Einsteigeschacht. Solche Öffnungen müssen sein, um die Röhre hin und wieder mal zu reinigen, nicht wahr?

Ein pfiffiger Kopf kam nun darauf, die Kanalisation für ganz bestimmte Zwecke auszunutzen. Und das sah so aus:

Die gestohlenen Wäschepakete lagen im Geräteschuppen versteckt. Bei günstiger Gelegenheit wurde der Kanaldeckel abgehoben. An den Eisenkrampen im Einsteigeschacht war das Ende einer ziemlich langen Leine angebunden. Zog man sie herauf, wurde die am anderen Ende befestigte Backmulde herbeigeholt. Das Diebesgut konnte in das ›Transportschiff‹ hinabgelassen werden. Alles weitere war kinderleicht: Die Leine wurde nachgelassen, und die Strömung des Mühlbaches nahm die Backmulde mit.

Wohin trieb das ›Transportschiff‹? Der Mühlbach mündet nach wie vor in den Flutgraben. Aber so weit durfte die Backmulde nicht kommen. Ein Meter vor dem Einlauf war Schluß, länger war die Leine nicht. Wer Bescheid wußte, stieg vom Saumpfad des Flutgrabens zur Kanalröhre hinab und konnte das Schiffchen entladen. Aber Bescheid wußten nur drei, und die holten nachts die Pakete und brachten sie zum Gartenhaus. Adam Mustak brachte die Wäsche nach Berlin und dort über die Sektorengrenze*.«

»Das wissen Sie alles?« staunte Stengel.

»Es wäre für Sie besser gewesen, wir hätten es von Ihnen erfahren. Konnten Sie sich nicht denken, daß wir Sie vor Ihrer Festnahme beobachteten? Und als Sie hierhergebracht wurden, sind wir natürlich runter zum Saumpfad, haben die Kanalröhre und darin das Backtrogschiffchen gefunden.«

»Ich gebe es zu«, sagte Stengel. »Ich will auch sagen, wie ich die Pakete beiseite geschafft habe.«

Und nun erfuhren unsere beiden, daß Stengel hin und wieder half, die auszuliefernde Ware vom Lager in den Fahrstuhl zu tragen. An den bewußten Tagen war er besonders eifrig und nahm im geeigneten Augenblick ein paar Pakete mehr aus den Regalen. Auch die lud er in den Fahrstuhl, das fiel nicht auf. Während der Fahrt hinab hielt er unterwegs an und schob das Diebesgut durch die Notausstiegklappe. Für niemanden sichtbar lagen die Pakete nun oben auf dem Fahrstuhlkorb. In der Mittagspause fuhr er in den Keller und versteckte sie dort. Am Abend, sobald er Kohle in die Villa karrte, brachte er sie dann zum Geräteschuppen.

Während Stengel das schilderte, dachte Möllerjahn an die Stunden, die er in der Wohnung des Straßenbahners zubringen mußte.

War er unaufmerksam gewesen? Das konnte ihm keiner nachsagen. Stengel fuhr die Pakete in der leeren Schubkarre zum Schuppen. Sein Weg sowie der Kohlenplatz wurden vom Hauptgebäude der Fabrik verdeckt und waren nicht einzusehen. Das hatte Stengel geschickt ausgeknobelt. – Und der Hund?

»Rolle wurde am Abend des Betriebsfestes von Frau Schneidereit wohlweislich nicht auf den Hof gelassen«, gab Stengel zu. »Die außerplanmäßige Sonnabendlieferung brachte unser System durcheinander. Aber Frau Schneidereit drängelte, wieder ein paar Pakete zu besorgen. Weil es gefährlich war, unter den Augen des angeblichen Reparaturelektrikers die übliche Masche zu wagen, bin ich Freitag nacht durch die Villa in die Fabrik, habe die Pakete aus dem Lager geholt und gleich in den Schuppen gebracht. Dann mußte ich mich bis Arbeitsanfang im Keller verstecken, Schneidereits waren zurückgekommen und der Hund freigelassen worden.«

»Wer gab Ihnen die Schlüssel?«

»Die hat mir Frau Schneidereit gegeben. Es waren die Reserveschlüssel.«

»Sie haben Schneidereits Arbeitsmantel getragen?« Risters Detailfragen folgten schnell aufeinander.

»Das war auch ihre Idee. Falls mich jemand sieht, sollte er mich für den Chef halten.«

»Weshalb ließen Sie den Mantel im Aufenthaltsraum?«

»Absichtlich. Der Fund sollte Sie verwirren!«

»Hatten Sie beim Betriebstest Streit mit Frau Schneidereit?«

»Ja. Ich wollte nachts nicht in die Fabrik. Es war mir zu riskant.«

»Mußten Sie zu einer bestimmten Zeit vom Betriebsfest weggehen?« Rister war gespannt, ob sich auch jetzt seine Vermutung bestätigte. Und Stengel gab zu, der Anruf sei von Mustak fingiert worden, um Rister abzulenken. Es sollte nicht auffallen, daß Stengel fortging. Dem gleichen Zweck diente auch die Einladung in die Bar.

Noch mehr gestand Stengel: Er hatte den Fahrstuhldefekt herbeigeführt, um etwaigen Verdacht von sich abzulenken. Auch das war Frau Schneidereits Vorschlag. Sie hatte ihren Mann ausgeforscht und war stets unterrichtet, was zur Klärung der Diebstähle unternommen wurde.

Nach diesem Geständnis herrschte für geraume Weile Schweigen. Stengel kauerte schuldbewußt auf dem Stuhl. Er war in sich zusammengesunken und dem Heulen nahe. Möllerjahn überflog das Stenogramm, und Rister schien wieder einmal in sein Spiel mit dem Bleistift vertieft. Das Spiel der Finger täuschte. Rister versuchte, sich ein Charakterbild von dem Jungen zu machen und der Ursache nachzuspüren, die ihn auf solche Abwege brachte. Endlich fragte er: »Hat Ihnen Frau Schneidereit Ihre gefährliche Arbeit auch gebührend entlohnt?«

»Mustak war immer hinter Geld her. Ich ... ich ...« Er begann zu stottern und wurde über und über rot.

Das also ist des Pudels Kern! dachte Rister. Der Junge ist ihr auf den Leim gekrochen! Sie hat es auszunutzen verstanden!

»Ich war ja verrückt, wie benebelt war ich«, sagte Stengel. »Ob Sie mir nun glauben oder nicht: sie hat mich zum Verbrecher gemacht. Zuerst war alles ganz anders. Zuerst war ich nur in sie vernarrt. Sie hat das auch gemerkt. Dann geschah es. In der Wohnung. Ich wollte zuerst gar nicht. Aus Angst, ihr Mann könnte uns überraschen. Nach dem einen Mal hat sie immer wieder Ausreden und Vorwände gewußt und hat mich vertröstet. Immer wieder vertröstet. Und ich hab's nicht gemerkt, wie sie mich dahin brachte, daß ich vor ihr glänzen wollte. Ein Held wollte ich sein. So hat sie mich weich gemacht, und ich habe alles getan, was sie verlangte. Zurück konnte ich nicht mehr. Wenn es noch weitergegangen wäre ...«

*

»Das ist Melitta!« freute sich Schneidereit, als die Hausklingel anschlug. »Sie kommt schon zurück!«

Sein Gesicht spiegelte die Enttäuschung wider, als er an der Haustür einem Fremden gegenüberstand. »Wollen Sie zu mir?« fragte er argwöhnisch.

»Sind Sie der Textilkaufmann Schneidereit? Dann will ich tatsächlich zu Ihnen. Mein Name ist Möllerjahn, bin Mitarbeiter vom Genossen Rister.«

»Und was, wenn man fragen darf, möchten Sie, jetzt, so spät?«

»Genosse Rister bittet Sie, zu ihm zu kommen. Wir wollen die bewußte Sache zum Abschluß bringen!«

»Hat Rister den Dieb? Wer ist es?«

»Bitte, Herr Schneidereit, dort drüben wartet unser Dienstwagen. Kommen Sie.«

Die ganze Angelegenheit, so spät am Samstagabend zumal, kam Schneidereit äußerst merkwürdig vor. Aber er zügelte seine Neugier, nahm seinen Mantel, hinterlegte für Melitta eine eilig gekritzelte Nachricht und folgte Möllerjahn.

»Wer ist der Hundsfott?« bestürmte er Rister. »Dieser Kanake! Er soll mir unter die Finger kommen, ich werde ihn ... Aber reden Sie endlich, wer ist es denn?»

»Eine regelrechte Bande! Bitte beruhigen Sie sich. Und setzen Sie sich, Sie werden es nötig haben.»

»Was habe ich? Herr Rister, ich muß doch sehr bitten!«

Schneidereit wollte noch einige Proteste vorbringen, doch sank er auf den erstbesten Stuhl, als die Tür geöffnet und seine Frau hereingeführt wurde.

»Melitta – du?«

»Ja, ich«, sagte sie, halb im Trotz und halb verlegen. Und sie bekam den Blick nicht frei von ihren Fußspitzen. Schneidereit preßte die Hände vors Gesicht. »Meine Frau«, flüsterte er vor sich hin. »Wie ist das möglich?«

Als Rister neben ihn trat, sprang er auf, packte die Frau an den Schultern und schüttelte sie. »Sag doch, daß du es nicht gewesen bist«, redete er auf sie ein. »Bestimmt nur ein

Irrtum von Herrn Rister. Ein paar Bettbezüge zu stehlen, hast du das nötig? Sprich doch, Melitta, sprich! Nicht wahr, du warst es nicht?«

Wortlos drehte sich die Frau zur Seite, entwand sich dem Griff ihres Mannes, entwand sich seinem drängenden Gestammel.

Schneidereit meinte, der Boden müsse unter seinen Füßen wegrutschen. Seine Frau? Er wollte es noch immer nicht glauben. Rister schob ihm ein maschinegeschriebenes Protokoll zu. Hastig begann der Textilkaufmann die Zeilen zu überfliegen, doch je länger er las, um so schwerer wurde sein Blick. Da stand es schwarz auf weiß und von Melitta unterschrieben, ein umfassendes Geständnis, das damit begann, weshalb sie, die wohlhabende und lebenslustige junge Offizierswitwe – Hauptmann Gunter von der Recknitz war in Afrika geblieben – ausgerechnet einen um zwanzig Jahre älteren Geschäftsmann geheiratet hatten.

»So ist das also«, stöhnte Schneidereit erschüttert. »Versorgungsehe. Alleinerbin von ›Belladonna‹. Und es ging ihr nicht schnell genug. Kalt und berechnend …«

Die Frau blickte spöttisch auf den Mann, der zusammengesunken auf dem Stuhle hockte, der wieder die Hände vors Gesicht genommen hatte und in einem fort den Kopf schüttelte, weil er die Wahrheit noch immer nicht zu fassen vermochte.

Rister gab den an der Tür postierten Genossen einen Wink. Sie führten die Frau ab. Rister wollte Schneidereit Mut zusprechen oder Trost, wollte ihm sagen, daß er eigentlich nichts verloren habe. Doch fühlte er, daß das verfrüht gewesen wäre.

EBERHARD RICHTER

Das Alibi

Ein Großstadttag ging zu Ende. Durch das Zentrum mit seinen Vergnügungsstätten, durch die Gegend um den gläsernen Kuppelbau des Hauptbahnhofes flackerte noch ein seltsamer Widerschein des vergangenen Tages. In Leuchtbuchstaben fügte er sich zu den Namen von Cafés, Bars und Bierstuben. Fetzen schriller Musik und lautes Stimmengewirr wehten aus den Lokalen, wenn einer die Tür aufstieß, um herauszutreten in die Kühle der Nacht. Inmitten dieses Trubels stand ein nüchterner grauer Betonklotz, dessen Fassade bis auf zwei Fenster dunkel war. Aber gerade in diesem Gebäude wurde der Puls der nächtlichen Stadt kontrolliert – hier arbeitete der Operativstab der Volkspolizei. Das eine erleuchtete Fenster gehörte zur Funkleitstelle, im Zimmer nebenan hatte der Lageoffizier seinen Befehlsstand.

Kurz nach dreiundzwanzig Uhr geschah es. Auf dem Schreibtisch des Lageoffiziers schrillte jenes Telefon, das signalisierte: Irgendwo im Stadtgebiet hat jemand die Notrufnummer der Volkspolizei gewählt. Der Offizier meldete sich und vernahm eine aufgeregte Stimme. »Hallo! Hallo! Hier ist der Kfz.-Meister Arno Baumert. Bei mir in der Werkstatt ist ...« Und dann riß die Stimme ab. Ein Knacken in der Leitung – Stille. Nichts, nicht einmal ein Rufzeichen.

Der Offizier drückte die Taste der Weitsprechanlage zu den Revieren, beugte sich nach vorn und rief: »An alle Diensthabenden! Schnellstens ermitteln: Wo wohnt ein Kfz.-Meister Arno Baumert, wo liegt seine Werkstatt? Ergebnis sofort zurückmelden!«

Noch bevor er Antwort hatte, kam in der Funkzentrale die Durchsage eines Streifenwagens an. »Hier Paula sieben! Hier Paula sieben! In der Parkallee zweiundzwanzig vermutlich Verbrechen an Kfz.-Meister Arno Baumert. Einsatz Mordkommission erforderlich.«

Der alarmierende Anruf des Lageoffiziers erreichte Oberleutnant Rolf Nielsen, den Leiter der Mordkommission der VP-Bezirksbehörde, in seiner Wohnung. Wenige Minuten später fuhr schon der Dienstwagen vor. Nielsen war der erste, der abgeholt wurde.

Jetzt rollte der Wagen in eine Straße mit altmodischen Mietshäusern. Hier wohnte Scharffenstein, der lange, hagere, überaus korrekte Leutnant. Er stand bereits vor der Haustür, eilte nun auf die Wartburg-Limousine zu, stieg rasch ein und fragte nach einem knappen Kopfnicken: »Schon Einzelheiten bekannt?«

Oberleutnant Nielsen erzählte das wenige, was er wußte. Scharffenstein hörte ohne Zwischenbemerkungen zu. Er halbierte dabei eine Zigarette, weil er so seine Rauchleidenschaft wenigstens etwas dämpfen wollte.

Sie kamen vor dem Neubaublock an, in den Unterleutnant Gräfe, der Kriminaltechniker, vor kurzem eingezogen war. Sie mußten warten. Endlich flammte im Treppenflur Licht auf, und atemlos erschien Gräfe. Schnaufend ließ er sich auf den hinteren Sitz des Wagens fallen.

Die Wartburg-Limousine surrte durch menschenleere Straßen. Rechts und links der Fahrbahn rückten die Häuser weiter auseinander. In der Parkallee hatte jedes der schmukken wohlgepflegten Häuschen seinen eigenen Garten. Ein Volkspolizist lief dem Wartburg entgegen und hob seinen weißen Signalstab. Sie waren am Ziel.

Oberleutnant Nielsen sah sich um. Im matten Licht einer Gaslaterne stand der Funkwagen, umgeben von aufgeregten Menschen. Dahinter ein grüngestrichener Zaun und eine niedrige Halle mit dem Schild »Jawa-Service«.* In der Mitte der Straße aber lag ein lebloser Körper in einer dunklen Lache.

Der Streifenführer, der mit einem älteren Mann auf Nielsen zukam, meldete, daß sie, wohl kurz nachdem es geschehen war, hier die Straße entlangfuhren und so den Toten entdeckten. Der ältere Mann stellte sich als ein in der Nähe wohnender Arzt vor. »Leider kam jede Hilfe zu spät«, erklärte er traurig. »Zwei Messerstiche, einer dürfte genau das Herz getroffen haben.«

Inzwischen kniete Gräfe schon vor der Leiche, die Kamera erhoben, das Blitzlichtgerät flammte auf. Scharffenstein hatte sein Notizbuch gezogen und wandte sich an die Umstehenden. Er suchte nach Tatzeugen.

Der Streifenführer reichte dem Oberleutnant einen Zettel mit Baumerts Personalien: dreiundvierzig Jahre alt, Inhaber eines Motorrad-Reparaturdienstes mit zwei Arbeitern, ledig ...

Nielsen ging zum Grundstück hinter dem grüngestrichenen Zaun. Eine vergitterte Lampe am Hallengiebel beleuchtete den Hof. Er durchschritt ihn, schob vorsichtig, um keine Spuren zu vernichten, das Werkstattor auf. Sein Blick blieb auf dem Schloß haften: es war gewaltsam aufgebrochen. Sicherlich hatte das auch Baumert bemerkt, als er, aus Gründen, die man nun nie mehr erfahren würde, noch einen Kontrollgang machte.

In der Halle selbst deutete nichts auf einen Einbruch hin. Gut ausgerichtet standen in zwei Reihen Motorräder da, alles war aufgeräumt, alles lag an seinem Platz. Deshalb war Baumert wahrscheinlich gleich in seine Meisterbude gegangen, einem kleinen Raum hinter gläsernen Wänden, um den Lageoffizier anzurufen. Aber das Gespräch war blitzartig abgebrochen worden. Nicht einmal den Hörer hatte Baumert richtig aufgelegt.

Der Oberleutnant überlegte. Es mußte etwas geschehen sein, das Baumert völlig aus der Fassung gebracht hatte. Aber was? Stück für Stück, in einer mühsamen Geduldsarbeit, suchte er den Raum ab. Jede Kleinigkeit konnte Bedeutung haben.

In der äußersten Ecke, hinter Werkzeugregalen, die ein Materiallager von der Halle abtrennten, lag ein umgestürzter Holzschemel, daneben stand ein halboffener blauer Campingbeutel. Er enthielt verschiedene Schraubenschlüssel, eine Kombizange und ein Sortiment raffiniert hergestellter Diebesinstrumente. Das schien die Lösung zu sein. Wahrscheinlich hatte sich der Täter, überrascht durch Baumerts Kontrollgang, hier hinten versteckt. Aber aus irgendeinem Grunde schien er von Baumert, der telefonierte, doch bemerkt worden zu sein, er mußte hastig fliehen ...

Leutnant Scharffenstein kam. »Eine Zeugin ist ernst zu nehmen«, meinte er. »Sie sah, was sich auf der Straße abgespielt hat. Es ist eine Nachbarin Baumerts. Ich denke, Sie werden selbst mit ihr sprechen wollen, Genosse Nielsen.«

Sie gingen zum Haus dieser Nachbarin hinüber und klingelten. Eine Frau von etwa fünfunddreißig Jahren öffnete. Ihr Gesicht trug die Spuren schlechtgetrockneter Tränen.

Die Frau hatte eigentlich ihren Mann erwartet, der auf einer Betriebsfeier gewesen war und mit einer Taxe heimkommen wollte. Als ein Motor aufdröhnte, war sie ans Fenster gegangen. Doch auf der Straße stand nur ein blauweißer Trabant. Ein Junge in engen Hosen und schwarzer Lederjacke stürmte von der Werkstatt her auf diesen Wagen zu. Hinter ihm erschien Baumert. Er erreichte den Jungen, ein Handgemenge, Baumert taumelte, der andere sprang in den Trabant, dessen Fahrer sofort startete.

»Können Sie mir den Jungen näher beschreiben?« Rolf Nielsen fragte es mit wenig Hoffnung. Die Frau schüttelte hilflos den Kopf.

Im Zimmer des Leiters der Abteilung Kriminalpolizei beim VP-Kreisamt hing an der Wand eine große Karte. In Schraffuren und Linien zeigte sie das Stadtgebiet. Jetzt spielten ein paar Sonnentupfer darauf. Der neue Tag hatte begonnen, und es war ein wundervoller strahlender Frühlingstag, der auch vor dem nüchternen Amtsraum nicht haltmachte.

Hauptmann Weber, der K-Leiter, hatte freilich alles andere im Sinn als das Frühlingswetter. Er stand vor dem Stadtplan, der mit verschiedenfarbenen Nadeln gespickt war, zeigte auf Nadeln mit roten Köpfen und sagte zu Rolf Nielsen, seinem Gast: »Wir haben insgesamt einundzwanzig unaufgeklärte Garageneinbrüche, die stark den Geschehnissen in der Parkallee ähneln.«

Oberleutnant Nielsen und Hauptmann Weber arbeiteten nicht das erste Mal zusammen, aber selten hatte sich schon von Anfang an eine so enge Beziehung zwischen einem Mordfall und einer Kette weiterer Verbrechen ergeben.

Weber erläuterte, daß die Burschen jedesmal vor ihren Einbrüchen einen PKW von der Straße entwendet hatten, mit dem sie dann ihre Beute abtransportierten. Und jedesmal war dieser PKW ein Trabant gewesen. Weber entnahm seinem Schreibtisch ein Stück Papier, strich es glatt und reichte es seinem Besucher. »Unsere Brennpunktkarte!«

Das Blatt zeigte ebenfalls das Stadtgebiet, aber gröber skizziert, vereinfacht. Kreuze markierten die Tatorte. Auf dem linken oberen Viertel waren einundzwanzig Punkte durch Linien verbunden, die ein Stück vom Vorgelände der Stadt umschlossen. »Es sind die Stellen, an denen wir die entwendeten Wagen jeweils wiederfanden«, erläuterte der Hauptmann. »Ich nehme an, daß die Verbrecher von dieser Gegend aus bequem zu ihren Wohnungen zurückgelangen konnten oder daß sich dort ihr Schlupfwinkel befindet, die Diebeshöhle für die Lagerung des gestohlenen Gutes. Die Gegend ist übrigens gut dafür geeignet: Der Blaue See – Wassergrundstücke – Laubenkolonien und viel Wald. Unsere Genossen suchen das Gelände bereits nach dem Trabant ab.«

Inzwischen hatte auch die Arbeit im Volkspolizei-Bezirksamt begonnen, einem burgähnlichen Backsteinbau mit vielen Türmchen und Zinnen. In den Zimmern klapperten Schreibmaschinen, klingelten Telefone, trafen sich Offiziere aus den Kreisämtern zu Lagebesprechungen.

Der Kriminaltechniker Fred Gräfe eilte mit wehendem Laborkittel aus seiner »Giftküche«. Er hatte eine wichtige Entdeckung gemacht, die er dem Chef sofort servieren wollte. Keuchend betrat er das Büro der Mordkommission – und fand zu seiner Enttäuschung nur Leutnant Scharffenstein vor. Es dauerte eine ganze Weile, ehe Oberleutnant Nielsen erschien, und kaum war er im Zimmer, klingelte das Telefon. Scharffenstein meldete sich und reichte den Hörer an Nielsen weiter. Als dieser wieder auflegte, meinte er: »Es stimmt, unser Trabant ist wirklich am Blauen See gefunden worden.«

Da weder Scharffenstein noch Gräfe mit dieser Feststellung etwas anfangen konnten, erzählte ihnen Nielsen von seinem Gespräch mit Hauptmann Weber.

Erst dann kam Gräfes großer Augenblick. Der kleine Unterleutnant sah seinen Freund und Chef lächelnd an. Betont gleichgültig fragte er: »Und weißt du auch, wo du nach den Burschen suchen mußt?«

Nielsen griente zurück. »Weißt du's?«

»Und ob!« Gräfe berichtete: »Zu den sichergestellten Einbruchswerkzeugen gehört ein Spezialschraubenschlüssel, wie er im Handel nicht erhältlich ist. Er muß von einem Betrieb zu besonderen Verwendungen angefertigt worden sein. An einer Stelle war er stark zerkratzt. Es stellte sich heraus, daß der Täter dort etwas weggestichelt hatte, einen ursprünglich eingeprägten Firmennamen. Und ... na ja, ich und die Chemie konnten ihn wieder sichtbar machen.«

Jetzt war Nielsen ehrlich gespannt. »Und?«

»PGH* Trabant-Instandsetzung!«

Aus der Toröffnung rollte ein Trabant und schwenkte zur Fahrbahn ein. Am Lenkrad saß ein junger Bursche mit einem hellen Haarschopf, bekleidet mit einem blauen Overall. Der Junge gab Gas, und der kleine Wagen schoß mit einem hohen singenden Ton an der Kette abgestellter Fahrzeuge entlang, die weithin sichtbar markierten, daß sich hier eine Autowerkstatt befand.

Die nächste Kurve, zu scharf angeschnitten, wurde dem Trabant beinahe zum Verhängnis; denn plötzlich war da ein entgegenkommender Wartburg. Bremsen quietschten, Pneus rutschten über den Asphalt – und dann war alles noch einmal gut gegangen.

Immerhin mußte sich Leutnant Scharffenstein ein paar Schweißtropfen von der Stirn wischen. Rolf Nielsen, das Steuer zwischen den Händen, wirkte ruhig. Und in der Tat – ihn beschäftigte nur, wo er den anderen Fahrer schon einmal gesehen hatte. Diese klaren und dabei verwegenen Züge, diese hellen Haare, den Burschen kannte er doch. Aber woher, zum Teufel, woher?

Ein Stück von der Werkstatt entfernt fanden sie Platz zum Parken. Nielsen und Scharffenstein stiegen aus, passierten das Tor und sahen links ein flaches Bürogebäude. Plötzlich schrie jemand: »Vorsicht!« Und wieder jagte ein Trabant zur Straße hin.

Die Kriminalisten betraten das Bürogebäude und öffneten die Tür mit der Aufschrift »Kasse«. Hinter einer hölzernen Barriere erhob sich ein hübsches Mädchen mit kesser Stupsnase und Pferdeschwanzfrisur von ihrem Schreibtisch.

Nielsen erklärte, wer sie seien. Merkwürdigerweise wunderte sich das Mädchen nicht im geringsten. »Mein Vater erwartet Sie.« Sie lächelte und wies den Kriminalisten den Weg durch den Kassenraum zu einem zweiten Zimmer.

Es war auch ein Büro. Am Aktenschrank stand ein rundlicher Mann und ordnete Papiere. Dabei paffte er aus seiner Tabakspfeife dicke Qualmwolken. Als er hörte, die Polizei sei da, nickte er befriedigt. Dann stellte er sich vor. »Artur Falkenhain, Vorsitzender der PGH und Kreisobermeister des Kfz.-Handwerks.« Und Inge sei seine Stütze im Betrieb, sagte er, und er hätte sie gern bei der Unterredung dabei. Während er sprach, schob er seinen Gästen Stühle zu.

Rolf Nielsen schaute bei diesem ihn überraschenden Empfang nicht eben klug drein. Doch das Rätsel löste sich: Die Kfz.-Handwerker der Stadt hatten heute früh, nachdem ihnen das Verbrechen an ihrem Kollegen Baumert bekannt geworden war, beschlossen, der Polizei ihre Hilfe für die Aufklärung des Falles anzubieten. Falkenhain war ihr Vertreter und hatte mit dem VP-Kreisamt telefoniert. Die Übermittlung seines Angebots an die Mordkommission war freilich um Sekunden zu spät gekommen, Nielsen und Scharffenstein saßen zu dieser Zeit bereits im Wagen.

Nielsen dankte dem Meister herzlich und sagte ihm, es werde sich noch zeigen, was die Reparaturwerkstätten tun könnten, vorerst ginge es freilich um etwas anderes.

Nielsens Plan war es, zu erforschen, auf welche Arbeiter in

Falkenhains Werkstatt die Beschreibung der Zeugin zutraf. Bei denjenigen, die in Frage kamen, wollte er anschließend überprüfen, wo sie sich gestern abend aufhielten. Als Artur Falkenhain hörte, daß die Täter offensichtlich Trabant-Spezialisten seien und ihre Spuren zu diesem Betrieb führten, biß er wütend auf das Mundstück seiner Tabakspfeife.

Seine Tochter Inge sagte empört: »Das kann nicht stimmen! Ich kenne hier jeden! So etwas ist keinem zuzutrauen.« Sie schwieg und schaute ebenso ratlos drein wie ihr Vater. Nach einer Weile sagte sie leise: »Also, unsere Jungens, das sind Siegfried Fuchs, Horst Knebel und Wolfgang Sellentin.«

»Du hast Dieter Jarosek vergessen.«

Unzufrieden über den Einwurf ihres Vaters verzog das Mädchen den Mund. Etwas schnippisch erläuterte es den Kriminalisten: »Den können Sie nun wirklich ausklammern, das ist unser zuverlässigster Arbeiter.« Bedauernd zuckte Nielsen die Schultern. Inge biß sich auf die Unterlippe. Sie ärgerte sich.

Falkenhain griff nach den Papieren auf seinem Tisch und räumte sie ab. »Falls Sie dieses Zimmer brauchen – es steht Ihnen zur Verfügung.«

Über den Hof schlenderte ein schlanker Junge, die Hände in die Taschen seines Overalls vergraben, die flache Ledermütze mit dem hochgeklappten Schirm keck auf ein Ohr geschoben. Einem herumliegenden Stück verbeulten Blechs gab er einen Fußtritt, daß es scheppernd über das Pflaster rollte. Er ging auf den Aufenthaltsraum der Arbeiter zu, öffnete leise die Tür, blickte hinein – und lächelte ironisch.

Drinnen, zwischen den Umkleideschränken, kniete Horst Knebel, ein gedrungener Bursche, kraftstrotzend und muskulös. Er raffte eifrig etwas aus seinem Schrank in einen Rucksack.

Siegfried Fuchs lehnte sich an den Türpfosten, zündete sich eine Zigarette an, wartete. Endlich sagte er leise, aber aufreizend: »Hööö!«

Knebel erschrak. Mit großen Augen starrte er zu dem anderen hin.

»Falls sich's bei dir noch nicht herumgesprochen hat«, meinte Fuchs herablassend, »wir warten auf den Starter für den Kombi, und den wolltest du längst fertig haben, Junge!«

Knebel stammelte: »Sind dir die zwei aufgefallen, die zum Chef rein sind? Die Nummer an ihrem Wartburg – Polente!«

Es schien, als zucke Siegfried Fuchs kaum merklich zusammen. Seine Stimme allerdings blieb kühl. »Hast du Sorgen! Mensch, nun komm und klotz ran! Es geht um unser Geld.«

Knebel nickte und schob den Rucksack schnell in einen anderen Schrank. Kopfschüttelnd trat Fuchs näher.

»Was denn? Willst du dem alten Grotjahn was vermachen?«

Knebel winkte ab. »Bis der von seiner Kasse zurück ist, hab ich das Zeug hier längst raus.«

Fuchs pfiff durch die Zähne, griente. »Ersatzteile?«

»Eben.«

»Billig eingekauft, was? Na los!«

In diesem Augenblick erschien Inge. »Wer von euch beiden kann mitkommen, den Kriminalisten ein paar Fragen zu beantworten?«

Siegfried kniff ein Auge zu. Was denn los sei? Aber er bekam aus Inge kein Wort heraus. Schließlich erklärte er, er sei bereit, sich als erster vernehmen zu lassen – Knebel solle inzwischen den Starter in Ordnung bringen.

Die Jungen gingen hinaus. Da entdeckte Inge die zertretene Zigarette auf dem Fußboden und ärgerte sich. Dreckspatzen, Männerwirtschaft! Sie bückte sich nach der Kippe und streifte dabei Grotjahns Schrank. Langsam knarrte die Tür auf …

Siegfried Fuchs gab auf Oberleutnant Nielsens Fragen zunächst keine direkten Antworten, er schien vielmehr selbst die Volkspolizisten aushorchen zu wollen. Aber als es darauf ankam, brachte er ein hieb- und stichfestes Alibi vor – ein

Alibi, das ihm sein Freund Wolfgang Sellentin bestätigen würde.

Wolfgang, ein schmächtiger Brillenträger, hockte sich verschüchtert auf die äußerste Stuhlkante. Ängstlich schaute er zu dem schweigenden Scharffenstein. Erst als ihm Nielsen zulächelte, hellte sich sein Gesicht auf. O ja, er und Siggi, Siegfried Fuchs, hätten gestern abend bei Sellentins Platten überspielt, er besäße nämlich einen neuen Tonbandkoffer, prima Modell, mit allen Schikanen; bis nach Mitternacht sei es gegangen ...

Dann kam der Autoelektriker Horst Knebel an die Reihe. Er tat eifrig und hilfsbereit. Gestern abend? Gestern abend wäre er zu Hause gewesen und früh schlafen gegangen. Seine Großmutter, bei der er wohne, könne darüber Auskunft geben.

Nielsen machte eine freundliche Handbewegung. »Tja, das wär's, Herr Knebel.« Er lehnte sich im Bürosessel zurück, sah hinter Knebel her, wie der, breit und wuchtig, durch die Tür verschwand. Dabei dachte er schon an den vierten, der nun gleich erscheinen mußte, an Dieter Jarosek. Das Mädchen Inge hatte ihn energisch verteidigt und offenbar mit gutem Grund. »Der beste Arbeiter des Betriebes« – das sprach für ihn, außerordentlich sprach das für ihn. Würde er nun auch noch mit der gleichen Sicherheit wie die anderen seine Unschuld beweisen, dann verlief die Spur zur PGH fürs erste im Sande.

Es klopfte. Dieter Jarosek trat ins Zimmer. Es war der Junge mit dem hellen Haarschopf, der vorhin beinahe den Zusammenstoß verursacht hatte. Herausfordernd und skeptisch zugleich betrachtete er den Oberleutnant.

»Wollen Sie sich nicht setzen?«

Dieter setzte sich. Nielsen, nun wieder grübelnd, woher er ihn kenne, sagte ein paar einleitende Worte. Dann stellte er die entscheidende Frage.

Der Junge richtete sich ein wenig auf. »Wo ich gestern abend war? Das ist meine Privatangelegenheit!«

Nielsen verschlug es die Sprache. Wußte denn dieser Bursche nicht, was er sich einbrockte? Oder war das jetzt die richtige Spur? Wer nichts zu verbergen hat, braucht nichts zu verschweigen!

Und plötzlich erinnerte sich Nielsen, woher er Jarosek kannte. Vor drei Jahren war es gewesen: Untersuchungshaftanstalt ... Dieter im Ermittlungsverfahren ... fortgesetzte unbefugte Benutzung fremder Kraftfahrzeuge, ein Verkehrsunfall und Fahrerflucht standen auf seinem Konto ... Nielsen, damals noch ein unerfahrener Assistent, hatte als stummer Zuhörer verfolgt, wie der Junge vernommen wurde, wie er sehr schnell seine Fehler einsah und sie ehrlich bereute. Und wenn er jetzt der beste Arbeiter des Betriebes war, dann schien er ja auch auf dem richtigen Wege geblieben zu sein. Oder? Wer einen klaren Kopf und so etwas wie Charakter hat, dem genügt die eine Lehre.

Der Oberleutnant trat auf den Jungen zu, betrachtete ihn kopfschüttelnd. »Hören Sie mal, wollen Sie wieder in den Bau gehen wie vor drei Jahren?«

Dieter erschrak.

»Menschenskind«, Nielsen beugte sich über ihn. »Menschenskind, jetzt eine Aussageverweigerung, dann ein paar dumme Zufälle, und Sie sitzen drin. Dabei«, sein Blick wurde forschend, »haben Sie doch nichts mit dem Verbrechen zu tun?«

»Nicht das geringste! Ehrenwort!«

»Na also! Machen Sie den Mund auf! Packen Sie aus!«

Dieter senkte bedrückt den Kopf. Er begann zu reden, leise, mit gebrochener Stimme. Aber es war nicht das, was Nielsen erwartete.

»Werden Sie«, fragte Dieter, »werden Sie dem Meister von der alten Geschichte erzählen?«

Nielsen war überrascht. »Weiß er nichts davon?«

»Ich wollte es nicht ewig nachschleppen ... Der Fragebogen bei der Einstellung ... na ja, Sie verstehen!«

Daher weht der Wind, dachte Nielsen, trotzdem blieb unverständlich, warum Dieter nicht über den gestrigen Abend sprechen wollte.

»Es geht nicht, so wie die Dinge stehen, der Meister kocht innerlich sowieso vor Wut.« Und kaum hörbar fügte Jarosek hinzu: »Ich kann ihr das nicht antun!«

»Ihr? Einem Mädchen? Augenblick mal ... Inge Falkenhain?«

Dieter starrte ihn fassungslos an.

»Sie waren bei ihr, ohne daß ihr Vater es wußte?«

Dieter bekam sich wieder in die Gewalt – nein, nein, der Oberleutnant täusche sich, es sei nicht an dem, man möge ihm vertrauen ...

Er tat dem Oberleutnant leid. Er wollte sich für den guten Ruf seines Mädchens opfern; weiß der Himmel, was in verliebten jungen Leuten vorgeht! Er log, damit Inge keinen Ärger mit ihrem Vater bekam, ohne Zweifel, und das war eigentlich nur seine Sache und hatte mit dem Mordfall nichts zu tun. Nielsen beschloß, ihn zunächst in Ruhe zu lassen – auch wenn das Vernehmungsprotokoll dadurch unvollständig blieb.

Als Dieter Jarosek gegangen war, fühlte Nielsen Scharffensteins vorwurfsvollen Blick und lachte, um seine Unsicherheit zu verbergen. »Verrückt, was? Ich meine – meine Methode, wie?«

Scharffenstein zuckte die Schultern, klappte sein Zigarettenetui auf, entnahm ihm eine Zigarette, halbierte sie pedantisch und ließ ein Streichholz aufflammen. Er rauchte erst einige Züge, ehe er kühl und sachlich erklärte: »Allerdings – das Gesamtbild dieses Jarosek entspricht nicht dem eines Mörders. Ich würde vorschlagen, daß wir zusätzliche Informationen über ihn einholen. Des weiteren gibt es Mittel, festzustellen, ob die Angaben der anderen überhaupt der Wahrheit entsprechen. Vielleicht finden sich Lücken, womit wieder einiges offen wäre.«

Nielsen atmete auf. Da sagte Leutnant Scharffenstein sehr betont und sehr gemessen: »Das soll nicht bedeuten, daß ich mit Ihrem Vorgehen im Falle Jarosek einverstanden bin, Genosse Oberleutnant.«

In einem Vorort, der mit seinen gewundenen Gassen, seinen rissigen Häuschen unter breitästigen Baumkronen und seinem Ententeiher schon sehr dörflich anmutete, lag das Tabakgeschäft der Elfriede Knebel. Die alte Inhaberin wollte einfach nicht begreifen, daß es zwei Kriminalisten waren, die nach ihrem Enkel fragten. »Er ist ja ein so guter Junge, und Sie haben ihn in bösem Verdacht!« Vorwurfsvoll schnalzte sie mit der Zunge, wiegte den Kopf hin und her und setzte dann mit Nachdruck hinzu: »Sie kennen ihn eben nicht!«

»Es handelt sich um eine harmlose Überprüfung«, beteuerte Nielsen, um sie zu beruhigen.

Es half nichts, Oma Knebel hatte ihre eigene Meinung von der Polizei. »Sie denken von jedem das Schlechteste, es liegt an ihrem Beruf.« Sie lächelte spitz und führte die beiden eine knarrende Treppe hinauf zu Horsts Zimmer – sie sollten nur gleich alles gründlich durchstöbern, wenn sie einmal da wären, ein ruhiges Gewissen brauche nichts zu fürchten, gottlob.

Oben war sie ein wenig außer Atem und darum nicht mehr so abwehrend. Nielsen nutzte die Gelegenheit, wieder zur Sache zu kommen. »Wo war Ihr Enkel gestern abend?«

Oma Knebel musterte ihn überlegen. »Zu Hause! Na, was dachten Sie denn? Schon um neun ist er ins Bett gegangen. Das ist so seine Zeit, damit er am nächsten Morgen fit ist, wie er immer sagt. Er ist so strebsam, meine Herren! Pfennig auf Pfennig legt er beiseite. Wer den Pfennig nicht ehrt, ist des Talers nicht wert! Er hat sich auch schön was angeschafft.«

Stolz nahm sie eine eingerahmte Fotografie von der Wand. Das Bild zeigte Horst vor einem Sportkabriolett nicht mehr ganz neuen Typs, das er geschickt auf Hochglanz gebracht hatte. »Ja, meine Herren, ein Auto muß man haben, man muß doch mithalten können. Als nächstes hat er sich übrigens einen Trabant bestellt. Und in dem wird er mich sonntags ausfahren. Er dankt mir, was ich für ihn getan habe – seine Eltern sind dreiundvierzig bei einem Bombenangriff ums Leben gekommen, und ich hatte die Sorgen mit ihm.«

Nielsen hängte das Foto an seinen Platz zurück und fragte unverhofft: »Weiß außer Ihnen noch jemand, daß er um neun zu Bett gegangen ist?«

Das war ein Ton, der die Frau sofort verwandelte. Er klang nach Obrigkeit, und sie beugte sich dem, erwiderte beinahe militärisch: »Jawohl, Herr Kriminal.« Ihr Nachbar sei bei ihr gewesen, Herr Wille, wegen des Fernsehprogramms.

Nielsen trat ans offene Fenster, als wolle er ein paar Sonnenstrahlen, ein bißchen frische Luft erhaschen – und stutzte. Mühelos konnte man durch das Fenster zum flachen Dach eines Schuppens, vom Schuppen auf den Zaun und vom Zaun zu einem Feldweg hinter der Häuserreihe klettern. Wenn also Knebel die Absicht gehabt hätte, sich unbemerkt von seiner Großmutter zu entfernen – ein Kinderspiel!

Er winkte Scharffenstein heran. Der begriff. »Das ist ja ...« Ihm fiel die alte Frau ein, und er unterbrach sich. Oma Knebel war herangeschlurft. Sie vollendete den Satz auf ihre Weise: »Eine schöne Gegend, gewiß, die freie Natur direkt hinter dem Hof!«

Scharffenstein verzog keine Miene. Sie verabschiedeten sich und gingen zurück zum Wagen.

Die Wartburg-Limousine hatte den Vorort mit seinem holprigen Straßenpflaster bald hinter sich gelassen. Sie rollte durch das Verkehrsgewühl der Innenstadt, am Hauptbahnhof vorbei, erreichte schließlich eine gepflegte, elegante Gegend. Zwischen Grünflächen strebten Wohnblöcke mit weißen Balkons und langen, glitzernden Fensterfronten auf.

Vor einem der Hauseingänge stoppte Nielsen. Sie stiegen aus, suchten die gläserne Tafel zwischen den Klingelknöpfen ab, bis sie den Namen »Sellentin« gefunden hatten.

Oben empfing sie schon vor der Wohnung eine kleine zarte Frau mittleren Alters. Sie trug lange Hosen und einen Pullover und hatte ein Schürzchen kokett umgebunden. Ihr Haar war grellrot gefärbt. Ja, sie sei die Mutter von Wolfgang, worum es denn ginge? Während sie fragte, geleitete sie die beiden in das Arbeitszimmer ihres Mannes.

Nielsen zeigte seinen Dienstausweis und erkundigte sich,

wo Wolfgang gestern abend gewesen wäre. »Gestern abend? Da kann er ausnahmsweise nichts ausgefressen haben, da war er mit Siggi, seinem Freunde, hier.« Sie kramte einen Tonbandkoffer aus dem Bücherschrank, baute ihn vor Nielsen auf, erklärte: »Das ist die Heule, die die Jungen so magisch anzieht.«

Es war ein hübsches Gerät, und Nielsen konnte nicht widerstehen, er bediente die Einschalttaste. Als ein scharfer, peitschender Twist losbrüllte, stellte er schnell wieder ab.

Wolfgangs Mutter war voller Heiterkeit. »Jede Generation hat ihre eigenen Ideale. Und unser Wölfchen und der Siggi, die ergänzen sich als Freunde geradezu in idealer Weise. Der Siggi hat, was Wolfgang braucht: Der weiß, wie man sich nach der Decke streckt! Dabei kann er einem imponieren, wie er seinen Vater, der durch seine Sauferei total fertig ist, und seine fünf Geschwister durchbringt.«

Während Frau Sellentin erzählte, untersuchte Oberleutnant Nielsen unauffällig das Tonbandgerät. »Und gestern abend haben die zwei hier Schallplatten überspielt?« fragte er, als Wolfgangs Mutter schwieg.

»Das tun sie immer, wenn mein Mann und ich nicht zu Hause sind.«

»Wie? Sie waren gar nicht zu Hause?«

»Nein, mein Mann kann nämlich den Siggi nicht leiden. Und Wolfgang kann ihn immer nur dann mitbringen, wenn wir ausgehen.«

In diesem Augenblick klingelte es an der Flurtür. Frau Sellentin entschuldigte sich. Kaum war sie weg, raunte Scharfenstein seinem Chef zu: »Kein Zweifel, daß dieses Alibi ziemlich wacklig ist.« Und er zog sein Notizbuch.

Nielsen wollte etwas antworten, aber eine hohe, fettige Männerstimme ließ es nicht dazu kommen.

»Verwehren Sie mir nicht den Eintritt, liebe Frau Sellentin!« rief die Stimme. »Verwehren Sie mir nicht den Eintritt! So sympathisch ich Sie sonst auch finde!«

Rückwärtsgehend erschien Wolfgangs Mutter wieder, geschoben von einem gewaltigen Bauch in einem hellen Sommerjackett, über dem ein majestätisches Antlitz thronte; eine silbergraue Lockenpracht krönte es. Zu guter Letzt kam noch eine schwarze Dogge.

Der Dicke machte eine überraschend graziöse Verbeugung. »Schulze-Strotthoff!«

»Bitte, schweigen Sie!« flehte ihn die Frau an.

Ungerührt fragte er: »Sie sind, wie mir Frau Sellentin mitteilte, Herren von der Polizei?«

Die Frau gab ihren Widerstand auf, flüsterte erläuternd: »Herr Kammersänger Schulze-Strotthoff, unser Nachbar, ist ein berühmter Tristan-Darsteller.«

Stolz nickte der Dicke, um dann freilich in edler Bescheidenheit abzuschwächen. »Gewesen. Man hat das Beste hinter sich.«

Auch Nielsen war höflich, auch er verbeugte sich. »Was verschafft uns die Ehre, Herr Kammersänger?«

»Hektor!« Der einstmalige Tristan deutete auf die Dogge. Als habe sie dieses Stichwort erwartet, zeigte sie ihr kräftiges Gebiß und knurrte. »Brav, Hektor! Du bist hier bei guten Menschen.«

»Warum können wir es da nicht unter uns klären?« Erneut mischte sich Frau Sellentin ein.

Mit einer ausdrucksvollen Geste schob der Sänger ihren Einspruch beiseite. »Hektor«, sagte er, »ist von mir erzogen und liebt deshalb Klassik. Bei banaler Tanzmusik wird er melancholisch. Er heult. Und ich kriege die Beschwerden. Haben wir uns verstanden, meine Herren?«

Eigentlich nicht – lediglich eine ganz schwache Ahnung hatte Nielsen. »Geht es Ihnen um den Schlagerfanatismus von Wolfgang?«

»Und um dessen Lautstärke! Und um dessen Häufigkeit! Als soeben die paar Töne erklangen – ich war überzeugt, er sei auch diesmal der Schuldige –, ging das Temperament mit mir durch, ich kam. Daß ich freilich Sie antreffen würde, meine Herren, ich ahnte es nicht, bin jedoch sehr froh darüber. Gewiß haben Sie meine Anzeige vom Abschnittsbevollmächtigten* erhalten. Nehmen Sie zusätzlich dieses

Beweismaterial!« Er zog einen Zettel aus der Tasche, reichte ihn dem Oberleutnant. »Meine Aufzeichnungen vom gestrigen Abend!«

»Vom gestrigen Abend?«

»Genau.«

»Heißt das, auch gestern abend spielten die beiden ihre Tonbänder ab?«

»Freilich.«

Der Zettel war mit winzigen, akkuraten Schriftzeichen bedeckt. Auf die Sekunde genau war angegeben, wann die Ruhestörung begonnen und wann sie geendet hatte. Die Zeit deckte sich mit der, in der Baumert ermordet worden war.

Die Abendschatten senkten sich zwischen die Häuser. In den Gängen des VP-Bezirksamts, die nun von einem schummrigen Dämmerlicht erfüllt waren, wurde es still. Nur im großen Sitzungssaal hörte man noch einen Mann laut sprechen. Rolf Nielsen stand auf dem Podium, und während er seine Sätze formte, überschaute er die Gesichter, die ihm lauschten; verständnisvolle, bereitwillige, entschlossene Gesichter. Da unten saßen Taxifahrer, junge Motorsportler der GST*, Mitglieder des ADMV*. Jeder von ihnen wollte ein paar Stunden seiner Nachtruhe opfern und den Streifendienst der Funkwagenstaffel und der Reviere verstärken.

Die Aufgaben waren verteilt, man konnte ans Werk gehen. Stühle wurden gerückt, halblaut ein paar Bemerkungen ausgetauscht, der Saal leerte sich.

Aber Dienstschluß war für den Leiter der Mordkommission heute noch lange nicht. In seinem Büro wartete Artur Falkenhain. Nielsen teilte dem Meister mit, wie er sich nach reiflicher Überlegung die Hilfe der Kfz-Handwerker vorstellte. Sie sollten Material für eine kleine Ausstellung zusammentragen, die Duplikate oder Fotos markanter, von den Dieben entwendeter Gegenstände enthielt. Nielsen hatte für diese Ausstellung schon ein Schaufenster an einem Verkehrsknotenpunkt des Zentrums gemietet. Die Bevölkerung würde dadurch aufgefordert werden, sich der Fahndungsaktion anzuschließen. An alle würde sich die Frage richten: Wo, bei welcher Gelegenheit und von wem wurden Dinge dieser Art zum Verkauf angeboten?

»Wird gemacht!« Falkenhain erhob sich. »Sie können sich auf uns verlassen.« Die Tür fiel hinter ihm ins Schloß.

Der Oberleutnant setzte sich an die Schreibmaschine und spannte einen Bogen ein. Er tippte die Überschrift »Maßnahmeplan«. Dann kam der Punkt eins: »Fortsetzung der Alibi-Überprüfungen«. Es war ja nicht ausreichend, nur in der PGH Trabant-Instandsetzung nach den Tätern zu suchen, einer von ihnen konnte auch woanders beschäftigt sein. Außerdem war es möglich, daß der Spezialschraubenschlüssel durch Zufall in den Besitz eines Fremden gelangt war. Jawohl, es mußten weitgehende Ermittlungen geführt werden, fürs erste zumindest unter den einschlägig Vorbestraften und unter den Jugendlichen, die durch ähnliche Delikte einmal das Interesse der VP oder der Justiz auf sich gelenkt hatten. Bewältigen konnte diese Arbeit nur Hauptmann Weber mit seinem Stab in der Kreisbehörde.

Und zweitens? »Überprüfung der vorigen Diebstähle.« Das brachte, Gott sei's geklagt, ein langwieriges Aktenstudium mit sich, bis einem der Kopf rauchte und die Buchstaben vor den Augen verschwammen. Aber vielleicht ergaben sich Zusammenhänge, die man bisher übersehen hatte.

Drittens war es nötig, sich ein noch genaueres Bild über Horst Knebel und Dieter Jarosek zu machen. Und das hieß, sich die Lebensläufe der Jungen beschaffen sowie Charakteristiken und Kaderunterlagen*, ihre Freunde und Bekannten vernehmen, sich jede mögliche Auskunft über sie einholen, um so eventuelle Tatmotive und entlastende Momente gegeneinander abzuwägen.

Viertens mußte man weiterhin über Wolfgang Sellentin und Siegfried Fuchs Ermittlungen führen, denn die Sache mit dem Tonband befriedigte Nielsen noch längst nicht.

Wie jede Stadt hatte auch diese ihren Rhythmus. Er fügte sich aus den Fahrplänen der Straßenbahnen und Omnibusse, aus dem Geschick, mit dem die Verkehrsposten an den Kreuzungspunkten die Fahrzeugströme teilten, aus dem Pendeln der Türen vor den Kaufhäusern und Geschäften. Der Rhythmus dieser Stadt war den Menschen zur Gewohnheit geworden, nichts brachte ihn so leicht aus seinem Gleichmaß – vor jenem Schaufenster aber begann er zu holpern ... Es lag dem Hauptbahnhof gegenüber, dicht hinter dem Schild einer Haltestelle, und war auch unübersehbar für diejenigen, die auf dem großen Parkplatz ihre Wagen abstellten. Und es zog durch die vor ihm geballte Menschentraube ständig weitere Passanten an.

Die Kraftfahrzeughandwerker hatten ihr Versprechen schnell eingelöst. Gut geordnet zeigte sich hinter der spiegelnden Glasscheibe eine Auswahl von Gegenständen, wie sie die gefährlichen Autodiebe, die zu Mördern gewordenen Diebe, gestohlen hatten.

Ein hagerer braungebrannter Mann in einem Manchesteranzug verlangsamte seine Schritte. Mit einem Ausdruck von Ekel im Gesicht trat er zum Schaufenster. Plötzlich zog er die Stirn nachdenklich in Falten, er rieb sich das Kinn, und nach kurzem Überlegen eilte er wie gehetzt auf den Parkplatz, bestieg einen Trabant-Kombi und startete.

Zehn Minuten später erschien dieser Mann, der Maurerpolier Willi Bonte, im Zimmer der Mordkommission. Er müsse eine Aussage machen, eine höchst bedeutungsvolle wahrscheinlich. Dabei perlte ihm der Schweiß von der Stirn.

Rolf Nielsen schob den Schnellordner beiseite, in dem er gelesen hatte, und bot Bonte einen Stuhl an. Bonte setzte sich, zwang sich zur Ruhe, berichtete: Dort, im Schaufenster, habe das Foto einer luxuriösen, hierzulande bestimmt seltenen Scheibenwaschanlage italienischen Fabrikats gehangen. Und genauso eine, absolut genau, habe er seit vierzehn Tagen in seinem Auto!

Rolf Nielsens Herz begann schneller zu schlagen. Es sei denn ... Vielleicht täuschte sich der Mann?

»Sie können es selber nachprüfen«, antwortete Bonte. »Was mich betrifft, ich bin jedenfalls ganz sicher.«

»Und woher haben Sie die Scheibenwaschanlage?«

Bonte seufzte. »Das weiß ich eben nicht.«

»Aber ...«

»Beate, meine Tochter, weiß es nur. Sie hat sie mir zum Geburtstag geschenkt.«

Na bitte! Nielsen, der einen Moment maßlos enttäuscht gewesen war, fühlte sich wieder wohler. »Also fragen wir Ihre Tochter.«

»Ja, wenn das nur ginge ...« Leider ... Beate sei für drei Tage weggefahren, Camping, mit unbekanntem Ziel, eine Fahrt ins Blaue, wie es so heißt. Betrübt senkte Willi Bonte den Kopf.

Rolf Nielsen tat es gleichfalls. Schade um die schöne Zeit! Ein Tempoverlust, der den Verbrechern zugute kommen konnte.

Der Maurerpolier sah auf. »Höchstens ...« Er stockte.

»Was denn? Was wollten Sie sagen?«

»Ich meine, daß Beate mit berufsmäßigen Hehlern direkte Verbindung hat, das kann ich einfach nicht glauben. Aber kurz vor meinem Geburtstag brachte sie den Wagen in unsere Stammwerkstatt zur Durchsicht, und hinterher war die Waschanlage dran. Wenn Sie sich dort mal erkundigen würden?«

»Wie heißt Ihre Werkstatt?«

»PGH Trabant-Instandsetzung.«

»Endlich werden wir den Lumpen fassen!« Artur Falkenhain blätterte in einem Karteikasten; er war damit beschäftigt, festzustellen, wer Bontes Wagen in Arbeit gehabt hatte. Plötzlich starrte er ungläubig auf eine Karteikarte und sagte verblüfft: »Wolfgang Sellentin? Der kleine schmächtige Sellentin? Wer hätte das für möglich gehalten?«

Nielsen nahm ihm die Karte ab, vergewisserte sich. In der Tat: Sellentin! Und Sellentins Alibi? Nun, man würde sehen. Der Oberleutnant ermahnte den Meister, sich zu beherrschen, am besten alles hier in seinem Büro abzuwarten, und nickte seinem Mitarbeiter zu. »Na, dann mal los!«

Sie entdeckten Wolfgang unter einem Wagen, der im Hof stand. Der Junge rutschte hervor, seine treuherzigen Kinderaugen hinter den scharfen Brillengläsern blinzelten ängstlich. Als er jedoch hörte, es handele sich um den Wagen von Willi Bonte, atmete er auf. Er wischte sich die Hände an seiner Arbeitshose ab und sagte: »Wenn es Ihnen recht ist, werd ich bei der Gelegenheit 'ne Lulle rauchen.«

Es war den Kriminalisten recht. Wolfgang begann zu qualmen und gab seine Auskünfte. Ach, die Scheibenwaschanlage? Er sei gleich erstaunt gewesen über das tolle Ding. Aber Horst habe eben Verwandte im Westen …

»Horst Knebel?«

»Ja, Horst Knebel. Der hat sie mir angebracht. War wohl alles mit dem Fräulein Bonte so abgesprochen. Das denkt jedenfalls Siggi, nämlich Siegfried Fuchs …«

»Von mir ist die Rede?«

Nielsen fuhr herum.

Grienend, seine Ledermütze verwegen auf dem Kopf, fixierte ihn Siegfried Fuchs. Der Teufel mochte wissen, wie er lautlos aufgetaucht war, wie er überhaupt sofort erfahren hatte, daß sich die Kriminalisten seinen Freund vornahmen. Aber so merkwürdig es auch erscheinen mußte – was er erzählte, das stimmte mit Wolfgangs Aussage überein. Jawohl, Knebel habe das Ding besorgt und dafür von dem Mädchen sicherlich ein schönes Stück Geld eingestrichen. »Pech für Sie«, schloß der Junge, »daß Sie Horst jetzt nicht erreichen können. Er hat einen freien Tag.« Und es sah aus, als stecke in seinen Mundwinkeln ein geheimes triumphierendes Lächeln.

Sie konnten Knebel trotzdem erreichen. Der Meister, beim dem sie sich kurz verabschieden wollten, gab ihnen einen Tip. Vorher äußerte er noch seine Meinung, daß diesem Burschen zumindest die Diebstähle zuzutrauen seien, diesem geldgierigen Geizkragen, der gegen Wucherzinsen Kreditgeschäfte mache. »Sie dürften ihn auf seinem Laubengrundstück finden, da bastelt er an seinem Rennboot herum, wie ich ihn kenne.«

»Und wo liegt das Laubengrundstück?«

»Dornröschensteig – am Blauen See.«

Am Blauen See, an dessen Ufer sich nach Webers Brennpunktkarte das Versteck für die Lagerung der Diebesbeute befand? Wenn das nicht eine Spur war! Ach was, eine Spur – ein kompletter Trampelpfad von Spuren!

Während der Fahrt zum Blauen See wies Scharffenstein mehrmals sarkastisch auf den Sinn der Straßenverkehrsordnung und die im Stadtgebiet zugelassene Höchstgeschwindigkeit hin. Sein Chef nahm dann den Fuß vom Gaspedal, und die Tachometernadel drehte sich auf die Fünfzig zurück. Doch lange hielt das nie vor – Rolf Nielsen war von der Jagdleidenschaft gepackt, es trieb ihn an den Ort, wo sich vielleicht die Rätsel lösen würden. Und das war stärker als die gute Erziehung und der Respekt vor den Kollegen unter den weißen Sturzhelmen.

Der Wartburg rollte den Dornröschensteig entlang. Nielsen verlangsamte das Tempo. Da – vor einem Grundstück stand das altertümliche Sportkabriolett von Horst Knebel. Der Oberleutnant hielt an.

Horst Knebel trat aus dem Schuppen hervor, bekleidet mit einer schmutzigen Turnhose, den Oberkörper und das Gesicht voller Ölflecke. »So eine Überraschung!« Er war gutgelaunt und hatte offenbar nicht die Absicht, sich seine Stimmung verderben zu lassen. Ob Nielsen und Scharffenstein zur Wasserschutzpolizei übergewechselt seien? Na, was wollten sie denn sonst am See?

»Horst, wo bleibst du denn?«

Ein blonder Wuschelkopf erschien in der Tür des Schuppens.

»Meine zukünftige Verlobte!« Horst spielte den vollendeten Kavalier. »Beate Bonte!«

Beate Bonte? Und sie gab auch die Antwort auf die Frage nach der Scheibenwaschanlage. Sie selbst habe sie sich aus dem Westen schicken lassen von einer Tante, die ihr Vater nicht leiden könne, und deshalb habe er auch nichts Genaueres über die Herkunft seines Geburtstagsgeschenks erfahren dürfen, und Horst habe es aufbewahrt, bis es soweit war. Zum Schluß bat Beate, bei ihr daheim nicht mitzuteilen, daß sie mit einem Jungen zusammenstecke.

»Wir wollen nicht ewig ein Geheimnis daraus machen«, sagte Horst, »aber dem alten Bonte muß einer imponieren können, und das werd ich zum Beispiel durch meinen Eigenbau.« Der Junge ließ es sich nicht nehmen, er führte die Kriminalisten in den Schuppen, in dem ein schlanker Bootskörper aufgebockt war. An der Wand stand ein Motor. Der müsse noch dressiert werden, um die nötigen Pferdestärken für den Sieg beim nächsten Tourenbootrennen zu bekommen, und dann ... also der Alte würde zerschmelzen wie Butter bei vierzig Grad im Schatten, er hätte einen Nerv für so was.

Nielsen hörte mit halbem Ohr zu, wie sich Scharffenstein nach einigen technischen Einzelheiten erkundigte. Er wandte sich ab, ihm war elend zumute. Wieder ein Griff ins Leere! Denn alle Regeln der Logik sprachen für Beates Geschichte – wäre Knebel ein Dieb, er würde nicht ausgerechnet seinem zukünftigen Schwiegervater ein erbeutetes Stück andrehen, viel zu leicht könnte das früher oder später die Verfolger auf seine Spur lenken.

Tage verstrichen in zermürbender Kleinarbeit. Auf den Schreibtischen der Mordkommission häuften sich Protokolle und Berichte von Alibi-Überprüfungen, die Hauptmann Webers Mitarbeiter vorgenommen hatte, über Hinweise von Bürgern, über Fahndungen an Orten, wo möglicherweise Schwarzhandel mit Kfz.-Ersatzteilen getrieben wurde. Jedes Detail war vielleicht ein wichtiges Steinchen für das Mosaik, aus dem sich die Aufklärung eines Verbrechens oft entziffern läßt, aber ebensogut konnte es völlig wertlos sein. Es war unglaublich schwer, zu sichten und zu ordnen, das Wichtige vom Unwichtigen zu trennen.

Mit einer gewissen Sicherheit bestätigte sich lediglich, daß Dieter Jarosek wohl auch nicht der Täter war. Es hatte einst schlecht um ihn gestanden, gewiß – elternlos aufgewachsen, umhergestoßen seit seiner frühesten Kindheit, war er damals in eine Verfehlung hineingeschlittert. Sozusagen als Mutprobe und als Aufbegehren gegen eine Welt, die ihm feindlich erschien, hatte er die verbotenen Fahrten in fremden Kraftfahrzeugen betrachtet. Doch er hatte gelernt, jetzt war der Junge in Ordnung, seine Kollegen in der Werkstatt und seine Kameraden von der GST-Motorsportgruppe, der er angehörte, sprachen nur das Beste über ihn. Auffällige Geldausgaben, das Motiv der Bereicherung also, gab es bei ihm nicht, die Kaufsumme für seine neue Jawa hatte er Mark für Mark ehrlich gespart. Sein Name ließ sich damit von der Liste der Verdächtigen streichen. Und was seine persönlichen Angelegenheiten betraf, die Sache mit Inge – Nielsen beschloß, großmütig zu sein, die abgebrochene Vernehmung nicht nachzuholen.

Es war später Abend. Die Sonne hatte sich längst hinter dem Horizont verkrochen, nur noch der fahle Widerschein des Mondes fiel in die kleine Seitenstraße und ließ die Konturen der Dinge matt hervortreten.

Der hellgraue Trabant parkte unter einer trüben Gaslaterne. Im Schatten, den er warf, waren die zwei neben ihm hingekauerten Gestalten schwer zu erkennen. Hermann Wittbrot sah sie trotzdem. Hermann Wittbrot, Fahrer des Taxis Nummer einhundertsieben, hatte während der vergangenen Nacht die Kontrollen der Volkspolizei verstärkt, die neue Diebstähle verhindern sollten. In dieser Nacht verrichtete er wieder seine gewohnte Arbeit. Er hatte gerade einen Fahrgast abgeladen und fuhr nun zur Taxirufsäule zurück. Dabei hielt er durch die Windschutzscheibe Ausschau nach neuer Kundschaft und entdeckte so die zwei, die sich an dem Trabant zu schaffen machten.

Das Ganze war merkwürdig genug. Er bremste, hielt an – die beiden sprangen erschrocken auf, liefen zu einem knallroten Krad* und fuhren davon. Blitzschnell ging das, aber sofort startete auch der Taxifahrer. Freilich war er zu erregt, der Gedanke, daß dies sicherlich die Gesuchten seien, verwirrte ihn. Sein Fuß rutschte von der Kupplung, es gab einen Ruck, und der Wagen stand.

Was tun? Die beiden waren bereits weit entfernt. Lediglich ein paar Einzelheiten ihres Aussehens hatte er sich einprägen können. Würden sie für eine Großfahndung reichen? Sein Blick hastete die Straße entlang – wo war die nächste Telefonzelle? Dort, an der Ecke! Er jagte hin, wählte die Nummer des VP-Notrufs, machte keuchend seine Meldung.

Der Funkwagen »Paula neun« stand mit abgeschaltetem Motor am Straßenrand. Vor einer halben Minute war der Alarm gegeben worden, genauere Hinweise sollten folgen. Ein Knacken im Lautsprecher: Die Leitstelle. »Achtung! Die zwei Jugendlichen, bei denen es sich vermutlich um die gesuchten Autodiebe handelt, benutzen ein rotes Krad. Der Größere von ihnen trägt keinen Sturzhelm, der andere ist klein und schmächtig ...« Der Bleistift des Einsatzleiters kratzte über den Block, den er auf den Knien liegen hatte. »Bei Aufnahme der Verfolgung sind Sondersignale erlaubt.«

Der EMW* fuhr an. Drei Augenpaare durchforschten die Nacht zwischen den Häuserzeilen. Vorläufig nichts Auffälliges. Dann und wann unterbrach eine Durchsage die Zeichen des Polizeifunks, die monoton aus der Lautsprecheröffnung im Armaturenbrett drangen. In sämtlichen Stadtbezirken wurde jetzt nach den Verbrechern geforscht, das Netz war eng geknüpft, es blieben wenig Maschen übrig, durch die sie entwischen konnten.

Auf der anderen Fahrbahn kam in irrsinnigem Tempo ein Motorrad. Ein rotes Motorrad! Der Bursche an seinem Lenker ohne Sturzhelm, der auf dem Sozius ungewöhnlich klein! Jawohl, wir haben sie!

Der Fahrer von »Paula neun« riß das Steuer herum. Die Rückleuchte des Motorrads flog vor ihnen her, sie ließen sich nicht abschütteln, preschten mit gellendem Martinshorn um Kurven, rasten über Kreuzungen. Der Einsatzleiter nahm dabei das Mikro, informierte die Leitstelle. Er hörte, wie der Funkoffizier weitere Streifenwagen rief, der Äther war voller Befehle, und das bedeutete: die Diebe wurden eingekreist.

Das Krad schleuderte, bog ab. Eine gesperrte Nebengasse. Die Warnlaterne vor dem Schild »Vorsicht, Bauarbeiten!«

polterte weg. Denen da vorn mußte eine ungeheure Angst im Nacken sitzen, daß sie hier in dieser Geschwindigkeit fuhren. »Paula neun« konnte nur langsam folgen, der Abstand vergrößerte sich.

Die Verbrecher hatten die Baustelle passiert. Ein Kreisverkehr mit vielen Einmündungen. Plötzlich kreischende Bremsen. Um Haaresbreite rutschte das Krad vor dem Bug eines Polizeifahrzeugs vorbei. Dieses, scharf gestoppt, wirbelte um die eigene Achse, schob sich »Paula neun« in den Weg. Eine Sekunde, ein paar hämmernde Pulsschläge lang schien es, als müsse das charakteristische dumpfe Krachen eines schweren Zusammenstoßes kommen – dann hielt der Funkwagen.

Die Sperre war durchbrochen,

Rolf Nielsen, der seit Auslösung des Alarms neben dem Funkleitoffizier in dessen enger Kabine saß, zog eine Grimasse. Es lohnte gar nicht mehr, sich zu ärgern; was man anpackte, das ging sowieso schief, man konnte es bloß noch mit Galgenhumor ertragen. Er erhob sich. Drüben, zwischen den Telefonen und Kartentischen des Operativstabes, warteten Scharffenstein und Gräfe. Sie wußten Bescheid. Scharffenstein blickte wie einer, der Zahnschmerzen hat. Der kleine Kriminaltechniker versuchte, seine Kameraden und wohl in erster Linie sich selbst zu trösten. »Erst am Schluß wird abgerechnet, und dann haben wir die Pluspunkte, wollen wir wetten?«

In diesem Augenblick gab der Funkoffizier einen Zettel durch die Klappe in der Wand, Scharffenstein las ihn, riß wortlos den Mund auf, reichte ihn seinem Chef weiter. Auf dem Zettel stand: »Auf einem Grundstück Dornröschensteig – Gebiet Blauer See – Gesuchte festgenommen!«

Der Scheinwerferkegel des Wartburgs tastete die Zäune des Dornröschensteigs ab, leise surrte der Motor. Endlich traf das gebündelte Licht auf zwei Fahrzeuge der VP.

Rolf Nielsen orientierte sich. Dort war Knebels Häuschen, sollte er etwa ... Aber nein, sein Grundstück lag ruhig im Dämmerlicht des Mondes, durch den Garten daneben blitzten Taschenlampen, klangen Männerstimmen.

Ein junger Hauptwachtmeister empfing sie und berichtete, sie hätten auftragsgemäß in der Gegend ihre Runden gedreht und dabei hier die zwei verdächtigen Figuren bemerkt. Kleine Verfolgung, bei der sie auch die rote Jawa und – nebenbei fast – die Diebeshöhle gefunden hätten, und schon sei die Geschichte erledigt gewesen …

Der Garten sah verwildert aus. Unkraut wucherte, daß man keine Wege mehr erkennen konnte. Die Laube war morsch und verfallen, ihre Tür gab beim Öffnen einen ächzenden Laut. Innen stand nichts außer einem halben Dutzend Kisten, diese aber enthielten, ordentlich verpackt, den größten Teil der gestohlenen Dinge.

»Und wo sind die Festgenommenen?«

Der Hauptwachtmeister nickte einem seiner Leute zu. Dieser führte die beiden heran, einen Jungen und … ja, zwar in langen Hosen und einer dunklen Lederjacke, aber es war ein Mädchen. Und der Junge war Dieter Jarosek, und das Mädchen war Inge Falkenhain!

Rolf Nielsen schloß die Augen. Bin ich besoffen? dachte er. Das kann einfach nicht wahr sein. Er öffnete die Augen wieder. Das Bild blieb das gleiche. Dieter, verstört und hilflos, preßte die Arme auseinander, als ob er seine Handschellen sprengen wolle. Inges Gesicht war durch einen Tränenstrom verschleiert.

Auf der Rückfahrt zum VP-Bezirksamt hatte sich Dieter etwas gefaßt. Stammelnd hatte er zu reden begonnen, viele Male hatte er beteuert: »Wir sind unschuldig!« Und: »Ein blöder Zufall, in den wir reingerasselt sind.« Jetzt, im Büro der Mordkommission, war er soweit, daß er vollständige, verständliche Sätze formen konnte.

»Wir sind verwechselt worden«, sagte er und richtete sich steif in seinem Stuhl empor. »Wir haben keinen Trabant knacken wollen, das waren andere. Und daß meine Jawa rot ist – es gibt mehr von der Sorte.«

Rolf Nielsen fiel es schwer, ihm zuzuhören. Und wozu auch? Die Tatsachen waren eindeutig. Es bohrte im Kopf des Oberleutnants, sein Blick wanderte durch das Zimmer, blieb auf einzelnen Gegenständen haften, mit einem schmerzlichen Gefühl empfand er, wie er an alldem hing – an dem tintenbefleckten Plastiküberzug der Schreibtischplatte, bedeckt mit Schnellordnern, an dem schwarzen Aktenregal, dem schmalen Fenster zur Straße ... Und weit mehr noch bedeutete ihm Fred Gräfe, der sich hinter Dieter postiert hatte – ein Freund, ein echter Freund, mit ihm hätte man durch dick und dünn gehen können. Aus und vorbei! Der Oberleutnant der Volkspolizei, Rolf Nielsen, war nämlich ein Versager, jawohl, ein Versager! Von einem jungen Burschen hatte er sich narren lassen und ihm sogar Vorschub geleistet; es war nur recht und billig, die Konsequenzen zu ziehen, die Mordkommission brauchte einen besseren Chef ...

Fred Gräfe zwinkerte. Vorsicht hieß das, Mensch, mach keinen Mist, altes Haus! Es gab Nielsen einen Stich, natürlich, so oder so, die Aufgabe mußte zu Ende geführt werden, und vorerst war es noch seine Aufgabe. Er konzentrierte sich, musterte den Jungen, stellte eine Frage.

»Was suchten Sie ausgerechnet nach dem Diebstahlsversuch am Blauen See?«

»Wegen eines Verdachts. Weil doch ... Inge fand einen Rucksack Horst Knebels im Schrank eines erkrankten Kollegen, einen Rucksack, in dem Autoersatzteile waren. Horst hatte ihn versteckt, als Sie in der PGH auftauchten. Vorhin, beim Alarm ...«

»Woher wußten Sie von dem Alarm?«

»Aus meinem Fenster sieht man den Stützpunkt der GST, plötzlich war da was los. Und dann die vielen Streifenwagen auf den Straßen. Ich meinte, daß Knebel, wenn er zur Bande gehörte, vielleicht sein Grundstück als Versteck benutzte; die Idee liegt doch nahe, nicht wahr? Also nichts wie hin! Leider war Inge bei mir und wollte unbedingt mit. Hätte ich's nur nicht zugelassen.« Er seufzte.

»Und was wollten Sie im Nachbargarten?«

»Beobachten. Daß wir gerade an der richtigen Stelle waren ... keine Ahnung hatten wir davon!«

Nielsen machte eine Pause, er mußte seine Gedanken ordnen. Falls das stimmte, Donnerwetter, dann war der Junge ja doch einwandfrei. Halt mal! Nicht so hastig, mein Lieber! Laß dich nicht erneut aufs Glatteis führen. Wo lag der Angelpunkt, an dem sich entschied, ob Dieters Aussage glaubhaft sein konnte oder ob sie mit Bestimmtheit eine Lüge war?

Er trat nahe an den Jungen heran, beugte sich über ihn. »Warum hat uns Inge nichts von ihrer Entdeckung erzählt? Ich meine, als sie den Rucksack mit den Ersatzteilen fand.«

»Erst am nächsten Tag erfuhren wir aus der Zeitung, daß die Mörder zur Bande der Autoknacker gehören. Inzwischen war der Rucksack verschwunden.«

»Trotzdem hätten Sie uns ...«

»Ohne Beweise?«

Der Oberleutnant richtete sich auf, runzelte gequält die Stirn. Es machte ihn traurig, daß ausgerechnet Dieter und Inge versagt, ihre Beobachtung verschwiegen hatten – man vertraut ihnen, und so danken sie einem! Gleich darauf ärgerte sich Nielsen noch mehr. Über sich selbst ärgerte er sich, weil er den zweiten Schritt vor dem ersten getan hatte. Und der erste mußte sein, die ganze Geschichte mit Knebels Rucksack überhaupt zu bezweifeln – vielleicht nur eine Finte, eine faustdicke Lüge, ein Ablenkungsmanöver!

»Aber nun«, Dieters Stimme wurde flehend, »bitte, stellen Sie wenigstens fest, was Knebel heute nacht getrieben hat!«

Nielsen musterte ihn. »Sind Sie so sicher, daß Knebels Rucksack Diebesgut enthielt?«

»Nein, das nicht. Aber ich dachte, weil die Kisten in der Laube ...«

Nielsen stellte richtig: »Die Kisten mit Diebesgut standen in der Laube des Nachbargrundstücks!«

»Aber deren Besitzer kommt nie mehr raus! Krankheit! Und Horst wußte das. Ich hab es von ihm selbst erfahren.«

Dann allerdings. Aber wie konnte sich Knebel so idiotisch

benehmen und die Scheibenwaschanlage seinem zukünftigen Schwiegervater anbieten? Andererseits – irgendwann macht jeder Verbrecher einen Fehler. Also zumindest zeugte das, was Dieter auftischte, von einer blendenden Phantasie, es war glänzend kombiniert …

Plötzlich verzerrte sich Dieters Gesicht. Er keuchte, worauf der Oberleutnant denn noch warte? Es war ein Ausbruch von Verzweiflung, und er entschlüsselte, was in dem Jungen vorging. Der Meister solle endlich erfahren, daß er Inge gern habe, aber dazu müsse der Fall geklärt sein. »Denn es ihm vorher aufzutischen … Ich wollte ihm reinen Wein einschenken … ich kam nur bis zu meiner Vorstrafe.«

Nielsen wandte sich ihm wieder zu. »Sie haben mit dem Meister gesprochen?«

»Heute nachmittag. Er kriegte einen Tobsuchtsanfall, hält mich für den Mörder – und Sie für verrückt, daß Sie mich nicht eingelocht haben.«

Fred Gräfe hüstelte. Er machte eine Kopfbewegung zur Tür.

Die beiden Kriminalisten gingen auf den Flur. »Versuch in seiner Richtung weiterzuforschen!« sagte Gräfe.

»Knebel?«

»Genau! Du, der Dieter macht uns nichts vor. Und daß er gleich mit seiner Puppe zum See rausgedonnert ist, um Detektiv zu spielen … nach dem Gespräch mit Falkenhain: Kurzschlußhandlung. Und günstig für uns.«

Aus dem Nebenzimmer kam Scharffenstein. Er hatte das Mädchen vernommen. Ihre Angaben entsprachen denen Dieters. Das gab den Ausschlag.

Sie fuhren die miserablen Straßen zu dem Vorort, in dem Horst Knebel wohnte. Mißtönend schepperte die Klingel an der Haustür. Nach geraumer Zeit erschien die Großmutter – ihr Gesicht war klein, grau und spitz in der Trunkenheit des Schlafes. Verständnislos betrachtete sie die drei Männer. Langsam begriff sie: »Wie, ich soll Horst wecken? Um diese Zeit?«

Es mußte sein. Oma Knebel schlurfte vor ihnen her. Vernehmlich knarrte die Treppe, die zu Horsts Zimmer führte, aber oben rührte sich nichts. Sie klopften. Keine Antwort. Nielsen griff nach der Klinke, sie gab nach, die Tür öffnete sich. Leer! Das Zimmer war leer!

Die alte Frau staunte – mein Gott, so etwas! Mit einemmal griff sie sich an die Stirn: »Du lieber Himmel – ich vergaß: er ist tanzen. Seine Braut hat ihn abgeholt. Im Gasthaus ›Zum Adler‹ sind sie.«

Der Saal des Gasthauses »Zum Adler« war nicht groß. Dichte Wolken von Zigarettenqualm durchzogen ihn, zwischen den Tischen wogten die Paare im Takte einer Plautzkapelle, die es sich offenbar vorgenommen hatte, mit ihrem Lärm die Wände zum Einsturz zu bringen. Die drei Kriminalisten drängten sich im Gewühl vorwärts, wurden geknufft und gestoßen und konnten Horst nicht entdecken.

Endlich sahen sie ihn doch. Er hockte rücklings auf einem Stuhl und umarmte die Lehne. Seine Augen steckten hinter verquollenen Lidern, sie stierten ins Leere.

»Sternhagelvoll!« Gräfe prustete traurig.

»Wollten Sie was von ihm?«

Beate Bonte war gekommen und sah sie fragend an. Sie war hübsch in ihrem duftigen Sommerkleid, erhitzt vom Tanzen. Ach, seit wann sie hier wären? Seit dem frühen Abend. Leider vertrüge er nichts. Ein paar Freunde der beiden fanden sich nun auch noch ein und bestätigten Beates Worte. Damit war Horst Knebel entlastet.

Nichts zu machen! Nielsen und seine Mitarbeiter verabschiedeten sich, quetschten sich durch die drangvolle Enge zum Ausgang. Daß Beates Blick ihnen dabei folgte und daß das Mädchen immer nervöser wurde, entging ihnen.

Die frische Nachtluft vor dem Gasthaus tat wohl. Trotzdem munterte sie nicht auf, die Enttäuschung über den neuen Fehlschlag verwandelte sich in mürrische Müdigkeit. Schweigsam kletterten sie ins Auto. Nielsen holte schon den Zündschlüssel aus der Tasche und wollte starten, da trippelte es eilig heran und beugte sich zum Wagenfenster. Beate!

Sie atmete heftig, stoßweise entrangen sich ihr die Worte. Es müsse gesagt werden, es gäbe ihr keine Ruhe – kurz und gut: Sie kenne die Namen der Mörder!

Fred Gräfe schnalzte verblüfft mit der Zunge, öffnete dann die Tür neben sich, rutschte zur Seite, daß sie Platz nehmen konnte. Scharffenstein zog rasch sein Notizbuch. Als einziger blieb der Oberleutnant skeptisch. Nicht lange freilich.

Die Scheibenwaschanlage nämlich, so erklärte das Mädchen, stamme nicht von ihrer Tante, sondern von den Dieben, die wahrscheinlich auch die Mörder seien.

»Ja, aber warum haben Sie uns dann die Lüge von der Tante im Westen überhaupt aufgetischt?«

»Wegen Horst.«

»Wegen Horst Knebel?«

»Die Diebe haben es von ihm verlangt, und er ist in ihrer Hand. Sie hatten beobachtet, daß er Ersatzteile aus der Werkstatt wegnahm, sie auf neu polierte und gegen gutes Geld verschob – wegen des Rennboots, es schluckt Unsummen. Ach, hätte ich ihn bloß nie dazu verleitet!« Ihre Augen wurden feucht, sie bedauerte ihren Freund. Aber Mörder decken? Nein!

»Und die Namen? Wer sind die Burschen?«

Beate sagte voller Abscheu: »Siegfried Fuchs und Wolfgang Sellentin!«

Fuchs und Sellentin? Und ihr Alibi? Und wie waren sie auf den Einfall gekommen, die Diebesbeute auf dem Nachbargrundstück von Horst Knebel zu lagern? Der Oberleutnant preßte die Kinnladen aufeinander, so angestrengt grübelte er. Manches war noch unklar. Eines jedoch paßte verblüffend gut: daß die Aussagen von Inge Falkenhain und Dieter Jarosek von einer anderen Seite bestätigt wurden. Die wahren Zusammenhänge schienen jetzt sichtbar geworden zu sein.

Nielsen nickte vor sich hin. Sobald der Tag begann, würde er eine Entscheidung erzwingen!

Bis zur Mitte dieses Tages konnte man den Dienstwagen der Mordkommission an den verschiedensten Stellen der Stadt sehen. Die Fahrten waren nach einem konsequenten Plan geordnet.

Nielsen und Scharffenstein sprachen mit Horst Knebel, mit seinem Nachbar, dem Besitzer des Wassergrundstücks, auf dem die Diebesbeute lagerte, mit Wolfgang Sellentins Vater und mit Schulze-Strotthoff, der einst ein berühmter Tristan-Darsteller gewesen war und heute einen musikalischen Hund besaß. Sie besuchten auch Frau Sellentin und ließen sich noch einmal das Tonbandgerät ihres Sohnes zeigen. Gegen dreizehn Uhr trafen die Kriminalisten wieder in ihrer Dienststelle ein. Scharffenstein setzte sich sofort an die Schreibmaschine. Der Oberleutnant diktierte den Text. Es war der Haftbefehl gegen Siegfried Fuchs und Wolfgang Sellentin.

Eine Stunde später hatte der Staatsanwalt die Haftbefehle unterschrieben, und nach einer weiteren Stunde waren die beiden Jungen festgenommen.

Als ersten ließ der Oberleutnant den kleinen schmächtigen Wolfgang Sellentin in das Vernehmungszimmer bringen. Das Bürschlein war weiß wie ein Bettlaken und konnte sich kaum auf den Beinen halten. Er wankte zu seinem Stuhl, setzte sich, sank in sich zusammen. Doch die Aufforderung, ein Geständnis abzulegen, beantwortete er mit einem Kopfschütteln.

Da begann Oberleutnant Nielsen mit leiser Stimme aufzuzählen: »Erstens – für die Abende, an denen die Auto- und Garagendiebstähle stattfanden, haben Sie scheinbar ein Alibi. An jedem dieser Abende waren Ihr Vater und Ihre Mutter außer Haus, und so trafen Sie sich mit Siegfried Fuchs und ließen Ihr Tonbandgerät in voller Lautstärke laufen.«

»Stimmt!« Wolfgang nickte eifrig.

»Aber sagen Sie mal, warum legten Sie immer dasselbe Tonband mit denselben Schlagern auf?«

»Wie?« Der Junge war erschrocken.

»Herr Schulze-Strotthoff – und das wäre Punkt zwei – hat nämlich genau Buch geführt. Da sich niemand ständig das gleiche Konzert – und sei es auch ein Konzert von Tanzmusik – anhört, suchten wir nach einer Erklärung. Wir fanden sie – drittens – an Ihrem Tonbandgerät. Sie oder Siegfried, einer von Ihnen, war geschickt genug, dort eine automatische Abschaltvorrichtung einzubauen. Sie brauchten also das Band nur einzulegen und auf den Knopf zu drücken, dann konnten Sie beruhigt abschwirren. Selbst wenn Sie zu spät zurückkamen, Ihrem kostbaren Gerät geschah nichts. Die Dauer der Konzerte aber reichte jedesmal, Sie für die Zeit der Tat zu decken.«

»Nein!« Der Junge fuhr sich erregt durchs Haar. »Nein, nein!« Er stammelte. »Bitte – bitte, glauben Sie doch das nicht!«

Nielsen lächelte. »Viertens brauchten Sie ein Diebeslager, und Siegfried erfuhr von Horst Knebel, daß dessen Nachbargrundstück nie mehr benutzt wird. Fünftens vergewisserte er sich darüber vorsichtshalber noch bei dessen Besitzer, zu dem er hinging und Kaufabsichten vortäuschte.«

Wolfgang barg das Gesicht in den Händen, schluchzte auf. »Ja«, stöhnte er, »ja, Sie haben recht! Aber ...«, er hob den Blick, »aber den Mord habe ich nicht begangen. Das war Siggi. Ich saß nur draußen im Auto. Ehrenwort, Herr Oberleutnant!« Nielsen ließ ihn abführen.

Siegfried Fuchs, den sich der Oberleutnant anschließend vornahm, blieb lange Zeit verstockt. Selbst das bereits vorliegende Geständnis seines Komplizen schien ihn nicht zu erschüttern. Es verging der Nachmittag. Nielsen wollte schon aufgeben, da verzerrten sich plötzlich Siegfrieds Züge, und hastig, als könne er es wieder bereuen, sagte er: »Ich gebe alles zu! Es hat ja doch keinen Sinn, es abzuleugnen. – Sie wissen zu gut Bescheid.«

Oberleutnant Nielsen ließ ihn über die Einzelheiten der Diebstähle berichten. Dabei schälte sich ein verblüffendes Motiv heraus. Die Jungen hatten nie die Absicht gehabt, ihre Beute zu Geld zu machen. Der Verkauf der Scheibenwaschanlage an Knebel hatte sich nur zufällig ergeben. Im übrigen war es ihnen einzig und allein um das Abenteuer gegangen. Der kleine Wolfgang Sellentin, verzogen von der Mutter und zu hart behandelt vom Vater, hatte danach gelechzt, sich als starker Mann zu erweisen. Die Gelegenheiten dazu mußte ihm Siegfried Fuchs verschaffen, der günstige Augenblicke für Diebstähle und für die unbefugte Benutzung von Kraftfahrzeugen auskundschaftete. Er erhielt dafür die Hälfte von Wolfgang Sellentins reichlich bemessenem Taschengeld. Von Kfz.-Meister Baumert war Fuchs bei einem Einbruch bemerkt worden. Als es Baumert gelang, ihn direkt vor dem Wagen zu stellen, hatte er mit dem Messer nach Baumert gestochen.

Wieder ging ein Großstadttag zu Ende. Nur durch das Zentrum zuckte noch ein seltsamer Widerschein des vergangenen Tages. In leuchtenden Buchstaben fügte er sich zu den Namen von Cafés, Bars, Filmtheatern. Der Hauptbahnhof schleuderte unter seinem Vordach eine Fülle von Licht heraus. Mit gelben Knopfaugen schoben sich Straßenbahnen vorwärts. Autoschweinwerfer huschten über den Asphalt.

Der Fahrer der Mordkommission brachte Oberleutnant Rolf Nielsen nach Hause. Nielsen lehnte sich bequem in seinen Sitz zurück. Eine wohlige Mattigkeit erfüllte ihn. Eben hatte er die letzte Aktennotiz zur Mordsache Baumert gemacht und die Haftentlassung für Dieter und Inge bewirkt. Arbeit würde es lediglich noch mit Horst Knebel geben, aber keine Arbeit für die Mordkommission. Hauptmann Weber vom VP-Kreisamt würde den Umfang der Ersatzteilschiebungen Knebels ermitteln.

Endlich war der komplizierte Fall abgeschlossen – abgeschlossen dank vieler nicht erwarteter Helfer. Er dachte an Artur Falkenhain und die Kfz.-Handwerker, an den Maurerpolier Willi Bonte, an dessen Tochter Beate, an den Taxifahrer Hermann Wittbrot. Es war auch ihr Fall gewesen, und sie alle atmeten erleichtert auf, daß der Dieb, der zum Totschläger geworden war, nicht mehr unerkannt unter ihnen lebte.

HARALD EGER

Nachts sind alle Enten grau

Alles war vorbereitet. Die Ausstellung konnte beginnen. Vierzig Besucher standen in kleineren Gruppen vor den Museumsräumen, die hinter der Absperrung lagen. Es waren hauptsächlich Kunstwissenschaftler, Maler und Journalisten, aber auch Liebhaber der Plastiken Georg Kolbes befanden sich unter ihnen. Sie alle ahnten nicht, welcher Schrecken sie allesamt – bereits in einer halben Stunde – erwartete.

Der Kolbe-Spezialist Kustos Dr. Strenterwald begann mit der Führung. Sicher und redegewandt geleitete er seine Besucher von einem Ausstellungsobjekt zum anderen, und keiner löste sich aus der Gruppe, um sich gelangweilt nach anderen Bildwerken umzusehen. »Soweit, meine Damen und Herren, mögen die Erläuterungen genügen«, schloß der Kustos seine Rede. »Sie haben anschließend noch Gelegenheit, die Plastiken näher in Augenschein zu nehmen. Sehen wir uns jetzt das nächste Stück an. Es ist eine Ente von gedrungener Form; nur das Wesentliche ihres Verhaltens hat den Künstler interessiert. Sie ist nicht groß, aber eine besonders gelungene Arbeit des Meisters – und, meine Damen und Herren, von großem Wert. Aber kommen Sie bitte, und sehen Sie selbst.«

Mit diesen Worten forderte der grauhaarige Kustos sein Publikum auf, durch einen schmalen Gang den nächsten Raum zu betreten.

Da geschah es.

Die Hintenstehenden wußten später nur, daß sie einen gepreßten Aufschrei vernommen hatten. Jetzt stieß und drängte einer den anderen in den engen Gang. Jeder wollte in den angrenzenden Raum gelangen, um die Ursache des seltsamen Schreis zu erfahren. Mehrere Sekunden lang wurden alle Besucher Zeuge dieser Szene: Vor einem Sockel stand Dr. Strenterwald und starrte auf die Wand dicht vor ihm.

Wie eine Statue hielt er den Arm hoch, die Finger in sein Haar verkrampft. – Der Platz auf dem Sockel war leer. Nur zwei krumme Nägel, die sonst die kostbare Plastik hielten, zeigten in verschiedenen Richtungen zur Decke.

Es dauerte ein Weilchen, ehe sich Dr. Strenterwald gefaßt hatte. »Meine Herrschaften«, sagte er mit einer Schärfe im Ton, die ihm niemand zugetraut hätte, »wir müssen die Polizei alarmieren. Der freche Räuber hat sich nicht nur des Diebstahls an einem Kunstwerk schuldig gemacht, er hat sich Volkseigentum* angeeignet. Verzeihen Sie meine Aufregung. Glücklicherweise ist das Stück katalogisiert, und der Dieb braucht sich keinen Hoffnungen hinzugeben, denn der nächste Kunsthändler wird ihn verhaften lassen.«

Dr. Sprott, ein Experte aus Dresden, fiel dem Kustos ins Wort. »Wenn es aber nun ein Liebhaber von Kunstgegenständen ist? Sammler pflegen in der Regel nicht zu verkaufen!«

Dr. Strenterwald sah seinen Fachkollegen einen Augenblick nachdenklich an. Dann entgegnete er: »Wer die Kunst liebt, macht sich keines Vergehens gegen sie schuldig. Ich muß Sie bitten, meine Damen und Herren, den Raum bis auf weiteres zu verlassen. Würden Sie so freundlich sein und sich in der großen Vorhalle aufhalten, bis die Polizei eintrifft?«

Oberleutnant Bollmann und Leutnant Waßkamp waren in weniger als zwei Minuten zur Stelle. »Da sehen Sie, wie schnell unsere Polizei am Tatort ist«, sagte ein hagerer Journalist und blickte auf seine Armbanduhr. »Eine Minute und zweiundvierzig Sekunden!« Er hatte nicht bemerkt, daß die VP-Bezirksbehörde dem monumentalen Museumsbau direkt gegenüberlag.

Oberleutnant Bollmann war ein vierschrötiger Mann und machte auf den ersten Blick den Eindruck eines Haudegens. Wer Gelegenheit hatte, ihn näher kennenzulernen, merkte, daß er ein gutmütiger und freundlicher Mensch war. Dr. Strenterwald berichtete ihm den Vorfall. Bollmann hörte ihm geduldig zu.

»Wann sahen Sie die Plastik zuletzt?« fragte Leutnant Waßkamp zwischendurch. Erst jetzt schien der Kustos den zweiten Kriminalisten zu bemerken. Er war nur ein Stück kleiner als Bollmann, schien jedoch entschlossener zu sein und temperamentvoller.

»Vor einer halben Stunde habe ich die Ausstellung ein letztes Mal vor der Eröffnung begutachtet. Die Ente war an Ort und Stelle«, antwortete Dr. Strenterwald.

Plötzlich trat ein rundlicher kleiner Mann aus der Gruppe der Besucher, schaute sich wie hilfesuchend noch einmal um, als überlegte er, ob es nicht besser wäre, wieder zurückzugehen. »Mein Name ist Speiler, Gottfried Speiler«, sagte er hastig. »Ich habe kurz vor der Eröffnung nachgesehen, ob alles ordentlich am Platze steht, nicht wahr? Über ein paar Plastiken bin ich noch mal mit dem Staublappen drübergefahren.« Man merkte, daß Speiler jedem Umgang mit der Polizei ängstlich auszuweichen suchte. »Na ja, da habe ich … Ich habe die Ente gesehen.« Speiler schluckte und brach abrupt ab. In gebeugter Haltung sah der alte Mann dem Oberleutnant ins Gesicht.

»Sie haben mit dem Staublappen …?«

»Ich bin der Museumsdiener«, fiel ihm der Alte ins Wort.

»So, Sie sind Museumsangestellter«, verbesserte ihn Bollmann. »Sind heute noch andere Angestellte anwesend?« fragte er den Kustos.

Ein knochiger älterer Mann trat einen Schritt vor. »Anton Krebs, Pförtner«, stellte er sich vor.

»Wie lange sind Sie hier schon Pförtner?« fragte der Oberleutnant.

»Acht Jahre, Herr Kriminalkommissar. Seit ich Rentner bin. Aber ich kann Ihnen nicht erzählen, ob das Stück vor der Eröffnung noch da war. Ich kenne die Ausstellung überhaupt nicht.«

»Sie waren die ganze Zeit über in Ihrer Pförtnerloge?«

»Jawohl.«

»Danke, das genügt vorläufig.« Oberleutnant Bollmann bedeutete Waßkamp, in der Vorhalle zu bleiben, während er mit Dr. Strenterwald in den Raum hinüberging, aus dem die Plastik entfernt worden war.

»Hier ist es«, sagte der Kunstwissenschaftler. Er wies auf den leerstehenden Platz.

Der Oberleutnant brachte aus seiner Tasche etwas zum Vorschein, das einer Puderdose ähnlich sah. Sorgfältig verteilte er daraus den Aluminiumstaub auf dem Sockel. Dabei unterhielt er sich mit dem Kustos. »Sind heute morgen noch mehr Angestellte dagewesen?«

»Nein, nur der Pförtner, Speiler und ich. Von den Besuchern hatte auch niemand die Möglichkeit, vor der Eröffnung den Saal zu betreten. Ich bin der Meinung, daß es von den anderen bemerkt worden wäre, wenn einer der Journalisten vielleicht ...«

»Gut«, unterbrach ihn Bollmann. Er hatte seine Arbeit beendet und drängte Dr. Strenterwald höflich zur Tür.

Sie gingen zur Vorhalle zurück. Dort sagte Bollmann zu Waßkamp: »Wir müssen umziehen. Rufen Sie mal 'n paar Leute ran, die hier ein bißchen aufpassen. Benutzen Sie das Telefon in der Pförtnerloge.« Und an die Besucher gewandt, fuhr er fort: »Ich bitte Sie, in unsere Diensträume hinüberzukommen. Wir sind genötigt, Ihre Personalien und Fingerabdrücke festzustellen.«

»Ich habe etwas vergessen, Herr Kriminalkommissar.« Krebs, der Pförtner, war nervös, als er das sagte. Erstaunt sah ihn Bollmann an. Waßkamp kam zurück. »Kurz vor der Eröffnung, als die Gäste schon da waren, habe ich einen Moment die Loge verlassen. Ich suchte Kollegen Speiler, weil ich kein Feuer für meine Zigarre hatte. Kollege Speiler hielt sich im Ausstellungsraum auf. Er gab mir seine Zündhölzer. Dann bin ich gleich wieder zurückgegangen.«

»Danke«, sagte der Oberleutnant. »Gut, daß Sie mir das mitgeteilt haben. Später hätte es so ausgesehen, als ob Sie etwas hätten vertuschen wollen.«

Drei Volkspolizisten kamen, um die Besucher zum Revier zu begleiten. Bollmann gab seine Anweisungen. Anton Krebs ging in die Loge, der die Garderobe angeschlossen war, und teilte Mäntel, Hüte und Taschen aus. Schneller als sonst kleideten sich die Besucher an und liefen Oberleutnant Bollmann über den Platz vor dem Museum nach. Dieser Gänsemarsch am Sonntagmorgen war ein ungewöhnliches Bild. Den Schluß bildeten Anton Krebs und Waßkamp. Mitten auf dem Weg entnahm der Leutnant seinem Etui eine Zigarette. Vergebens suchte er in seiner Tasche nach Streichhölzern. »Könnten Sie mir Feuer geben, Herr Krebs?«

Sofort brannte ihm der Pförtner ein Zündholz an. »Ach«, sagte er, als er das Streichholz fortwarf, »das sind ja noch die Hölzchen von Kollegen Speiler.« Er sagte das lächelnd, mehr für sich.

Als sie die breite Treppe des Dienstgebäudes hinaufgingen, fragte Oberleutnant Bollmann Dr. Strenterwald: »Sie lieben Kolbe?«

»Ich verehre und liebe ihn.» Der Kustos hauchte es fast.

Das Notieren der Namen und Anschriften der Besucher und die Fixierung ihrer Papillarlinien nahm wenig Zeit in Anspruch. Bollmann hatte zwei Kollegen, die in der Innenstadt wohnten, telefonisch um Hilfe gebeten. Die Genossen führten die begonnene Arbeit fort, so daß Waßkamp und sein Vorgesetzter das Gepäck der Besucher kontrollieren konnten.

Die Prüfung der siebzehn Aktentaschen und Kollegmappen verlief erfolglos. Die Handtaschen der Damen zu untersuchen wäre sinnlos gewesen – das verschwundene Kunstwerk besaß etwa die Größe eines Dreipfundbrotes.

Bollmann hatte den Mißerfolg vermutet. Er beauftragte zwei Genossen, im Museum eine genaue Observation aller Räume vorzunehmen. Es bestand die Möglichkeit, daß der Täter das Diebesgut in einem der Räume verborgen hatte, um es vielleicht im Laufe der nächsten Tage in einem unbeobachteten Moment aus dem Museum zu schmuggeln. Aber die Kriminalisten kamen mit leeren Händen zurück. Die Plastik schien in den Erdboden versunken zu sein, ohne eine andere Spur hinterlassen zu haben als zwei krumme Nägel.

Und doch sollte Oberleutnant Bollmann bald eine andere Spur finden. Allerdings stieß er auf eine Art und Weise auf sie, wie er es nie geahnt und sich noch viel weniger gewünscht hatte.

Als Bollmann am späten Abend über dem Schnellhefter mit der Aufschrift »Kunstdiebstahl Kolbe« gebeugt saß, wartete am Rande der Stadt, an der Stelle, an der eine Abzweigung der Autobahn erst nach Westen und dann nach Norden führte, einsam ein Mann. Er trug eine Aktentasche unter dem Arm und trat wegen der Kälte von einem Bein aufs andere. Den Mantelkragen hatte er hochgeschlagen und den Hut tief ins Gesicht gedrückt. Als ihm ein heftiger Windstoß den Hut vom Kopfe riß, torkelte der Mann ein Stück querfeldein und bückte sich nach seiner Kopfbedeckung. Er hatte Mühe, wieder gerade zu stehen.

Der Verkehr auf der Autobahn war an dieser Stelle spärlich. Zwanzig Minuten lang war kein Fahrzeug aufgetaucht. Da erschienen von fern die Scheinwerfer eines mit ziemlicher Geschwindigkeit heranfahrenden Wagens. Er bremste scharf vor der Stelle, an der die Gestalt im Dunkeln wartete. Dreißig Meter weiter kam der Wagen zum Stehen. Es war zweiundzwanzig Uhr neun.

Die vermummte Gestalt lief, vor dem schneidenden Wind gebückt, mit raschen Schritten auf das Auto zu. Die hintere Tür wurde vom Fahrer geöffnet. Er vermied es, im Wagen Licht zu machen. Kaum daß der Unbekannte auf dem hinteren Sitz Platz genommen hatte, sagte der Fahrer: »Gib her. Fünf wie letztes Mal.«

Er drehte sich gerade so weit herum, daß er mit einer Hand das Bündel Banknoten nach hinten reichen und die andere in Griffnähe ausstrecken konnte. Aber diese Hand, die offensichtlich die Gegenleistung für das dargebotene Geld erwartete, blieb leer. Der Chauffeur wandte sich erstaunt und mißtrauisch zu seinem Komplizen um. »Was ist los?« fragte er mit unterdrücktem Ärger in der Stimme.

Der Fahrgast sagte: »Acht.«

»Bist du verrückt?« Der Fahrer brüllte es fast. Dann drehte er sich, indem er sein rechtes Knie auf den Sitz zog, vollends zu dem anderen um.

»Wir haben keine Zeit zu verlieren. Gib her, und hier hast du fünf, das genügt. – Du stinkst ja nach Schnaps, du Schwein!«

Der andere schwieg.

Kurz entschlossen sprang der Fahrer aus dem Wagen, riß die hintere Tür auf und zwängte sich in die Türfüllung. Drohend hielt er die Linke mit dem Geld vorgestreckt. »Na, wie ist es, Freundchen?«

Der andere wich ein Stück in das Wageninnere zurück. Da schlug der Fahrer zu, aber er schlug ins Leere. Der Mann war erneut ausgewichen und faßte nach der linken Tür. Sie war verschlossen. Der Fahrer nutzte das Überraschungsmoment und griff nach der Aktentasche. Sein Komplize hielt sie fest an sich gepreßt. Mit einer Drehung nach oben riß der Fahrer den Arm des anderen in die Höhe, so daß die Finger den Griff lockern mußten.

Mit einem Schmerzenslaut sprang der Bestohlene aus dem Wagen. Er hatte sich mit einem Fußtritt Platz geschafft. Beide standen sich, bebend vor Wut, gegenüber.

Das Weitere geschah in atemberaubender Folge. Der Chauffeur hielt noch mit festem Griff die Aktentasche in der Linken, während er mit der Rechten von oben herab zweimal zuschlug. Taumelnd sank der Komplize neben dem Wagen zusammen.

Schon hatte der Fahrer am Lenkrad wieder Platz genommen. »Besoffen«, murmelte er verächtlich und ließ den Motor an. In diesem Moment richtete sich der am Boden Liegende auf und zerrte an der Türklinke.

»Ich zeige dich an, du Lump! Alles verpfeife ich. Egal, ob ich mit flötengehe. Kamerad nennt sich das, pfui Deiwel! Verstehst du, ich gehe zur Polente!«

Ruhig hatte der Chauffeur zugehört. Plötzlich warf er die Tür mit einem Ruck zu, schwenkte den Wagen knapp nach links und raste davon. Schon nach zweihundert Metern wendete er scharf. Er vergewisserte sich im Rückspiegel, daß kein Fahrzeug in der Nähe war, und fuhr dann mit voller Geschwindigkeit zurück, auf die gebückte Gestalt zu, die sich den Schmutz vom Mantel klopfte. Er riß den Wagen hart nach links hinüber, sah einen Augenblick das zu einem Schrei verzerrte Gesicht seines Komplizen. Der Wagen schwankte etwas und stand.

Der Mann leerte die Aktentasche, verstaute den Inhalt unter dem Sitz, stieg aus und legte die Tasche neben den Überfahrenen nieder. Behutsam ging er um den Toten herum, zurück in den Wagen. Erschöpft ließ er sich auf den Sitz fallen. Er spürte, wie ihm der Schweiß aus allen Poren brach. Ungeduldig zerrte er den Handschuh von der rechten Hand und brannte sich die letzte Zigarette aus einer Filterpackung an. Dann jagte er davon.

Oberleutnant Bollmann hatte auf seinem Schreibtisch Tabellen und kleine Zettel mit Aufzeichnungen ausgebreitet. Er verglich und erwägte und machte zuweilen in eine Tabellenspalte eine winzige Notiz. Nur kurz hob er den Kopf, als von der nahen Kirche her vier dumpfe Schläge dröhnten.

Wenn Bollmann von einem Fall gefesselt wurde, dann ging er nicht eher zur Ruhe, bis er der Lösung einen Schritt nähergekommen war. Aber in diesem Fall bot sich einfach nichts Greifbares. Bollmann wußte, die gestohlene Plastik war auch in internationalen Fachkreisen bekannt, und der Diebstahl würde bald größeres Aufsehen erregen. Was mußten ausländische Wissenschaftler von einem Staat denken, der nicht in der Lage war, einen solch frechen Raub zu verhindern? Und würden nicht westliche Sensationsblättchen diese Tatsache für ihre Zwecke ausschlachten, um gegen die DDR zu hetzen?

Oberleutnant Bollmann nahm noch einmal die Skizze zur Hand, die er am Tatort angefertigt hatte.

Es klopfte an der Verbindungstür zum Nebenraum. »Komm rein, Fritz«, sagte Bollmann müde, ohne aufzusehen.

Hauptmann Decker trat ein. Er mochte ungefähr fünfzig

Jahre alt sein, sein Haar wies graue Streifen auf, aber seine Bewegungen waren noch elastisch. Decker arbeitete in der Mord- und Unfallkommission und hatte heute Nachtdienst. Oberleutnant Bollmann war sein Schwager. Decker hatte schon ein paarmal herübergesehen, wie weit Bollmann mit seinen Untersuchungen gekommen war. »Na, Emil, immer noch beim freiwilligen Aufbaueinsatz?«

Bollmann antwortete sehr ernst. »Es gibt zwei Versionen. Die eine lautet: Die Ente ist vor der Eröffnung gestohlen worden. Für die Tatzeit kommt dann nur eine halbe Stunde in Betracht.«

»Das mußt du mir näher erklären.«

»Sieh her. Das ist Strenterwalds Aussage. Er behauptet, die Plastik noch eine halbe Stunde vor der Führung bei seinem Rundgang gesehen zu haben. Diese Aussage wird durch Speilers Bericht erhärtet, der die Ente ebenfalls eine halbe Stunde vor Beginn gesehen hat, als er Staub wischte. Indirekt bestätigt auch Krebs, der dritte der Museumsangestellten, diese Aussagen. Er verließ seine Loge, um Speilers Streichholzschachtel auszuborgen. Dabei sah er Speiler in den Ausstellungsräumen. Das geschah ebenfalls in der fraglichen halben Stunde.«

Hauptmann Decker hatte Platz genommen. Er zog die Stirn in Falten und blickte auf die ausgebreiteten Zettel. »Und die zweite Version?« fragte er.

»Die zweite Möglichkeit ist die, daß der Diebstahl während der Eröffnung geschah. Sieh dir mal die Skizze an. Im Saal eins spielte sich sozusagen der erste Akt der Eröffnungszeremonie ab. Während dieser Zeit befand sich kein Mensch im Saal zwei. Die Plastik, siehst du, stand im zweiten Saal. Hier, wo ich das große P eingezeichnet habe.«

»Weiter.«

»Es wäre für den Dieb leicht gewesen, in der Zeit, in der sich alle Besucher im Saal eins befanden, die Plastik abzumontieren. Ich habe das gleiche mit einer anderen Kleinplastik versucht. Das Abschrauben geht fast geräuschlos vor sich.«

»Und wie konnte dein Täter Unbekannt mit seiner Beute aus Saal zwei verschwinden, ohne bemerkt zu werden?«

»Das habe ich auch schon überlegt. In Saal eins konnte er nicht zurück, da waren die Besucher. Wäre er im Saal zwei so lange geblieben, bis die Menge der Leute hinüberkam, hätte er fürchten müssen, entdeckt zu werden.«

Hauptmann Decker dachte nach. Unablässig wanderten seine Blicke über die Zeichnung. »Vielleicht durchs Fenster?«

»Die Fenster waren verriegelt. Es gibt freilich die Fluchtmöglichkeit durch die anstoßende Bibliothek. Die Tür zur Bibliothek war zwar abgeschlossen, doch das Schloß ist mit einem einfachen Dietrich zu öffnen.«

Decker fragte: »Und die Fenster der Bibliothek?«

»Waren beide geöffnet.«

»Ist das so üblich im Museum?«

Bollmann antwortete nicht gleich. Schließlich sagte er: »Speiler erzählte, daß die Fenster der Bibliothek manchmal sonntags offenstanden, um den bis an die Decke mit Büchern vollgepackten Raum zu lüften.«

»Habt ihr den Boden vor den Fenstern untersucht?« fragte Decker.

»Ja, aber es gibt keine Spur, die darauf schließen läßt, daß ein Mensch hinuntergesprungen ist. Doch selbst wenn einer stundenlang unter den Fenstern der Bibliothek hin und her gelaufen wäre, hätten unsere Leute möglicherweise nichts gefunden, denn da liegen bis an die Hauswand große Trümmerblöcke. Gegenüber steht die ausgebrannte Ruine des ehemaligen Nebengebäudes des Museums.«

»Was recht günstig für den Täter war, weil Sonntagsspaziergänger gewöhnlich nicht in alten Ruinen herumkraxeln.«

Oberleutnant Bollmann schnaufte und rekelte sich im Sessel. »Wir haben jetzt zumindest eins«, sagte er, »den einzig möglichen Fluchtweg des Täters.«

Decker meinte: »Das heißt aber, daß keiner der Besucher oder der Angestellten der Täter gewesen sein kann.«

Der Oberleutnant lächelte. »Direkt war es bestimmt keiner. Aber haben wir schon den Beweis in der Hand, ob der Täter nicht mit einem der Besucher zusammenarbeitete?«

»Sag mal, Emil«, warf der Hauptmann ein, »haben die Besucher vielleicht bemerkt, daß nach dem Diebstahl einer von ihnen fehlte? Das ist doch durchaus möglich.«

»Freilich haben wir nachgeforscht. Es war auch ziemlich einfach festzustellen. Die meisten Besucher kennen sich untereinander fast mit Haus- und Schuhnummer. Dreizehn der Herren und zwei Damen sind Wissenschaftler; zwei Wissenschaftler haben ihre Frauen mitgebracht. Diese Gruppe ist gut bekannt mit den sechs Männern, die entweder Maler oder andere Kunstschaffende sind, und der bekannten Graphikerin, die ebenfalls zur Eröffnung gekommen war. Zu diesen vierundzwanzig Personen kann man noch fünf Kunststudenten und -studentinnen und die Frau, die Kolbe gut kannte, rechnen. Der Privatsammler und seine Frau waren die ganze Zeit mit zwei kunstinteressierten Damen im Gespräch, die sie persönlich kennen. Die drei Journalisten wissen natürlich auch voneinander. Übrig bleiben drei Personen, die keinen Kontakt mit den Besuchergruppen hatten. Zwei davon sind völlig unverdächtig. Einen habe ich mir vorgemerkt.«

Hauptmann Decker zeigte auf ein rotes Kreuz, das neben einem Namen zu sehen war. »Den da?«

»Ja, ein gewisser Clemens Wohlgemut. Er war nur auf Durchreise hier. Sein Anschlußzug ging erst mittags. Er erklärte, er habe mit dem angebrochenen Sonntagvormittag nichts anfangen können. Weil er zufällig in der Morgenzeitung die Annonce von der Ausstellungseröffnung gelesen habe, sei er aus Neugierde ins Museum gegangen. Er schimpfte ziemlich lautstark, als wir ihn mit unseren Fragen aufhielten. Er müsse zum Zug, meinte er, und hätte er gewußt, was alles aus seinem spontanen Entschluß entstehen würde, so hätte er sich lieber in der Bahnhofsgaststätte ein paar Doppelten gewidmet. Ein unangenehmer Bengel. Von Kunst schien er nicht allzuviel zu verstehen.«

Hauptmann Decker lächelte. »Ich glaube fast, den Täter habt Ihr überhaupt noch nicht zu Gesicht bekommen.«

In diesem Moment schrillte das Telefon im Nebenzimmer. Der Hauptmann sprang auf und lief hinüber.

Als er zurückkam, sagte er zu Bollmann: »Du könntest mich begleiten. Ist zwar nicht deine Aufgabe, Schwagerherz, aber …«

Bollmann fiel ihm ins Wort. »Mord und Totschlag?«

Decker knöpfte bereits seinen Mantel zu. »Ein Verkehrstoter, der offenbar nicht durch einen Verkehrsunfall umkam. Beeil dich, wenn du mit willst.«

»Ein bißchen frische Luft wird mir guttun«, meinte Bollmann.

Im Auto zog er sich seinen Mantel über. Der Wagen fuhr Richtung Autobahn.

Der Mann lag mit den Füßen auf dem Grasstreifen. Sein Gesicht war nach oben gewandt. Die Augen hatten sich wie in sichtbarem Schrecken über das, was sie vor dem Tode gesehen haben mußten, geweitet. Der hellgraue, grobgemusterte Mantel des Toten war schmutzig. Neben dem Toten lag eine aufgeklappte Aktentasche. Der Verunglückte mochte ungefähr fünfunddreißig oder vierzig Jahre alt sein.

Bei ihrer Ankunft fanden Hauptmann Decker und Oberleutnant Bollmann den Toten so vor, wie ihn der Verkehrsstreifenwagen um vier Uhr drei entdeckt hatte. Der Hauptmann, der sich sofort an die Durchsuchung der Sachen des Verstorbenen machte, fand keine Papiere. Als er jedoch die Aktentasche näher in Augenschein nahm, pfiff Bollmann, der neben ihm stand, leise durch die Zähne. In der Mappe fand sich nichts weiter als ein Stück zerknittertes Packpapier. Oberleutnant Bollmann wechselte einige Worte mit Decker, schloß die Tasche sorgfältig und brachte sie zum Wagen.

Ein zweites Auto kam näher, stoppte knapp vor der Absperrung. Ein kurzer Wortwechsel mit dem Genossen von der Verkehrspolizei, dann setzte sich das Fahrzeug wieder in Gang und war bald an der Stelle, an der der Tote lag.

Der Arzt stieg aus und beugte sich über den Toten. Es war ein junger Arzt mit einem kindlichen, treuherzigen Blick.

»Der Tod ist etwa gegen zweiundzwanzig Uhr eingetreten, auf jeden Fall vor Mitternacht«, sagte er. »Die Rippen sind über der Herzgegend eingedrückt und gebrochen worden. Innere Verletzungen sind als sicher anzunehmen. Die dunklen Flecken am Kinn und oberhalb des rechten Wangenbeins deuten auf Prellungen durch einen schweren Gegenstand hin. Möglicherweise waren es Faustschläge. Der kleine Finger der rechten Hand ist durch Einwirkung äußerer Gewalt gebrochen.«

Decker und Bollmann gingen zu ihrem Wagen zurück.

Mit überhöhter Geschwindigkeit fuhren sie der Stadt entgegen. Sie waren schweigsam und nachdenklich. Sie ahnten bereits, daß die Aktenmappe mit der Aufschrift »Kunstdiebstahl Kolbe« eine andere Überschrift bekommen würde.

»Ich setz dich vor deiner Haustür ab, Emil«, sagte Decker, als sie in der Stadt waren. Bollmann protestierte.

»Befehl, Genosse Oberleutnant«, sagte Decker.

Bollmann schlief halb, als er ausstieg.

Der Hauptmann fuhr sofort wieder los. Die Aktentasche mit dem Packpapier lag neben ihm auf dem Sitz. Decker fuhr zum Kustos des Museums. Es war noch sehr früh am Morgen, und Decker wußte, daß er Strenterwald im Schlaf stören würde.

Der Wissenschaftler ließ auch, nachdem der Hauptmann geläutet hatte, ein Weilchen auf sich warten. Über den Pyjama nur einen pelzgefütterten Mantel gelegt, erschien er erschrocken an der Wohnungstür. Der Hauptmann wies sich aus, und Dr. Strenterwald bot ihm im Wohnzimmer in einem großen ledernen Sessel Platz an. Immer noch blickte er mit verschlafenem, aber gespanntem Ausdruck auf sein Gegenüber. Decker zeigte ihm das Packpapier und sagte: »Sehen Sie, wie es gefaltet ist. Oder besser, wie es geknittert ist. Was meinen Sie, was in diesem Papier war, Herr Doktor?«

Der Kustos verstand nicht gleich. Auf einmal stotterte er. »Doch nicht ...«

Decker griff nach dem Zigarrenschneider, der auf dem Tisch lag. »Darf ich?« fragte er, und ohne eine Antwort abzuwarten, nahm er ein Blatt Schreibmaschinenpapier auf. Er wickelte den Gegenstand fest ein. Als er ihn aus der Papierhülle wieder befreite, zeigte sich in fünffacher Ausfertigung der Abdruck der Umrisse des Zigarrenschneiders im Papier. »Schade, daß wir das Stück nicht hier haben, das in dem Packpapier lag. Aber ich hoffe, Sie kennen das Kunstwerk so gut ...«

»Wo ist die Ente?« unterbrach ihn Strenterwald.

»Sie verlangen zuviel, Herr Doktor Strenterwald«, sagte der Kriminalist und erhob sich. »Vorläufig besitzen wir nur das Papier, in das die Ente wahrscheinlich eingewickelt war. Das ist ein wertvoller Hinweis.«

Der Wissenschaftler brachte Decker bis an die Tür. Dort fragte er ihn leise: »Meinen Sie wirklich? Ein weggeworfenes Stück Papier ...?«

Bei der Untersuchung der Leiche hatte sich eine wertvolle Neuigkeit ergeben. Die Reifenspur auf den Kleidern des Toten ließ mit großer Wahrscheinlichkeit auf einen Wartburg schließen. Hauptmann Decker hatte erst drei Stunden geschlafen, doch nach dieser Nachricht machte er sich sofort mit seinen Mitarbeitern auf den Weg ins Museum.

Der erste, der ihm am Eingang förmlich in die Hände lief, war Speiler, der Museumsdiener. Decker unterhielt sich kurz mit ihm, konnte aber nichts Neues erfahren.

Anton Krebs, der wie immer in seiner Pförtnerloge saß und interessiert von der Morgenzeitung aufblickte, als die Kriminalisten eintraten, wußte dafür um so mehr. Ja, einer der Besucher besäße einen kaperfarbenen Wartburg, und zwar ein gewisser Dr. Sprott aus Dresden, der zu der Gruppe der eingeladenen Wissenschaftler zählte. Mit einemmal zog Anton Krebs, als käme ihm ein plötzlicher Einfall, die Brauen hoch und starrte die Polizisten an. »Warten Sie mal«, sagte er in einer für ihn ungewöhnlich langsamen Sprechweise. Doch ebenso plötzlich winkte er ab und meinte entschuldigend: »Mir kam da eben so ein dummer Gedanke ...«

Decker wandte sich rasch um, denn hinter ihm klappte

die Tür. Ein dritter Mann war eingetreten: Dr. Strenterwald. Decker erkundigte sich nach Sprott. Doch ehe der Kustos antwortete, fragte er aufgeregt: »Sie haben doch nicht etwa Doktor Sprott in Verdacht? Das ist, mit Verlaub, etwas unglaubhaft.«

Zum erstenmal, seit er sich mit dem Fall beschäftigte, brauste Decker auf. »Was wir hier glauben sollen oder nicht, das weiß der Teufel! Uns interessiert das, was wir wissen müssen! Sagen Sie uns also, was Doktor Sprott für ein Mann ist«, setzte er ruhiger hinzu.

Der Kustos beschrieb Dr. Sprott als einen strebsamen und ruhigen Wissenschaftler, dem zwar, wie er ironisch bemerkte, die »Gabe der Rede» fehle, dessen wissenschaftlichen Arbeiten man aber unbedingt Anerkennung zollen müsse. Er sei mit ihm schon längere Zeit befreundet. Über sein Privatleben könne er wenig sagen, da sie sich, wenn sie sich trafen, stets über Fachprobleme unterhielten. Das fiele ihm übrigens jetzt erst auf, sagte Dr. Strenterwald mit einem verlegenen Lächeln. Doch wisse er so viel, daß Dr. Sprott Junggeselle sei.

»Ist es möglich, Herr Doktor«, fragte Hauptmann Decker den Wissenschaftler, »Herrn Speiler für ein Weilchen in die Loge zu setzen? Ich möchte mich gern noch mit Herrn Krebs unterhalten.«

Krebs war sehr beklommen und sprach kein Wort, als er mit Decker über den Platz auf das Polizeigebäude zuging.

»Warten Sie bitte im Vorzimmer«, sagte der Hauptmann. In seinem Dienstraum telefonierte er sofort mit Balzer, einem jungen Kriminaltechniker von der MUK*, und trug ihm auf, sich zu Sprotts Quartier zu begeben und den Wartburg zu untersuchen. Dann rief er Krebs herein. »Wollen Sie uns nicht doch sagen, was Sie vermuten, Herr Krebs?«

Krebs sah ihm dreist ins Gesicht und antwortete: »Daß ich etwas vermute, haben Sie behauptet.«

»Gut, Herr Krebs. Dann beantworten Sie mir bitte eine andere Frage. Wo waren Sie in der vergangenen Nacht?«

Krebs sah den Hauptmann verwundert an und lachte

schallend. »Na, im Bett, Sie Spaßvogel! In meinen Jahren geht man nicht mehr nachts mit Mädchen bummeln.«

Unvermittelt fragte Decker: »Was waren Sie eigentlich früher von Beruf, Herr Krebs?«

»Kraftfahrer war ich.«

Decker erhob sich und sagte: »Bitte, warten Sie einen Augenblick im Vorraum.« Krebs verließ gleichgültig das Zimmer.

Der Hauptmann rief sofort im Ledigenheim an. Der Portier bestätigte ihm, daß Krebs gestern abend wie immer an ihm vorbei in sein Zimmer gegangen sei. Ob er das Haus nachts verlassen habe? »Nein, das glaube ich nicht«, sprach es aus der Hörmuschel. »Allerdings gibt es einen Hinterausgang über den Hof. Wenn Herr Krebs nicht gerade diesen benutzt hat, hätte er an mir vorbeigehen müssen.«

Decker legte auf. Kraftfahrer, dachte er, kein sicheres Alibi, die verweigerte Auskunft ... War Krebs vielleicht der Todesfahrer von heute nacht?

Er ging zu Krebs hinaus und forderte ihn auf mitzukommen. Sie bestiegen einen Wagen und fuhren in die Oststadt. Nach wenigen Minuten betraten sie den kühlen Rundbau des Pathologischen Instituts. Der ätzende Geruch von Chlorkalk benahm jedem, der nicht ständig hier zu tun hatte, schon an der Tür den Atem.

In dem Raum, den sie betraten, saß ein Wachhabender und las. Als Decker eintrat, sprang er auf und grüßte. Krebs sah mit Entsetzen einen langen Tisch, auf dem, mit einem weißen Tuch bedeckt, ein Mensch lag. Nur die Füße sahen steif unter dem Laken hervor.

Der Hauptmann stellte Krebs rechts neben das Kopfende der Leiche. Er selbst postierte sich links und beobachtete Krebs genau. Decker gab dem Wachhabenden einen Wink. Der schlug das Tuch zurück.

Der Pförtner starrte den Toten an und wurde zusehends bleich. »N-nein«, stotterte er, »das ist nicht möglich. Das ist ...«

»Wer ist das?« fragte Decker.

Krebs antwortete und wandte den Blick nicht von dem Toten: »Ich weiß nicht, wie er heißt.«

»Woher kennen Sie den Mann?«

Krebs schluckte und sah Decker an. »Ich kenne ihn überhaupt nicht.« Seine frühere Sicherheit kehrte ebenso plötzlich wieder, wie sie verschwunden war.

Es war nichts mehr aus ihm herauszuholen. Der Hauptmann nahm Krebs im Wagen wieder mit zurück. Sie gingen in Deckers Arbeitszimmer. »Setzen Sie sich.«

Dankbar ließ sich Krebs auf dem angebotenen Stuhl nieder. »Herr Krebs, ich nehme Ihnen das Versprechen ab, niemanden zu erzählen, was Sie gesehen haben. Falls mir etwas zu Ohren kommt, daß Sie geschwätzig sind, muß ich Sie leider hierbehalten.«

»Ich verspreche es Ihnen«, sagte Krebs leise. Decker entließ ihn.

Der Hauptmann wußte genau, warum er den Pförtner auf freien Fuß setzte. Daß Krebs eine Menge wußte, lag klar auf der Hand. Aber er war es nicht allein, nach dem er suchen mußte. Ließ man Krebs frei, würde er sich wahrscheinlich mit seinem Komplizen treffen wollen. Decker griff zum Telefon und wählte eine dreistellige Nummer. »Bitte einen Mann zur ständigen Bewachung von Anton Krebs abstellen. Danke.«

Es klopfte.

Der junge Kriminaltechniker, den Decker zu Sprotts Wohnung geschickt hatte, trat ein.

»Schon zurück, Genosse Balzer? Was haben Sie feststellen können?«

»Vor Sprotts Quartier stand der kaperfarbene Wartburg. Ich habe mir den Wagen angesehen, Genosse Hauptmann. Am Reifen des linken Hinterrades sind deutlich Spuren einer roten klebrigen Flüssigkeit zu sehen.«

Dr. Lucius Sprott war ein kurzatmiger rundlicher Mann, der beständig sein Taschentuch in der Hand knüllte. Immer wieder wischte er sich den Schweiß von der Stirn.

»Wo waren Sie heute nacht?« fragte Hauptmann Decker.

»In der Palmenbar. Aber was soll ...«

»Wann waren Sie dort, und wann verließen Sie die Gaststätte?«

»Ich kam abends, etwa um acht. Gegangen bin ich – na, wenn es nicht später war – früh um drei. Was ich Sie aber fragen wollte ...«

»Einen Moment bitte.«

Hauptmann Decker griff zum Telefonbuch. Unter »Gaststätten« fand er: Ochsenkopf, Orion, Osteck ... Da war es: Palmenbar. Decker telefonierte.

Der Oberkellner, der gestern Dienst hatte, kam selbst an den Apparat. Er bestätigte, daß Sprott bis drei Uhr die Gaststätte nicht verlassen habe. Dr. Sprott habe die Gewohnheit, gleich am ersten Tage seiner Ankunft der Palmenbar einen Besuch abzustatten. Ja, das hätte er immer so gehalten, seit er zu Ausstellungen hierherkomme.

Der junge Balzer sagte: »Doktor Sprott gibt an, daß seine Autoschlüssel gestohlen seien.«

Jetzt kam Sprott endlich zu Wort. Er berichtete, daß er den Wagen seit gestern früh, als er von Dresden kam, nicht wieder benutzt habe. Die ganze Nacht über und heute hätte der Wagen vor seinem Quartier geparkt. Jetzt habe er erst bemerkt, daß die Schlüssel, die er sonst immer in der rechten Manteltasche trage, fort seien. Dr. Sprott nahm seine Brille ab, die ihm angelaufen war, und begann sie nervös zu putzen.

»Wann kamen Sie gestern morgen an, Herr Doktor Sprott?«

»Um acht. Ich bin sechs Uhr früh von Dresden abgefahren.«

»Erinnern Sie sich noch genau an die Zeit, zu der Sie im Museum eintrafen?«

»Eine halbe Stunde vor Eröffnung der Ausstellung etwa. Ja, halb zehn muß es gewesen sein. Ich war einer der ersten.«

»Wohin fuhren Sie, nachdem Sie mit den anderen das Polizeigebäude verließen?«

»Ich steuerte den Wagen zu meinem Quartier. Dort parkte ich.«

»Sie schlossen die Türen ab?«

»Jawohl. Die Schlüssel steckte ich in die Manteltasche. Seitdem bin ich keinen Zentimeter mehr gefahren. Anschließend habe ich mit Herrn Doktor Strenterwald im Thüringer Hof zu Mittag gegessen. Wir blieben noch bis vier Uhr nachmittags und sprachen über den Diebstahl.« Sprott dachte eine Weile nach, dann sagte er: »Eigenartig, vor acht Jahren passierte schon einmal etwas Ähnliches. Damals wurde hier aus dem Museum eins der kleinen Ölgemälde von Pieter Brueghel gestohlen. Das war auch bei einer Ausstellungseröffnung.«

»Wie?« Balzer fuhr überrascht dazwischen.

»Ja«, Sprott lächelte etwas spöttisch, »es ist nicht das erstemal, daß ich eine derartige Untersuchung erlebe. Allerdings ist damals nichts herausgekommen. Also wird auch diesmal nichts herauskommen.«

Decker bestellte sich telefonisch die entsprechende Akte über den Diebstahl, der 1956 geschehen war. Zu Dr. Sprott sagte er: »Danke, Herr Doktor, Sie können gehen.«

Als Dr. Sprott und Balzer den Raum verlassen hatten, schrillte das Telefon. Ein gewisses Fräulein Dobeling rief an. Fräulein Henriette Dobeling war eine der an der Kunst interessierten Damen, die zur Ausstellungseröffnung gekommen waren. Sie berichtete, daß ihr eine Beobachtung eingefallen sei, die sie der Kriminalpolizei noch nicht mitgeteilt habe. Vielleicht sei es von Wichtigkeit. Am Sonntag war sie schon sehr zeitig zum Museum gefahren. »Weil man sich doch nie auf die Straßenbahn verlassen kann«, meinte sie. Als sie langsam über den Platz auf das Museum zuging, sah sie den Museumsdiener neben einem kaperfarbenen Wartburg stehen. Der Wagen parkte vor dem Museumsgebäude. Mit einer Zigarette in der Hand stand Speiler auf der untersten Stufe der Freitreppe. »Es war eine ziemlich teure Zigarette«, bemerkte Fräulein Dobeling. »Filter. – Woher der Mann nur das Geld hat?« Er habe den Wagen wie ein Gespenst angestarrt. Das

Rauchen vergaß er völlig dabei. Er bemerkte auch das Fräulein nicht. Als sie jedoch an ihm vorüberging und sich dabei räusperte, fuhr er zusammen, warf die Zigarette fort, eilte ihr mit raschen Schritten die Treppe vorauf und öffnete mit einer Verbeugung die Tür. Seine Höflichkeit schien Fräulein Dobeling etwas übertrieben. Das sei alles. Sie hatte aber das Gefühl, daß etwas nicht stimme. Sie sei nämlich eine sehr feinfühlige Frau, betonte Fräulein Dobeling.

Nach diesem Gespräch ließ Decker den Museumsangestellten herüberrufen. Die Unterhaltung mit Speiler ergab, daß der gleiche Wagen schon einmal vor dem Museum gestanden habe. Das war 1956, als der erste Raub geschah. Speiler habe den Wagen sofort erkannt. Der gestrige Diebstahl war für ihn nur eine Bestätigung, daß beide Fälle mit dem Wagen in Zusammenhang zu bringen seien: Nichts Neues, dachte Decker. Soviel wußte er bereits von Sprott.

Er überlegte. Wenn Speiler und Sprott nun unter einer Decke steckten? Wenn sie ihre Aussagen auf eine gleiche Formel gebracht hatten? Hatte vielleicht das seltsame Verhalten Speilers neben dem Auto andere Gründe? Und welche Rolle spielte Krebs in diesem Komplott? Zwar hatte der Museumsdiener berichtet, daß er vor der Eröffnung an der Plastik Staub gewischt hätte. Damit gab er eine für ihn günstige Erklärung der Fingerabdrücke am Sockel. Wenn er nun aber nicht so unschuldig war?

Es klopfte. Balzer trat ein.

Der Hauptmann rief ihm entgegen: »Kommen Sie. Wir werden noch einmal am Tatort jeden Winkel durchstöbern!«

Sorgfältig schritten Decker und der junge Kriminaltechniker durch alle Räume des Museums. Plötzlich blieb der Hauptmann vor einem Bild stehen. Balzer betrachtete das Gemälde ebenfalls. Es war ein Porträt von Anton Graff und stellte einen freundlichen Herrn mit Perücke in mittleren Jahren dar. Neben einem Gemälde von Tischbein war es das einzige, das noch im Ausstellungssaal verblieben war. Alle anderen Bilder hatte man aus dem Saal entfernt, als die Kolbe-Ausstellung hier Einzug hielt.

Ohne den Blick von dem Bild zu wenden, bemerkte der Hauptmann: »Ein schönes Bild, nicht wahr? Schade, daß wir es nicht früher entdeckt haben.«

Balzer begriff nichts. Er verstand zwar, daß auch sein Vorgesetzter einmal von einem Kunstbedürfnis ergriffen werden könne, aber jetzt, im Dienst? Decker ist übergeschnappt, dachte Balzer.

Der Hauptmann sagte: »Nicht wahr, vormittags fällt das Licht nicht sehr stark auf dieses Gemälde? Aber jetzt! Sehen Sie es sich doch einmal genau an. Beachten Sie diese Konturen, verfolgen Sie die kunstvoll der Wirklichkeit nachgebildeten Linien des feinen Gesichts. Schauen Sie auf die Milde, die das rechte Auge dieses Mannes ausströmt. Aber bemerken Sie im Gegensatz dazu die herbe Strenge des linken Auges!«

Balzer grinste mitleidig.

Plötzlich schnauzte Decker los: »Mensch, merken Sie noch nichts?«

»Zu Befehl, Genosse Hauptmann, nichts!«

»Sehen Sie, daß dieser Herr zwei Augen hat? Dann schauen Sie mal ordentlich hin.«

Balzer streckte seine Hand aus, zog sie aber gleich wieder zurück.

»Können Sie ruhig anfassen. Der arbeitet mit Handschuhen«, sagte Decker lächelnd. »Ein winziger Druckknopf im linken Auge des Porträtierten, genau in die Pupille eingepaßt und von der gleichen Farbe wie diese! Was vermuten Sie, Genosse Balzer?«

»Eine elektrische Anlage. Wir müssen sie ausfindig machen.« Balzer war aufgeregt.

»Denken können Sie. Aber beobachten müssen Sie noch lernen. Sonst wird nie ein ausgezeichneter Kriminalist aus Ihnen.«

Die Anlage, fachgerecht unter der Täfelung der Wand angebracht, führte nach draußen in den Garten und endete am Grasboden vor einem der Fenster. Decker riegelte es auf und sah hinaus. »Drücken Sie auf den Knopf«, befahl er. »Sehen Sie?« fragte er, als Balzer wieder zu ihm trat.

Auf der Wiese vor dem Fenster hatte sich ein Stück der Grasnarbe um neunzig Grad gewendet. Wie eine Klappe stand das Stück Boden nach oben und legte ein sorgfältig verschaltes Fach frei. Dieses Fach besaß etwa das Volumen eines Schreibmaschinenkoffers.

»Jetzt ist ja völlig klar, wie die Plastik verschwunden ist«, sprudelte Balzer los. »Der Täter hat sie mit einem Strick aus dem Fenster herabgelassen, in einem Moment, in dem ihn niemand beobachten konnte. Er betätigte den elektrischen Mechanismus, und schwupp – war seine Beute unsichtbar! Von draußen konnte keiner das Hochklappen der Mausefalle bemerken. Gegenüber liegt ja nur die ausgebrannte Ruine. Später, bestimmt in der Nacht, hat er den Raub aus seinem Versteck in Sicherheit gebracht!«

Einen Moment schwieg Balzer nachdenklich. Dann meinte er: »Nun ist uns auch noch etwas anderes klar. Der Täter kann nur einer der Angestellten sein. Wer hat schon Gelegenheit, eine elektrische Anlage im Museum zu legen, ohne bei dieser komplizierten Arbeit entdeckt zu werden? Allerdings ...« Balzer stockte. »Ich meine«, fuhr er fort, »jetzt wissen wir auch, warum der Diebstahl während der Ausstellung geschah! Das war die günstigste Zeit für den Täter. Er hat genau überlegt, daß bei so einer Eröffnung eine Menge Leute für den Raub in Frage kommen konnten.«

Decker betrachtete noch eine Weile das Gemälde und meinte dann: »Es steckt sicherlich noch ein bißchen mehr in dieser elektrischen Anlage. Ich glaube, wir kennen den Dieb bereits. Allerdings weiß ich noch nicht, ob er auch der Mörder ist.«

»Wen vermuten Sie?« fragte Balzer, aber Hauptmann Decker liebte es nicht, Vermutungen laut werden zu lassen, für die er keine handfesten Beweise besaß.

Der Tote im Keller des Pathologischen Instituts konnte auch ohne Anton Krebs rasch identifiziert werden. Es war ein gewisser Hartmut Loose, ein Mensch, der oft die Arbeitsstelle wechselte und als Bummler galt. Seine Wirtin hatte sein Fernbleiben bemerkt und der Polizei heute Bescheid gegeben. Sie war selbst gekommen und erkannte ihren Untermieter.

Eine Stunde später gab es für die Genossen der MUK ein weiteres Ergebnis, das sie der Aufklärung des Falles näherbrachte. Decker suchte auf der Autobahn noch einmal die Umgebung des nächtlichen Verbrechens ab. Der Kriminaltechniker begleitete ihn. Etwa sechshundert Meter vom Tatort entfernt fand Balzer im Grase neben dem Betonstreifen eine leere Schachtel, die einmal der Verpackung von Filterzigaretten gedient hatte. Vorsichtig wickelte Decker das Indiz in sein Taschentuch. »Wir brauchen nicht weiterzusuchen!« sagte er und fuhr mit Balzer zurück zur Dienststelle.

Im Innern der Hülle fand sich ein zwar schwer zu entziffernder, aber noch auswertbarer Fingerabdruck. Die Untersuchung zog sich in die Länge. Es wurde darüber Abend.

Plötzlich flog die Tür auf, ein Genosse stürzte atemlos herein und rief, Anton Krebs habe sein Heim verlassen und sei in Richtung Stadtmitte gegangen. Der Beobachter sei ihm dicht auf den Fersen. Offenbar wollte Krebs ins Museum ... Oder zu Dr. Strenterwald?

»Das letztere wird zutreffen«, sagte Hauptmann Decker. Eilig machte er sich mit Balzer auf den Weg.

Dr. Strenterwald war von Krebs' abendlichem Besuch nicht sehr erbaut. Schweigend ließ er ihn ein. Sie nahmen in den breiten Ledersesseln Platz, und Strenterwald bot dem Pförtner eine Zigarre an. Krebs lehnte ab.

Er sah seinem Vorgesetzten in die Augen und sagte langsam, jede Silbe betonend: »Es hat keinen Zweck mehr, Herr Doktor, daß Sie den Mörder decken.«

Strenterwald sah ihn ungläubig an: Der Zigarrenschneider rollte über den Tisch und fiel zu Boden. Der Kustos bückte sich danach. Dann fragte er ernst: »Wie meinen Sie das?«

Krebs stieg die Zornesröte ins Gesicht. Aber er beherrschte sich. »Herr Doktor! Bis zuletzt habe ich versucht, Sie nicht zu verraten. Jetzt bin ich selbst schwer belastet. Ich glaube, die Polizei hält mich für den Mörder.«

»Mörder?« fragte der Kustos erstaunt.

Krebs verlor die Beherrschung. »Das wollen Sie nicht wissen? Sie wissen nicht, daß der Kunsträuber von seinem Komplizen tödlich überfahren wurde? In der letzten Nacht? Daß der Überfahrene ein Bekannter von Ihnen ist?« Krebs beugte sich im Sessel vor und fuhr fort: »Wissen Sie, Doktor, ich habe ein gutes Gedächtnis für Gesichter. Im ersten Jahr meiner Anstellung im Museum, neunzehnhundertsechsundfünfzig, passierte ein Diebstahl. Am Tag vorher, es war Sonnabend, kam ein Mann zu mir in die Loge und fragte nach Ihnen. Ich schickte ihn in Ihr Kabinett. Nach zwei Stunden kamen Sie mit ihm in freundlichem Gespräch heraus und begleiteten ihn bis zur Tür. Der Bursche gefiel mir schon damals nicht. Am nächsten Tag wurde das Bild gestohlen! Gestern gab es wieder einen Diebstahl, wieder bei einer Ausstellungseröffnung. Und wer taucht wieder auf? Ein Mann, der acht Jahre nicht im Museum zu sehen war! Allerdings sah ich ihn das zweitemal nur als Leiche.«

Der Kustos lächelte und sagte mit feiner Ironie: »Wenn Sie ein so ausgezeichnetes Personengedächtnis haben, müssen Sie das erst unter Beweis stellen. Meinen Sie, die Polizei nimmt Ihnen Ihr Märchen so ohne weiteres ab? Ich weiß nichts von einem Toten, und mir ist in meinem Bekanntenkreis auch kein Todesfall bekannt.«

Krebs antwortete prompt. »Möglich ist, daß Sie nichts von seinem Tod wissen. Aber getroffen haben Sie sich mit dem Mann auf jeden Fall.«

»Ich kann mich zwar weder an den von Ihnen beschriebenen Mann entsinnen noch an ein Gespräch vor acht Jahren, aber entwickeln Sie Ihre Theorie ruhig weiter, Herr Krebs. Nehmen wir an, ich kenne diesen Mann. Was würden Sie daraus schließen?«

»Was ich daraus schließe?« In der Stimme des Pförtners lag Bedauern und Mitleid mit seinem Chef, als er sagte: »Daß Sie unter Druck gesetzt sind, Herr Doktor Strenterwald. Vielleicht von einer westlichen Organisation. Welche Beziehungen haben Sie nach drüben?«

Strenterwald sprang auf und rief empört: »Hören Sie auf, Krebs! Das ist eine unverschämte Gemeinheit! Das lasse ich mir von Ihnen nicht bieten, von Ihnen noch lange nicht!« Schwer atmend sank der grauhaarige Kustos wieder in den Sessel zurück.

Krebs sprach, diesmal aber mit der Absicht, seinen Chef zu beruhigen, weiter. »Herr Doktor Strenterwald, Sie müssen mir helfen. Auf mir lastet ein schwerer Verdacht. Ich habe mich beim Anblick der Leiche verraten. Aber ich wollte Ihnen keine Unannehmlichkeiten bereiten. Deshalb gab ich auf die Fragen der Polizei keine Antwort. Es hätte ja sein können, daß Sie damit gar nichts zu tun haben. Schließlich aber habe ich mir gesagt: Besser ist immer die Wahrheit. Wenn Sie nicht aussagen wollen, so muß ich leider ohne Ihre Zustimmung der Polizei Bericht erstatten.«

Dr. Strenterwald sah Krebs nur erstaunt an und schwieg. Anton Krebs wartete geduldig auf Antwort.

Endlich sagte Strenterwald: »Gestatten Sie, Herr Krebs, ich muß mir all das erst einmal durch den Kopf gehen lassen. Es kam zu plötzlich. Schließlich wußte ich ja vorher gar nichts, nicht einmal, daß ein Toter ... Schrecklich, daran zu denken. Ich schlage Ihnen vor, wir überlegen gemeinsam, was wir für Sie tun können.«

Strenterwald erhob sich und nickte Krebs mit ernstem Blick zu. »Überlegen wir ein wenig, Herr Krebs. Darf ich Ihnen wenigstens eine Tasse Kaffee anbieten?«

Krebs dachte, es sei wohl das beste, anzunehmen, um den Kontakt, den er endlich zu seinem Chef gefunden hatte, nicht wieder zu durchbrechen.

»Ja, bitte.«

Der Kustos erhob sich und ging ins Nebenzimmer. Er brauchte kein Licht anzudrehen, denn die Gaslaterne vor dem Haus bot genügend Beleuchtung, um sich in der eigenen Wohnung zurechtzufinden. Aber er ging nicht zum Schrank hinüber, in dem Kanne und Tasse im Regal standen, sondern öffnete das untere Schubfach des schweren Eichenholzsekretärs. Ein kleines Kuvert kam zum Vorschein. Auf der Schreibtischplatte standen wie immer eine Karaffe und ein Glas. Der Kustos goß sich Wasser ein – behutsam, daß man das Plätschern nicht im Nebenraum hörte. Er zitterte, als er nach dem Umschlag griff.

In diesem Moment fühlte er, wie sich eine Hand auf seine Schulter legte. Er wandte sich um und stammelte leichenblaß vor Schreck: »Aber wieso ...«

Im gleichen Moment drehte Balzer das Licht im Zimmer an. Hauptmann Decker sagte: »Bitte folgen Sie mir in mein Büro, Herr Doktor Strenterwald. Übrigens kann man auch mit Gift kein Verbrechen rückgängig machen.«

In Hauptmann Deckers Dienstzimmer nahmen Decker, Balzer und Strenterwald Platz. Krebs mußte draußen warten.

»Ich werde Ihnen jetzt eine Geschichte erzählen«, begann Hauptmann Decker, zu dem Kustos gewandt. »Ein Angestellter des Museums war aufs beste mit elektrischen Anlagen vertraut. Man kann sagen, er war in sie verliebt. Deshalb baute er eine solche Anlage im Museum ein. Dagegen ist nichts einzuwenden. Aber leider hatte der Genannte noch eine zweite Leidenschaft: Er war ein Sammler früher niederländischer Gemälde und moderner Kleinplastiken. Seine besondere Liebe galt im letzteren Falle Georg Kolbe. Nun kam der Besagte auf die Idee, seine Leidenschaften zu verbinden, und zwar so, daß die eine der anderen nützlich wurde. Er baute sich – Gelegenheit dazu hatte er genug – einen ausgeklügelten Mechanismus für den Transport gestohlener Kunstwerke auf. Im Geist sah er dabei bereits seine eigene Sammlung größer werden. Die beiden Diebstähle geschahen jeweils während einer Ausstellungseröffnung, denn zu diesem Zeitpunkt standen uns eine große Menge Täter zur Auswahl. Unsere Arbeit wurde dadurch von vornherein erschwert. In beiden Fällen stahl der Dieb das Kunstwerk in der halben Stunde vor der Eröffnung. Das heißt, er ließ es in das Grasversteck hinunter. Das ging rasch und war in zwanzig Sekunden geschehen. In den späten Abendstunden holte der Komplize des Diebes, ein gewisser Hartmut Loose, die Beute aus dem Loch. Der Täter wollte auf keinen Fall selbst das Risiko eingehen, in der Nähe des Museums mit dem Kunstwerk erwischt zu werden. Deshalb warb er den Arbeitsbummler Loose an, der die gefährlichere Arbeit für ihn erledigte. Wäre Loose mit dem Diebesgut gefaßt worden und er hätte ausgesagt, so hätte der Dieb seine Mitwirkung trotzdem abstreiten können. Wer glaubt schon so einem haltlosen Menschen wie Loose!

Für die Intelligenz des Täters spricht noch eine weitere Tatsache. Um sich ein sicheres Alibi zu verschaffen, stahl der Dieb einen Wagen. Er fuhr am Sonntagabend zu einem Bekannten, ließ den Wagen jedoch in einer Seitenstraße stehen. Mit diesem Bekannten unterhielt er sich eine Weile. Dann gab er vor, er müsse jetzt wieder zu seiner Wohnung zurück, da es bereits spät sei. Der Bekannte, der nichts von einem Auto wußte, nahm natürlich an, sein Freund wäre den Weg nach Hause zu Fuß gegangen. Das wäre immerhin im gewöhnlichen Schritt ein Weg von einer halben Stunde gewesen. Damit hatte er sein Alibi gesichert. Der Täter begab sich eiligst zum Wagen, der in der Nebenstraße parkte, und fuhr zur Autobahn. Dort wartete bereits sein Komplize mit der gestohlenen Plastik. Der Chauffeur des Wagens nahm das Diebesgut in Empfang und zahlte den Komplizen für seine Mitarbeit aus.

Allerdings gab es am Sonntagabend Streit zwischen beiden. Der Komplize war schwer betrunken. Wahrscheinlich stellte er höhere Geldforderungen und drohte, den anderen anzuzeigen. Unser sonst so kalt berechnender Täter verlor die Geduld und beging einen schweren Fehler und gleichzeitig ein weiteres Verbrechen. Er ermordete seinen Komplizen, indem er ihn einfach überfuhr. Nach der Tat brannte sich der Mörder eine Zigarette an. Sein Fehler war, daß er dabei die Handschuhe auszog. Die Schachtel warf er aus dem Wagenfenster. Wir fanden sie ein Stück weiter im Gras.«

Hauptmann Decker winkte dem Kriminaltechniker, der die Schachtel schon bereitgelegt hatte.

»Auf dieser Schachtel fanden wir den Daumenabdruck des Täters. – Aber Herr Doktor Strenterwald, was ist mit Ihnen los?«

Strenterwald war in sich zusammengesunken und drohte vom Stuhl zu fallen.

Balzer legte Dr. Strenterwald Handschellen an.

»Nun verraten Sie uns noch eins, Strenterwald«, sagte Hauptmann Decker. »Wie kamen Sie zu den Autoschlüsseln von Doktor Sprotts Wartburg?«

Strenterwald sprach tonlos und ohne einen der Kriminalisten anzublicken. »Ich kannte Lucius Sprott als einen Mann mit pedantischen Gewohnheiten. Ein Beispiel davon war, daß er seine Autoschlüssel nur in der rechten Manteltasche zu tragen pflegte. Damals, neunzehnhundertsechsundfünfzig, habe ich sie ihm auf die gleiche Weise entwendet wie gestern. Ich habe gestern im Thüringer Hof einen Tisch gewählt, der dicht neben dem Garderobenständer stand. So konnte ich ihm die Schlüssel leicht herausziehen, ohne daß er etwas davon merkte. Eine andere Gewohnheit Doktor Sprotts ist es, wenn er zur Ausstellung kommt, am selben Abend die Palmenbar zu besuchen. Ich glaube, er ist mit dem Kellner befreundet. Natürlich läßt er dann den Wagen vor der Haustür stehen, weil er in der Bar den Getränken recht stark zuzusprechen pflegt. Das erstemal hatte ich den Wagen nach der Fahrt wieder abstellen können. Dann besuchte ich Sprott noch in der Bar und begleitete ihn nach Hause. Natürlich ist es einfach, einem Betrunkenen die Schlüssel wieder in die Manteltasche zu schieben. Alles hatte geklappt, niemand konnte etwas bemerkt haben …« Strenterwald schluckte. »Gestern konnte ich nicht mehr in die Bar gehen. Daß ich Loose überfahren habe, geschah in blinder Wut, im Affekt sozusagen. Hinterher vermochte ich gerade noch, den Wagen bis vor Sprotts Wohnung zu lenken. Ich bin nach Hause gelaufen in völliger Verwirrung.«

»Sie waren im Weltkrieg Offizier, Strenterwald?«

»Ja.«

»Ich frage deshalb, weil mich Ihre für einen Kunstprofessor seltenen technischen Kenntnisse in Erstaunen setzen. Bei welcher Einheit waren Sie?«

»Ich war Nachrichtenoffizier.«

Decker wechselte mit Balzer einen Blick. Balzer nickte.

»Eine Frage noch, bevor wir Sie abführen, Strenterwald. Wo ist das Bild – und wo die Plastik?«

»Sehen Sie im Keller nach«, flüsterte Strenterwald. »In einem Paket unter den Kohlen.« Er fügte hinzu: »Ich habe beides sehr gut verpackt. Glauben Sie mir, nichts ist beschädigt.«

»Gut, Strenterwald. Führen Sie ihn ab, Genosse Balzer.«

In der Tür wandte sich Strenterwald um. »Darf ich die Plastik – noch einmal – anschauen?« In Strenterwalds Augen lag ein krankhaftes Flimmern.

»Während der Verhandlung werden Sie sie sowieso wiedersehen«, antwortete Decker.

Er öffnete weit das Fenster. Jemand war unbemerkt eingetreten und stieß ihn in die Seite. Decker wandte sich um.

»Emil!« rief er aus. »Du?«

Oberleutnant Bollmann strich sich verlegen über seine Stoppeln. »Ich dachte, dir täte es gut, wenn du mit zu mir kämst. Ich wollte ... das heißt, meine Frau hat ihn gekocht. Kurz und gut, du solltest jetzt einen starken Kaffee trinken!«

Decker lachte. »Und ich habe gedacht, ich soll dir Auskunft darüber geben, wo der nächste Friseur Nachtdienst hat!«

BARBARA NEUHAUS

Spätes Geständnis

Schwerer Nebel, grauen Tüchern ähnlich, hing im Wald. Es tropfte von den Bäumen, ab und zu fielen ein paar welke Blätter. Unten im Tal kreischte eine Motorsäge. Setzte sie aus, war das heulende Rucksen der Hohltauben zu hören.

Marika Bartsch, Revierförster im Forst von Schwartenberg, fröstelte in der Morgenkühle. Sie war unterwegs zur Brigade* Spranger, die am Tag zuvor mit dem Einschlag von Fichten begonnen hatte. Ihr Motorrad stand an der Chaussee. Sie hatte es zurückgelassen, weil sie dem Hangweg nicht traute. Er war steil und felsig, nasses Laub mochte ihn dazu glitschig machen.

Ein Windstoß rüttelte Wasser von den Zweigen. Der Winter scheint diesmal früh zu kommen, dachte die Frau. Die Tauben rufen zwar noch, aber es riecht nach Kälte und Reif. Für die jungen Rehe wird es immer am härtesten. In diesem Jahr haben wir besonders viele, und ich habe noch nicht nach den Futterstellen gesehen. Wer weiß, ob dort überhaupt aufgeräumt ist, zu reparieren wird es auch einiges geben.

Kurz entschlossen wandte sie sich nach rechts und stieg über Farn und bemooste Stubben hangaufwärts. Der Weg war zwar weiter, aber oben wurde der Boden eben. Auf Spranger und seine Mannen war Verlaß, sie kamen auch eine Weile ohne sie zurecht. Buchen wuchsen hier, ein verhältnismäßig junger, aber kräftiger Bestand. Ihre Stämme verschwammen im Nebel, dahinter tauchte in schwachen Umrissen ein Holzhaus auf, eine Jagdhütte, die längst keine mehr war, sie hieß nur noch so. Ihr derzeitiger Besitzer nutzte sie als Wochenenddatsche.

Irgend etwas kam der Försterin seltsam vor, anders als sonst. Jetzt hatte sie es: Die Läden waren nicht geschlossen, eines der Fenster stand halb offen. Und das an einem gewöhnlichen Wochentag und bei diesem Wetter. Einen Moment verharrte sie, überlegte, ob vielleicht Einbrecher ... und verwarf den Gedanken sofort. Nach gewaltsamem Eindringen sah es nicht aus, und Wertgegenstände waren in der Hütte gewiß nicht angehäuft. Und überhaupt, was ging es sie an. Doch eine unbestimmte Unruhe blieb. Im Weitergehen wandte sie noch einmal den Blick nach dem dunklen Fenster – da stieß sie mit dem Knie schmerzhaft an. Sie war gegen einen der Bauernstühle gelaufen, wie sie in der Hütte standen. Instinktiv haltsuchend, griff sie um sich. Ihre Hand faßte etwas Weiches, Wolliges, das zurückwich. Marika Bartsch hob die Augen und erstarrte.

Über ihr im Baum hing ein Mensch! Steif und starr hing er dort. Das Weiche, was ihre Hand umkrampfte, war sein linkes Hosenbein. Die Frau ließ das Bein los und trat einen Schritt zurück. Durch die Bewegung kam der Tote ins Schwanken, und ihr schien, als blickten seine Augen drohend auf sie herab. Da erst begann sie zu schreien. Anfangs nur Laute, unartikuliert und gellend, dann, im Davonstürzen, den Hang wieder hinab, Hilferufe und immer neue Hilferufe.

Die Motorsäge im Tal verstummte. Weit unten polterten Steine. »Was ist denn los, Chefin?« Sprangers Stimme klang hohl aus der Entfernung, aber sie beruhigte ein wenig. »Hier«, rief Marika Bartsch, »hier, schnell!« Die Knie wurden ihr weich, sie ließ sich auf einen Stubben fallen und schlug die Hände vors Gesicht.

Leutnant Lore Stein hielt den Telefonhörer ans Ohr gepreßt und wartete. Sie hatte die Augen auf einen Zettel mit Notizen gesenkt, doch was da aufgezeichnet war, interessierte sie im Moment nicht. Hätte sie aufgesehen, wäre ihr Blick unweigerlich auf Leutnant Schmidt gefallen. Ihr Mitarbeiter hockte auf der Ecke seines Schreibtisches, wippte mit den Beinen und lächelte kaum merkbar, maliziös, wie sie glaubte. Diesen Anblick wollte sie sich ersparen; denn das versteckte Lächeln hieß: Da siehst du, was du von deinem Ehrgeiz hast, nun mach mal.

Sie und ehrgeizig, so ein Unsinn. Es paßte Carsten einfach

nicht, unter der Leitung einer Frau zu arbeiten, nicht mal vorübergehend. Danach war er aber nicht gefragt worden, als der Leiter der K vor zwei Tagen ins Krankenhaus ging, um sich die seit langem muckernde Galle herausschneiden zu lassen. Der Entscheidung, daß sie die Vertretung des Chefs übernehmen sollte, waren nüchterne Überlegungen vorausgegangen. Mehr Dienstjahre, größere Erfahrung, länger am Ort und damit besser vertraut mit Dienststellen und Betrieben. Nur das zählte, und es war ihr logisch erschienen. Sie hatte nicht vermutet, daß im jungen Leutnant Schmidt ein alter Adam steckte.

Und sie hatte mit allem gerechnet, was in Schwartenberg so vorzukommen pflegte, mit Kaninchendiebstählen, tätlichen Zusammenstößen nach dem Samstagstanz, rowdyhaftem Verhalten und kleinen Unterschlagungen, mit allem, nur nicht mit einem Toten im Stadtforst. Der Tote war auch nicht irgendwer, sondern eine stadtbekannte Größe. Dazu seit mehr als fünf Jahren ihr Wohnungsnachbar. Der Tote hieß Alexander Fromm.

Endlich knackte es im Hörer, und die schartige Stimme von Doktor Weniger kratzte im Telegrammstil einige Sätze herunter. Was er sagte, war mit lateinischen Fachausdrücken gespickt und schwer zu verstehen. Als er eine Pause einlegte, hakte Lore Stein rasch ein.

»Vielen Dank, Doktor. Ich schicke Ihnen am besten gleich den Genossen Schmidt hinüber.«

Sie legte den Hörer auf. »Unser Doktor hat einen ersten Befund, Carsten. Er ist anscheinend auf Widersprüche gestoßen. Wenn du dich kümmern wolltest?«

»Begriffen. Bin schon so gut wie weg.«

»Ach, und bitte doch Frau Bartsch wieder herein!«

Der Leutnant rutschte von der Tischkante und öffnete die Tür einladend für die Försterin, bevor er verschwand. Die Frau im grünen Uniformrock mit dem Apfelgesicht und der kräftigen Figur wirkte robust, aber sie blickte verstört, und ihre Hände, die eine Umhängetasche mit langen Ledertroddeln hielten, zitterten.

Lore Stein sah es, verließ ihren Platz und lotste die Frau an einen kleinen Tisch. »Jetzt zu uns beiden, Frau Bartsch. Fühlen Sie sich nach der Tablette etwas besser?«

Die Försterin nickte schwach.

»Sehr schön. Dann fahren Sie bitte fort. Sie wollten also die Futterstellen kontrollieren?«

»Ja. Es war dunstig im Wald, ein Nebel wie Watte. Ich hab mich nach der Hütte umgeschaut und nicht gesehen, daß da einer hing. Die Augen ...« Sie schluckte und brach ab, die Tasche glitt von ihren Knien.

Lore Stein tat, als bemerke sie es nicht. »Erhängte sehen nie hübsch aus«, sagte sie betont sachlich. »Warum blickten Sie sich nach dem Holzhaus um? War Ihnen etwas aufgefallen – auch in der Umgebung?«

»Es sah so verlassen aus. Ein Fenster stand offen, im Oktober und bei dem Wetter. Und dann war dort noch ein Auto ...«

Sie bückte sich, kramte ein Taschentuch hervor und schneuzte sich laut, nach Männerart. Danach klang ihre Stimme fester. »Mein Gott, ich hab doch auf weiter nichts mehr geachtet. Weil ich glaubte, daß er noch zu retten wäre, der Herr Fromm. Wie eine Verrückte bin ich gerannt, dabei war er schon kalt und steif. Als ob ich den Verstand verloren hätte.«

»Verständlich.« Lore Stein dachte, daß sie im Augenblick des Erschreckens vielleicht auch kopflos geworden wäre, aber auch daran, daß sie selbst den Mann nicht gleich erkannt hatte. Das schlaff erstarrte, leicht aufgeschwemmte Gesicht des Toten erinnerte nur entfernt an das lebendige. Die Energie, die es von innen erleuchtet hatte, war erloschen. »Wieso haben Sie sofort gewußt, daß es Fromm ist? Trotz der Nebeldämmerung und Ihres Entsetzens. Waren Sie mit ihm befreundet?«

»Ich? Aber nicht doch.« Im Widerspruch zur Verneinung errötete Marika Bartsch. Ihre Apfelwangen färbten sich dunkler, sie blinzelte verlegen. »Wir haben mal verhandelt wegen Rüster und Ahorn, eine Sache auf lange Sicht für einen Exportauftrag ... Und überhaupt: Den Direktor von der Möbelfabrik kennt doch jedes Kind im Ort.«

»Das stimmt allerdings.«

»Sehen Sie.« Die Försterin nickte. Immer noch verlegen, aber auch bedauernd fügte sie hinzu: »Er ist ..., er war immerhin eine attraktive Erscheinung.«

Lore Stein verbiß sich ein Lächeln. »Auch das ist wahr. Und das wär's fürs erste. Nur noch eine Bitte. Morgen müßten Sie auf einen Sprung hereinschauen und das Protokoll unterzeichnen.«

»Selbstverständlich.« Zögernd, als drücke sie eine Frage, erhob sich Marika Bartsch. Ihre Schritte hatten immer noch etwas Traumwandlerisches. Beim Hinausgehen trug sie die Tasche am langen Riemen, die Ledertroddeln schleiften auf dem Fußboden.

Im Zimmer war es stickig und zu warm. Lore Stein trat ans Fenster und öffnete beide Flügel. Das VPKA* war das letzte Haus an der steil ansteigenden Bergstraße. Von hier aus konnte man fast die ganze Stadt überblicken. Der Nebel hatte sich aufgelöst, Dächer und Straßen glänzten feucht in der grellen Mittagssonne. Die Luft war rein bis zum Horizont. Nur am rechten Ortsausgang, wo die Straße weiter hinunter ins Tal abbog, spuckte ein Schornstein schwarzen, fettigen Qualm aus. Der Schlot der Möbelfabrik, ständiges Ärgernis der Schwartenberger und Ursache vieler Eingaben*. Der Direktor hatte sie alle abgewehrt. Was nicht zu ändern war, das war nicht zu ändern; er hatte zu produzieren, planmäßig und ohne Verzögerung.

Der Direktor hatte sich durchgesetzt und immer gewußt, was er wollte. Und es gab keinen Anhaltspunkt für seinen ungewöhnlichen Tod. Oder doch? Natürlich, es mußte ihn ja geben. Lore Stein erinnerte sich an das jähe Erröten der Försterin. Alexander Fromm, das wußte die ganze Stadt, war der Traum aller unbemannten Einwohnerinnen zwischen fünfundzwanzig und vierzig gewesen. Aber unerreichbar, weil solide verheiratet, und zwar mit einer sehr schönen Frau, Claudia, Kinderärztin am Städtischen Krankenhaus.

Wenn der Schein aber getrogen hat, wenn doch irgendein Mädchen im Spiel war? Im Ofen der Jagdhütte hatte eine Menge verbranntes Papier gesteckt, auf dem Tisch ein halb verbrauchter Schreibblock gelegen. Ein Block und ein Kugelschreiber, keine Arbeitsunterlagen, kein Notizbuch, nichts weiter. Was hatte Fromm in den Tagen und Stunden vor seinem Ende getan?

Die Tür öffnete sich, ein Luftzug bauschte die Gardine, und ein Gegenstand klatschte auf den Schreibtisch. »Fromms Brieftasche«, sagte Leutnant Schmidt. »Mit seinen Dokumenten und sechshundert Mücken. Beraubt worden ist er nicht.«

Lore Stein schloß das Fenster und drehte sich um. »Ich dachte eben an seinen Schreibblock. Warst du auch im Labor?«

»War ich. Aber ich glaube, das Ding können wir vergessen.« Carsten Schmidt hockte sich wieder auf die Schreibtischkante; einen Stuhl zu benutzen wie ein normaler Mensch war ihm anscheinend zuwider. Aus einem Aktendeckel zog er Fromms Block heraus. »Der Schreiber hat zwar durchgedrückt, doch ein zusammenhängender Text ist nicht zu erkennen. Nur Wortfetzen: Hütte, trug, tig, Gedanke. Hier, sieh selbst. Aber eine interessante Schrift hatte der Mann. Steil und hart.«

»Das bringt uns auch nicht weiter.« Lore Stein setzte sich und streifte einen Pumps vom Fuß. Für die Ereignisse des Tages hatte sie denkbar ungeeignetes Schuhwerk gewählt. »Was sagt der Arzt?«

»Der Tod trat durch Strangulieren ein, das steht fest. Aber Fromm hat auch eine starke Prellung an der Stirn und Abschürfungen an den Händen. Dafür gibt es angeblich keine Erklärung.«

»Was heißt angeblich? Hast du eine?«

»Man braucht sich nur die Oberbekleidung anzusehen. Hosen und Anorak total verdreckt, der Ärmel an der linken Schulter ausgerissen.« Carsten Schmidt griff nach einem Lineal und schlug sich damit auf den Oberschenkel. »Also, wenn du mich fragst: Fromm war in eine Klopperei verwikkelt. Und zwar in eine handfeste, da gehe ich ...«

»Nein! Das glaub ich nicht.« Lore Stein schnitt ihm das Wort ab. »Dazu war er nicht der Typ.«

»Wie du meinst. Aber der Chef von einer Möbelbude ist auch nicht der liebe Gott. Und der Irrtümer und Verfehlungen gibt es die Menge.« Er drehte das Lineal um, besah sich für einen Moment die Maßtabelle und richtete es dann auf sie. »Dann ist er eben niedergeschlagen worden. Die Täter – ich gehe mal von mehreren aus – haben ihn in seinem PKW in den Wald gefahren und einen Selbstmord vorgetäuscht. Vielleicht ein Racheakt. Die Genossin im Labor erzählte, daß er sehr streng gewesen sein soll. Er hat nicht lange gefackelt bei Arbeitsbummelei und Diebstahl von Material.«

»Vielleicht, vielleicht ...« Lore Stein wurde plötzlich ungeduldig. Zu lange schon saß sie in der Dienststelle herum, ohne mit den Ermittlungen zu beginnen, konkrete Arbeit anzupacken. Aber sie wußte auch, warum sie sich so schwer dazu aufraffen konnte. Sie hatte Angst vor Claudia Fromm, deren Verzweiflung und deren Tränen.

»Rache, Erpressung, Eifersucht und wer weiß was noch ist möglich«, spann ihr Mitarbeiter das Thema weiter aus. »Man sollte nur einmal seine Phantasie spielen lassen ...«

»... um nach einem Höhenflug auf die Nase zu fallen«, unterbrach sie ihn fast schroff. Entschlossen packte sie ihre Schreibutensilien in die Handtasche und zog den Reißverschluß zu. »Wir stehen ganz am Anfang. Und von uns wird exakte Aufklärung verlangt auf der Basis von Fakten*.

»Ja, ja.« Er warf das Lineal hin und sprang vom Tisch. »Du lehnst die Intuition ab, das ist bekannt. Dazu fehlt dir auch ein bißchen das Menschliche. Du bist wie dein Name, aus Stein.«

»Leider nicht«, erwiderte sie, indem sie zum Schrank ging und den Mantel vom Bügel nahm. »Sonst würde mir jetzt nicht so scheußlich grauen. Aber es nützt nichts: Ich muß die Frau aufsuchen.«

»Das sind die berühmten Schokoladenseiten unseres Berufs«, sagte er ohne jede Ironie. Und dann: »Wenn ich dir helfen kann, Lore ... Ich würde dir das gern abnehmen.«

»Nicht doch. Mich kennt sie immerhin. Auch weil unsere Zwillinge bei ihr in Behandlung waren.«

Er schlug sich mit der flachen Hand vor die Stirn. »Du sagst Behandlung, und jetzt fällt's mir wieder ein. Ich soll dir von unserem Doktor sagen, daß er Frau Fromm bereits unterrichtet hat. Von Kollege zu Kollegin sozusagen.«

»Solche Eigenmächtigkeiten lieb ich.« Doktor Weniger hatte es gewiß gut gemeint, ihr damit aber kaum etwas erleichtert. »Egal, ich fahr jetzt los. Und danach ins Kombinat* der Möbelwerke nach Grimmbach. Du kümmerst dich weiter um die Spurensicherung. Die Genossen sollen sich Fromms Lada* gründlich vornehmen. Und auch den Zufahrtsweg zur Hütte.«

»Soll das heißen, daß du meiner Version folgst?«

Sie hatte die Türklinke schon in der Hand. »Das wäre zuviel behauptet. Ich fege sie nur nicht weg.«

Bevor Lore Stein an der Tür mit dem Namensschild »Fromm« klingelte, gönnte sie sich eine Atempause. Sie ging in die eigene Wohnung und schrieb einen Zettel für ihren Mann. Daß er nicht mit dem Abendbrot warten und sich um die Kinder kümmern solle, weil es bei ihr heute spät werden könne. Dabei fiel ihr ein, daß alles etwas leichter wäre, wenn es zwischen ihrer Familie und den Fromms gute Beziehungen gegeben hätte. Aber die Nachbarn waren vom Tag des Einzugs an sehr zurückhaltend, wenn nicht abweisend gewesen. Ein Gruß auf der Treppe, ein kurzes Wort über das Wetter, zu mehr war es nicht gekommen. An den Hausfesten hatten sie sich, angeblich aus Zeitmangel, nie beteiligt. Und auch nie hatte man erlebt, daß es nebenan laut und fröhlich zugegangen wäre.

Claudia Fromm öffnete die Tür, wie immer tadellos gekleidet und ohne eine Spur von Erschütterung auf dem ebenmäßigen Gesicht. Sie sagte sofort: »Bitte, keine Floskeln, Frau Stein. Ich kann mir denken, weshalb Sie hier sind.« Dann ging sie voran ins Wohnzimmer und wies einladend auf eine Sesselgarnitur.

Lore Stein musterte den Ledersessel, der so breit und so tief war, daß sie darin wie in einer Gruft sitzen würde, und rückte sich einen Stuhl am Eßtisch zurecht.

»Ich werde Sie nicht lange behelligen, Frau Doktor. Nur, ein paar Fragen müssen Sie mir beantworten.«

»Viel werde ich Ihnen nicht sagen können.« Claudia Fromm schob einige Blätter auf dem Tisch zusammen und steckte sie in eine Mappe. Sie war offenbar schon dabei, die Papiere des Toten zu ordnen. »Ich weiß nur, daß mein Mann ums Leben gekommen ist. Auf sehr unschöne Art und Weise. Aber warum, weshalb ... Ich stehe selbst vor einem Rätsel.«

»Wann haben Sie ihn zum letzten Mal gesprochen?«

»Am Freitag, so gegen achtzehn Uhr. Als er sich plötzlich entschloß, in die Hütte zu fahren.«

»War er an diesem Abend oder in den Tagen davor anders als sonst? Bekümmert, verzweifelt oder stark deprimiert?«

Die Frau lachte kurz und hart auf. »Ausgerechnet mein Mann. Kummer, Verzweiflung, das waren für ihn reine Fremdwörter. So etwas hat er gar nicht an sich herangelassen. Er vertrat den Standpunkt, alles in der Welt lasse sich mit Willen und Energie vernünftig lösen.«

»Es gibt Probleme, die nicht danach fragen, ob man sich mit ihnen beschäftigen möchte.« Lore Stein konnte ihre Verwunderung und auch einen Anflug von Ärger nicht ganz unterdrücken. Anders und doch nicht so schwer hatte sie sich dieses Gespräch vorgestellt. Denn da war die Erinnerung an die Kinderärztin Fromm gewesen, an ihre einfühlsame Art und die Liebe, mit der die kleinen Patienten an ihr hingen. Nie hätte sie geglaubt, daß dieselbe Frau solche Kälte ausstrahlen könnte. War ihr der Tod des Mannes gleichgültig, oder schämte sie sich einer Gefühlsregung? »Es muß etwas vorgefallen sein, was Alexander Fromm das Leben unerträglich machte«, fuhr sie fort. »Wir schließen zwar Fremdverschulden noch nicht aus, aber allem Anschein nach war es

Suizid. Warum haben Sie eigentlich Ihren Mann am Wochenende nicht begleitet?«

»Wozu? Die Hütte ist mir zuwider.« Die Frau setzte sich nun auch und verschränkte die Hände auf der Tischdecke. Die Bewegung wirkte verkrampft, ihre Fingerknöchel schimmerten weiß. »Mein Gott, ja«, stieß sie unversehens heftig hervor, »die Schwartenberger. Diese Leute in ihrer kleinstädtischen Denkweise mögen sich gewundert haben, daß wir viele freie Tage getrennt verbrachten. Aber ich finde, man sollte die Eigenheiten des anderen achten. Meinen Sie nicht auch?«

Lore Stein ging nicht darauf ein. Aus ihrer Handtasche holte sie den Schreibblock hervor, der in der Jagdhütte gelegen hatte. Sie zeigte Claudia Fromm die Stellen, an denen der Kugelschreiber durchgedrückt hatte, und bat sie, zum Vergleich etwas Handschriftliches ihres Mannes vorzulegen, am besten einen Brief.

Die Frau lächelte eigenartig. »Ich besitze keinen Brief. Nicht einmal einen Zettel. Schauen Sie nicht so ungläubig, es ist so. Alex hielt persönliche Mitteilungen für Unsinn.« Erklärend fügte sie hinzu, daß er auch während längerer Dienstreisen höchstens angerufen hätte, um seine Rückkehr anzukündigen. Aber daß die Zeichen auf dem Papier von ihm stammten, hielt sie für sicher. Wer sonst sollte dort oben im Wald etwas geschrieben haben.

Einem plötzlichen Einfall folgend, ging sie zur Schrankwand und schob eine Vitrine auf. »Da, sehen Sie, seine Geschenke. Nie ein Brief, aber in den letzten beiden Jahren fing er an, mir etwas mitzubringen. Warum auf einmal, darüber habe ich allerdings kaum nachgedacht. Aber was er ausgesucht hat, gefiel mir.«

In der Vitrine standen Vasen und Schalen aus böhmischem Glas neben eigenartig schönen Schnitzereien aus Jade und Malachit. Ein kleines Vermögen, schätzte Lore Stein, aber Kunststück, die Leute hatten sich das leisten dürfen, bei zwei guten Gehältern und in einer kinderlosen Ehe. Sie verstaute den Block; die Schrift würde man, wenn nötig, im Betrieb vergleichen lassen. »Wissen Sie, wie er zu seinen Kollegen stand?«

Claudia Fromm reagierte nicht. Etwas war mit ihr vorgegangen. Sie blickte immer noch auf die Kostbarkeiten in der Vitrine, aber sie schien sie nicht wirklich wahrzunehmen. Das herbe, an eine Gemme erinnernde Gesicht war unnatürlich blaß, und der Rücken zuckte. Erst als Lore Stein die Frage wiederholte, schrak sie auf und kam zu ihrem Platz am Tisch zurück. »Nach den Möbelwerken und den Leuten dort sollten Sie mich nicht fragen. Für Pläne und Bilanzen, Sitzungen und Betriebsvergnügen, für den ganzen Trubel und alle, die dazu gehören, habe ich mich absolut nicht interessiert.« Ihre Stimme klang kühl wie vordem, als hätte es diesen Moment, der ein Augenblick der Besinnung oder der Trauer gewesen sein mochte, nicht gegeben.

»Um zum Schluß zu kommen: Wo waren Sie selbst in der Zeit von Freitagabend bis heute früh?«

Die Antwort klang ironisch. »Ich verstehe. Die Standardfrage der Kriminalpolizei. Also, bis auf einen Spaziergang am Sonntagvormittag – da war ich im Rosengarten – habe ich die Wohnung nicht verlassen. Zeugen kann ich leider nicht benennen.«

Unangenehm berührt von der Antwort und besonders vom Ton, wollte sich Lore Stein frostig verabschieden. Aber sie brachte es nicht über sich. »Wenn Sie in den nächsten Tagen Hilfe brauchen, Frau Doktor, wir sind schließlich Nachbarn.«

»Danke. Sehr freundlich. Aber ich bin gewohnt, allein zurechtzukommen.« Mit höflicher Gelassenheit öffnete ihr Claudia Fromm die Flurtür.

Nach einer steilen Kurve rollte der Wagen ins Tal. Oben, auf der Höhe, war noch heller Tag gewesen, hier unten machte sich schon die Dämmerung zwischen Fichten und Tannen breit. Der Fahrer schimpfte auf die kürzer werdenden Tage, auf das nasse Herbstlaub und auf die entgegenkommenden Fernlaster, die angeblich zu schnell und rücksichtslos gefahren wurden. Die Straße war Stück einer Transitstrecke und meistens überlastet. Lore Stein wußte, daß den jungen Genossen etwas anderes ärgerte. Er war erst seit ein paar Tagen verheiratet, hatte sich auf den Feierabend gefreut und ahnte, daß daraus nichts werden würde.

Sie war zur Leitung des Möbelkombinats unterwegs, die zum Glück ihren Sitz im Nachbarkreis hatte. Nach dem wenig erfolgreichen Besuch bei Claudia Fromm hoffte sie, im Kombinat mehr über die Persönlichkeit des Toten und über mögliche Motive für sein Tun zu erfahren. Alle anderen Aufgaben, von der Teilnahme an der Obduktion bis zum Einsatz der Kriminaltechniker an Fromms Lada, hatte sie Carsten Schmidt überlassen. Er hatte nicht mal andeutungsweise gemosert. Darüber war sie erstaunt gewesen, aber auch erleichtert. Sie mußten beide gut und rasch arbeiten. Nicht nur wegen der Sache, auch wegen ihres kranken Chefs, der imstande war, aus der Klinik auszureißen und sich selbst zu kümmern.

In der Senke tauchten die Umrisse der Kreisstadt auf. Ein Schornstein mit dem von Schwartenberg sattsam bekannten schwarzen Qualm wies ihnen den Weg. Kombinatsdirektor Kammacher, bei dem sie sich telefonisch angemeldet hatte, kam ihr im Vorzimmer entgegen. Er war klein und rund, die rosige Glatze von einem krausen Haarkranz umgrenzt. Zur Sekretärin, die auch in gesetzten Jahren war, sagte er: »Keine Störung, unter keinen Umständen. Aber einen scharfen Kaffee, wenn ich bitten dürft'.« Er schob Lore Stein in sein Zimmer und schloß die Tür.

»Ich weiß, ich weiß, Sie kommen wegen dieser schlimmen Geschichte. Eine arg böse Geschichte, ich kann's immer noch nicht fassen.«

Dann eilte er zu seinem Schreibtisch, einem riesigen alten Kasten, und begann Mappen und Papiere zu stapeln und in die Schubfächer zu feuern, wobei er murmelte: »Schluß. Heut nehm ich eh nichts mehr in die Hand!«

Nach einer Weile war die Fläche bis auf Telefone und Sprechanlage leer. Lore Stein, die seinem Wirken etwas ratlos zugesehen hatte, fragte: »Hätten Sie etwas dagegen, wenn ich mich setzte?«

»Na, was denn. Hier, bitt' schön. Ich Stiesel, aber das sind die Nerven.« Er rückte einen Sessel zurecht und schickte sich an, eine Vase mit Herbstastern beiseite zu stellen. Mitten in der Bewegung hielt er inne. »Nun sagen Sie bloß, wie konnt' das passieren mit dem Fromm?«

»Ich glaubte, daß Sie einen Anhaltspunkt hätten.«

»Gott bewahre. Und ich werd das auch nie begreifen.« Er ließ sich ihr gegenüber in den zweiten Sessel fallen, seufzte tief und sagte voll Kummer: »Der Fromm und sich aufhängen. Das ist so ein Unsinn, so irrer Nonsens ... Ein Mensch wie ein Dampfhammer, ein Durchreißer ...«

»Und wenn er Konflikte im Arbeitsbereich hatte?« warf Lore Stein ein.

Kammacher sah sie an, als ob sie ein Geist oder nicht richtig im Kopf wäre. »Daß ich nicht lache. Liebe Genossin, der Schwartenberger Laden ist zwar alt, aber er läuft wie ein Uhrwerk.«

Er stützte die Hände auf die Schenkel und beugte sich vor.

»Soll ich Ihnen etwas verraten? Wir haben den Direktor Fromm gerade für eine hohe Auszeichnung vorgeschlagen. Man bringt sich doch nicht um, gelle, wenn man einen Orden erwartet.«

»Aber man hängt sich auch nicht ohne Grund auf.«

Lore Stein hoffte, daß Kammacher weitersprechen, seinem Herzen Luft machen würde und sie dabei etwas Wesentliches erführe. Er seufzte wieder und kraulte sich die grauen Nackenlocken. »Manchmal hat es mich ja geärgert, das Gerede im Kombinat. Alexander der Große, Alexander der Unfehlbare ... Wer ist denn ganz frei von Neid?« Und plötzlich laut, in aufflammendem Zorn: »Aber jetzt? Was soll ich denn machen? Wie soll ich diesen Mann ersetzen?«

Die Sekretärin enthob Lore Stein einer Antwort, die ohnehin nur eine Floskel geworden wäre. Sie brachte den Kaffee und eine Glasplatte mit Pflaumenkuchen. »Bedienen

Sie sich«, sagte der Direktor. »Von irgendwas muß man ja leben.« Er langte als erster zu, und es war zu sehen, daß es ihm schmeckte. Er schien zu den glücklichen Naturen zu gehören, die beim Essen voll vom Genuß in Anspruch genommen sind und dabei alle Sorgen vergessen. Der Kuchen sah vorzüglich aus, aber Lore Stein hatte keinen Appetit. Alexander der Große, der Unfehlbare, dachte sie, das klingt nicht gut, da ist Skepsis herauszuhören und vielleicht sogar offene Abneigung. Die harten Äußerungen seiner Frau fielen ihr ein. Das Bild des Menschen Fromm begann sich langsam abzuzeichnen. »Hatte er Feinde?« fragte sie.

Kammacher legte ein angebissenes Kuchenstück, das dritte, auf den Teller. »Sie meinen, es könnte ihn jemand ...? Nein. Ausgeschlossen. Er war konsequent und duldete keine Scharwenzler um sich. Dafür haben ihn einige nicht gerade innig geliebt. Aber Feinde? Nein.«

»Und Freunde?«

»Warten Sie mal. Freunde ... Also, das haut mich um. Daß mir das nicht eher aufgefallen ist. Er hatte keine Freunde. So ein richtiger Kumpel war er eben nicht.« Kammacher schüttelte den Kopf, überlegte angestrengt. »Halt, Moment, ich will Sie nicht beschwindeln. Einen hat's gegeben, den Gabler. Bloß, bissel eigenartig war die Geschichte.«

Zum ersten Mal während der Unterhaltung griff Lore Stein zum Notizblock.

»Was war eigenartig? Das interessiert mich.«

Er zögerte mit der Antwort, stieß sich aus dem Sessel und wanderte auf und ab.

»Nehmen Sie's nicht übel, aber wenn ich nachdenk', muß ich umherlaufen. Der Gabler also. Vor fünf Jahren etwa hat er beim Fromm im Betrieb angefangen, als Entwicklungsingenieur. Der Gabler ist Spitze und ein Holzwurm dazu, und die beiden verstanden sich auf Anhieb. Plötzlich aber, das ist noch keine drei Jahre her, wollte er weg von Schwartenberg.«

»Warum?«

»Tja, warum?« Der Direktor verharrte vor einem Bild,

das eine Frühlingslandschaft zeigte. »Luftveränderung hat er angegeben. Daß er eine neue Umgebung, neue Aufgaben braucht. Gemunkelt wurde zwar allerhand, aber das gehört nicht hierher.«

»Eventuell doch.« Lore Stein war nicht gesonnen, so rasch aufzugeben. »Es könnte von Bedeutung sein.«

»Nein.« Er drehte sich um, seine Stirn lief rot an. »Über Klatsch redet der Kammacher nicht, und wenn Sie mich auf Knien anflehen. Und überhaupt. Es war ja auch kein bissel dran an dem Gerede.«

»Sind Sie sich da ganz sicher?«

»Zum Teufel, ja. Vollkommen. Hören Sie endlich auf, in mir herumzubohren.« Er sank in seinen Sessel und deckte einen Moment die Hand über die Augen.

»Nicht bös sein. Sie müssen ja fragen, ich weiß.« Dann erzählte er, daß Fred Gabler in den Leipziger Betrieb des Kombinates gegangen sei, die Freundschaft zwischen ihm und Fromm aber weiter bestanden habe. Wann immer die beiden auf einer Tagung zusammengetroffen wären, hätten sie halbe Nächte beieinandergehockt. »Schon möglich, daß der Gabler weiß, warum der Fromm durchdrehte. Am besten, Sie fragen ihn selbst.«

Das meinte Lore Stein nun auch. Sie wollte sich verabschieden, bevor sie sich von der Sekretärin Adresse und Telefonnummer geben ließ, aber der Direktor hielt sie zurück.

»Da wär noch was«, sagte er bedrückt. »Ein Anliegen. – Was sich auch rausstellt über den Tod von Alexander Fromm, auf den Mann soll kein Schatten fallen. Darum möcht ich bitten. Sie verstehn das, gelle?«

Das Zimmer in der Dienststelle war von Hektik erfüllt. Sie ging von zwei Telefonen aus. Während Carsten Schmidt auf dem einen Apparat sprach, rasselte der zweite und umgekehrt. Lore Stein hing ihren Mantel auf den Bügel, fuhr sich gewohnheitsmäßig mit dem Kamm durchs kurze Haar und ahnte nichts Gutes.

»Teilnehmer, sind Sie noch da?« fragte der Leutnant, um

gleich darauf wütend loszudonnern: »Seid ihr dort ein Ferienheim oder ein Kindergarten? Umgehend – habe ich verlangt. Ende.« Er knallte den Hörer auf die Gabel.

»Carsten, meine Güte ... War es nötig, so zu brüllen?«

Er überhörte den Vorwurf. »Setz dich, Lore, aber fest. Jetzt riecht es nicht nur entfernt nach einem Verbrechen. Dein untadeliger Fromm. Du wirst dich wundern.«

Sie wußte, daß er jetzt Spannung von ihr erwartete, ungeduldige Fragen, erst dann wollte er mit seinem Wissen aufwarten. Es war seine Art, aber sie mochte das nicht. Deshalb schwieg sie. Vielleicht war sie auch zu abgespannt und reagierte überempfindlich.

»Fromm hat sich mit eigener Hand das Leben genommen«, fuhr er fort. »Die Untersuchungen schließen jede andere Version aus. Aber vorher war er nicht allein. Und da muß etwas geschehen sein. Nur, die andere Person in diesem Zweimannstück ist verschwunden. Einfach weg. Spurlos.«

»Spurlos gibt es nicht«, sagte sie schärfer als gewollt. »Nun mal der Reihe nach. Und Klartext, wenn ich bitten darf.«

Und das waren die Fakten: Auf dem Rücksitz von Fromms Lada hatten die Kriminaltechniker Blutflecke entdeckt. Dazu ein Haarbüschel, hellblond, mit einem kleinen Fetzen Kopfhaut daran. Der Direktor der Möbelfabrik war dunkel gewesen, schon ein wenig grau meliert. Die Blutgruppenbestimmung hatte das bestätigt. Es gab keinen Zweifel, daß eine fremde Person im Auto gesessen, wahrscheinlicher noch, gelegen hatte. Der Wagen selbst wies geringfügige Beschädigungen auf. Die Motorhaube war rechtsseitig eingedrückt, und von der Vordertür an der gleichen Seite war Lack abgesplittert.

»Er kann einen Unfall gebaut haben.« Lore Stein dachte an die zerrissene Jacke und das ramponierte Aussehen des Toten. »Er muß nicht mal schuld gewesen sein.«

Carsten Schmidt zuckte mit den Schultern. »Ich weiß nur, daß Fromm einen Verletzten im Wagen hatte. Der hätte nach Adam Riese in einer Klinik oder einem Ambulatorium hier in der Nähe auftauchen müssen. Ist aber nicht. Auch die Verkehrspolizei hat keine Hinweise. Vorhin, als du reinkamst, waren mir fast die Ohren abgewelkt, so oft hatte ich mir angehört: Keine Vorkommnisse, kein Unfallpatient. Ein sagenhaft ruhiges Wochenende. Eine Meldung steht zwar noch aus, aber ich glaub nicht an Wunder.«

»Das heißt, daß an der ganzen Geschichte so gut wie alles unklar ist. Und nichts zusammenpaßt.«

Der Leutnant antwortete nicht. Er spielte mit dem Plastlineal, ließ es schnippen und nagte verdrossen an der Unterlippe. Offenbar war ihm jetzt erst restlos bewußt geworden, daß sich da ein neuer Fall aufgetan hatte und sie mit den Ermittlungen ganz am Anfang standen. Und wo beginnen? Eine Fahndung nach dem Verletzten konnte mangels Angaben zur Person nicht eingeleitet werden. Auch erhob sich die Frage, ob dieser Fall, so nebelhaft er sich abzeichnete, nicht schon über die Kompetenzen einer Kreisdienststelle hinausging. War es an der Zeit, die Bezirksbehörde zu unterrichten und um Hilfe zu bitten? Doch auf welche Tatsachen konnten sie sich berufen? Außer einem erwiesenen Suizid gab es zuwenig Konkretes.

»Ich habe keine Neuigkeiten zu bieten wie du«, sagte Lore Stein. »Aber ich weiß inzwischen eine ganze Menge über Alexander Fromm. Wie er war, verstehst du? Er wäre in keinem Fall irgendwohin gefahren, um einen Konflikt auszutragen. Wenn der Unbekannte in seinem Wagen kein Unfallopfer war, dann ist er zu ihm gekommen.«

»Was dann nur bedeuten könnte, daß sie eine tätliche Auseinandersetzung hatten. Darauf habe ich heute morgen getippt. Jetzt erscheint es mir zweifelhaft. Denn weder in Fromms Datsche noch davor gibt es Anzeichen dafür.«

»Unser Fehler war, daß wir fast ausschließlich von Selbstmord ausgingen«, sagte Lore Stein und fügte entschlossen hinzu: »Wir müssen die Umgebung der Hütte in einem weitergesteckten Kreis untersuchen lassen. Heute noch, bevor ein nächtlicher Regen oder andere Zufälle Spuren verwischen können.«

»Daran dachte ich eben auch.« Der Leutnant war einverstanden, ohne von einem Erfolg überzeugt zu sein. Doch er wußte genau wie sie, daß Unterlassungen zu den schwersten Sünden zählen, die ein Kriminalist begehen kann. Sie berieten die Aktion, und er bot sich an, sie zu leiten. Zur Unterstützung sollte er Marika Bartsch, die Försterin, um Mithilfe bitten, weil sie Weg und Steg wie ihre eigene Tasche kannte. Das gefiel ihm nicht besonders. Er hatte die Frau unter Schockwirkung erlebt und fürchtete, daß sie die Arbeit behindern würde. Schließlich gab er nach. »Aber du«, sagte er im Weggehen, »legst dich jetzt schlafen. Mir scheint, du bist geschafft. Ehrlich, du siehst mies aus.«

Kunststück, dachte sie. Immerhin bin ich gut fünfzehn Jahre älter als du. Für einen Augenblick stellte sie sich ihr Zuhause vor: die Zwillinge, ihren Mann, der ihr ein großes Glas Zitronentee aufgießen würde, und ein warmes Bad mit Latschenkiefernextrakt. Schön, aber dafür war noch keine Zeit. Der Ingenieur Gabler, Freund des Toten, mußte gefunden und für den kommenden Tag zu einer Befragung gebeten werden. Vielleicht kam nichts dabei heraus, aber warum hatte Claudia Fromm die Unwahrheit gesagt? Ganz entschieden hatte sie bestritten, Kollegen ihres Mannes zu kennen. Es war jedoch undenkbar, daß ihr Gabler in seiner Schwartenberger Zeit nicht begegnet sein mußte. Weshalb also hatte sie die Bekanntschaft verschwiegen?

Sie suchte die Telefonnummern heraus und wählte erst die private. Es dauerte lange, bis sich am anderen Ende der Leitung in Leipzig eine ängstlich klingende Frauenstimme meldete. Wie sich herausstellte, war es Gablers Wirtin, in deren Haus er zwei Giebelstuben bewohnte. Sie hatte schon geschlafen. Gabler habe am Samstag gegen Abend das Haus verlassen, um eine kleine Reise anzutreten. Im Laufe des Sonntags hätte er zurück sein wollen. Das sei aber nicht geschehen. Besorgt fragte sie, ob etwas passiert sei, denn auch von seinem Betrieb sei schon nach ihm gefragt worden.

Die ältliche Schwester schob einen Klinikwagen mit Fläschchen und Medikamentenschalen vor sich her. Mißtrauisch musterte sie die späte Besucherin und bestätigte, was die Pförtnerin erklärt hatte. »Gewiß, Frau Doktor ist anwesend. Zweiter Raum links, hinter der Schwingtür.«

Lore Stein ging den langen, kahlen Krankenhausflur entlang. Er roch antiseptisch und nach Latex und schimmerte in frisch aufgetragenem Grün. Die Zeit der berühmten weißen Korridore war vorbei, Farbe sollte Optimismus ausstrahlen. Dieses Grün wirkte im Schein der Neonlampen eisig. Wenigstens sollten ein paar Bilder an den Wänden hängen, dachte Lore Stein, immerhin war das hier die Kinderstation.

Die Tür zum Arztzimmer war halb geöffnet. Claudia Fromm kehrte ihr den Rücken zu und hantierte an einem Elektrokocher. Als sie Schritte hörte, wendete sie den Kopf.

»Mein Gott – Sie? Läßt man mich denn nirgends in Ruhe?«

Lore Stein zog die Tür hinter sich zu. »Ich habe an Ihrer Wohnung geklingelt. Im Haus erfuhr ich dann, daß Sie in die Klinik gefahren sind.«

»Ja, und?« Die Ärztin trat an den Tisch und setzte sich. Sie trug das lange Haar jetzt straff nach hinten gekämmt und in einen Zopf geflochten. Dadurch wirkte ihr Gesicht spitz, und es schien sehr blaß. Das war eine veränderte Frau. Keine Spur mehr von kühler Gelassenheit und überlegener Ruhe. Und ihre Stimme klang atemlos. »Ich habe Nachtdienst heute. Ich hätte nicht geahnt, daß mich die Polizei bis hierher verfolgt ...« Mühsam beherrscht brach sie ab.

»In das Allerheiligste, ja?« Lore Stein öffnete ihren Mantel und nahm sich unaufgefordert einen Stuhl. »Wozu die unnötige Schärfe, Frau Doktor? Ich tue auch nur meine Arbeit.« Sie überhörte die leise Entschuldigung, fuhr gleich fort: »Sie haben mir erklärt, daß Ihnen die Kollegen Ihres Mannes gleichgültig waren. Gilt das auch für Herrn Gabler?«

Claudia Fromm wurde womöglich noch blasser. Leise sagte sie: »Diese Frage habe ich vorausgeahnt und hoffte dennoch, daß sie nicht gestellt würde. Ja, ich weiß, für Kriminalisten darf es keine Tabus geben, auch nicht in persönlichen, sogar in intimen Dingen, und ...« Sie stockte, weil der Wasserkessel zu pfeifen begann. Aus dem Regal nahm sie eine gläserne Kanne, in der schon zwei Teebeutel lagen, und goß Wasser auf. »Sie trinken doch eine Tasse mit?«

»Danke, gern.«

Das Geschirr klapperte in den Händen der Ärztin. Zur Wand hin, fuhr sie fort: »Fred Gabler ist kein Kollege schlechthin. Ich schätze ihn als Freund, als selbstlosen und verläßlichen Freund. Wenn er Ihnen mehr gesagt haben sollte ...«

»Dazu müßte ich ihn erst einmal kennen«, unterbrach sie Lore Stein.

Claudia Fromm ließ die Teelöffel fallen. Als habe man ihr einen Stoß versetzt, taumelte sie zur Seite und hielt sich am Rand des Waschbeckens fest. Angst in den Augen, fragte sie: »Sie haben ihn nicht gesprochen? Aber daß er von Ihnen aufgehalten wurde, war die einzige Erklärung für mich!« Und dann überstürzt: »Ich habe telegrafiert, sofort, nachdem ich erfuhr, was mit Alex ... Am Nachmittag, spätestens am frühen Abend hätte er in Schwartenberg sein müssen. Er meldete sich nicht mal. Deswegen habe ich es ja zu Hause nicht ausgehalten. Ich mußte in meine Station, unter Menschen, mich bewegen. Sagen Sie mir, was ich denken soll?«

»Zunächst nichts Schlimmes. Sie sollten sich nicht so aufregen.« Lore Stein holte die Teegläser, sammelte die Löffel auf, spülte sie ab und goß Tee ein. Alles sehr langsam, um der Frau Zeit zu lassen, sich zu fassen. Sie spürte, daß sie nahe daran war, etwas Wesentliches zu erfahren. Die Mauer aus Beherrschung und Kühle, die Claudia Fromm um sich gezogen hatte, war zusammengebrochen. Aber drängen durfte man sie nicht. Auch wenn das Schweigen und die Stille des Krankenhauses an den Nerven zerrten. Nur ein Wecker tickte aufdringlich. Er stand im Regal neben einem Bücherstapel und zeigte die zehnte Abendstunde an.

Die Hand, mit der Claudia Fromm das Glas zum Munde führte, bebte. Sie trank wenige Schlucke, schloß einen Moment die Augen und schien sich wieder in der Gewalt zu haben. »Fred steht mir von allen Menschen am nächsten«, sagte sie leise. »Und Sie werden es ja doch erfahren. Ich wollte zu ihm gehen nach der Scheidung. Alex und ich waren uns längst einig. Wir hatten vor, die Klage gemeinsam einzureichen.«

»Ach so, so ist das. Ich hielt Sie beide für ein ideales Ehepaar. Und ich meine, die ganze Stadt dachte nicht anders.«

»Weil wir uns nie gestritten haben? Weil durch unsere dünnen Neubauwände nie ein lautes Wort drang? Aus der Kälte springen keine Funken, Frau Stein. Wo es keine Bindungen gibt, wird es auch sehr still.« Und mit plötzlich aufsteigender Bitterkeit: »Nur bin ich kein lebloser Gegenstand, den man nach Belieben vorholt und wieder wegstellt. Ja, wenn wir wenigstens Kinder gehabt hätten.«

»Sie haben Ihre schöne Arbeit, einen Beruf nur für Kinder«, sagte Lore Stein, eigentlich nur, um das Gespräch nicht stocken zu lassen. Damit hatte sie eine Schleuse geöffnet.

»Genau das war sein ständiges Argument«, brach es aus der Ärztin heraus. »Ein selten unsinniges Argument. Denn meine kleinen Patienten werden eines Tages wieder gesund, dafür mühe ich mich schließlich, und dann gehen sie wieder. Da bleibt eine Leere. Aber Alex wollte das nicht begreifen. Ein Kind braucht Verantwortung und kostet Zeit. Er aber lebte mit seinen Bettgestellen, Schrankwänden, Klapptischen. Dazwischen war ich eingeordnet als eine Art Schlafraummöbel.«

Schlimm, dachte Lore Stein, sehr schlimm. Und sie fragte sich, ob das nur Verbitterung war oder ob Claudia Fromm ihren Mann gehaßt hatte. »Wußte der Verstorbene, daß Sie und Gabler intim miteinander waren?«

»Er hat es geahnt, damals, als Fred nach Leipzig ging, um unsere Ehe nicht zu gefährden. Vor kurzem, als wir über die Scheidung sprachen, habe ich es ihm gesagt. Aber glauben Sie nicht, daß es ihn erschüttert hätte. Mit keiner Geste, mit keinem Wort versuchte er mich zu halten. Er nannte die Scheidung eine vernünftige Lösung.«

Claudia Fromm goß sich noch einmal Tee ein und trank

das Glas in einem Zug aus. Sie war erschöpft und hatte vieles preisgegeben. Aber hatte sie auch alles gesagt? Die Art und Weise, in der Fromm aus dem Leben gegangen war, die Tatsache, daß eine zweite Person eine Rolle gespielt hatte, paßten nicht zu ihren Aussagen. Der Widerspruch war zu groß, um übersehen zu werden. Das schien sie selbst zu fühlen.

»Sie können sich manches schwer vorstellen«, sagte sie. »Aber ich bin überzeugt: Das, was Alex getan hat, kann nur mit den Möbelwerken zusammenhängen, mit dieser scheußlichen Fabrik, mit der er in Wirklichkeit verheiratet war.«

Lore Stein glaubte ihr nicht, und das Telefon enthob sie einer Antwort. Das Gespräch war für sie. Leutnant Schmidt berichtete; seine Stimme klang erregt. Die Suchgruppe hatte am Hangweg und weiter unten zwischen den Sträuchern Spuren gefunden. Sie ließen den Schluß zu, daß ein schwerer Gegenstand oder ein menschlicher Körper zum See geschleift und ins Wasser geworfen worden war. Schmidt hatte bereits die Morduntersuchungskommission der Bezirksbehörde informiert. Lore Stein, die am Telefon nicht über Einzelheiten sprechen durfte, versprach ihm, sofort in der Dienststelle zu erscheinen.

Claudia Fromm hatte die Arme vor der Brust verschränkt, als wollte sie sich an sich selbst festhalten. Mit unnatürlich geweiteten Augen sah sie die Kriminalistin an. »Darf ich mich erkundigen? Es ist doch noch etwas passiert, nicht wahr?«

Was sollte sie der Frau antworten? Vage Vermutungen aussprechen, Angst wecken, die sich eventuell als unbegründet erwies? »Ihr Mann hatte vor seinem Tod einen Unfall. Die Umstände werden zur Zeit geklärt. Ich weiß selbst noch nichts Genaues.«

Von beiden unbemerkt, war auf leisen Sohlen die Schwester eingetreten. Es war dieselbe, nicht mehr junge, die vorhin mit dem Medikamentenwagen den Gang hinab gekarrt war. Sie hüstelte, Aufmerksamkeit fordernd, und sagte: »Frau Doktor, der kleine Paul Klinger kann sich nicht beruhigen. Er fiebert und weint immer noch nach seiner Mutti.«

»Ich komme. Gehen Sie inzwischen wieder zu ihm.« Die

Ärztin trat ans Waschbecken, spülte Hände und Gesicht mit kaltem Wasser ab. Danach war ihr Gesichtsausdruck ruhig und gesammelt. Sie sagte: »Ich bin morgen in meiner Wohnung. Bitte, lassen Sie mich nicht im unklaren, Frau Stein.«

Der Nebel löste sich zögernd auf, eine blasse Sonne blinzelte durch die Baumkronen. Ein Specht hämmerte, und in der Ferne gurrten vereinzelt ein paar Hohltauben. Auf dem Waldweg, der von der Jagdhütte ins Tal und nach Schwartenberg führte, gingen zwei Frauen. Sie setzten ihre Füße vorsichtig, denn der Weg war nicht nur steil, sein Grund bestand aus glattgewaschenem Gestein und kantigem Geröll, und darüber lag eine dicke, nasse Laubschicht. Lore Stein und die Försterin schwiegen. Sie hörten auf die Geräusche, die aus der Tiefe heraufdrangen. Da waren Männerstimmen, die sich etwas zuriefen, Wasserplätschern und das für diesen stillen See ungewöhnliche Tuckern eines kleinen Bootsmotors.

Dort unten wirkte ein Stab von Spezialisten unter Leitung eines Oberleutnants. Sie waren sehr früh am Morgen eingetroffen, hatten sich mit den bisherigen Ergebnissen der Untersuchung vertraut gemacht, Spuren geprüft und gesichert. Nun wurde der See systematisch abgesucht. Alles lag in den besten Händen, und Leutnant Schmidt unterstützte die Gruppe. Lore Stein hätte in ihrem Dienstzimmer sitzen und sich mit anderen Aufgaben beschäftigen sollen, doch dazu fehlte ihr der Antrieb. Ähnlich erging es Marika Bartsch. Sie hatte der Kriminalpolizei am vergangenen Abend mit ihrer Kenntnis der Örtlichkeiten ausgezeichnet geholfen und fühlte sich nun verpflichtet, zur Verfügung zu bleiben. Vielleicht war sie auch nur neugierig, wie es weiterging.

An einem Felsen, der etwa fünfundzwanzig Zentimeter in den Weg hineinragte, blieb sie stehen. »Sehen Sie, hier. In knapper Mannshöhe haben Ihre Genossen Absplitterungen und Blutspuren entdeckt. Mir wären die bestimmt entgangen. Aber die Schleifspur zum Ufergebüsch ist mir gleich aufgefallen.«

»Wenn es noch niemand ausgesprochen haben sollte, dann tue ich es jetzt für uns alle. Ein großes Dankeschön, Frau Bartsch. Wirklich – Sie müssen deswegen nicht rot werden.« Lore Stein ging weiter, immer bemüht, nicht auszurutschen. »Was mich am meisten interessiert: Wie sind Sie so rasch auf diesen Weg gekommen?«

»Wahrscheinlich, weil ich ihn gar nicht mag. Unsere Forstarbeiter schleppen hier manchmal Stämme, mit Pferden. Mir wird jedesmal mulmig dabei, die reinste Artistik.«

»Für Fahrzeuge ist er aber gesperrt. Oder irre ich mich?«

»Gesperrt, ja. Aber leider ... Wer hält sich schon an Verbote, wenn er glaubt, daß er nicht erwischt wird.« Marika Bartsch erklärte, daß der vermaledeite Weg die kürzeste Verbindung zwischen dem hinterm Wald gelegenen Dorf Hohenmoor und dem Bahnhof Schwartenberg darstellte. Ortskundige und nicht nur Fußgänger, auch Zweiradfahrer und sogar Autobesitzer würden ihn während der Sommermonate benutzen.

Der Motor, der vorübergehend verstummt war, setzte wieder ein. Das Boot schien näher zu kommen. Eine Stimme befahl: »Mehr links. Ich meine, da ist was.«

Lore Stein beschleunigte ihre Schritte. Ein jähes Frösteln überfiel sie. »Ekelhaft, das feuchte Wetter. Überhaupt, wenn man müde ist. Konnten Sie wenigstens ein bißchen schlafen?«

Wieder setzte der Motor aus. In der Stille klang die gleiche Stimme schärfer und gröber. »Faß doch mal mit an. Mann, beweg dich endlich. Jetzt.«

»Hören Sie?« fragte die Försterin. »Mir wird richtig flau. Nein, geschlafen hab ich nicht, kein Auge zugetan. Ich war nämlich mal vernarrt in den Direktor Fromm. Aber heute nacht stand er mir immerzu vor Augen, wie er dort hing ...«

Sie brach ab, weil das Unterholz am Ufer knackte. Carsten Schmidt trat Äste nieder, indem er aufwärts stieg. Lore Stein ging ihm entgegen. Noch bevor er den Mund auftat, wußte sie, was er mitteilen würde.

»Geschafft«, sagte er, ein wenig außer Atem. »Sie haben die Leiche.«

»Und?«

»Der Ausweis steckte im Anorak. Er ist es, Fred Gabler. Zerschunden und ertränkt. Alexander Fromm, die stadtbekannte Größe …«

Der Obduktionsbericht ergab, daß Gabler nicht ertrunken war. Er hatte Verletzungen an der Schädeldecke erlitten, aber der Tod war durch Bruch des Halswirbels eingetreten. Die Auswertung aller Beweismittel ergab, daß er durch Fromms Lada heftig gerammt und gegen den in den Weg ragenden Felsen geschleudert worden war. Leutnant Lore Stein hatte berichtet, was sie von der gescheiterten Ehe der Fromms und Claudias Vorhaben, sich ganz Gabler zuzuwenden, wußte. Nach Meinung des Oberleutnants von der MUK und auch nach der von Leutnant Schmidt lag das Motiv demnach völlig offen. Fromm hatte dem Nebenbuhler die Frau nicht gegönnt und sich gerächt. Als Erfolgsmensch, der alles durchsetzte, was er durchsetzen wollte, war er dazu nicht mit der Niederlage fertig geworden. Mit voller Absicht hatte er Gabler auf den Todesweg gelockt und ihn an seiner gefährlichsten Stelle mit dem als Tatwerkzeug benutzten Auto ermordet.

Das Opfer und der Täter lebten nicht mehr. Es gab weder einen Kläger noch eine Person, die zur Verantwortung gezogen werden mußte. Der Fall, ein vorsätzlich geplantes und durchgeführtes Tötungsvergehen, durfte als abgeschlossen gelten.

Lore Stein war mit diesem Fazit nicht einverstanden. Sie verfügte über keine Gegenbeweise, nur über das schwache Argument, daß Fromm nach der Tat ziemlich kopflos gehandelt und sich selbst das Leben genommen hatte. Na, und? Auch ein bewußt Handelnder kann die Nerven verlieren, wenn er sich der Folgen bewußt wird. Dennoch, die Auslegung der Vorgänge widerstand ihr. Und sie dachte auch an die Bitte von Kombinatsdirektor Kammacher, der den Toten keiner üblen Nachrede ausgesetzt wissen wollte. Das war jetzt allerdings kaum noch zu verhindern, aber es besagte schließlich etwas darüber, wie ein erfahrener Leiter den Menschen Alexander Fromm eingeschätzt hatte. – Forstarbeiter hatten Fromms Leiche gesehen, und mit Gewißheit waren sie auch Zeugen der Bergungsaktion auf dem See gewesen, schon um der Sensation willen. Und eine stille Stadt wie Schwartenberg genoß solche außergewöhnlichen Ereignisse bestimmt in vollen Zügen. Unter den Gerüchten würde auch Claudia Fromm zu leiden haben.

Die Ärztin sollte unterrichtet werden, bevor sie etwas von anderen erfuhr. Sicherlich war ihr auch bekannt, ob Gabler Angehörige besaß und wo man sie erreichen konnte. Lore Stein erklärte sich bereit, den schweren Gang zu übernehmen, und bat darum, ihn allein gehen zu dürfen.

Über alldem war es Abend geworden. Das Pflaster schimmerte feucht, und um die Straßenlaternen waberte gelblicher Dunst. Als sie aus dem Wagen stieg, schlug ihr rauchige Luft entgegen. Ein leichter Südwind blies und trug den schwarzen Fabrikqualm über den Ort. Die Möbelwerker arbeiteten in der zweiten Schicht. Bald würde ein neuer Direktor eingesetzt werden, vielleicht nicht so ein Durchreißer wie Alexander Fromm, den sie den Großen genannt hatten. Die dumme Floskel fiel ihr ein: Kein Mensch ist unersetzbar.

Schnell trat sie ins Haus. Es war, wie stets um diese Zeit, von Lebhaftigkeit erfüllt. Hinter den Türen klapperte Abendbrotgeschirr, Väter schimpften, ein Säugling schrie. Auch aus ihrer Wohnung drangen Geräusche. Die Zwillinge stritten sich im Flur, anscheinend ging es um verbummelte Turnschuhe.

Ehe sie auf den Klingelknopf drücken konnte, öffnete ihr Claudia Fromm. Sie wirkte wie versteinert, als sie sagte: »Bitte, kommen Sie herein. Ich habe Sie erwartet.«

Im Wohnzimmer war es kalt und dunkel. Die Ärztin knipste die Stehlampe an und zog die Vorhänge zusammen. »Ich stand am offenen Fenster. Endlich stiegen Sie aus dem Auto. Da wußte ich, er ist gefunden worden.«

»Ja, wir haben ihn geborgen.« Lore Stein spürte plötzlich, daß sie nicht gut vorbereitet war. Sie hatte sich keine umschreibende Erklärung überlegt, aber es schien ihr unmöglich und nutzlos grausam, der Frau die volle Wahrheit zu sagen. Sie setzte sich in den tiefen Sessel, in dem sie versank, doch die Lehne gab ihr Halt. »Sie werden jetzt sehr erschrekken, Frau Doktor ...«

»Sprechen Sie nicht weiter. Als ich Fred zu mir rief, lebte er schon nicht mehr.« Claudia Fromm trat in den Lichtkreis der Lampe. Sie hatte geweint, ihre Augenlider waren rot verquollen. Fröstelnd drückte sie sich in die Ecke der Couch, nahm einen Umschlag, der auf dem Tisch gelegen hatte, und sagte: »Bitte, lesen Sie.«

Zögernd nahm Lore Stein den Brief. Der Poststempel ließ erkennen, daß er am Vortag von Hohenmoor aus weitergeleitet worden war. Steile, harte Schriftzüge bedeckten das Papier.

»Sein erster und letzter Brief an mich, sein einziger«, sagte Claudia Fromm. »Lesen Sie doch endlich.«

Die steilen Schriftzüge, die so klar aussahen, waren nicht leicht zu entziffern. Diese Zeilen, Claudia, begann der Brief, sind keine Bitte um Nachsicht. Sie sind einfach notwendig. Am Ende soll und darf es keine Unklarheiten geben.

Die Ärztin legte ihr die Hand auf den Arm. »Lesen Sie laut, ja?«

Lore Stein kam der Bitte nach, doch nicht gern. Ihr schien, daß sie damit tiefer als nötig in fremdes Leben eindringe. »Ich habe dich immer gebraucht, Claudia, und ich liebe dich auch jetzt noch. Darüber reden, wie andere reden, konnte ich nie. Und meine Versuche, es dir zu zeigen, hast du nicht gesehen oder mißverstanden. Weißt du, warum ich mich gegen ein Kind gewehrt habe? Ich hatte Angst, es entfremdet dich mir noch mehr.«

Claudia Fromm schluchzte auf. Ihre Augen blieben trokken, doch ihr ganzer Körper bebte wie in einem Krampf. Nein, so geht das nicht, dachte die Kriminalistin. Ich werde den Brief mitnehmen und morgen fotokopieren lassen. Er ist ein Dokument für uns, aber jetzt darf ich die Frau nicht länger quälen.

»Weiter, bitte«, sagte Claudia Fromm mühsam. »Ich will mich an den Inhalt gewöhnen. Denn ... ich werde ja damit leben müssen.«

»Wenn Sie unbedingt darauf bestehen. Also: Mit Fred hatte ich mich für Sonntag früh in der Hütte verabredet. Ich wollte ihn bitten, daß er mir meine Frau nicht wegnimmt. Irre Hoffnung, du warst längst gegangen. Weil ich die Ungeduld nicht ertrug, wollte ich ihm bis zur Stadt entgegenfahren. Ich muß mich in der Zeit verschätzt haben, er war schon auf dem Weg. Der Morgen war dunkel und voller Nebel. Als Fred vor mir auftauchte, konnte ich den Wagen nicht mehr halten. Fred wurde gegen den Felsen geschleudert.«

»Mein Gott, mein Gott.«

»Er ist sofort tot gewesen. Der Obduktionsbericht bestätigte es. Vielleicht hilft Ihnen der Gedanke ein wenig, daß er nicht gelitten hat. Soll ich den Rest nun auch noch ...?«

»Ja, bitte.«

»Warum ich Fred zum See hinuntertrug, später, nachdem ich ihn erst ins Auto gebettet hatte, weil ich hoffte, er wäre noch zu retten, kann ich mir nicht erklären. Ich weiß nur, daß ich mehrmals gestürzt bin. Irgendwann kam ich zu mir und begriff, daß ich meinen besten Freund getötet habe und du mich dafür hassen mußt ...«

»Genug. Ich kann nicht mehr«, stieß Claudia Fromm hervor. »Frau Stein, wie lange ... Was kommt von Ihrer Seite noch auf mich zu?«

»Wenn ich Sie recht verstehe, möchten Sie schnell fort aus Schwartenberg?«

»Nein.« Die Ärztin stand auf, ging zum Fenster und zog die schweren Vorhänge wieder auseinander. Über der Stadt, die zeitig erwachte und früh schlafen ging, lag schwacher Lichterglanz. »Ich werde hier in der Klinik bleiben, bei meinen kleinen Patienten. Was ich fürchte, sind weitere Untersuchungen, böses Gerede.«

»Für uns ist die Sache abgeschlossen. Es war ein Unfall

mit tödlichen Folgen für beide Beteiligten«, sagte Lore Stein. Und fügte hinzu: »Gestern hat mich jemand um etwas gebeten. Ein guter Mann übrigens. Ich stimme mit ihm überein, und wir werden von uns aus das Möglichste tun. Auf die Toten soll kein Schatten fallen.«

WALTER NIEBUHR

Die letzte Fahrt

Die Stadt platzte aus allen Nähten. Planierraupen ebneten eine Kleingartensiedlung nach der anderen ein, schufen Platz für Industrieanlagen und Neubauviertel. Überall ragten Baukräne in die Höhe, und die schweren Fahrzeuge des Plattenwerks rumpelten Tag und Nacht durch die Straßen.

Karl Böhme, Kleintierhändler aus der Schornsteinfegergasse, liebte Ruhe und Beschaulichkeit und verließ deshalb schon freitags nach Geschäftsschluß immer die lärmerfüllte Stadt. Mit dem Bus fuhr er bis zum »Grünen Jäger«, dort holte er sein Fahrrad aus dem Schuppen, und dann ging's auf verschlungenen Waldwegen hinunter zum Tiefen See.

Hier konnte man das Wochenende genießen, konnte rudern, angeln, die Tiere beobachten, sich im Liegestuhl ausstrecken und sonnen.

Böhme war Naturfreund. Schon vor vielen Jahren hatte er den Tiefen See für sich entdeckt, ein Stück Uferland gepachtet und sich nahe dem Wasser eine Laube gezimmert. Erst viel, viel später waren dann die andern gekommen, hatten sich links und rechts von ihm niedergelassen. Seltsame Zeitgenossen waren darunter, die sich unbedingt ihren zweiten Wohnsitz hier hinbauen mußten: stabile Bungalows, angefüllt mit Kühlschrank, Waschmaschine, Fernseher, Stereoanlage.

Einige dieser Leute brachten ihre Betriebsamkeit mit an den Tiefen See und übertrugen sie auf die Nachbarn. Der Kleintierhändler war ein umgänglicher Mensch, er hielt etwas von guter Nachbarschaft. Nur was dieser Bergemann, links neben ihm, trieb, das ging wohl zu weit! Seit zwei Jahren wurde dort das Unterste zuoberst gekehrt. Das Nachbargrundstück war ein einziger Bauplatz geworden.

Was hatte der Mann eigentlich vor? Fahrzeuge über Fahrzeuge kamen, sogar am Wochenende, luden Material ab, vorn an der rechten Ecke entstand ein großer Stapelplatz. Das mußte ja bald für eine Siedlung reichen! Auch heute wieder Wagen in der Nähe der Einfahrt. Aber waren das nicht Polizeiwagen? Böhme stoppte sein Rad. Natürlich, Polizei! Vier Männer standen am Gitter bei Bergemann und berieten.

Böhme öffnete die Tür zu seinem Grundstück und schob sein Rad langsam vor sich her.

Jetzt bückte sich ein großer, hagerer Polizist und ging, die Augen auf den Boden geheftet, ein paar Schritte, als ob er etwas suche. Der andere, im Ledermantel, mit rotblonder Bürstenfrisur, kritzelte etwas in sein Notizbuch.

Der dritte und der vierte gingen langsam den Weg hinunter, den Böhme gekommen war.

Der Kleintierzüchter brachte sein Rad zur Laube und stellte seinen Liegestuhl nahe ans Wasser. Es war ein schöner wolkenloser Abend, nach den beiden verregneten Vortagen hatte man das kaum erwartet.

Ob die Polizisten noch immer bei Bergemanns Einfahrt standen? Man konnte ja wie zufällig nach oben gehen. Nicht nötig, sie kamen schon auf ihn zu. Vorneweg der mit der rotblonden Bürste. »Leutnant Kablitz«, sagte er und präsentierte seinen Ausweis. »Hauptwachtmeister Merkel begleitet mich.« Dieser Große, Hagere war also der Hauptwachtmeister.

»Ich heiße Böhme, Karl Böhme, mein Geschäft liegt in der Schornsteinfegergasse: Goldhamster, Aquarienfische, Singvögel.«

»Dann gehört meine Tochter zu Ihren Kunden, Herr Böhme«, sagte Kablitz lächelnd. »Bestimmt kommt sie zweimal die Woche, um nach Wasserflöhen zu fragen. Nun, wir beide haben auch ein Anliegen. Und zwar geht es um das Nachbargrundstück.«

»Gehört einem gewissen Bergemann. Soll wohl Leiter bei einem Tiefbauunternehmen sein. Das ewige Buddeln kann er auch nicht lassen. Schade! Sein Vorgänger war bedeutend ruhiger.«

»Sie sind wohl alteingesessen?«

»Seit zwanzig Jahren jedes Wochenende hier draußen, Genosse Leutnant.«

»Nur am Wochenende, Herr Böhme?«

»Na, wenn das Wetter danach ist, komm ich auch sonst mal abends für ein paar Stunden. Nur, die letzten Tage war wirklich nichts drin.«

»Und wie häufig kommt Ihr Nachbar?«

»Der ist kein Naturfreund, möchte wissen, was der hier eigentlich verloren hat!« Böhme lachte kurz auf. »Vor Sonnabend abend erscheint der selten und bleibt nur bis Sonntag mittag. Für die paar Stunden den Riesenaufwand! Haben Sie gesehen, was der hat anfahren lassen?«

»Hier wird nicht nur angefahren, sondern auch abgefahren«, schaltete sich Hauptwachtmeister Merkel ein. »Den Spuren an der Einfahrt nach zu urteilen, hat dort früh im Regen ein Fahrzeug mit Baustoffen geparkt und gewendet.«

»Ich war heute früh nicht hier.« Böhme kratzte sich am Kopf.

»Sie kennen aber den Stapelplatz da vorn ein bißchen.« Kablitz ermunterte ihn und machte eine einladende Handbewegung. »Vielleicht begleiten Sie uns und überprüfen mal kurz, ob dort etwas fehlen könnte.«

»Mal 'ne ganz dumme Frage, Genosse Leutnant.« Böhme sah den Kriminalisten fest an. »Kann Bergemann auf seinem Grund und Boden nicht an- und abfahren lassen, soviel er will? Oder stimmt was nicht?«

»Bei Ihrem Nachbarn schon, nehmen wir an«, antwortete der Leutnant ruhig. »Bei dem Fahrer des Barkas allerdings, der heute früh vor Bergemanns Einfahrt geparkt und gewendet hat, sind wir erheblich mißtrauischer. Denn dieser Barkas war ein gestohlenes Fahrzeug. Übrigens nicht der einzige Lieferwagen, der in letzter Zeit in dieser Gegend entwendet wurde. Deshalb unsere Neugier.«

»Wenn das so ist!« Böhme eilte an den Kriminalisten vorbei den Trampelpfad hoch, bis in die Nähe der Straße.

»Wenn ich kann, helf ich Ihnen gern.« Er kletterte auf einen Stapel Meterholz.

»Drüben fehlt 'ne ganze Wucht«, sagte er nach einer Weile. »Ungefähr die Fuhre, die am vorigen Wochenende abgeladen wurde. Seit der Herr Nachbar hier alles auf den Kopf stellt, habe ich ein bißchen den Kieker drauf.«

»Können Sie das Material beschreiben?« fragte Kablitz.

»Müßten Fertigteile gewesen sein«, meinte Böhme und stieg vom Holzstoß herunter. »Sie kennen die Art ja sicher. Zum Schutz vor Regen hatte Bergemann eine Riesenplane drübergezogen. Die fehlt übrigens auch.«

»Herr Böhme, Sie haben uns ein Stück weitergeholfen.«

»Freut mich, Genosse Leutnant«, sagte Böhme und öffnete die Zauntür. »Eigentlich müßte das Regenwetter der letzten Tage für Sie doch günstig sein. Die Wege sind so aufgeweicht, daß man eine Wagenspur ziemlich weit verfolgen kann.«

»Meist nicht weit genug«, antwortete Kablitz mit einem verbindlichen Lächeln.

Der Sonnabendmorgen begann so heiter und klar, wie der Freitagabend geendet hatte. Karl Böhme saß am Wasser und beobachtete die Verwandlung der Libellenlarven. Aus lederartig-braunen Larven wurden farbschöne, metallisch schimmernde, flugfähige Tiere. Sie kamen langsam aus dem Wasser heraus, krochen die Stämme und Zweige der Birken hinauf, um dort steif und wie tot hängenzubleiben. Plötzlich riß die Larvenhaut auf, und nach und nach nahmen die Larven immer mehr die Gestalt von Libellen an. Jedes Jahr verfolgte Böhme diese Wandlung, die kaum länger als eine Stunde dauerte.

Auf dem Nachbargrundstück wurde es lebendig. Böhme hörte Rufe, Motorgeräusch und das Zuschlagen von Wagentüren. Für einen Moment ließ er seine Libellen im Stich und trat an den Zaun.

»Morgen, Herr Nachbar!« Gerhard Bergemann, stattlicher Vierziger in flottem Sportanzug, grüßte lässig, kam dann langsam näher. »Gestern abend haben Sie uns einen hübschen Schrecken eingejagt«, sagte er anklagend.

»Wie soll ich das verstehen, Herr Bergemann?«

»Na hören Sie mal! Daß gestern abend um halb zehn die Polizei bei mir erschien, hab ich das Ihnen zu verdanken, Herr Böhme, oder wem sonst? Ich soll *bestohlen* worden sein? War ganz schön geschockt. Lasse früh zwei wichtige Termine sausen und jage her. Was stelle ich fest? Mir fehlt kein einziges Stück, werter Nachbar.« Bergemann grinste. »Diese Fuhre gestohlenen Bauholzes muß Ihrer lebhaften Phantasie entsprungen sein.«

»Da hört sich doch alles auf!« rief Böhme entrüstet. »Lebhafte Phantasie! Ein bißchen Beobachtungsvermögen hab ich. Nur was ich mit eigenen Augen gesehen habe, hab ich der Polizei erzählt, sonst nichts. Auf Ihrem Stapel fehlen die Fertigteile und eine große Plane!«

»Moment.« Bergemann verschwand hinter einer Sträuchergruppe und kam kurz danach wieder, ein gewaltiges Stück Segeltuch hinter sich herschleifend. »Da wäre erst mal die Plane. Und die Fertigteile sind Montag und Dienstag unten am Bungalow schon verbaut worden.«

»Am Montag und Dienstag wollen Sie hiergewesen sein?«

»Warum nicht?« Bergemann schmunzelte. »Wer baut, muß jede freie Stunde nutzen.«

Böhme nagte an seiner Unterlippe. »Die Polizei kam zu mir – und nicht umgekehrt. Es war meine Pflicht, alle Fragen zu beantworten, nach bestem Wissen.« Er wandte sich um. »Guten Morgen, Herr Bergemann!«

»Guten Morgen, Herr Böhme! Irren ist menschlich.« Bergemann lachte laut auf, und dieses Lachen klang Böhme den ganzen Tag über in den Ohren. Es vergällte ihm das Beobachten der Libellen, das Mittagessen, es beeinträchtigte die Nachmittagsruhe im Liegestuhl. Endlich fuhr Bergemann davon. Kaum war sein Wagen außer Sichtweite, da stand Böhme an der Einfahrt und suchte nach den Wagenspuren, von denen der Leutnant gestern gesprochen hatte. Ein Barkas, noch dazu ein gestohlener, hatte hier gestern gewendet und Baumaterial aufgeladen! Wenn der Nachbar behauptete, er sei nicht bestohlen worden, mochte er seine Gründe haben. Keine guten Gründe vielleicht!

Bis zum Dunkelwerden mühte sich Böhme beharrlich, den Wagenspuren zu folgen. Etwa zweihundert Meter war der Barkas auf dem Weg geblieben, dann abgebogen nach links auf einen morastigen Holzweg, der am Tiefen See vorbeiführte und von Pferdefuhrwerken ziemlich ausgefahren war. Vier Kilometer etwa konnte man seine Spur verfolgen. Plötzlich aber endete sie. Wie ließ sich das erklären? Weder links noch rechts war eine Abzweigung zu entdecken. Der Wagen konnte sich nicht in Luft aufgelöst haben. Wo also war er geblieben? Hatte nach ihm ein schweres Fahrzeug diesen Weg befahren und alle Hinweise ausgelöscht? Irgendwo mußten sie wieder auftauchen.

Mehrere hundert Schritt weiter wurde es heller, rechts erstreckte sich weiträumig eine Waldwiese über einen breiten Hügel.

Ob der Barkas hier eingebogen war? Gras verriet keine Reifenspuren. Böhme wollte weitersuchen, doch die Dunkelheit setzte allen Nachforschungen ein Ende. Zurückgekehrt in seine Laube, fing er an, mit sich zu hadern. Was sollte diese fruchtlose Sucherei? Die Polizei hatte ganz andere Möglichkeiten der Spurensicherung. Lächerlich, mit ihr in Wettbewerb treten zu wollen! Nur die hochnäsige Art von dem Bergemann hatte ihn dazu getrieben. Warum streitet der Herr eigentlich ab, daß ihm etwas gestohlen wurde? Vielleicht war es gar kein Diebstahl? Möglicherweise waren diese Fertigteile gar nicht für Bergemann und seine Bungalows gedacht, ja vielleicht diente sein Grundstück nur anderen als Lager, als Umschlagplatz für abgezweigte Überplanbestände. Bergemann ein Hehler? Spekulationen!

Als Böhme am Sonntagmorgen vom Nachbargrundstück her das Lachen der Bergemannschen Jungen hörte, als dann ein blondgelockter Steppke verlegen lächelnd zu ihm kam, um einen herübergeflogenen Ball zu holen, da war der Kleintierhändler fast bereit, die Sache mit dem Bauholz auf sich beruhen zu lassen.

Aber schon am nächsten Abend bereute Böhme seine sonntägliche Versöhnungsbereitschaft. Kurz vor Feierabend hatte nämlich sein Freund Egon Mansfeld, HO-Kommissionär* in Tabak und Spirituosen, zu ihm gesagt: »Du müßtest mal zum Doktor gehen, sonst kommst du langsam in schlechten Ruf.«

»Soll das ein Witz sein?«

»Wenn es ein Witz ist, stammt er von deinem Nachbarn am See, dem Herrn Ingenieur Bergemann. Der meinte nämlich heute früh, du sähest schon am hellen Tag Gespenster. Er macht sich Sorgen um dich.«

Das lief auf Verleumdung hinaus. Bergemann hat Dreck am Stecken, sonst würde er nicht solche Gerüchte verbreiten.

Ich hätte nicht aufgeben dürfen. Sonntag früh hätte ich wieder auf der Wiese sein müssen, nur dort konnte der gestohlene Barkas abgebogen sein. Dahinter muß es Spuren geben, auch heute noch. Das Wochenende war trocken, hoffentlich hielt sich das Wetter.

Dienstag früh, gleich nach dem Hellwerden, war Karl Böhme wieder auf den Beinen. Gegen sechs hatte er die Stelle gefunden, wo der Barkas die Wiese verlassen hatte, um über eine Waldschneise auf den alten Heuweg zu stoßen, der hinunter zum Wiesengelände am Schwarzen See führte.

Wieder gab es eine Abzweigung, diesmal war der Weg ziemlich schmal, und er verengte sich noch, so als würde er im Dickicht enden. Hinten versperrten entwurzelte Bäume die Weiterfahrt, dort war Schluß.

Aber kurz vorher bogen die Wagenspuren nach links ab, es ging einen steilen Abhang hinunter, scharf an einer Kiesgrube vorbei. Wer diese Abfahrt riskierte, tat es nicht ohne Not.

Böhme verlor den Halt, kam ins Rutschen und sauste eine schiefe Ebene hinunter, bis er sich an der Bretterwand einer Baubude wieder fangen konnte.

Noch etwas außer Atem, schaute er sich um. Was war das?

Träumte er? Nein, drüben neben dem gewaltigen Steinbrocken lag ein Mann. Schlief er? »Hallo!« Es mußte ein sehr fester Schlaf sein, sonst wäre er jetzt durch das Rufen wach geworden. Böhme näherte sich dem Liegenden. Der Mann trug einen hellen Sommeranzug und hatte hellblondes, volles Haar. Noch einmal rief Böhme ihn an, schüttelte ihn, doch er reagierte nicht. Böhme beugte sich über ihn, lauschte auf Herztöne, fühlte, daß der Puls klopfte, sehr schwach allerdings. Erst dann sah er dem Liegenden voll ins Gesicht, sah die großen blauen Ringe um die Augen. Nun glaubte er zu wissen, warum der Mann auf nichts mehr reagierte.

Böhme mußte sofort Hilfe holen.

Das altertümliche Gebäude der Kaufmännischen Berufsschule am Lindenplatz stand unter Denkmalsschutz. Ein preußischer Regierungsrat hatte es einst für Kinder der aus Böhmen eingewanderten Weber als Ausbildungsstätte errichten lassen. Einhundertfünfzig Jahre waren seither ins Land gegangen, doch die Schulmauern kündeten noch immer vom kargen Geist ihres Gründers.

»Die zweite Pause beginnt in fünf Minuten, Genosse Hauptmann«, sagte die Schulsekretärin, »dann können Sie mit unseren Kollegen sprechen.«

Hauptmann Troegner, ein zierlicher brünetter Vierziger, stand vor der Stundentafel. »Laut Plan hätte der Kollege Wegener die zweite Stunde Unterricht. Stimmt's?«

Die Sekretärin nickte. »Dem Plan nach, ja. Aber ich rechne nicht damit, daß der Kollege heute noch kommt. Ich habe zwar bisher keine Krankmeldung ...«

»Sie werden in nächster Zeit überhaupt nicht mit ihm rechnen können«, unterbrach sie der Hauptmann. »Wegener hatte einen Unfall. Schwere Gehirnerschütterung.«

»Wie?« Die Sekretärin fuhr hoch. »Verkehrsunfall?«

»Die Ursachen ermitteln wir noch.«

Es klingelte zur Pause. Die Sekretärin öffnete die Tür zum

Nebenzimmer. »Nehmen Sie bitte Platz, Genosse Hauptmann. Ich hole die beiden Kollegen, die Herrn Wegener am besten kennen.«

Fritz Nölte, ein untersetzter Mann mit rotem Vollbart, betrat als erster den Raum. »Ich hoffe, daß mit Wegener alles wieder in Ordnung kommt«, sagte er erregt. »Schädelverletzung kann schlimme Folgen haben.«

»Sein Zustand ist sehr ernst«, sagte der Hauptmann. »Wir wollen keine Panik, aber den Tatsachen muß man ins Auge sehen. Der Arzt erlaubt keine Besuche in der nächsten Woche. Noch ist Wegener bewußtlos.«

»Wie ist denn das passiert?«

»Wegener wurde heute früh gegen halb sieben in der Nähe des Schwarzen Sees gefunden. In einer Kiesgrube. Er muß schon acht oder neun Stunden so gelegen haben.«

»Hinuntergestürzt?«

»Vermutlich hinuntergestürzt worden. Die Kopfverletzungen deuten darauf hin.«

»Ja, aber – wer könnte einen Mann wie Wegener ... Ich bin sprachlos.«

Die Tür wurde aufgerissen, und ein großer, kräftiger Mann betrat den Raum.

»Friedrichs«, stellte er sich vor. »Was ist mit Klaus Wegener? Wir haben gestern noch zusammengesessen. Gestern abend.«

Der Hauptmann informierte ihn mit wenigen Sätzen. »Wie lange waren Sie zusammen?«

»Bis um neun, in der Parkklause. Dann war Wegener nicht mehr zu halten. Er hatte noch was vor – eine schulische Angelegenheit.«

»Wissen Sie, worum es ging?«

Friedrichs nickte. »Um die Elf c! Er ist ihr Klassenleiter. Da er das ernst nimmt, hat er eigentlich nie Feierabend.«

»Macht die Klasse besondere Schwierigkeiten?«

»Nicht viel mehr als andere Stenoklassen auch«, sagte Friedrichs. »Erstes Lehrjahr, die meisten siebzehn. Was das Alter für Probleme mit sich bringt, wissen Sie ja, Genosse

Hauptmann. Immer diese Ungewißheit bei den Mädchen, ob der Zukünftige auch der Richtige ist! Viele haben sich auch diesen Beruf nicht gewünscht, hätten lieber was anderes gelernt. Inzwischen allerdings haben sich die meisten damit ausgesöhnt und sind ganz brauchbare Lehrlinge geworden. Bis auf zwei: Roswitha und Elke. Und wenn ein Lehrer den Ehrgeiz hat, möglichst alle mitzunehmen, kann er sich ziemlich aufreiben dabei. Deshalb sprach ich vorhin von nie Feierabend.«

»Kennen Sie Roswitha und Elke genauer?«

Friedrichs nickte. »Seit September hab ich das Vergnügen. Acht Stunden Maschinenschreiben die Woche.« Er seufzte. »Wenn die beiden nur wollten! Aber eben damit ist's nicht weit her. Vor allem bei Roswitha Ferber nicht. Sobald sie was anderes im Sinn hat, überträgt sich das aufs Handgelenk. Dann kann sie nicht mehr schreiben. Oder es schlägt ihr auf den Magen, und sie muß zum Arzt. Kurz und gut, sie spielt eine ganze Drückebergerskala durch und erreicht fast immer, was sie will.«

»Auch bei Ihnen, Kollege Friedrichs?«

»Weder bei mir noch bei Klaus Wegener. Was nicht vom Arzt ausdrücklich als Krankheit bescheinigt wird, gilt als unentschuldigt. Leider zieht der Betrieb nicht mit. Vieles von dem, was wir in die Wege leiten, verpufft, weil die Kaderleitung bei VEB Minol* das Mädchen wegen der Arbeitsbummelei nicht zur Rechenschaft zieht, weil die Eltern sich taub stellen.«

»Warum zieht der Betrieb nicht mit?«

»Irgendwo stimmen dort die Proportionen nicht mehr.« Nölte schüttelte den Kopf. »Zugegeben, Minol hatte in den letzten Jahren Pech. Kaum hatten sie eine Stenotypistin ausgebildet, heiratete das Mädchen und zog mit ihrem Mann in eine andere Stadt. Wahrscheinlich sind sie froh über jede Schreibkraft. Aber das ist noch lange kein Grund, Roswitha und Elke alles durchgehen zu lassen.«

»Selbstverständlich nicht. Wir werden das im Betrieb sehr deutlich zur Sprache bringen. Aber nun zu Elke Reymann!«

»Ein Mädchen mit vielen guten Vorsätzen!« Nölte schmunzelte. »Wie oft hat sie mir versichert, daß gerade EDV und Elektronik sie so besonders interessieren. Aber kaum stoppt vor der Schule ein Roller oder eine JAWA, steigt unsere Elke Reymann strahlend auf den Sozius. Vergessen die Verpflichtungen und Zielnoten! Drei Tage später steht sie vorm Lehrerzimmer und verspricht Klaus Wegener, das würde nun nie, nie wieder vorkommen.«

»Und was sagen die Eltern dazu?«

»Das dürfte Elke kaum beeindrucken. Wenn ich Wegener richtig verstanden habe, geht bei Reymanns jeder seine eigenen Wege. Der Vater lebt wohl mit einer anderen Frau zusammen. Von Erziehung kann kaum mehr die Rede sein. Die Mutter klagt, schimpft, droht, verspricht dem Lehrer, von nun an die Zügel fester in die Hand zu nehmen. Die Tochter tanzt ihr auf der Nase herum. Nach der letzten Aussprache, an der auch die Mütter teilnahmen, gelobten beide treuherzig Besserung. Eine Woche später fehlten sie wieder zwei Tage unentschuldigt. Da ist Wegener auch mal der Kragen geplatzt.«

»Klaus Wegener hat dann seine besondere Taktik«, schaltete sich Friedrichs ein. »Keine Verhöre, nur zwanglose Gespräche. Er findet schnell Kontakt, weil er nie mit erhobenem Zeigefinger spricht, sondern offen und humorvoll. Nach und nach erfährt er fast alles, was er braucht. Er kennt so ziemlich den Tagesablauf seiner pädagogischen Schwerpunkte: Wie oft sie in der Woche tanzen gehen, mit wem, wohin, wann sie nicht zu Hause waren und so weiter. Ganz unvermittelt taucht er bei diesem oder jenem Schwof auf, beim Baden, auf dem Rummel, in der Milchbar, grüßt und macht sich so sein Bild. Bis die Mädchen einsehen, daß es keinen Sinn hat, einen Mann wie Klaus Wegener hinters Licht zu führen. Und mit der Zeit wird er ihr Beichtvater, Seelentröster, weiß oft mehr über sie als ihre Eltern, Freunde, Kollegen.«

»Die Methode spricht für sich«, meinte der Hauptmann. »Nur kostet sie viel Kraft, Zeit und Nerven.«

Friedrichs wiegte den Kopf. »Wegeners System erspart

allerdings viele fruchtlose Aussprachen, die auch Zeit beanspruchen. Nur, in jedem Fall war es nicht wirksam. Vor allem nicht, wenn die Mädchen zu weit außerhalb wohnen. Bei Elke und Roswitha kam er nicht dahinter, wo der Magnet steckte, der sie von der Schule wegzog.«

»Aber er war doch auf einer bestimmten Fährte?«

»Ja, er sprach von den beiden Seen, dem Tiefen und dem Schwarzen. Dort müsse das Versteck liegen.«

»Heute früh haben wir Wegener gefunden, fünfhundert Meter vom Ufer des Schwarzen Sees entfernt«, sagte der Hauptmann. »Er wurde entdeckt von einem Mann, der der Spur eines gestohlenen Barkas nachgegangen war. Sie begann am Tiefen See und endete an der Kiesgrube.

Hat Wegener gestern abend keine Andeutung gemacht, wohin er gehen wollte. Hat er nicht von einem Wagen gesprochen?«

Friedrichs überlegte lange. »Er hat nur von den beiden Seen gesprochen«, sagte er schließlich. »Von einem Wagen war nicht die Rede.«

Das Haus mit den ockerfarbenen Fensterläden war das letzte einer schier endlosen Reihe von bescheidenen Einfamilienhäusern am Rande der Siedlung. »FERBER« stand auf dem blankgeputzten Messingschild. Die kleine mollige Frau in der Kittelschürze erschrak, als sich der Hauptmann vorstellte und Roswitha zu sprechen wünschte.

»Sie wird doch nichts Schlimmes angestellt haben? Das fehlte noch, wo es schon genug Ärger mit ihr gegeben hat!«

Sie führte den Hauptmann ins Wohnzimmer, klopfte schnell auf dem Sofa ein paar Kissen zurecht und stellte das Radio ab.

»Roswitha wird gleich kommen, sie ist nur schnell zur Apotheke, Tabletten holen gegen die Schmerzen.«

»Leidet Ihre Tochter häufig unter Schmerzen?« fragte Hauptmann Troegner etwas ironisch. »Sie wurde mir eigentlich als sehr munter und lebenslustig geschildert.«

»Lebenslustig, weiß Gott, das ist sie.« Die Mutter seufzte.

»Ich war in dem Alter auch kein Kind von Traurigkeit, aber was zuviel ist, ist zuviel. Nie feste Zeiten, wann sie kommt, wann sie geht. Mein Mann ist neulich sehr deutlich geworden. ›Hier ist keine Raststätte‹, hat er gesagt, ›hier kannst du nicht einfach nur mal aufkreuzen, um was zu essen, zu trinken oder ein paar Stunden Schlaf zu tanken. Hier ist dein Elternhaus, deine Familie, hier herrscht Ordnung, verstanden?‹ Und haut dabei mit der Faust auf den Tisch. Da zieht das Mädchen die Brauen hoch und sagt so über ihn hinweg: ›Wo leben wir denn, Vati? Im Mustopf? Wenn Ihr Feierabend habt, zieht ihr die Latschen an und schaut in die Röhre. Wenn du das Familie nennst! Für mich gibt's woanders interessantere Gesellschaft.‹«

»Kennen Sie wenigstens diese interessantere Gesellschaft?«

»Wer soll denn die Langhaarigen auseinanderhalten?« barmte die Mutter. »Einer wie der andere. Sturzhelm und Lederjacke. Sich ordentlich vorzustellen, hat von denen keiner mehr nötig.«

Die Tür wurde vorsichtig einen Spalt geöffnet. »Bin zurück, Mutti, leg mich gleich wieder hin.«

Die Stimme klang angenehm. Etwas zurückhaltend, den Zustand des Sichkrankfühlens betonend.

»Roswitha!« rief Frau Ferber. »Hier ist Besuch für dich.«

»Für mich?« Ein zierliches Mädchen erschien, aschblond, mit großen tiefbraunen Augen, die recht neugierig dreinschauten. »Krankenbesuch?«

»Kriminalpolizei«, sagte der Hauptmann betont.

»Und Sie wollen zu mir?« Roswitha sah den Hauptmann verwundert an.

»Ich hab' noch in der Küche zu tun«, erklärte die Mutter und verließ schnell das Zimmer.

»Wir sind einem Verbrechen auf der Spur, das gestern nacht in der Nähe des Schwarzen Sees geschehen ist. Sie waren in letzter Zeit häufig in dieser Gegend. Vielleicht können Sie uns helfen, Fräulein Ferber.«

»Aber wie denn nur?« Sie ließ sich in einen Sessel fallen, streifte dann die Schuhe von den Füßen. »Sie gestatten doch?«

Sie streckte ihre langen, wohlgeformten Beine lang auf dem Sofa aus. »Ich fühle mich so klapprig. Und nun kommen Sie auch noch mit einem Verbrechen. Stimmt das wirklich? Oder wollen Sie mir nur einen Schreck einjagen?«

»Es handelt sich um schwere Körperverletzung, unter Umständen sogar um versuchten Totschlag«, sagte der Hauptmann knapp. »Sie waren gestern abend am Schwarzen See?«

»Ja, schon, warum auch nicht?« Roswitha sah den Hauptmann arglos an. »Elke und ich waren eigentlich überall. Erst am Tiefen See, aber da war uns zuviel Betrieb, dann sind wir rüber zum Schwarzen und schließlich zum Teufelssee.«

»Überlegen Sie genau, Fräulein Ferber. Wann sind Sie am Schwarzen See gewesen?«

Sie zuckte die Schultern. »Wenn wir baden fahren, nehmen wir nie eine Uhr mit.«

»Wer hat Sie gefahren?«

»Keiner. Wir waren auf Rädern. – Warten Sie, die Sonne schien noch, da waren wir schon weg vom Schwarzen See.«

»Sind Sie dann gleich zum Teufelssee gefahren?«

»Nein. Zweimal Baden macht ganz schön Appetit. Erst haben wir in der ›Alten Schenke‹ gegessen.« Sie überlegte einen Augenblick. »An wem wurde eigentlich ein Verbrechen verübt?« fragte sie dann. »War es jemand, den ich kenne?«

»Ihr Klassenleiter.«

»Herr Wegener?« Roswitha richtete sich erschrocken auf und wurde knallrot. »Der? Der tut doch keiner Fliege was zuleide! Ich meine, energisch ist er schon, aber der fährt eigentlich nie aus der Haut. Hat der denn mit jemandem Streit gehabt?«

»Das wollte ich ja von Ihnen erfahren.«

»Aber ich hab ihn gestern nachmittag und abend überhaupt nicht gesehen. Wie soll denn ausgerechnet ich …«

Hauptmann Troegner stand auf. »Sie wollen mir also keinen Hinweis geben?«

»Wenn ich irgendwas wüßte, würde ich's sofort sagen.«

Roswitha sah zu Boden. »Es tut mir wirklich leid um ihn«, sagte sie leise. »Herr Wegener war immer in Ordnung. Auch mit Elke und mir, dabei haben wir es ihm nicht leicht gemacht. Warum mußte ausgerechnet ihm so etwas passieren?«

»Vielleicht hängt es damit zusammen, daß er noch etwas mehr tat als seine Pflicht. Und an diesem ›etwas mehr‹ sind Sie nicht ganz unbeteiligt.«

Roswitha sah den Hauptmann an, als verstünde sie ihn nicht.

»Fräulein Ferber, gestern waren Sie munter und unternehmungslustig. Sonst wären Sie nicht an drei Seen gewesen und hätten dreimal gebadet. Warum haben Elke und Sie heute in der Schule gefehlt?«

Sie sah den Hauptmann unsicher an. »Hat meine Mutter nicht gesagt, daß ich mich heute nicht fühle?«

»Nun gut, wenn Sie sich wieder ›fühlen‹, fällt Ihnen möglicherweise noch mehr zum Thema Schwarzer See ein«, sagte Troegner mit Nachdruck. »Rufen Sie mich dann gleich an. Es zahlt sich nie aus, der Polizei etwas zu verschweigen.«

Das junge Mädchen schien verwirrt, als sie die Haustür öffnete und der Hauptmann vor ihr stand.

»Spreche ich mit Fräulein Elke Reymann?« Troegner zog seinen Dienstausweis hervor und legitimierte sich.

»Bitte, kommen Sie herein«, sagte Elke beklommen. »Ich bin allein, meine Mutter ist auf Arbeit – und mein Vater, der hat jetzt 'ne andere Adresse.«

Der Hauptmann überflog mit einem Blick das Wohnzimmer. Sauber und bescheiden, mit Familienfotos an den Wänden, Kuckucksuhr über dem Sofa, Nippesfiguren hinter Glas im Vertiko. Hinten am Fenster stand ein kleiner Schreibtisch, darauf ein Telefon.

Der Blick des Kriminalisten blieb am Telefon hängen.

»Warum ich zu Ihnen komme, wissen Sie sicher schon durch Roswitha Ferber?«

Elke wurde blaß. »Wieso denn? Roswitha und ich, wir sind krank, wir haben uns heute noch gar nicht gesehen.«

»Aber miteinander gesprochen haben Sie. Woher wüßten Sie sonst, daß Roswitha krank ist. Also, wann hat Fräulein Ferber Sie angerufen?«

»Vor zehn Minuten«, antwortete Elke weinerlich. »Mir ist gar nicht gut. Ich geh schnell mal ins Bad und schluck eine Tablette.«

Lügen haben kurze Beine, sagt der Volksmund, aber Elkes und Roswithas Beine waren lang und wohlgeformt, und die Lügen gingen ihnen glatt von der Zunge.

»Jetzt ist mir wieder besser.« Elke hatte sich umgezogen. Das farblose Hauskleid war einem ärmellosen, engen Pulli und einem Miniröckchen gewichen.

»Es tut uns sehr leid um Herrn Wegener«, sagte sie mit gedämpfter Stimme. »Keiner hat sich so viel um uns gekümmert wie er.«

»Nicht alle jungen Damen schätzen es, wenn die Erzieher sich viel um sie kümmern«, entgegnete Troegner. »Vor allem dann nicht, wenn sie krankspielen und bummeln. Sie flüchten sich in Ausreden oder Geheimnistuerei.«

»Aber wir haben Herrn Wegener bestimmt gestern abend nicht gesehen«, rief Elke, eine Spur zu laut. »Wir waren allein, die ganze Zeit über.«

»Warum betonen Sie das Alleinsein? Ist das für Sie so ungewöhnlich?«

Elke blickte zu Boden. »An und für sich haben wir einen Schlag bei den Jungens. Aber was sich manche dabei denken, ist nicht. Die, mit denen wir gehen, sind in Ordnung.«

»Trotzdem interessieren sie mich.«

»Das sind Privatangelegenheiten.« Sie wich dem forschenden Blick des Hauptmanns aus. »Ich nenne keine Namen, daran mußte sich meine Mutter auch gewöhnen.«

»Im Gegensatz zu mir«, sagte der Hauptmann scharf. »Ich habe eine Straftat aufzuklären. Stellt sich heraus, daß Sie mir Namen und Adressen verschwiegen haben, um Beteiligte an einem Verbrechen zu decken, machen Sie sich mitschuldig.«

»Wir waren gestern mit niemandem zusammen. Was früher mal war, das zu erzählen, können auch Sie nicht von mir verlangen.«

Elke machte einen Schmollmund. »Gibt es noch was Wichtiges?«

»Wichtig ist, daß Sie Ihr Verhalten überprüfen.« Der Hauptmann ging zur Tür. »Dabei werden Sie feststellen, daß dieses Versteckspielen, dieses Sichberufen auf Rechte, wenn man selber seine Pflichten nicht erfüllt, zu Konflikten führen kann. Daß Ihr Lehrer schwer verletzt im Krankenhaus liegt, hat Sie noch nicht dazu gebracht, über sich selbst und andere wirklich nachzudenken. Menschen wie Sie, Elke Reymann, wachen manchmal erst auf, wenn es zu spät ist.«

Schon halb acht! Roswitha starrte auf den Wecker. Was nun? Wenn sie um acht nicht in der Schule war, schlugen die bestimmt Alarm. Gestern erst die Polizei im Haus, und heute ... nein, das war unmöglich! Sie sprang aus dem Bett, raste ins Bad, war zwei Minuten später am Telefon und wählte den Taxiruf. Besetzt, besetzt!

Ach, jetzt schaffte sie es auch nicht mehr mit einem Taxi. Kurz vor acht das Sekretariat anrufen, von heftigem Nasenbluten erzählen, sie könnte erst zwei Stunden später kommen. Das war die einzige Möglichkeit.

Traurig, daß es immer so weitergehen sollte mit faulen Ausreden. Aber heute lag es wirklich am Wecker. Und sonst?

Angefangen hatte alles mit dem Mondscheinzauber. An einem Diskoabend hatte sie zweimal mit Olaf getanzt, und er hatte ihr den Soziussitz auf seiner JAWA angeboten. Die schnelle Masche hatte ihr nicht gefallen, sie hatte ihn abblitzen lassen.

»Aufgeschoben ist nicht aufgehoben«, meinte er lässig. »Du bist nicht der Typ, der nachts über Stock und Stein stolpert.«

»Was soll ich auch nachts im Wald?«

»Ich meine nicht irgendeinen Wald, sondern einen ganz besonderen«, sagte er geheimnisvoll. »Mit einem kleinen spiegelblanken See. Wenn ein hübsches Mädchen um Punkt Mitternacht reinspringt, ganz ohne natürlich, und es ist gerade Vollmond, dann kann sie von jedem Mann haben, was sie will.«

»Aberglaube.«

»Wenn's nicht hinhaut, bin ich der Blamierte.«

»Heute ist ja gar nicht Vollmond.«

»Aber in vier Tagen. Heute hätte ich dir auch den See gezeigt, in den du springen müßtest. Wenn du dich traust!« Schon saß sie hinten auf der JAWA. Olaf fuhr schnell, aber sehr sicher, und er zeigte ihr alle Wegweiser und Abzweigungen, bis sie zu dem Rabenberg kamen.

»Den Rest laufen wir!« Er zog sie mit sich, und sie war ganz außer Atem, als sie oben waren. Tief unten lag der Teufelssee; so etwas sah man sonst nur in Märchenbüchern. Auf der Rückfahrt sagte sie kein Wort, und vor der Haustür gab sie ihm nur die Hand. »Versuch die Tour mit 'ner anderen. Vielleicht hast du da mehr Erfolg.«

Aber vier Tage später war sie am Teufelssee, und um Punkt zwölf sprang sie hinein. FKK* natürlich. Und als sie sich zehn Minuten später auf ihr Fahrrad setzen wollte, stand Olaf da und sagte nur: »Jetzt kannst du alles von mir haben, was du willst.«

Das hatte er nicht umsonst gesagt. Zweimal waren sie ausgegangen, zweimal waren sie baden gefahren, mal an den Tiefen, mal an den Schwarzen See, und dann hatte sie ihn so richtig herausgefordert: »Wenn ich alles haben kann, was ich will, Olaf, dann möchte ich auch so einen Bungalow wie die andern hier; abends nach dem Baden draußen sitzen, und wenn es langsam dunkel wird, in der Holzkohle rumstochern und Bratwurst oder Schaschlyk vom Grill essen. Wenn du das nicht schaffst, Olaf, war alles nur fauler Zauber mit dem Vollmond und dem Teufelssee um Mitternacht.«

»Was ich anpacke, ist kein fauler Zauber!« Olaf war ein paar Schritte auf und ab gegangen, dann vor ihr stehengeblieben, und er hatte sie angelacht, mit einem eigenartigen Lachen.

»Bis zum nächsten Vollmond hast du deinen Bungalow plus Bratwurstgrill. Geht aber nur über Albin. Bei dem ist 'ne Menge Platz auf dem Grundstück, und der ist hier am See wie zu Hause.«

Am nächsten Abend hatte sie Albin kennengelernt, den Tischlermeistersohn. Er hatte ihr gleich gefallen, in seiner ruhigen, bestimmten Art. Vor allem hatte ihr sein Blick gefallen. Immer wieder hatte er sie angesehen, so als könne er seine Augen nicht von ihr losreißen.

Albin hatte ihnen später die beiden Grundstücke am Schwarzen See gezeigt, die seinem Vater gehörten.

»Hier kann man Hütten bauen«, meinte er, und wieder war dieser eigentümliche Blick da. »Hier sind wir ungestört, weder vom Land noch vom See aus einzusehen. Fragt sich nur, was bekomm' ich dafür.«

Olaf hatte sie dann beiseite genommen. Albin sei okay, er gehe auf alles ein, nur müsse man auch für ihn was tun. So ein bißchen auflockern. Sicher hätte sie eine Freundin, die das übernehmen könne.

Als sie später zur Disko gingen, saß Elke schon da und hatte drei Plätze frei gehalten. Elke hatte eine Art, die sofort bei Jungens ankam. Am nächsten Abend war sie mit dabei, als sie zum Schwarzen See fuhren und Albin die Plätze markierte, wo die beiden Bungalows stehen sollten, und Olaf hatte gesagt, er könne sich den Termin für das erste Richtfest ausrechnen.

Eine Woche darauf lag das meiste Baumaterial für den ersten Bungalow schon bereit, und als wieder Vollmond war, hatten Olaf und sie draußen schon eine Bleibe, und sie konnte auf dem Grill das zweite Frühstück bereiten. Das erste hatten sie verschlafen, denn damals war Olaf für sie noch der Junge.

Aber dann war Elke auf dem Schulhof während einer Pause so merkwürdig zu ihr gewesen. Und als sie gefragt hatte, ob irgendwas sei, hatte Elke gesagt: »Der erste Bungalow war für Albin und mich gedacht. Die nächsten Wochenenden verbringe ich mit ihm draußen. Wenn ihr, Olaf und du, draußen kampieren wollt, nehmt euch ein Zelt mit. Oder spitz deinen Freund an, daß er den zweiten auch bald hochzieht.«

Abends war sie bei Olaf gewesen. Was Albin sich herausnehme. »Jeder spinnt mal«, meinte Olaf trocken. »Brauchen wir unbedingt das Wochenende? Ich hab morgen Spätschicht, und du machst eben in der Schule blau. Heute nacht wenigstens gehört der Bungalow uns.« Aber so was sollte man nicht übers Knie brechen. Wirklich Spaß hatte keiner von beiden an dieser Nacht, und wenn sie Olaf fragte, wurde er nur brummiger.

»Olaf, ich merke schon, wer hier zu bestimmen hat. Albin und nur Albin. Du baust und baust, schaffst Material ran, noch und noch, und er kehrt den Besitzer raus. Hast du es nötig, nach seiner Pfeife zu tanzen?«

So stritten sie sich die halbe Nacht, und früh war Olaf verschwunden, ohne Frühstück. Um die Enttäuschung wegzuspülen, war sie erst mal schwimmen gegangen, und als sie aus dem Wasser kam, saß Albin am Grill.

»Wußte genau, daß du hier sein würdest, Roswitha.«

»Mir ist kalt, ich zieh mich um«, sagte sie, denn ihr war nicht wohl bei Albins Blicken.

»Seit wann bist du zimperlich?« Er lachte, als sie umgezogen zurückkam. »Warum darf man nicht mal in aller Ruhe betrachten, wo du überall schön rund bist?«

»Laß mich in Ruhe«, sagte sie ärgerlich. »Sieh zu, daß du mit Elke klarkommst. Übernimm dich nicht.«

»Die Warnung kommt zu spät«, sagte er. »Ich hab mich schon übernommen.«

»Aber nichts draus gelernt. Warum hast du sonst für Elke und dich die nächsten Wochen hier reserviert?«

»Das hat mit Elke nichts zu tun.« Er ging zur Tür und schloß den Bungalow ab. »Ich will nicht, daß Olaf und du hier ... Nie mehr will ich das.«

»Was ist denn in dich gefahren?« Sie sah ihn überrascht an. »Du hast doch von Anfang an gewußt, daß Olaf und ich ...«

»Gewußt ja«, sagte er erregt, »was heißt schon wissen!

Aber gefallen hat es mir von Anfang an nicht. Darum wollte ich Olaf auch gleich sagen, er solle sich die Sache aus dem Kopf schlagen. Aber dann wärt ihr beide weggegangen, wütend, und ich hätte dich nie wiedergesehen. Verkracht mit Olaf und trotzdem ohne dich, was hätte ich davon gehabt? Da ist mir eine alte Geschichte eingefallen, die ich mal gehört habe, als ich noch zur Christenlehre ging.«

»Du und Christenlehre?«

»Als meine Mutter noch lebte, bin ich ihr zu Gefallen dorthin gegangen. Zwei Jahre. Einige Geschichten waren ganz brauchbar.«

»Was war denn das nun für eine Geschichte?«

»Ein junger Mann namens Jakob liebt ein schönes Mädchen namens Rahel. Aber der Vater gibt sie ihm nicht, weil Rahel noch eine ältere Schwester hat, die Lea. Also arbeitet Jakob für Rahels Vater, vermehrt seine Herde und bekommt schließlich zum Lohn dafür die Lea. Doch Jakob läßt nicht locker. Er will Rahel zur Frau haben, so arbeitet er weiter für sie, Jahre um Jahre, bis er endlich auch die Rahel bekommt. Ich fand es großartig von Jakob, wie er das durchsteht.«

»Und was hat das mit uns zu tun?«

»Als Olaf mit dir in die Kreuzgasse kam, hat es mir einen Stich gegeben, ich wußte sofort, für mich kommt keine andere in Frage, nur du. Als wir dann in der Disko die Elke trafen, merkte ich, daß ihr die für mich vorgesehen hattet. Gut, hab ich mir gesagt, mach ich es wie Jakob. Elke ist die Lea. Es braucht alles seine Zeit. Und so hab ich getan, was ihr gewollt, bin scheinbar auf alles eingegangen, obwohl ich mir aus Elke wirklich kaum was gemacht habe.«

»Aber Elke ist doch sexy.«

»Sexy sind viele. Auf so was steh ich nicht unbedingt. Ich hab sie in Kauf genommen, weil ich gedacht habe, das ist eben der Preis, den du zahlen mußt. Aber jetzt kann ich nicht mehr, Roswitha.«

Eine Weile lang sagten beide nichts. Roswithas Herz schlug sehr schnell, das Schweigen bedrückte sie. »Alles hier nur meinetwegen?«

Er faßte nach ihrer Hand. »Glaubst du, ich hätte das für Elke riskiert oder für 'ne andere?«

»Wieso riskiert?«

»Weißt du, woher das Material für unsere Bungalows stammt?«

»Ich denke mir, dein Vater ist Tischler und Olaf ist Kfz-Schlosser. Es heißt doch immer, Handwerker hätten Beziehungen.«

»Beziehungen ist das eine, Geld das andere. Wenn du nicht genug Geld hast, nützen dir die besten Beziehungen nichts. Was glaubst du, wieviel Scheine wir hätten hinblättern müssen, um alles bar zu bezahlen? Also mußten Olaf und ich uns die Baustoffe anders besorgen. Wenn das kein Risiko ist!«

Sie sah ihn verblüfft an. »Besorgen – heißt das: klauen?«

»Klauen ist zu simpel. Sagen wir: abzweigen.«

»Das versteh ich nicht.«

»Weil dein Vater nicht Handwerker ist wie meiner. Du, wenn vom Bauen die Rede ist, hört mein Alter das Gras wachsen. Der weiß Bescheid über alles, was um die beiden Seen herum verbaut wird. Umsonst sitzt der nicht jeden zweiten Abend im ›Gambrinus‹ oder im ›Posthorn‹. Da werden doch die Geschäfte getätigt. Nach dem fünften Bier oder dem dritten Klaren. Ich könnte dir Namen nennen, Roswitha, Namen von wackeren Bürgern unseres Städtchens, die sich hier am See ihre Zweitwohnung eingerichtet haben und kaum etwas für das Material bezahlen. Schmiergelder natürlich, das hat's gekostet – Schweigegelder. Aber Zement, Kies, Türen, Fenster, Dachrinnen, Boiler, Fußböden oder was sonst noch alles, das wurde nicht gekauft, sondern abgezweigt. Dort, wo es nicht auffiel. In Herstellerbetrieben. Die meisten dieser Grundstücksbesitzer haben von Berufs wegen mit Baubetrieben zu tun oder mit der Zulieferindustrie. Schau dir nur das Material an, das die hier verbauen. In der Qualität kriegst du es kaum irgendwo zu kaufen. Mein Vater hätte sich auf so eine krumme Tour natürlich auch gesundstoßen können. Drei, vier Bungalows hier hingestellt und dann von Mai bis September vermietet. Aber das liegt ihm nicht. Er ist mehr so vom alten Schlag. Nur vormachen kannst du ihm nichts. Der weiß Bescheid. Na ja, und Olaf ist auch ganz schön gewieft. Der kennt alle Tricks. Olaf war es übrigens, der zu mir gesagt hat: ›Wenn Leute wie Bergemann, Grüneich und Ewers sich auf unser aller Kosten gesundstoßen, dann dürfen wir sie ruhig ein bißchen erleichtern. Denen tut das sowieso nicht weh, und wir können damit bestimmt mehr anfangen als sie.‹ – Eh, Roswitha, mach kein so entsetztes Gesicht! Von den Typen, die wir etwas erleichtert haben, rennt keiner zur Polizei und schlägt Alarm!«

»Und wenn ihr erwischt werdet, gerade wenn ihr unterwegs seid? Oder auf frischer Tat ertappt?«

»Risiko eben. Ohne das geht's nicht. Für dich ist mir nichts zu riskant, Roswitha. Für dich ließ ich mich hängen.«

Es hatte an diesem Morgen keinen Zweck, mit Albin zu diskutieren. Schließlich hielt er ihr einfach den Mund zu und nahm sie in seine Arme.

Zwei Tage danach rief sie Olaf an, aber der reagierte einsilbig und unfreundlich, und so kam keine Verabredung zustande.

Auch Elke hatte miese Laune, weil Albin sich nicht mehr um sie kümmerte. Also gut, von jetzt ab konnten ihnen erst mal alle Jungens den Buckel runterrutschen, wer sich mit denen einließ, hatte nichts als einen Haufen Scherereien. Vorgestern nach der Schule setzten sie sich dann auf ihre Räder und fuhren allein zum Baden. Sie erzählte Elke vom Teufelssee und dem Mondscheinzauber, und Elke lachte sie nicht aus, sondern meinte, vielleicht sei da wirklich was dran. So ein Bad könne auf keinen Fall schaden, vielleicht klappe danach manches besser.

Nach dem Mondscheinbad im Teufelssee waren sie in eine ganz verrückte Stimmung geraten, und es hatte ziemlich lange gedauert, bis sie zu Hause waren. Für beide war die Nacht kurz geworden, und wie auf Kommando hatten sie am nächsten Morgen beide krankgespielt.

Was hatte sie dem Hauptmann eigentlich verschwiegen? Daß Albin und Olaf geklautes Baumaterial wieder klauen?

Unmöglich konnte sie das sagen! Ihre Idee war das gewesen mit dem Bungalow. Da konnte sie doch die Jungens nicht mit reinreißen! Außerdem, was hatte Wegener damit zu tun? Gar nichts! Aber was wollte der nur am Schwarzen See? Zufall? Bei Wegener war eigentlich nie etwas Zufall. Der wußte immer, was er wollte. Wenn seine Methoden auch ein bißchen aus dem Rahmen fielen. Ob etwa die Bungalows ... Aber zwischen Albin, Olaf und Wegener gab es doch gar keine Verbindung. Die kannten sich überhaupt nicht. Und diese Kiesgrube lag auch ein Stück weg von Albins Grundstück.

Trotzdem: Der Verdacht war nicht von der Hand zu weisen. Irgendwas konnte Wegener ja von der Bungalowbauerei mitgekriegt haben.

Ach, sollte sich die Polizei zusammenreimen, was sie wollte! Dem Lehrer konnten jetzt nur die Ärzte helfen. Doch mit dem Schwarzen See war jetzt erst mal Schluß! Fünf vor acht. Roswitha rief die Schule an. Sie würde heute zwei Stunden später kommen, denn sie habe zu Hause einen kleinen Unfall gehabt.

»Wir drehen uns im Kreis, Leutnant Kablitz!« Hauptmann Troegner warf einen Stoß Akten auf den Tisch.

»Ich hab' heute früh noch einmal mit dem Arzt gesprochen, der Wegener als erster untersucht hat, und mir gemeinsam mit ihm die Fotos der Verletzungen angesehen. Eindeutig geht daraus nicht hervor, daß der Mann niedergeschlagen und hinuntergestürzt wurde.«

»Aber wie soll es denn sonst zugegangen sein?«

»Das eben müssen wir ermitteln.« Troegner wiegte den Kopf. »Natürlich leuchtet auch mir nicht ein, warum einer wie Wegener, zielbewußt, umsichtig, plötzlich das Gleichgewicht verlieren und so unglücklich die Grube hinunterstürzen sollte.«

»Hält der Arzt ihn schon für fähig, Auskunft zu geben?«

»Wir müssen uns noch gedulden. Außerdem kann man dem, was er sagen wird, nur bedingten Wert beimessen. Eine schwere Gehirnerschütterung beeinträchtigt das Kurzzeitgedächtnis. Meist können sich die Betroffenen nur lückenhaft an Fakten erinnern, die dem Unfall vorausgingen. Selbsttäuschungen seien dabei nicht ausgeschlossen, meint der Arzt. Oft würden dabei unabsichtlich Traum und Wirklichkeit miteinander verquickt.«

»Nein, ein reiner Unglücksfall paßt nicht in das Bild, das ich inzwischen von Wegener gewonnen habe.« Kablitz schüttelte den Kopf. »Schließlich ist die Sache genau dort passiert, wo der gestohlene Barkas in Wahnsinnsfahrt den Abhang hinunterfuhr. Immerhin, ein Stück sind wir weitergekommen. Den Barkas haben wir jetzt sichergestellt. Er wurde genauso unbeschädigt aufgefunden wie der Lieferwagen in den ersten beiden Fällen. Wieder einmal im Dickicht der Rabenberge. Übrigens hatte der Wagen tatsächlich Bauholz geladen. Also: Böhme hat sich nicht geirrt! Das Holz stammt vom Stapelplatz auf dem Bergemannschen Grundstück. Wir haben die Holzteilchen im Labor untersuchen lassen. Was auf dem Wagen gefunden wurde, stimmt mit dem überein, was wir vor Bergemanns Grundstück fanden.«

»Ab heute werden wir den Ingenieur Bergemann beobachten lassen«, entschied der Hauptmann. »Sein Haus, sein Wassergrundstück, die Leute, die bei ihm aus und ein gehen. Er hätte besser nicht bestreiten sollen, daß Holz von seinem Grundstück abtransportiert wurde. Nun zur Elke und Roswitha! Faktenmäßig stimmt alles, was sie mir erzählt haben. Sie waren am Montag am Tiefen und Schwarzen See und abends von neun bis elf in der ›Alten Schenke‹. Ohne Begleitung. Und seit Dienstag sind sie nicht mehr in Gesellschaft von Jungens gesehen worden. Jeden Morgen finden sie sich pünktlich in der Schule ein, es gibt auch keine Klagen mehr über ihr Verhalten. Nach dem Unterricht steigen sie in ihren Linienbus und fahren nach Hause. Zweimal sind sie inzwischen baden gewesen, jedesmal ohne Herrenbegleitung.«

»Das wird nicht so bleiben.« Kablitz lächelte. »Wenn jemand ganz plötzlich so mustergültig erscheinen möchte, ist das für mich ein Zeichen, daß das nicht lange vorhält.«

Der Leutnant sollte recht behalten.

»Gestern sind die Jungen wieder in Aktion getreten«, sagte er einige Tage später triumphierend und reichte dem Hauptmann einen schriftlichen Bericht. Troegner las schweigend, griff dann zum Bleistift und unterstrich einige Sätze mehrmals.

»Am ergiebigsten für uns könnte dieser Praßner werden«, sagte er dann. »Der junge Mann ist kein unbeschriebenes Blatt. Aber ich bin gegen voreilige Schlußfolgerungen. Fassen wir erst mal zusammen, was gestern beobachtet wurde. Roswitha täuscht in der Schule Zahnschmerzen vor und läßt sich von der Poliklinik aus in einem Taxi zur ›Alten Schenke‹ fahren. Dort wartet ein blonder junger Mann auf sie, das ist Albin Kremer, Sohn eines Tischlers. Das Idyll der beiden wird eine Weile später gestört durch den Auftritt des Olaf Praßner. Er diskutiert mit den beiden kurz und heftig und braust dann auf seiner JAWA wieder davon. Stunden später sieht man ihn an der Kiesgrube. Kremer sitzt hinten auf dem Sozius. Auch dort erbitterte Auseinandersetzungen ...«

»Wiederum wird uns Praßner als der aggressivere geschildert«, unterbrach Kablitz den Hauptmann. »Das könnte zu dem Schluß verleiten, er sei überhaupt ein aggressiver Typ. Aber das ist nicht der Fall. In seinem Betrieb kommt man gut mit ihm aus. Die Brigade schätzt ihn als zuverlässigen Arbeiter, der sich seine eigenen Gedanken macht und mitunter was Brauchbares austüftelt. Aber wehe, er hat ein paar über den Durst getrunken, dann geht man ihm besser aus dem Wege.«

»Falls noch Platz ist«, fügte Troegner hinzu. »Vor nicht allzu langer Zeit rempelte Olaf einige Passanten in der Kleinen Gasse an. Als eine vorbeikommende Streife ihn zur Rede stellte, wurde er tätlich.«

»Einen ähnlichen Vorfall hat es auch bei einer Feier im Betrieb gegeben. Olaf war einfach nicht zu bremsen. Drei Mann vom Betriebsschutz hatten ihre Mühe mit ihm.«

»Daß Praßner bei Trunkenheit aggressiv wird, ist also erwiesen. Ich sehe gegenwärtig nur noch keinen Zusammenhang mit einem tätlichen Angriff auf den Lehrer. Nehmen wir an, er recherchierte, was Elke und Roswitha so zum Schwarzen See zog. Nehmen wir weiter an, Olaf Praßner und dieser blonde Tischlersohn sind die derzeitigen Freunde der beiden Mädchen. Daß die Jungens ein Interesse daran hatten, Beobachter vom Schauplatz fernzuhalten, ist einleuchtend. Aber Wegener wird zu einem Zeitpunkt außer Gefecht gesetzt – ob tätlicher Angriff oder Unfall sei dahingestellt –, als die beiden Mädchen kilometerweit entfernt in der ›Alten Schenke‹ zu Abend essen.«

»Wir sollten uns jetzt nicht zu sehr auf Praßner versteifen«, sagte der Leutnant. »Warum kann der Fall Wegener nicht mit den anderen beiden Fällen zusammenhängen, die uns zum Tiefen See geführt haben? Seit Wochen verfolgen wir die Fährten der gestohlenen Lieferwagen. Seit vierzehn Tagen etwa wissen wir, daß in zwei Großbetrieben, im Wohnungsbau- und im Montagekombinat, beachtliche Mengen Baumaterial fehlen. Es besteht der dringende Verdacht, dieses Material sei für ›Eigenbau‹ verschoben worden. Wir haben Hinweise, wo die Baustoffe geblieben sein könnten. Einer von ihnen führte uns direkt vor Bergemanns Grundstück. Genauso wie die Suche nach dem gestohlenen Barkas. Ich schlage vor, wir beschäftigen uns erst mal mit dem Ingenieur Bergemann.« Troegner sah den Leutnant aufmerksam an. »Neue Informationen über Bergemann? Her damit!«

Kablitz griff zu seinen Notizen. »Der Mann arbeitet als Leiter bei Schippmann-Bohrpfahlgründungen. Alteingesessene Firma mit umfangreichem Tätigkeitsgebiet. Schließlich steht unsere Stadt auf sumpfigem Boden, und wo im Zentrum gebaut wird, tritt zunächst mal die Firma Schippmann in Aktion. Also verfügt man dort, wo Bergemann arbeitet, über Zement tonnenweise. Auf ein paar hundert Sack mehr oder weniger kommt es wohl kaum an. Eben mit diesem Zement wird Bergemann Geschäfte machen, Kompensation in größerem Stil.«

»Sind das Vermutungen, oder haben Sie Beweise?«

»Einige Anhaltspunkte zumindest. Wir haben überprüfen lassen, wer bei Bergemann alles aus und ein geht. Recht reger Verkehr. Heute ein Wolga, morgen ein Tatra, kurz darauf ein Wartburg. Alles mitten in der Woche, draußen am See. Er ist noch viel zu provisorisch eingerichtet, als daß er dort größere Gesellschaften geben könnte. Nun sind wir den Spuren einiger Besucher gefolgt. Jeder von ihnen nennt ein Grundstück am Tiefen oder Schwarzen See sein eigen und ist dabei, sich dort häuslich niederzulassen. Daraus könnte man schlußfolgern: Bis vor kurzem könnte Bergemanns Grundstück Umschlagplatz für Baustoffe gewesen sein, die aus Kompensationsgeschäften stammen. Seitdem die Polizei dort nach dem gestohlenen Barkas recherchiert hat, muß der Ingenieur seine Geschäfte anders abwickeln.«

»Aber wie?«

»Das werden wir untersuchen. Er muß Helfer und Helfershelfer haben. Und die schätzen keine Beobachter. Nehmen wir an, Wegener hat am Schwarzen und Tiefen See nicht nur nach seinen Mädchen gesucht, sondern auch deren Freunde beobachtet. Warum soll er dabei nicht darauf gestoßen sein, daß Schwarzhandel mit Baustoffen betrieben wird und daß diese Schieber zum Beispiel auch Jugendliche in die Geschäfte eingespannt haben? Die Drecksarbeit machen die Schieber selten, dafür haben sie ihre Leute. Wenn Wegener diesem Treiben auf die Spur kam, dann war er für die Jungen weniger unbequem als für ihre Hintermänner.«

»Sie halten an der These fest, daß Wegener niedergeschlagen wurde?«

Kablitz nickte. »Nur nicht von Praßner oder Albin Kremer.«

»Also käme als Täter für Sie eher ein Baustoffschieber, der Lieferwagen stehlen läßt, in Frage als einer der beiden jungen Leute?«

Das Telefon schrillte. Der Hauptmann meldete sich. »Ja, Merkel, was gibt's Neues am Schwarzen See? Gut. So allmählich rundet sich das Bild. Ich notiere mir den Namen. Albin Kremer, Kreuzgasse, ja, ist bekannt. In Ordnung. Bleiben Sie weiter dran. Ende.« Nachdenklich legte Troegner den Hörer auf die Gabel.

»Was hat Merkel Neues gemeldet?«

»Gestern abend, kurz nach Dunkelwerden, wurde am Tiefen See wieder abgeladen. Mehrere LKWs kamen mit Baustoffen. Nicht Bergemann war der Empfänger, sondern einige seiner Besucher. Und früh um fünf kommt ein blonder Junge auf einem Fahrrad, hält mal hier, hält mal dort, wie um sich zu verschnaufen. Immer gerade an den Grundstükken, wo Baustoffe abgeladen worden waren.«

»Und dieser Knabe ist Albin Kremer, Roswithas Freund, mit dem sich der Olaf so gestritten hat?«

»Genau. Die beiden standen an der Kiesgrube und diskutierten dort miteinander. Irgendwie muß das mit den Baustoffschiebungen zusammenhängen.«

Roswitha hatte eben die Haustür aufgeschlossen und die Mappe im Flur abgestellt, als es draußen mehrmals hupte. Sie eilte ans Küchenfenster. Auf der gegenüberliegenden Straßenseite parkte ein grauer Wartburg.

»Wir müssen uns beeilen!« drängte Albin und zog sie in den Wagen. »Kleine Spritztour, mehr ist heute nicht drin. Mein Alter braucht den Schlitten um fünf.«

»Die Fahrt hättest du dir sparen können«, sagte Roswitha. »Warum willst du nicht auf mich hören? Seit Wegener im Krankenhaus liegt, werden wir alle vier beobachtet.«

»Wenn das stimmt, kann ich mich nur wundern.« Albin startete den Wagen, sie fuhren in Richtung Autobahn. »Elke und du haben ein einwandfreies Alibi, und ich war den ganzen Montagabend zu Hause und hab über einem Referat gebrütet, ›Cranach und die deutsche Malerei der Renaissance‹. Nur einmal gegen halb sechs war ich in der Drogerie gegenüber und hab meine Dias geholt. Abends um zehn kam mein Alter noch zu mir ins Zimmer. Was denn los sei, ob ich mich jetzt schon aufs Abitur vorbereite. Nein, Mädchen, mit der Kiesgrube und Wegener haben wir nichts zu tun. Phantasielose Leute sind das. Nur weil er dein Klassenleiter war, hängen die sich an uns.«

»Da müßten sie sich an alle sechsundzwanzig Mädchen aus unserer Klasse hängen. Elke und ich waren Wegeners

Schwerpunkte in den letzten Wochen. Er muß Wind davon gekriegt haben, wo sich unser Versteck befindet. Wahrscheinlich wußte er von dem Bungalowbau, ja, vielleicht hat er sich drum gekümmert, wo ihr beide das Material herholt. Dabei könnte er Olaf an der Kiesgrube gestellt haben. Und bei Olaf hat's einfach ausgesetzt. Aus Furcht, daß Wegener jetzt alles aufdecken wird, ist er auf ihn losgegangen.«

»Traust du Olaf das wirklich zu?«

»Er traut es dir genauso zu.«

»Ach was, das hat er doch nicht ernst gemeint. Wenn man auf den andern wütend ist, wirft man ihm alles mögliche an den Kopf.« Albin blickte aus dem Fenster. »Versetz dich mal in seine Lage. Er sieht seine Chancen bei dir schwinden und meine wachsen. Er ist jetzt genauso eifersüchtig, wie ich es anfangs war. Aber das ist doch gar nicht das Problem. Wegener war ganz anderen Leuten im Wege. Für die steht mehr auf dem Spiel. Soll sich die Polizei an die halten. Wenn's drauf ankommt, kann ich ihr sogar dabei behilflich sein.« Er griff in die Brusttasche. »Hier hab ich einen Zettel mit Namen.«

»Bild dir nicht zuviel darauf ein. Damit gehst du noch längst nicht straffrei aus.«

Albin lachte. »Mal den Teufel nicht an die Wand. Wir müssen uns beeilen, soviel steht fest. Je länger das Material unverbaut bei uns rumliegt, desto riskanter. Steht der zweite Bungalow erst, dann kann und wird uns keiner mehr was nachweisen können.«

»Trotzdem, Albin, wir müssen vorsichtig sein.«

»Ja. Bin ich auch in Zukunft. Aber red du vor allem mit Olaf. Er soll aufhören zu schmollen und wieder mitmachen. Er kann uns doch mit dem zweiten nicht einfach sitzenlassen.«

Schon seit Monaten parkte jeden Freitagabend ein beigegrauer Barkas vor dem alten Fachwerkhaus in der Neuendorfer Straße, gewöhnlich so um einundzwanzig oder zweiundzwanzig Uhr. Da stieg der Kraftfahrer Markus Beierlein die Treppe des Hauses Nummer 33 empor bis zum zweiten Stock, in der Linken einen Blumenstrauß, in der Rechten eine Tasche mit Kognak, Salzbrezeln oder Erdnußflips. Und an jedem Sonnabendvormittag lief Beierlein polternd die Treppe hinunter und grüßte, ehe er in den Wagen stieg, noch einmal zum Fenster des zweiten Stocks hinauf, hinter dem sich die Gardine leicht bewegte. Am 25. Juni aber, einem strahlenden Tag, grüßte Beierlein zum ersten Mal nicht nach oben. Ratlos stand er auf der Neuendorfer Straße, schaute nach links und rechts, lief dann bis zur nächsten Kreuzung und blieb dort stehen, die Hände in die Seiten gestemmt.

»Verdammt noch mal! Der Wagen weg! Doch nicht geklaut?«

Aber wer zieht schon mit einem Lieferwagen ab, der nächstes Jahr ausrangiert werden soll!

Nein, da steckte was anderes dahinter. Dem Günter war das auch mal passiert. Vor Jahren schon! Haben sich vielleicht ein paar aus der Brigade wieder so einen dämlichen Spaß erlaubt?

Aber natürlich bin ich selber schuld, warf Beierlein sich vor. Warum kann ich die Angeberei nicht lassen? Hätte keiner was zu wissen brauchen von der Lisa. Schließlich liegt die Neuendorfer Straße schön weit draußen. So ganz zufällig kommt keiner von unsern Leuten da vorbei. Beierlein lief zur nächsten Telefonzelle. Er rief den Kollegen an, der damals den Streich gegen Günter ausgeheckt hatte. Aber der lachte ihn aus. Ob Markus die letzte Nacht vielleicht versackt sei, so daß er nicht mehr wisse, wo er den Wagen gelassen habe?

Auch der Brigadier, den er als nächsten anrief, nahm den ratlosen Beierlein nicht für voll. Er solle nur mal richtig suchen. Eine derart altersschwache Kiste lasse doch heute keiner mehr mitgehen. Vielleicht hätten sich junge Burschen den Spaß erlaubt und sie ein paar Ecken weiter geschoben.

Wütend, weil ihn keiner ernst nahm, ging Beierlein geradewegs in den »Postillion«, seine Stammkneipe, um bei einem Doppelstöckigen Klarheit zu gewinnen. Eventuell gab es noch eine Möglichkeit, den Wagen wieder aufzutrieben, ohne gleich die Polizei zu alarmieren.

Heute, bei dem schönen Sommerwetter, war die Kneipe fast leer, nur hinten in der linken Ecke war ein bekanntes Gesicht zu sehen. Beierlein ließ sich am Tresen einen Doppelkorn eingießen und setzte sich zu seinem Kollegen Olaf Praßner an den Tisch.

»Wartest du auf jemanden, Olaf?«

»Auf den Kollegen Kellner warte ich. Reichlich lange schon.«

Es war unschwer herauszuhören, daß Olaf schon einige Zeit beim Schnapse saß. »Hat's wohl nicht mehr nötig, Gäste zu bedienen. Wo steckt er denn?«

Der Kraftfahrer zuckte die Schultern. »Heute verschwindet so manches, gerade wenn du danach suchst«, brummte er und kippte den Korn hinunter. »Hast du nicht zufällig unsern ältesten Barkas gesehen?«

»Wie kommst du denn darauf?« Olaf sah ihn verständnislos an.

»Ich brauch keinen Wagen, ich brauch den Kellner.« Er schlug mit der Faust auf den Tisch. »Will was trinken, verdammt noch mal!«

Beierlein nahm die leeren Gläser und ging damit zur Theke. »Noch zweimal dasselbe.«

»Ihr Kollege sollte mal 'ne Pause einlegen«, sagte die Frau am Büfett. »Mich geht's ja nichts an, er ist schließlich zu Fuß hier. Aber früh um halber elf schon so ein scharfes Tempo, das führt meist zu nichts Gutem.«

»Ich werd ein bißchen bremsen«, sagte Beierlein und ging mit den gefüllten Gläsern zurück an seinen Tisch.

»Sag bloß, die Tante am Tresen macht Schwierigkeiten«, begehrte Olaf auf. »Dann gehen wir ein Haus weiter!«

»Bei mir bleibt es bei den zweien. Ich trink jetzt 'nen Mokka, und dann such ich meinen Barkas weiter. Wenn du ein Kumpel bist, hilfst du mir.«

»Warum soll ich Kumpel sein? Ich hab keinen Barkas verloren. Höchstens was ganz anderes.« Olaf schaute schwermütig in sein Glas. »Ich weiß jetzt nicht mal, ob ich's überhaupt wirklich gehabt habe.«

»Versteh kein Wort davon, Olaf.«

»Muß aber nicht an mir liegen, Markus.« Olaf nahm die beiden Gläser. »Hast eben nicht genug Klare intus, um wirklich klarzusehen.« Er stand auf, machte ein paar Schritte zur Theke hin und geriet dabei ins Schwanken. »Ich hol uns noch zwei.«

»Quatsch! Wir beide trinken uns wieder nüchtern.« Beierlein nahm Olaf die Gläser aus der Hand und bestellte am Tresen zwei Mokka.

»Spielverderber«, knurrte Olaf. »Bist doch sonst nicht so? Bloß weil dir deine Kiste fehlt? Schon bei der Polizei gewesen?«

»Polizei?« Beierlein winkte ab. »Was soll ich denn da zu Protokoll geben? Daß ich mit 'nem Dienstfahrzeug Privatfahrten mache? Warum jede Freitagnacht ein Barkas vor einer bestimmten Haustür in der Neuendorfer Straße parkt? Gibt einen Haufen Scherereien.«

»Kommst aber nicht drum rum.«

»Vielleicht krieg ich ihn auch wieder ohne Polizei.«

»Na, dann viel Spaß beim Suchen!« Olaf schüttelte den Kopf. »Kann sein, einer hat sich das olle Vehikel nur mal ausgeliehen, und es steht nachher wieder vor Lisas Haus. Dann nichts wie hin zu Lisa!«

Die Kellnerin brachte die beiden Mokka.

Olaf machte eine abwehrende Handbewegung. »Das Gesöff will ich nicht!«

»Du hast einen Schnaps mit mir getrunken, jetzt kannst du auch einen Kaffee mit mir trinken«, sagte Beierlein sehr bestimmt. »Was wir getrunken haben, ist schon bezahlt. Komm, mach keine Geschichten.«

»Soll ich dir mal einen Tip geben, fürs Suchen?« Olaf kicherte vor sich hin. »Ich weiß 'ne Ecke, da haben sie schon öfter ausgeliehene Wagen wiedergefunden.«

»Spinn nicht, Olaf.«

»Dann lauf doch zur Polizei, die sagen dir dasselbe.« Olaf

erhob sich schwerfällig. »Ich geh ein Haus weiter, da krieg ich zu trinken, was mir schmeckt.«

»Moment noch, Olaf.« Beierlein packte seinen Kollegen am Arm. »Wo ist die Ecke? Wo haben sie die Wagen gefunden?«

Der Junge nahm zwei Bierdeckel. »Dies ist der Tiefe See und das ist der Schwarze, verstanden?« Er schüttete den Inhalt einer Streichholzschachtel auf den Tisch und begann langsam die Hölzer zu ordnen. »Das sind die Wege, klar? Der linke ist der Hauptweg, der mittlere ist ein Holzweg. Zwischen dem linken und dem mittleren ist 'ne Menge Gestrüpp. Finsterer Tann, wie die Dichter sagen. Da hat die Polizei die Wagen wiedergefunden.«

»Wann?«

»Vor zwei oder drei Wochen.«

»Ist das so eine Parole, oder hast du es mit eigenen Augen gesehen?«

»Ich hab sie nicht gesehen, Markus, aber ich hab's aus sicherer Quelle. Von einem, der ganz in der Nähe vom See 'ne Laube ...«

»Olaf, ich muß mit dir reden!« unterbrach eine erregte Stimme das Gespräch der beiden.

Unbemerkt von den Männern, war Elke Reymann in den »Postillion« gekommen, hochrot im Gesicht, mit verweinten Augen.

»Moment mal, Mädchen, Moment mal!« Olaf machte eine beschwichtigende Handbewegung. »Hier ist was zu klären, unter Männern, verstanden?«

»Das hat Zeit, Olaf!« Sie zerrte ihn heftig am Rockärmel. »Wenn das, was ich von dir will, nicht so wichtig wäre ...«

»Okay, Elke, ich komme gleich.« Olaf wies in den Saal. »Setz dich irgendwo an 'nen leeren Tisch und warte, bis ich mit meinem Kumpel zu Rande gekommen bin.«

»Bist du noch zu retten?« Elke beugte sich zu Olaf hinunter und flüsterte ihm etwas ins Ohr.

»Waaas?« Er fuhr zurück und verlor alle Farbe. »Das ist nicht drin«, stammelte er und fingerte einen Schein aus der

Hosentasche. »Zahl für mich, Markus, ich muß weg. Ist was Scheußliches passiert.«

Der Lehrer Klaus Wegener saß aufgerichtet im Bett, das Kopfkissen im Rücken, als Leutnant Kablitz ins Krankenzimmer trat.

»Ich bilde mir ein, daß ich besser nachdenken kann, wenn ich den Kopf hochhalte«, sagte er mit einem schwachen Lächeln. »Ich muß mich erst wieder im Erinnern üben, es fehlt noch zuviel.«

»An die beiden Lehrlinge vom VEB Minol werden Sie sich noch erinnern?«

Wegener nickte. »Roswitha und Elke. Das war nicht leicht mit ihnen. Gute Ansätze, aber immer wieder Rückfälle ...«

»Die zu verhindern gewesen wären, wenn der Ausbildungsbetrieb mit der Schule am gleichen Strang gezogen hätte«, ergänzte Kablitz. »Wir haben inzwischen mit den Verantwortlichen gesprochen und sie sehr deutlich auf ihre Rechte und Pflichten hingewiesen. In Zukunft hat die weiche Welle dort keine Chancen mehr.«

»Das ist gut für die beiden Mädchen. Vielleicht wird dann der Schwarze See seine Anziehungskraft für sie verlieren.«

»Sie waren öfter am Schwarzen See?«

»Ja. Ich suchte den Magneten, der Roswitha und Elke dort hinzog.«

»Die zwei Jungen?«

»Zwei Jungen und ein Ufergrundstück. Ein Grundstück, das von der Landseite aus schwer einzusehen war. Ein Waldstreifen schützte es vor neugierigen Blicken. Dort verschwanden die Mädchen häufiger.«

»Können Sie uns ungefähr sagen, wo das Grundstück liegt?«

»Am besten, ich zeichne es auf.«

Leutnant Kablitz griff in seine Rocktasche, gab dem Lehrer Papier und einen Bleistift.

»Die Schlangenlinie hier, das ist die Straße an den Ufergrundstücken entlang. Das große W hier unten an der Straße soll eine Weide markieren. Eine ganz besondere Weide. Auffallend hoch. Mit acht oder neun Mispeln. An dieser Weide führt ein Weg hinunter auf eine Wiese, nicht weit.« Er zeichnete einen kurzen, schwachen Strich. »Dann wieder Bäume und Sträucher. Das war der Weg zu dem Grundstück. Ihn benutzten die Mädchen, ihn benutzte auch der Wagen, der spätabends dort zwischen Bäumen und Sträuchern verschwand.«

»War es ein Barkas?«

»Ja, beladen mit Baumaterial. Wozu das dort unten verwendet werden sollte, konnte ich mir denken. Leider hatte ich keinen Zutritt zum Grundstück.«

»Für einen Mann wie Sie wird sich schon irgendeine Möglichkeit gefunden haben.«

»Sicher. Sofern man ein Boot hat, kommt man von der Wasserseite aus an jedes Grundstück dort unten so nah heran, wie man möchte. Ich war sehr stolz auf mein Versteck im Schilf, von ihm aus wurde ich Zeuge, wie der erste Bungalow seiner Vollendung entgegenging. Jetzt begriff ich die Anziehungskraft dieses Magneten. Doch ehe ich alle Zusammenhänge aufdecken konnte, spürte mich der blonde Junge auf, dessen Vater das Grundstück gehört. Er machte mir klar, daß ich dort nichts zu suchen hatte.«

»Ebensowenig wie Ihre Schülerinnen.«

»Ich konnte dem Jungen nicht nachweisen, daß die Mädchen während der Schulzeit hier gewesen waren. Dafür erkundigte ich mich, woher eigentlich das Baumaterial stamme, das hier bei Nacht und Nebel angefahren würde. Der Junge sah mich mit großen Augen an. Mit solchen Fragen mache man sich sehr unbeliebt, sowohl am Tiefen wie auch am Schwarzen See, sagte er kopfschüttelnd. Mir blieb also nichts anderes übrig, als einen der Jungen auf frischer Tat zu ertappen. An einem Montagabend ergab sich die Gelegenheit. Ich wurde Zeuge, wie der Barkas an einem Grundstück am Tiefen See mit Baumaterial beladen wurde. Daß der Transportweg an der Kiesgrube vorbeiführte, war mir bekannt. Dort war die schmalste Stelle, dort gab es keine

Ausweich-, keine Fluchtmöglichkeit. Dort mußte er halten, Rede und Antwort stehen.«

»Sie konnten sich doch nicht vor den Wagen werfen?«

»Ich wollte ein paar Holzblöcke dorthin rollen, über die er nicht hinweg konnte. Aber er war zu schnell.«

»Sie kamen nicht mehr dazu, die Sperre zu errichten?«

Wegener nickte. »Ich fing gerade damit an, da hörte ich den Wagen. Er kann mich doch nicht überfahren, dachte ich, schrie: ›Anhalten‹, winkte.« Er schloß die Augen. »Was dann passierte, ist einfach weg.«

»Herr Wegener, es wäre besser gewesen, Sie hätten uns rechtzeitig informiert und um Hilfe gebeten.«

»Das hätte ich schon früher öfters tun können. Falscher Stolz wahrscheinlich. Ich wollte immer alles mit den Mädchen selber klären.«

»Leutnant Kablitz, schnell!« Eine Krankenschwester war ins Zimmer gekommen. »Ihre Dienststelle, es eilt!« Kablitz verabschiedete sich von Wegener und wünschte ihm gute Besserung. Er lief schnell den langen Korridor hinunter bis zur Pförtnerloge und meldete sich. Am anderen Ende der Leitung war der Hauptmann. »In fünf Minuten hol ich Sie ab. Wir müssen zum Schwarzen See.«

»Neue Hinweise im Fall Wegener?« fragte Kablitz.

»Ein Toter!«

»Ich weiß, das ist eigentlich nicht zulässig, Genosse Hauptmann, wo kämen wir dann hin, wenn jeder hier in der Gegend rumsuchen würde, wie er gerade lustig ist, ohne Rücksicht, wo er sich gerade befindet, ob das nun ein Privatgrundstück ist oder nicht.« Markus Beierlein wischte sich den Schweiß von der Stirn. »Aber mir wollte nun mal nicht in den Kopf, daß mein oller Barkas plötzlich weg sein sollte. Da hab ich ein paar von den Leuten aus meiner Brigade auszuquetschen versucht. Und einer meinte, hier unten am See, da wäre mitten im Gestrüpp schon mal so ein gestohlener Lieferwagen wieder aufgetaucht. Na, dann bin ich eben in dieser Ecke hier gelandet und hab auch bald ’ne Spur gefunden, wo ich kombiniert hab, das muß er sein. An dieser Weide mit 'nem Haufen Mispeln ging's über die Wiese 'runter in den Busch, aber da war auch 'ne Schneise, und kaum hundert Meter weiter, zwischen zwei Erlen eingekeilt, stand mein Barkas. Vollbeladen mit Baumaterial. Für den gab's kein Vor und kein Zurück mehr. Und den, der vorn am Steuer saß, hatte es erwischt. Restlos. War mein erster Eindruck. Hat der vom Sanitätswagen ja auch gesagt. Zuerst dachte ich, man kann ihm noch helfen, wenigstens versuchen. Doch dann war's mir wieder zu riskant. Nachher macht man was falsch, und ganz ehrlich, wenn sich's um was Kriminelles handelt, dann läßt unsereins sowieso lieber die Finger davon.«

Der Tischlermeister Kremer starrte fassungslos vor sich hin. »Das kann nicht sein. Das soll begreifen, wer will«, sagte er tonlos.

»Herr Kremer, wir verstehen, wie hart Sie das treffen muß«, sagte Hauptmann Troegner. »Trotzdem muß ich Sie bitten, uns zu helfen.«

»Wie soll ich helfen? Hilft mir denn jemand?« Kremer sank auf einen Stuhl nieder. »Albin war ein guter Junge, ein heller Kopf, die Schule machte ihm keine Schwierigkeiten. Jahrelang Klassenbester. Dann kann man schon die Zügel ein bißchen lockerlassen, denk ich. Also hat er seine Freiheit bei mir. Kann auch mal 'ne Nacht wegbleiben. Wenn's ihm Spaß macht! Wir waren auch mal jung und haben nichts anbrennen lassen. Hauptsache, er war am nächsten Tag pünktlich in der Schule. Von der Seite ist nie 'ne Klage gekommen. Außerdem, seit März war er achtzehn. Er sollte lernen, auf eigenen Füßen zu stehen. Ich hab ihm sogar öfter den Wagen geliehen. Aber nein, das hat ihm nicht gereicht, 'ne Datsche mußte es auch noch sein!«

»Hat er nie davon gesprochen, Herr Kremer?«

»Nie! Verflixt noch mal, wenn ich geahnt hätte, sein Glück hängt daran, ich hätte ihm auch 'ne Datsche hingestellt. Aber Albin war gar nicht danach! Im Gegenteil, er hat sich immer lustig gemacht über die Typen an den beiden

Seen, die da zu bauen und zu hämmern begannen, weil es der große Trend ist. Und ich habe ihm recht gegeben. Wer sich so'n Ding dahinsetzt, der hat nur noch mehr am Hals, zur Ruhe kommt der da auch nicht. Das war nun mal meine Meinung.«

»Und warum haben Sie sich die Grundstücke am See gekauft?« fragte Troegner.

Der Tischlermeister zuckte die Schultern. »Lange her ist das, was weiß ich? Ich hab wohl an ein ruhiges Plätzchen gedacht so fürs Rentenalter, wenn man nur noch ein bißchen rumbastelt und angelt. Als es dann draußen losging mit dem Bungalowrummel, hat mich das abgestoßen – und den Jungen auch.«

»Trotzdem hat er mitgemacht«, sagte Kablitz. »Ja, er hat seine Nachbarn noch übertrumpft.«

»Aber warum nur? Was kann ihn dazu gebracht haben?« Der Tischler stand auf und ging mit schweren Schritten im Zimmer auf und ab. »Was hab ich falsch gemacht? Hätte ich ihm nichts erzählen sollen von all dem, was ich wußte? Das ist doch ganz natürlich, daß man mit seinem Sohn redet wie mit einem Erwachsenen. Und daß dabei auch Dinge zur Sprache kommen, die nicht für jedermanns Ohren bestimmt sind. Gerade wenn's ums private Bauen geht. Da liegt ja nun wirklich noch 'ne Menge im argen. Weil einige wenige immer wieder versuchen, sich auf Kosten der Gesellschaft gesundzustoßen.«

»Sie haben also nicht nur allgemein darüber gesprochen?«

»Nein, ich hab Namen genannt, Genosse Leutnant. War das vielleicht falsch? Der Junge sollte schließlich wissen, wie es mitunter zugeht im Leben. Daß nicht alles Gold ist, was glänzt. Und daß mancher, der sich heute einen Fiat oder 'nen Shiguli leisten kann, trotzdem ein recht fragwürdiger Zeitgenosse ist.«

»Also wurden Personen genannt bei diesen Gesprächen – Grundstücke, Bauplätze«, ergänzte der Leutnant.

»Natürlich! Aber das heißt doch nie und nimmer, wenn

andre solche krummen Dinger machen, dann hab ich auch ein Recht dazu. Oder: Diese Leute sind von jetzt ab für mich vogelfrei, die beklau ich nun nach Strich und Faden.«

Kremer blieb stehen, gedankenversunken, ließ sich dann wieder auf einem Sessel nieder. »Solche Ideen passen gar nicht zu Albin. Wer kann ihn nur darauf gebracht haben? Mädchen wahrscheinlich.«

»Sagt Ihnen der Name Olaf Praßner etwas?«

»Olaf, Olaf ... Warten Sie mal. Ja. Das muß so ein junger Kfz-Schlosser sein. Mit dem hat sich Albin wohl ein bißchen angefreundet. Wenn was mit dem Wagen war, hat ihm der Olaf wohl geholfen.«

»Persönlich kennengelernt haben Sie ihn nicht?«

»Nur zwischen Tür und Angel. Einen richtigen Eindruck hab ich nicht von ihm. Spielt er eine Rolle?«

»Wir nehmen an, eine Hauptrolle.« Troegner reichte dem Tischler ein mehrfach zusammengefaltetes Stück Papier. »Das fanden wir in der Jackentasche Ihres Sohnes. Ist das seine Handschrift?«

Kremer faltete das Papier bedächtig auseinander, setzte seine Brille auf und studierte es.

»Ja, die Namen und die Adressen hat Albin geschrieben.«

»Und diese Namen erfuhr er im Verlauf von Gesprächen, die sich um diese ›Abzweigung‹ drehten, von Ihnen, Herr Kremer?«

»Nicht alle. Die meisten wohl. Bergemann, Grüneich zum Beispiel. Daß die Material verschieben und verbauen, das wußte er von mir. Da ist aber noch eine andere Handschrift – das da hat mein Junge nicht geschrieben.«

»Es wird Olaf Praßners Handschrift sein. Der Rest der Informationen über das ›Baugeschehen‹ an den Seen stammt wohl von ihm.«

Frau Reymann sah den Hauptmann besorgt an, als er nach ihrer Tochter fragte.

»Ich hab das Mädchen ordentlich erziehen wollen«, murmelte sie. »Alles mußte nach ihrem Kopf gehen. Dafür kriegt sie jetzt die Quittung.«

»Das ist nicht mein erster Besuch bei Ihnen, Frau Reymann«, sagte der Hauptmann. »Vor drei Wochen war ich schon einmal hier, um mit Elke zu sprechen.«

»Ach so!‹ sagte die Frau gedehnt. »Darum war sie eine Woche lang so häuslich. Na, sie hat inzwischen alles gründlich nachgeholt. Ich zeig Ihnen ihr Zimmer.« Die Mutter ging mit dem Hauptmann die schmale Treppe hinauf, blieb vor einer buntlackierten Tür stehen und klopfte dreimal hart dagegen. »Aufmachen, Elke, Polizei!«

Kurz danach wurde der Schlüssel umgedreht und die Tür geöffnet. »Kommen Sie bitte rein, Genosse Hauptmann. Mutti, läßt du uns bitte allein?«

Einen Augenblick lang, bis der Hauptmann die Tür hinter sich geschlossen hatte, gelang es dem Mädchen, Haltung zu bewahren. Dann warf sie sich auf die Couch und schluchzte.

»Sie erinnern sich wohl noch an meinen letzten Besuch«, sagte der Hauptmann scharf. »Ich habe Sie damals sehr deutlich gewarnt. Sie dagegen waren stolz auf Ihr Recht, über Ihre privaten Angelegenheiten mit niemandem sprechen zu müssen. Seit heute früh ist es wohl mit Ihrem Stolz vorbei? Oder warum laufen Sie sonst durch die Kneipen auf der Suche nach Olaf? Was hat Sie denn aus dem Gleichgewicht gebracht?«

Elke warf ihm einen Blick zu, gemischt aus Zorn und Verzweiflung. »Albin ist tot, das wissen Sie doch längst.«

»Und von wem haben Sie es erfahren?«

»Warum kommen Sie überhaupt zu mir? Fragen Sie Roswitha!«

»Sie werden meine Fragen beantworten«, sagte der Hauptmann fest.

»Roswitha hat mich heute früh angerufen.«

»Während der Schulzeit?«

»Heute war kein Unterricht. Wegen der Prüfungen der Oberstufe. Für den Facharbeiterbrief.«

»Was wollte Roswitha von Ihnen?«

»Ich glaube, sie hatte einen richtigen Schock. ›Albin, Albin‹, mehr brachte sie nicht heraus. Sie rief aus dem Parkcafé an. Ich ging zu ihr. Sie hockte da, ein Häufchen Unglück. Und nach und nach kam es denn. Sie war letzte Nacht mit Albin auf Tour. In einem geklauten Wagen. Mit Holz und Eisenteilen für den zweiten Bungalow. Albin muß wie ein Verrückter gefahren sein, er dachte nämlich, welche von den Bestohlenen, ich meine von den Schiebern, die das Material selbst auf irgendeine Tour beiseite geschafft haben, welche von denen also, sind hinter ihm her. Dann hatte ein Scheinwerfer sie geblendet, ganz furchtbar. Albin hatte wohl nichts mehr gesehen, war über einen Stubben gefahren, die Tür flog auf, Roswitha raus, und Albin war mit dem Wagen zwischen zwei Bäumen festgeklemmt. Roswitha hatte Angst vor den Leuten, die hinter ihnen her waren, und rannte weg. Viel später hat sie erst wieder an Albin gedacht. Da war's schon fast hell. Da ist sie wieder hin zum Grundstück von Albins Vater, dort wo es passiert ist. Albin saß noch immer am Steuer, aber es gab keine Möglichkeit mehr, ihm zu helfen.«

»Wo ist Roswitha jetzt?«

»Ich hab gesagt, das wichtigste ist jetzt, den Olaf zu suchen. Der muß alles aufklären. Nachher bleibt das an uns hängen. Dabei haben wir Mädchen nur mitgemacht, aber Albin und Olaf haben die ganze Sache in die Hand genommen. Von Olaf aber wollte Roswitha nichts mehr wissen. Überhaupt von keinem mehr. Sie war fix und fertig. Da bin ich los, Olaf suchen. Der wollte mir erst nicht glauben. Albin sei ein prima Fahrer, der hätte sicher nie mehr als 'ne Schramme abbekommen. Aber dann wurde er unsicher, meinte, sie wären vom Pech verfolgt – und alles nur wegen uns Mädchen.«

»Wie standen Sie zu Albin Kremer?«

»Ich mochte ihn. Mehr nicht. Hätte auch keinen Sinn gehabt. Für Albin gab es nur Roswitha. Das mit den Bungalows hat der nur für sie gemacht.«

»Und für wen war der zweite gedacht?«

»Für Olaf. Der hat ja ’ne Menge Material rangeschafft. Aber richtig gelohnt hat sich’s nicht für ihn. Als Roswitha sich den Albin geangelt hatte, da waren nur noch zwei, die draußen am See ihren Spaß gehabt haben. Das wußte Albin auch, und deswegen fühlte er sich irgendwie verpflichtet, auch den zweiten noch fertigzubauen. So, wie es von Anfang an geplant war.«

»Wo waren Sie in der letzten Nacht?« fragte der Hauptmann.

»Nicht am Schwarzen See, in der Disko war ich.«

»Wie lange?«

»Bis Schluß.«

»War Olaf auch da?«

»Ja, der auch.«

»Blieb der auch bis Schluß?«

»Wie soll ich das wissen! Olaf stand nicht auf Mädchen, gestern. Hat sich langsam vollaufen lassen. Und so einem geh ich immer aus dem Wege.«

Das zierliche blonde Mädchen in dem dunklen Jackenkleid sah sehr blaß aus, als sie den Genossen in der Anmeldung bat, Hauptmann Troegner sprechen zu dürfen.

»Der Hauptmann ist nicht im Hause«, meinte der Diensthabende.

»Und wann kommt er wieder?« Die Frage klang so schwach, daß der Hauptwachtmeister die Tür seiner Wachkabine öffnete und auf den Gang hinaustrat.

»Ist Ihnen nicht gut?« Er faßte sie unter den Arm. »Setzen Sie sich erst mal.« Er schob ihr einen Stuhl hin. »Um was geht es denn? Vielleicht kann Ihnen ein anderer Genosse helfen?«

»Mein Freund ist letzte Nacht tödlich verunglückt. Am Schwarzen See.«

»Warten Sie einen Moment. Sie können mit Leutnant Kablitz sprechen. Er ist über den Fall informiert. Ein Genosse wird Sie nach oben bringen.«

»Wir können gleich zur Sache kommen, Fräulein Ferber«, sagte der Leutnant. »Das Fahrzeug, mit dem Sie heute nacht unterwegs waren, hatte Albin Kremer gestohlen. Es war nicht seine erste Fahrt mit einem gestohlenen Lieferwagen. Sie wissen doch, warum diese Fahrzeuge entwendet und später in den Rabenbergen abgestellt wurden?«

Roswitha nickte. »Heute weiß ich es. Aber als alles anfing, hab ich davon nichts geahnt.«

»Als alles anfing, waren Sie noch mit Olaf zusammen?«

»Nur am Anfang. Dann lernte ich Albin kennen, wir paßten besser zueinander, er hatte mehr Verständnis für mich, mehr Phantasie, vor allem: Er war nicht so robust wie Olaf.«

»Was verstehen Sie unter ›robust‹?«

Das Mädchen überlegte. »Bei Olaf mußte alles so sein, wie er es haben wollte. Nur so. Immer sollte ich Zeit für ihn haben. Nur für ihn. Auf Albin war er wütend. Meinetwegen. Dabei gehörte das Grundstück Albins Vater, ohne ihn hatten wir gar kein Recht, dort zu sein. Olaf wußte das genau, ohne Albin ging es nicht am Schwarzen See. Das hat ihn noch wütender gemacht. Und später, auf der Uferstraße, wollte er Albin die Sache mit Herrn Wegener in die Schuhe schieben.«

»Erzählen Sie das etwas genauer.«

»Olaf sagte, er sei in der fraglichen Nacht nur eine Tour gefahren, an der Kiesgrube vorbei. Er habe dort nicht angehalten und habe auch keinen angefahren. Wenn also der Lehrer dort unten gelegen habe, schwer angeschlagen, dann könne es nur Albin gewesen sein. Aber Albin war in dieser fraglichen Nacht zu Hause und hat sein Referat gemacht.«

»Wie reagierte Olaf darauf?«

»Er lenkte sofort ab. Schnorrer seien wir, er besorge die Autos, schaffe das meiste Material heran, zum Dank dafür nehme ihm Albin sein Mädchen weg. Da bin ich weggelaufen, ich konnte mir das nicht mehr mit anhören.«

»Sie sprachen aber später mit Albin darüber.«

»Er meinte, dem Olaf seien die Nerven durchgegangen. Sobald der zweite Bungalow fertig sei, würden wir uns wieder genausogut mit ihm verstehen wie früher. Wegen eines Mädchens ginge eine Freundschaft unter jungen Männern so schnell nicht in die Brüche.«

»Er hielt also an Olaf fest?«

»Ja. Er glaubte auch nicht, daß Olaf den Lehrer Wegener auf dem Gewissen habe. Warum auch? An der Kiesgrube war ja nichts zu entdecken. Die Bungalows lagen weit davon. Wenn Wegener da eingedrungen wäre, hätte er uns während der Schulzeit dort überrascht, ja dann ...«

»Wie war das nun gestern abend, Roswitha?«

»Um halb zehn holte mich Albin ab. In diesem Lieferwagen. Ich fragte ihn, wo er die alte Kiste aufgegabelt habe. Er meinte: ›Die hat irgendwo gestanden und auf mich gewartet. Heute abend schaffen wir den Endspurt bei dem zweiten Bungalow. Olaf hält sich an die Abmachungen, also tun wir es auch!‹ Dann sind wir zum Tiefen See gefahren. Albin ist über einen Zaun geklettert, hat die Baustoffe herangeschleppt, und wir haben den Wagen damit beladen. Dann sind wir durch den Wald gefahren – in Richtung Schwarzer See. Ziemlich schnell, ich fand: zu schnell. Aber Albin meinte, er hätte so ein komisches Gefühl, als ob jemand hinter uns her sei, und er drehte noch mehr auf. Die Kurven waren am schlimmsten. Ich konnte mich kaum auf dem Sitz halten. Und plötzlich war das Licht da – das grelle Licht!«

»Woher kam das Licht?«

»Ich weiß nicht. Vielleicht ist uns ein Fahrzeug entgegengekommen und hat nicht abgeblendet.«

»Überlegen Sie genau, Fräulein Ferber. Die Unfallstelle ist ungefähr zweihundertfünfzig Meter von der Uferstraße entfernt. Der Wagen ist links eingebogen über den Wiesenweg, der zum Grundstück am Schwarzen See führt. Zuerst ist da eine Weide mit vielen Mispeln, dann ein Stück Wiese, links und rechts mehrere Baumgruppen und schließlich ein Waldstreifen, durch den eine schmale Schneise führt.«

»Wie sollte ich mich denn orientieren? Es war stockdunkel, und Albin fuhr so schnell.«

»Spielen Sie mir nichts vor, Fräulein Ferber. Sie kennen

diese Ecke sehr genau. Dort ist der einzige Zugang zu den beiden Grundstücken, die Albin Kremers Vater gehören. Mehr als ein dutzendmal müssen Sie gerade diesen Weg gegangen sein.«

»Das stimmt ja alles. Aber ich hatte keine Ahnung, wo wir genau waren, als wir so geblendet wurden. Ich hatte auch Angst, vielleicht verfolgte man uns ... Und bei der letzten Kurve flog ich beinah aus dem Wagen.«

»Kurz hinter der letzten Kurve sind Sie geblendet worden?«

»Ja. Ich hatte Albin am Arm gepackt und schrie: ›Um Himmels willen, sieh dich vor!‹ Er hat gelacht und gerufen: ›Keine Bange nicht, ich weiß hier Bescheid!‹ Und dann war auch schon das Licht da, dieser grelle Schein, der einem völlig die Sicht nahm. Ein paar Augenblicke nur, dann kam ein harter Schlag. Mir blieb fast die Luft weg. Die Wagentür sprang auf, und ich flog hinaus. – Das ist die Rache, dachte ich, als ich wieder zu mir kam. Jetzt sind die Leute hinter uns her, denen all das Baumaterial gehört hat, schnell weg, sie dürfen uns hier nicht finden!«

»Das war also letzte Nacht. Inzwischen ist fast ein Tag vergangen. Wie denken Sie jetzt darüber?«

»Ich denke vor allem, daß *ich* schuld daran bin«, sagte sie leise. »Ich habe die Idee gehabt mit dem Bungalow am Wasser. Ohne mich hätten die Jungens all das gar nicht gestartet. Und die andern, die es Albin vorgemacht haben – die Namen von denen hatte er ja –, die sind auch indirekt mit schuld daran. Was die können, kann ich schon lange, hat er oft zu mir gesagt.«

»Über Schuld und Mitschuld sprechen wir ein ander mal«, sagte der Leutnant. »Mir geht es jetzt vor allem um diesen tödlichen Unfall. Dafür kann es meines Erachtens nur zwei Ursachen geben. Erstens: das überhöhte Fahrtempo. Zweitens: der Scheinwerfer! Er hat den Fahrer des Barkas geblendet. Fragen wir uns also: Wer hat den Scheinwerfer auf Albin gerichtet? Woher kam der grelle Lichtschein? Direkt von vorn? Oder von halb rechts?«

»Das Licht traf Albin zuerst. Ich duckte mich hinter seine Schulter, um nicht so furchtbar geblendet zu werden.«

»Albin saß links von Ihnen. Also wurde der Scheinwerfer von einem Standort aus, der halb links von Ihnen lag, auf das Fahrzeug gerichtet.«

»Ich glaube schon.«

»Das würde mit unsern Ermittlungen übereinstimmen.«

Die Nacht war sternenklar, und der Mondschein machte selbst das Gelände zwischen den beiden Seen überschaubar und durchsichtig. Der Mann, der zwischen der hoch aufragenden Pappel und einer Baumgruppe hin und her ging, war von der Uferstraße her gut zu erkennen.

Der Lichtkegel seiner Taschenlampe irrte auf dem weichen Wiesenboden bald nach links, bald nach rechts und verhielt schließlich in unmittelbarer Nähe der Baumgruppe.

»Sie können sich die Mühe sparen«, sagte eine Stimme neben ihm gleichmütig. »Neue Spuren werden Sie nicht entdecken, und die alten wurden von uns schon heute mittag sehr sorgfältig rekognosziert.«

»Weiß gar nicht, was Sie wollen«, entgegnete der Mann. »Hier ist ein Unfall geschehen, und der Tote ist mein Freund gewesen. Er ist gegen den Baum gefahren, weil man ihn geblendet hat, und ich kann mir schon denken, wer dahintersteckt. Einer von denen hat ihn geblendet, die sich an ihm rächen wollten, weil er Material gegen sie in der Hand hatte. Die Namen dieser Leute standen auf einem Stück Papier, das er bei sich trug.«

»Wenn Sie das Papier suchen, dann kommen Sie am besten gleich mit mir«, sagte die Stimme sarkastisch. »Unser Fahrzeug steht drüben an der Uferstraße. Wir haben sowieso ein paar Fragen miteinander zu klären, Herr Praßner.«

Widerstandslos ließ sich Olaf von Leutnant Kablitz zum Polizeiwagen führen. Auf der Fahrt bis zum VPKA hockte er in sich gekehrt im Fond des Wagens und rauchte eine Zigarette nach der anderen.

»Wir wissen inzwischen von Tischlermeister Kremer, wie es zu dieser Liste gekommen ist«, begann der Hauptmann das Gespräch. »Einige Herrschaften, deren Namen hier aufgeführt sind, haben sich das Baumaterial für ihre Bungalows und auch Teile der Inneneinrichtung auf zweifelhaftem Wege beschafft. Das ist strafbar, und wir werden das im einzelnen selbstverständlich genauestens untersuchen. Die Konsequenzen für die Beteiligten werden nicht sehr angenehm sein.«

»Ich könnte Ihnen dazu noch 'ne ganze Anzahl Fakten nennen.« Olafs Gesicht belebte sich wieder. »Unsereins hält nämlich Augen und Ohren auf ...«

»Das nehmen wir an«, unterbrach ihn Troegner, »aber im Augenblick haben wir über andere Dinge zu sprechen, Herr Praßner. Und zwar über den Diebstahl der Lieferwagen, über den Diebstahl des Baumaterials ...«

»Das war Albins Idee ...«, unterbrach Olaf hastig.

»Die Idee steht jetzt nicht zur Debatte, sondern die Ausführung. Sie sind alle beide daran beteiligt, und Sie sind nicht ungeschickt dabei vorgegangen. Bis vor wenigen Wochen hatte noch keiner Verdacht geschöpft, mit Ausnahme des Lehrers Klaus Wegener. Er war Ihnen beiden auf der Spur, kannte Ihre Transportwege entlang der Kiesgrube.«

»Genosse Hauptmann, das ist nun wirklich das ganz persönliche Risiko von dem Mann, wenn er sich dort nachts aufbaut, wo kaum Platz für den Wagen ist. Soll der Fahrer vielleicht bremsen und Gefahr laufen, mit dem Wagen Purzelbaum zu schießen, bis er unten in der Grube mit Totalschaden liegenbleibt? Das wär ja Selbstmord, wenn einer von uns beiden so verrückt gewesen wär.«

»Wer hat den Wagen gefahren in der Nacht vom Montag zum Dienstag?«

»Na, Albin war die Woche vorher mit 'ner Tour dran gewesen, der hatte bei Bergemann tüchtig abgestaubt. Montag nacht, das nehm ich nun auf meine Kappe.«

»Dann können Sie mir ja Auskunft geben, Herr Praßner.«

»Hätte ich ja schon längst getan, damit es nicht immer

heißt, einer hat den Lehrer da unten k.o. geschlagen. Aber wie sollte ich denn die Sache aufklären? Dann wär dabei doch alles andere auch aufgerollt worden, mit den Lieferwagen und woher das Material für die Bungalows kommt.«

»Sie kamen mit dem Wagen vom Tiefen See?«

»Ja, bei Grüneich hatte ich aufgeladen. Ganz schön voll die Kiste. Wie abschüssig der Weg ist, haben Sie ja sicher gesehen. Plötzlich schreit einer ›Halt‹ und springt mir fast vor den Wagen. Grüneich, denk ich, Bergemann, Polizei – Quatsch, so verrückt ist keiner, jetzt siehst du Gespenster, Olaf, weiter! Und dann bin ich eben weitergefahren, hab mich um nichts mehr gekümmert.«

»Spätestens am Schwarzen See mußte Ihnen doch klargeworden sein, daß sie keine Gespenster gesehen hatten?«

»Na, stimmt schon, Genosse Hauptmann.« Olaf kratzte sich am Kopf. »Aber erst als ich das von dem Lehrer gehört hab, wie sie den gefunden haben, da konnte ich mir langsam einen Vers drauf machen. Geblendet durch den Scheinwerfer, ist der nach links abgerutscht, beim Fallen irgendwo aufgeschlagen, wahrscheinlich auf den Hinterkopf, hat das Bewußtsein verloren und ist unten so liegengeblieben. War das so? Was sagt denn der Lehrer selbst dazu?«

»Herr Wegener kann über Einzelheiten noch nicht sprechen«, entgegnete der Hauptmann knapp. »Wo waren Sie gestern abend?« fragte er dann unvermittelt.

»Wie immer freitags. Erst Disko und dann noch ein paar Kneipen.«

»In der Diskothek waren Sie bis kurz nach neun und in der ›Neuen Klause‹ bis halb zehn. Wo waren Sie im Anschluß daran?«

»Weiß ich nicht mehr. Zuviel getrunken. Film gerissen.«

»In der Klause haben Sie noch zwei Buletten gegessen und Kaffee getrunken. Also konnten Sie noch auf Ihre JAWA steigen und zum Schwarzen See hinunterfahren.«

»Die Polizei weiß wohl alles, was!« stieß Olaf wütend hervor. »Warum fragen Sie eigentlich noch? Ist reine Zeitverschwendung!«

»Sie hatten Ihr Fahrzeug hinter einer kleinen Baumgruppe geparkt«, fuhr der Hauptmann unbeirrt fort. »Von dort aus konnten Sie gut überblicken, wann Albin und Roswitha mit dem Barkas in den Wiesenweg einbiegen würden. Sie konnten abschätzen, was geschehen würde, wenn Sie jetzt den Fahrer blendeten, sie hatten ja ein paar Wochen vorher schon einmal jemanden geblendet!«

»Aber das ist ja ...«

»Entschuldigen Sie die Störung, Genosse Hauptmann.« Leutnant Kablitz war ins Zimmer gekommen. »Hier ist der Laborbefund.«

Hauptmann Troegner nahm das Schriftstück, hielt es unter die Schreibtischlampe und las es aufmerksam. Dann gab er es dem Leutnant zurück. »Sagen Sie dem jungen Mann, was es bedeutet.«

»Das Labor hat die Reifenspuren hinter der Baumgruppe mit denen Ihrer JAWA verglichen, Olaf Praßner«, sagte der Leutnant. »Beide stimmen überein.«

Mit beiden Händen hielt Olaf die Stuhllehne umklammert. »Die verdammte Sauferei«, stieß er hervor. »Immer die Sauferei! Wenn ich Wut habe auf jemanden, dann sauf ich. Bloß, die Wut wird dadurch nicht kleiner, sondern größer. Und dann hab ich nichts mehr im Kopf, als dem eins zu verpassen, auf den ich so wütend bin.«

»Verpassen – was bedeutet das?«

»'nen Denkzettel sollte er kriegen, nicht mehr. Damit er für ein paar Tage außer Gefecht gesetzt wird, damit er nicht länger ein Herr und Meister ist für Roswitha, weil seinem Vater das Grundstück am See gehört und weil er vielleicht ein bißchen mehr auf dem Kasten hat als ich.« Eine Minute Schweigen verging.

»Sie machen es sich sehr einfach, Praßner«, sagte der Hauptmann. »Weil andere Baumaterial hintenrum organisieren, leiten Sie für sich das Recht ab, es ihnen zu stehlen. Wer Ihnen in die Quere kommt, wird geblendet. Der Unfall des Lehrers, an dem Sie nicht unbeteiligt sind, hätte Ihnen zu denken geben sollen. Statt dessen setzen Sie aus verletzter

Eitelkeit und blinder Eifersucht das Leben zweier Menschen aufs Spiel. Menschen, mit denen Sie befreundet sein wollten.«

»Nie und nimmer wollte ich Albin töten«, schrie Olaf außer sich. »Was muß er auch wie ein Wilder durch die Gegend rasen!«

»Es gibt eine Reihe von Ursachen, die zu seinem Tode geführt haben«, sagte der Hauptmann. »Die Hauptschuld aber tragen Sie. Davon wird Sie niemand freisprechen.«

HARIETTE PLATH

Eine verzwickte Sache

Aufgeregt stürzt ein Mann ins Zimmer, läßt sich kaum Zeit zum Luftholen, beginnt sofort zu reden, als ob er um jeden Preis etwas loswerden muß. Der ihn begleitende Wachtmeister schaut mit bedauerndem Achselzucken zu dem Oberleutnant am Tisch. Gerhard Herbusch schiebt dem aufgeregten Mann einen Stuhl zu. »Nun mal schön der Reihe nach, Herr ...«, sagt er, »nehmen Sie erst mal Platz.«

»Meine Frau ist verschwunden«, stößt der Mann zum wiederholten Mal hervor. »Ich bin Heinz Schubert aus der Artur-Becker-Straße.

»Oberleutnant Herbusch«, stellt sich der Kriminalist vor und blickt wartend auf seinen Besucher. Dieser ist groß und schlank und gibt im ganzen eine gepflegte Erscheinung ab. Sie läßt auf einen Angestellten oder selbständigen Geschäftsmann schließen.

Was er dann von Heinz Schubert erfährt, ist wirklich merkwürdig. Seine Frau Birgit, 34 Jahre alt, habe vorgestern, also am Dienstag, dem 13. März, die Wohnung verlassen und sei bis heute nicht wiedergekehrt. Das ist nun schon zwei Tage her. Er selber sei an diesem Tag erst gegen halb zehn Uhr abends von der Arbeit heimgekommen und habe seine Frau nicht angetroffen. Ein Mieter aus dem Haus sagte ihm am nächsten Morgen, daß seine Frau nachmittags gegen 16.30 Uhr die Wohnung verlassen hätte. Das, so erklärt Heinz Schubert, decke sich genau mit dem, was ihm von seiner Frau schon am Dienstagmorgen angekündigt worden wäre.

»Sie hatte um siebzehn Uhr einen Termin bei ihrem Neurologen«, gibt er an, »ist dort aber nicht erschienen. Ich habe schon nachgefragt.«

»Wo haben Sie noch nach Ihrer Frau gesucht? Sie kann doch bei einer Freundin sein«, meint Oberleutnant Herbusch.

»O nein«, erwidert Schubert, »das macht sie nicht. Sie hat gar keine Freundin in Berlin.« Dann schildert er, daß er schon gestern bei ihren Verwandten in Dubkow in der Mark nachgefragt, aber eine abschlägige Antwort erhalten habe.

»Wissen Sie, der Brief hätte Grund genug für Birgit sein können, plötzlich nach Dubkow zu fahren. Leider ist es nicht der Fall. Ich habe schließlich noch die zweite Nacht abgewartet, heute den ganzen Tag bei allen möglichen Bekannten angerufen, doch alles vergeblich. Wo ist meine Frau nur? Sie müssen mir helfen.«

Flehend blickt er auf den Oberleutnant, als erwarte er umgehend Antwort.

Als Oberleutnant Herbusch nicht gleich etwas sagt, holt er eine Fotografie aus seiner Innentasche und legt sie auf den Tisch. »Das ist sie«, sagt er und schiebt dem Oberleutnant ein Bild zu.«

Herbusch betrachtet es aufmerksam. Es zeigt eine junge blonde Frau. Sie sieht gut aus, denkt er.

»Birgit war wegen des Briefes sehr bedrückt«, beginnt Heinz Schubert noch einmal von dem vermeintlichen Anlaß des Verschwindens seiner Frau zu reden, »und ich kann es sogar verstehen.«

»So? Was stand denn Aufregendes in dem Brief?«

»Ach, das ist eine lange Geschichte. Lassen Sie es mich auf einen Nenner bringen. Birgit sollte ihren kranken Vater zu sich nehmen. So haben es ihre Geschwister beschlossen. Sie haben sich ihre Eltern aufgeteilt. Birgits ältere Schwester Anita hat die Mutter bis zu deren Tod gepflegt, und Wolfgang, ihr älterer Bruder, hat den kranken Hans bei sich. Hans ist Birgits jüngster Bruder. Er leidet an einer nicht heilbaren Wirbelsäulenerkrankung und ist an den Rollstuhl gefesselt.«

»Und worüber regte sich Ihre Frau so auf?«

»Sie will den Vater nicht. Er hat sie früher furchtbar tyrannisiert, glaube ich. Jedenfalls hat sie keine guten Erinnerungen an ihn. Ich kenne ihn kaum. Wenn wir gelegentlich zusammentrafen, war er mürrisch und wollte auch mich herumkommandieren.«

»Hat sie gelegentlich Selbstmordabsichten geäußert?«

»Selbstmordabsichten?« Heinz Schubert verfärbt sich: »Nein, nie. Aber ...«

»Was aber?«

»Nun ja, wenn Sie mich so fragen.« Schubert wird nachdenklich. »Birgit wünschte sich seit Jahren ein Kind. Es klappte nicht damit«, fährt er fort. »Vor kurzem mußte sie erfahren, daß sie keine Kinder bekommen kann. Da ist sie auf den Gedanken gekommen, ein kleines Mädchen zu adoptieren. Ich war nicht sehr begeistert davon.«

»Das ist kein Grund, an Selbstmord zu denken.«

Schubert schweigt. Dann fällt ihm noch etwas ein. »Ich war auf unserem Grundstück in Altglienicke, dort ist sie auch nicht.«

Endlich hat Heinz Schubert, so glaubt er, alles gesagt, was die Polizei wissen müsse, um nach der Vermißten zu suchen. Doch weit gefehlt. Oberleutnant Herbuschs Fragenkatalog ist lang. Und so fügt sich Satz an Satz, bis der Oberleutnant endlich zufrieden scheint. Die Liste der Verwandten ist kurz. Nur Bekannte sind einige mehr zu nennen, wenn auch zu ihnen keine engeren Verbindungen bestehen. Oberleutnant Herbusch möchte dann wissen, wie die Ehe der beiden bis jetzt gelaufen ist.

Heinz Schubert wundert sich darüber, gibt aber bereitwillig Auskunft. »Wir verstanden uns gut«, meint er, »ernste Probleme hatten wir nicht.«

Herbusch erkundigt sich noch nach den Arbeitsstellen der beiden und dem Verhältnis seiner Frau zu ihren Kollegen. Dann interessieren ihn die Beziehungen zu ihrem Vater und zu ihren Geschwistern. Nun schweigt er und schaut seinen Besucher forschend über den Brillenrand an. Seine Fragen sind erschöpft.

»Wir werden unser Möglichstes tun, um Ihre Frau bald zu finden«, sagt er und läßt sich schließlich noch von Schubert die Telefonnummern von seiner Arbeitsstelle und seiner Wohnung nennen. »Damit ich Sie verständigen kann, wenn ich etwas erfahre«, erklärt er.

Hauptmann Scheffert, Herbuschs Vorgesetzter, ist vor einer Weile ins Zimmer gekommen und im wesentlichen über Schuberts Angaben informiert. Die Arbeitszimmer der Kriminalisten liegen nebeneinander und sind durch eine meist offenstehende Zwischentür verbunden. Als Schubert gegangen ist, liest er sich noch einmal in Ruhe durch, was von Herbusch zu Protokoll genommen wurde: »Welchen Eindruck hattest du von ihm?« fragt er nebenher.

»Von Schubert? Ich weiß nicht. Scheint ehrlich zu sein.«

»Ist dir nicht aufgefallen, daß deine Frage nach seiner Ehe ihn verlegen machte? Ich habe den Eindruck, da stimmt etwas nicht.«

Gerhard Herbusch sagt nichts darauf. Ihm ist nichts aufgefallen.

»Eigentlich kein Grund zur Beunruhigung«, meint Scheffert. »Frau Schubert ist erwachsen, intelligent, denke ich, sie kann tun und lassen, was sie will. Bei einem Kind wäre das etwas anderes.«

Herbusch nickt.

»Wichtig für uns ist festzustellen«, fährt der Hauptmann fort, »ob die Ehe wirklich so intakt ist, wie von Schubert beschrieben. Vielleicht gibt es Leute im Haus, die Näheres sagen können. Erkundige dich. Ein Ehekrach könnte ihr Verschwinden erklären. Möglicherweise will sie ihrem Mann eins auswischen. Dabei gehe ich davon aus, daß sie nicht irgendwo in einem Krankenhaus oder sogar im Leichenschauhaus liegt. Wer weiß, wo sie sich aufhält. Wir werden es herausfinden.«

Der Hauptmann setzt sich Herbusch endlich gegenüber. Bis jetzt war er unruhig im Zimmer auf und ab gegangen. Herbusch atmet auf. Diese Angewohnheit seines Chefs brachte ihn so manches Mal aus der Ruhe.

»Der einzige Punkt, der mich nachdenklich stimmt«, meint der Hauptmann, »ist der, daß Frau Schubert in neurologischer Behandlung ist. Du mußt unbedingt mit dem Arzt sprechen, ob er einen Selbstmord für wahrscheinlich hält. Ich denke da an die Geschichte mit ihrem Vater. Sie kann bei ihr zu einer Krise geführt haben. Eine Kurzschlußreaktion ist dann nicht weit, das weißt du.«

Herbusch weiß, was zu tun ist.

In den nächsten Stunden und Tagen kommt die Fahndungs- und Ermittlungsmaschinerie der Volkspolizei ins Rollen. Leider müssen Hauptmann Scheffert und Oberleutnant Herbusch am Montag darauf enttäuscht hinnehmen, daß die Vermißtensache Schubert komplizierter zu sein scheint als erwartet. Einiges ist sogar recht mysteriös. Frau Schubert befindet sich weder in einem Krankenhaus noch in einer Klinik. Sie ist auch nicht in einen Unfall verwickelt gewesen und wird auch sonst nirgends aufgefunden. Trotz umfangreicher Nachforschungen gibt es keine Anhaltspunkte, was mit Frau Schubert geschehen ist.

Doktor Schramm, der Neurologe, bestätigt Herbusch, daß Frau Schubert am Dienstag, dem 13. März, um siebzehn Uhr mit ihm verabredet war. Sie habe ihn am Montag zuvor aufgeregt angerufen und um einen kurzfristigen Termin gebeten. Ein Brief ihrer Geschwister habe sie so durcheinandergebracht, daß sie ein Gespräch mit ihrem Psychologen brauche, hatte sie ihm am Telefon erklärt.

»Frau Schubert ist eine labile, introvertierte Persönlichkeit«, sagt Doktor Schramm. »Konflikte kann sie nur schwer verarbeiten. Sie neigt zu neurotischen Fehlhaltungen, die aber reversibel sind. Die Ursachen dafür liegen wahrscheinlich im Erlebnis der Frustration in der Jugend. Zu wenig elterliche Zuwendung, wissen Sie. Ein despotischer Vater, eine nie aufmuckende Mutter und von den älteren Geschwistern bevormundet«, erklärt er. Vom Vater könne sie nicht reden, ohne sofort in Hysterie zu verfallen. Doch in den letzten Wochen habe sich Birgit Schuberts Zustand dank seiner Behandlung merklich gebessert. Sie sei selbstbewußter und zuversichtlicher geworden. Aber dieser so plötzlich von ihr geforderte Termin zeuge von einem möglichen Rückschlag. Ihre Ehe scheint nach seinem Dafürhalten in Ordnung zu sein. »Warum sie nicht gekommen ist, kann ich mir nicht erklären.«

»Vielleicht ist sie abgehalten worden.«

»Dann hätte sie mich angerufen.«

»Eben. Das ist der Punkt. Sie tat es nicht, und nun suchen wir nach ihr. Halten Sie einen Selbstmord für möglich?«

Doktor Schramm bedauert. »Nach ihrem Zustand beim letzten Besuch zu urteilen, nicht. Aber man weiß ja nicht, was vorgefallen ist. Bei ihr ist die Gefahr plötzlicher Reaktionen nicht ausgeschlossen. Eine Art Befreiung von innerer Belastung.«

»Reaktionen gegen sich selbst?«

»Auch gegen andere.«

»Danke, Doktor.« Oberleutnant Herbusch verabschiedet sich unzufrieden. Allzuweit ist er bei diesem Besuch nicht gekommen. Selbstmord kann sein, kann auch nicht sein, überlegt er. Wenn ja, wo soll er stattgefunden haben. Ein Abschiedsbrief ist nicht vorhanden, wie sonst üblich in den meisten solcher Fälle. Reaktionen gegen andere hieße unter Umständen auch Auseinandersetzungen. Mit wem aber und mit welchem Ausgang?

Alle Nachfragen bei den von Schubert genannten Bekannten verlaufen negativ.

In dem Fotolabor, in dem Frau Schubert seit vier Jahren arbeitet, erfährt er ebenfalls nicht viel. Eigentlich hat kaum jemand engeren Kontakt zu ihr. Nur Frau Manteuffel, die unmittelbare Kollegin der Vermißten, kennt sie besser. Sie ist sichtlich betroffen von Birgits Verschwinden.

»Letzten Montag war sie noch hier, und alles war in Ordnung«, sagt sie.

»Wie meinen Sie das? Kam es vor, daß mal etwas nicht in Ordnung war?« fragt der Oberleutnant neugierig.

Frau Manteuffel überlegt. »Nun ja«, meint sie zögernd, »manchmal ist Birgit sehr bedrückt: In letzter Zeit habe ich das aber seltener bemerkt. Jedenfalls war am Montag überhaupt nichts davon zu spüren.«

»Was bedrückte sie denn? Ihre Ehe zum Beispiel?«

»Nein, das glaube ich nicht. Sie hat sich darüber nie geäußert. Ich glaube eher, sie hängt sehr an ihrem Mann. Die

Heirat und ihr Umzug von Dubkow nach Berlin muß damals eine Erlösung für sie gewesen sein. Das hat sie mir mal zu verstehen gegeben.«

»Eine Erlösung? Wovon?«

»Sie hat sich nicht wohl gefühlt in ihrer Familie, glaube ich. Durfte nicht ausgehen, ohne die Zustimmung ihres Vaters, mußte ihrem älteren Bruder folgen, wenn er vom Tanz vorzeitig nach Haus ging. Nun ja, und mit der Schwester war und ist das Verhältnis auch nicht viel besser.«

Oberleutnant Herbusch macht sich Notizen. Die Geschwister in Dubkow erregen seine Neugier. Er muß sie unbedingt kennenlernen. Keinesfalls möchte er ihre Befragung den Genossen vom zuständigen Kreisamt überlassen. »Rufen Sie mich gleich an, wenn Ihnen noch etwas einfällt, was mit dem Verschwinden ihrer Kollegin zusammenhängen könnte«, sagt er und bedankt sich bei Frau Manteuffel.

Hauptmann Scheffert ist dafür, daß Herbusch nach Dubkow fährt. Er will inzwischen die Ermittlungen über Heinz Schubert in Berlin weiterführen. Als sich der Oberleutnant von ihm verabschiedet, ist Scheffert voller Zuversicht. Er weiß, daß er in ihm einen verläßlichen Mitarbeiter mit kriminalistischem Gespür und Menschenkenntnis hat. Gerhard Herbusch ist zwar mit seinen 35 Jahren in seinen Augen noch relativ jung, denn er selber ist Anfang Fünfzig. Doch er weiß, daß der Oberleutnant eigentlich selten unüberlegt handelt. Ihn kann so schnell nichts aus der Ruhe bringen.

Gerhard Herbusch ahnt nichts von den Gedanken seines Chefs. Während der Fahrt nach Dubkow versucht er, sich von dem wenigen, was er bisher über Frau Schuberts Verwandte erfahren hat, ein Bild über sie zu machen. Er ist gespannt, ob seine Vorstellungen mit der Wirklichkeit übereinstimmen.

Dubkow ist ein Dorf in der Mark, nicht anders als viele in diesem Landstrich. Mit langgezogener Hauptstraße und wenigen abgelegenen Gehöften. Ausgerechnet die von den Geschwistern Schreiner gehören zu ihnen. Sie stehen dicht am Rand des Waldes, der vom Ort ein paar hundert Meter entfernt liegt. Zwischen ihm und dem Dorf breiten sich Gemüsefelder aus, an denen Herbusch mit seinem Wagen vorbei muß. Dieser wirbelt den Sand des Feldweges auf und zieht eine dicke Staubwolke hinter sich her.

Die gesuchten zwei Häuser liegen dicht nebeneinander. Eines davon bewohnt Schreiher mit seiner Frau und dem jüngeren pflegebedürftigen Bruder. Das Haus daneben gehört Anita Lowitz, der Ältesten von den Geschwistern Schreiner. Sie ist verheiratet und hat zwei schulpflichtige Kinder. Wie Herbusch bald feststellen kann, ist sie es, die in der Familie den Ton angibt. Wolfgang und Hans Schreiner sind zu ihr gekommen, um dem Oberleutnant von der Kriminalpolizei aus Berlin Rede und Antwort zu stehen.

»Ich verstehe Ihre Frage nicht«, sagt Anita Lowitz unfreundlich, nachdem sie der Oberleutnant schon einiges gefragt hat und nun wissen will, wann Birgit Schubert das letzte Mal bei ihnen in Dubkow war. »Ich habe das alles schon meinem Schwager Heinz mitgeteilt. Birgit war in letzter Zeit nicht hier. Wir haben uns vor acht Wochen das letzte Mal gesehen.«

»Was meine Schwester sagt, stimmt«, wirft Wolfgang Schreiner ein und fängt den zustimmenden Blick Anitas auf.

»Um was ging's denn in dem Brief, den Sie Ihrer Schwester neulich schrieben«, fragt der Oberleutnant weiter, obwohl er über dessen Inhalt im wesentlichen von Heinz Schubert informiert wurde.

»Das lassen Sie mal unsere Privatsache sein«, bekommt er prompt zur Antwort. Langsam stört ihn der garstige Ton der Frau, und er muß achtgeben, daß er nicht seine Ruhe verliert.

»Sagen Sie mal, Sie machen sich wohl überhaupt keine Gedanken über das Verschwinden Ihrer Schwester. Vielleicht hat Ihr Brief sie in den Tod getrieben?!«

Das war ein unmißverständlicher Vorwurf. Er hat die gewünschte Wirkung.

»Sie hielt sich nicht an unsere Abmachung«, erwidert

Wolfgang Schreiner kleinlaut. »Sie soll den Vater zu sich nehmen. Zur Zeit liegt er noch im Krankenhaus, doch wenn er entlassen wird, und das ist bald, möchte er zu Birgit ziehen: Er braucht Pflege.«

»So ist es«, pflichtet seine Schwester ihm bei. »Ich habe unsere Mutter bis zu ihrem Tod gepflegt. Wolfgang hat Hansi bei sich. Nun ist Birgit an der Reihe, basta!« Sie schlägt mit der Hand auf den Tisch, als wolle sie ihren Worten damit besonderen Nachdruck verleihen. Herausfordernd sieht sie den Oberleutnant an. Ihr Bruder Wolfgang nickt beifällig. »Jawohl«, ruft der, durch den Ton seiner Schwester ermuntert, »Birgit hat schließlich deswegen von unserer Mutter das größere Erbteil bekommen. Wenn der Grund dafür auch nicht im Testament steht.«

»Das werden wir ohnehin anfechten, wenn Birgit nicht spurt«, wirft Anita Lowitz ein. »Das haben wir ihr geschrieben, und das ist alles.«

»Aber wenn sie nicht da ist, kann sie den Vater nicht aufnehmen«, erwidert Herbusch ärgerlich. »Sie sollten mir lieber sagen, wo sie sich aufhalten kann.«

»Das ist es, das ist es«, schreit Anita Lowitz mit hoher Stimme, als sei ihr erst jetzt dieser Gedanke gekommen. »Sie will sich ihrer Pflicht entziehen und hält sich irgendwo versteckt!«

Plötzlich meldet sich Hans Schreiner von seinem Rollstuhl her zu Wort. Bisher hat er sich still verhalten. »Birgit will unseren Vater nicht zu sich nehmen, weil er..., weil er rechthaberisch und ein Tyrann ist, ein ...«

»Wirst du wohl, verdammt noch mal, den Mund halten«, kreischt seine Schwester dazwischen und läßt ihn nicht weiterreden. »Das geht den Herrn Oberleutnant überhaupt nichts an, und es hat auch nichts mit Birgits Verschwinden zu tun.«

»Woher wollen Sie das wissen«, fragt Herbusch aufgebracht. »Sagen Sie mir endlich, wo ich sie finden kann, wenn Sie schon vermuten, daß sich Ihre Schwester versteckt hält.«

Nein, das wüßten sie nicht, sagen die Geschwister übereinstimmend. Selbst der Jüngste schließt sich dieser Aussage an. Es gibt noch zwei weitläufige Verwandte von ihnen, aber zu diesen hatten weder sie noch Birgit Verbindung, heißt es. Widerwillig rücken sie die deren Adressen heraus.

Was Gerhard Herbusch dann auf seine Fragen erfährt, läßt ihn erneut stutzig werden. Schon vorhin war von einem Erbteil die Rede. Nun erfährt er, daß es ihrer Mutter wegen der zwischen den Eltern vereinbarten Gütertrennung möglich war, allein über ihre Hinterlassenschaft zu verfügen. Sie starb vor einem Jahr. Birgit Schubert erbte mehr als sechzigtausend Mark. Warum ihre Mutter die damit verbundene Bedingung, nämlich wenn nötig, den kranken Vater zu sich zu nehmen, nicht schriftlich fixiert hat, wüßten sie nicht. Oberleutnant Herbusch hört mit Erstaunen von dieser Summe und muß seine Überraschung verbergen. Birgit Schubert besitzt also ein beträchtliches Vermögen. Hinzu kommen noch etliche Schmuckstücke von enormem Wert, sagen die Geschwister. Herbusch ist gespannt auf Schefferts Reaktion, wenn er davon erfährt.

Als er nach seiner Rückkehr mit diesem darüber spricht, ist der nicht minder erstaunt über diese Tatsache wie er selber. Er geht aber gleich zu einem anderen Thema über, denn auch er kann mit einer interessanten Information aufwarten. Ermittlungen in Schuberts Wohnhaus haben ergeben, daß Schubert häufig spät nach Hause kommt. Frau Schubert deutete in Gesprächen mit einer Nachbarin Zweifel an, daß ihr Mann so oft länger im Betrieb zu tun habe.

»Was treibt Heinz Schubert in seiner Freizeit, wenn er keine Überstunden macht?« fragt Scheffert. »Er hat sicherlich auch am Dienstagabend nicht länger gearbeitet. Wir werden das prüfen.«

Oberleutnant Herbusch weiß, daß mit »wir« meistens er gemeint ist, und lächelt versteckt. Aber ein bißchen enttäuscht ist er, daß Scheffert auf seinen Bericht und auf die Nachricht über die Höhe des Vermögens der Vermißten so wenig reagierte.

»Schubert fährt normalerweise einen Lada, doch er benutzt ihn selten«, erzählt Scheffert weiter. »Der Weg von seiner Wohnung bis zur Arbeitsstelle ist relativ kurz.«

»Mich interessiert mehr, was es mit dem Vermögen seiner Frau auf sich hat«, erwidert Herbusch und will auf den Punkt lenken, den er für bemerkenswert hält. »Schubert ist Nutznießer, wenn seine Frau stirbt. Es sei denn, sie hat es testamentarisch anders bestimmt. Wo aber ist sie? Bevor ihr Tod nicht feststeht, kommt er nicht an das Vermögen.«

»Du sagst es.« Scheffert nickt. »Wir werden weiter nach ihr suchen. Als nächstes mit einer Meldung in der Zeitung!«

Schubert ist seit einigen Tagen nicht mehr der alte. Seine Mitarbeiterinnen und Kollegen wundern sich. Heinz Schubert leitet seit Jahren in seinem Betrieb für Damenoberbekleidung das Entwurfsbüro. Überwiegend sind es junge Frauen, die bei ihm beschäftigt sind. Immer hat er freundliche Worte für sie, ist sogar meist zu Scherzen aufgelegt, und wüßte man nicht, daß er gut verheiratet ist, wäre so manche von ihnen nicht abgeneigt, diesen gutaussehenden Mann zu verführen. Obwohl, es ist anscheinend gar nicht notwendig, dem nachzuhelfen, denn zuweilen haben, sie den Eindruck, er würde schon von selbst gelegentlich einen Seitensprung wagen. Aber niemand hat bisher etwas bemerkt. Und außerdem ist da noch die Kollegin Annemarie Rothers, Textilingenieurin von Beruf und verantwortlich für die Abteilung Zuschnitt. Ihr untersteht eine Gruppe junger Frauen, über die sie eine strenge Herrschaft ausübt und darüber wacht, daß sich keine von ihnen an Heinz Schubert heranmacht.

Nun läßt sich dieser seit Tagen kaum noch im Entwurfsbüro sehen, in dem er sonst Hahn im Korbe ist. Kommt er gelegentlich, ist er mit seinen Gedanken anscheinend ganz woanders. Seine Mitarbeiterinnen zerbrechen sich den Kopf, was in Schubert gefahren sein kann, bis eine die Zeitung mit der Suchmeldung in der Hand schwenkt und darauf aufmerksam macht, daß Schuberts Frau vermißt wird. Er selber hat sich ihnen nicht anvertraut. Er sitzt heute wieder allein in seinem Arbeitszimmer und will nicht gestört werden. Seit einer Woche ist seine Frau verschwunden. Die Sache macht ihm mehr zu schaffen, als man auf den ersten Blick vermutet hätte. Er erinnert sich an den letzten gemeinsamen Sonntag und bedauert, nicht aufmerksamer gewesen zu sein. Sie erzählte ihm, daß sie sich seit ihrer Behandlung bei Doktor Schramm schon wesentlich wohler fühle, doch der Brief von ihren Geschwistern habe sie wieder aus der Bahn geworfen. Dann kam sie erneut auf ihren Kinderwunsch zu sprechen. »Wenn ich kein Kind bekomme«, sagte sie, »werden wir uns ein kleines Mädchen adoptieren. Was hältst du davon? Wäre das nicht wunderbar?« Sie umarmte ihn stürmisch und wartete auf seine Zustimmung. Er hatte schon öfters diese Frage von ihr gehört und konnte sich mit einem solchen Gedanken nicht anfreunden. »Ein Kind adoptieren?« fragte er zurück. »Na, wenn du meinst.« Seine Worte hatten resigniert geklungen. Birgit starrte ihn sekundenlang enttäuscht an und griff gleich darauf den Gedanken noch einmal auf. »Von dem Geld meiner Mutter kaufen wir uns ein geräumiges Haus mit Garten, Heinz: Er muß so groß sein, daß das Kind viel Platz zum Spielen hat. Bis dahin kann ich dir die Verfügungsgewalt über mein Vermögen noch nicht übertragen. Das mußt du verstehen, nicht wahr? Nachher, wenn wir eine komplette Familie sind, dann werde ich keinen Augenblick damit zögern«, sagte sie und umarmte ihn noch einmal, als wollte sie ihn damit trösten. Doch er stieß sie ziemlich unsanft zurück. Die erneute Ablehnung seines langgehegten Wunsches machte ihn wütend. »Ich kann selber für Nachwuchs sorgen«, schrie er sie an, »das solltest du bitte zur Kenntnis nehmen.« Selten hatte er so heftig reagiert. Birgit sah ihn mit großen Augen entgeistert an, und Tränen stiegen ihr auf. Sie tat ihm im nächsten Moment leid. Doch es dauerte lange, bis er sie wieder beruhigt hatte.

Heinz Schubert seufzt. Das war hart gewesen. Aber was Birgit sich da in den Kopf gesetzt hat, behagte ihm tatsächlich nicht. Er weiß, daß ein Haus heutzutage teuer ist. Was bliebe da schon von dem Geld seiner verstorbenen Schwiegermutter übrig. Nichts vermutlich. So riet er seiner Frau später, ihren Vater ruhig aufzunehmen, schließlich besäßen sie die winterfeste Laube mit Heizung, in der er wohnen könne. Man müßte nur täglich nach ihm sehen. Wenn nicht anders, könnte man ihm auch hier in der Stadtwohnung ein Zimmer herrichten.

Heute weiß Schubert, daß er sich zweierlei davon erhoffte. Erstens, seine Frau durch die Anwesenheit ihres Vaters von der Adoption eines Kindes und vom Hauskauf abzubringen und damit zu erreichen, daß sie ihm endlich die Verfügungsgewalt über ihr Konto überträgt.

Warum sie dann am Abend plötzlich diesen Gefühlsausbruch hatte, sich ihm an den Hals warf und ihm das Versprechen abverlangte, daß er sie nie verlasse, kann er sich bis heute nicht erklären. Birgit weiß doch nichts von meiner Beziehung zu einer anderen Frau, denkt er. Jedenfalls heuchelte er ihr vor, so etwas nie ins Auge gefaßt zu haben, obwohl er zuweilen schon mit solchem Gedanken spielte. Birgit fiel ihm mit ihrer ewig ernsten Miene schon oft auf die Nerven und entfachte damit kaum noch Leidenschaften in ihm, die früher vorhanden waren. Damals, vor zehn Jahren, wollte sie unbedingt fort von zu Hause, und er fühlte sich wohl in der Rolle des Beschützers vor ihrem Familienclan. Doch wenn er Gedanken an eine Trennung hegte, dachte er eigentlich nie daran, mit der Frau zusammenzuziehen, mit der er seit mehr als zwei Jahren befreundet war. Gewiß, sie ist aufregend, attraktiv und selbstbewußt. Aber ihr fehlt die jugendliche Frische. Genau so alt wie er selbst ist sie, also vierzig. Wenn schon eine Veränderung, denkt er, muß es eine Jüngere sein. Er lächelt, wird aber gleich wieder ernst. Er greift nach dem Telefonhörer, will nachfragen, ob es etwas Neues über seine Frau gibt.

Vor zwei Tagen hatte man in einem Fließ bei Anklam eine Tote gefunden. Dem Äußeren nach hätte es sich um Birgit Schubert handeln können, doch seitdem Scheffert das Fernschreiben aus Greifswald hat, weiß er, daß es sich um eine andere Frau handelt. Das ist nun schon der zweite Fall, in dem die Identifizierung einer unbekannten Toten im Hinblick auf seine Vermißte ein negatives Ergebnis hat.

Als der Anruf von Heinz Schubert kommt, muß er bedauern. Nein, es gäbe noch keine Spur. Scheffert, der inzwischen ermittelt hat, daß Schubert am Dienstagabend nicht länger im Betrieb war, hält es für unklug, ihn gleich nach diesem Widerspruch zu fragen. Er hat gerade den Hörer aufgelegt, als Gerhard Herbusch von seinen Recherchen zurückkehrt. Er war noch einmal in Schuberts Wohngegend. Ein Punkt könne gewisse Bedeutung haben, meint er und erzählt, daß er jetzt weiß, in welcher Gaststätte Heinz Schubert häufiger anzutreffen ist. Dort habe er vor etwa zwei Monaten von einem Privatmann eine goldene Kette für siebenhundert Mark gekauft. Der Wirt hat es ihm anvertraut.

»Interessant«, meint Hauptmann Scheffert, »wir müssen nur herausbekommen, für wen sie bestimmt war. Aber etwas anderes: Schubert hat am dreizehnten März wie immer gegen sechzehn Uhr dreißig seinen Betrieb verlassen«, erzählt er. Herbusch ist überrascht. »Er hat also gelogen.«

»So ist es«, erwidert Scheffert. Das sei nun schon der dritte Punkt, der nachdenklich stimme. Erstens die Existenz des Vermögens, das Schubert im Falle des Todes seiner Frau erben würde, zweitens diese unrichtige Aussage über den Dienstagabend und drittens der Kauf der Kette, die nicht billig war. »Du wirst dich ausführlicher mit ihm befassen müssen, Gerhard«, sagt er. »Schubert hat etwas zu verbergen. Davon bin ich überzeugt. Finde heraus, was es ist. Vielleicht gibt es eine andere Frau in seinem Leben, und er hat sich seiner eigenen entledigt.«

Herbusch wartet ab. Er spürt, daß sein Vorgesetzter noch mehr auf dem Herzen hat. »Vor allem müssen wir wissen, was Schubert seit Dienstag so treibt und wie er sich anderen gegenüber verhält.«

»Wegen Dienstagabend werde ich ihn am besten selber fragen«, schlägt Gerhard Herbusch vor, »und er soll mir auch über seine Vermögenslage Auskunft geben. Was meinst du? Man wird sehen, wie er reagiert. Leider befindet er sich für einige Tage auf einer Dienstreise.«

»Das ist doch günstig. Da kannst du dich in Ruhe in seinem Betrieb umhören. Aber kein Porzellan zerschlagen. Schubert ist ein angesehener Mann. Am besten, du hältst dich zunächst an Rolf Hüppig, seinen Stellvertreter.«

Noch am gleichen Tag sitzen sich Oberleutnant Herbusch und Rolf Hüppig gegenüber. Hüppig weiß inzwischen von Schubert, daß dessen Frau verschwunden ist. So versetzt ihn die Mitteilung des Oberleutnants nicht mehr in Erstaunen. Leider, so meint er auf dessen Fragen, könne er dazu keine Vermutungen äußern.

Herbusch gewinnt den Eindruck, daß Hüppig die Sache als harmlos ansieht. »Wir müssen uns darüber im klaren sein, Kollege Hüppig, daß wir es möglicherweise mit einem Verbrechen zu tun haben. So etwas ist nicht auszuschließen. Vielleicht denken Sie unter diesem Aspekt nach, was Sie mir über die Ehe der Schuberts und von Heinz Schubert sagen können. Mir ist bekannt, daß sie befreundet sind. Aber haben Sie bitte für unsere Situation Verständnis. Jeder Fingerzeig kann von Bedeutung sein.«

Hüppigs Gesicht nach zu urteilen, hat er tatsächlich nicht soweit gedacht. »Ein Verbrechen, sagen Sie?« Er schüttelt ungläubig den Kopf. »Wissen Sie, Heinz Schubert und ich sind gute Kollegen. Aber ich möchte ihm nichts nachreden. Zumindest nicht den Eindruck erwecken.« Er zögert.

»Ich habe mein Verständnis für Ihre Situation schon zum Ausdruck gebracht. Sprechen Sie nur. Ich werde Ihre Angaben richtig zu werten wissen«, ermuntert ihn Herbusch.

Was er dann von Rolf Hüppig erfährt, kann Bedeutung haben. Heinz Schubert sei gelegentlich in Geldnot, sagt Hüppig. Das hänge mit seiner Wettleidenschaft zusammen. In Karlshorst und Hoppegarten* sei Schubert zu Hause. Es wäre schon vorgekommen, daß er, Hüppig, ihm aushelfen mußte. Die geliehene Summe habe Schubert jedoch immer zum vereinbarten Termin zurückgegeben.

»Er hat doch sicherlich ein gutes Gehalt?« fragt Oberleutnant Herbusch erstaunt.

»Trotzdem. Heinz hat eine leichtsinnige Ader. Neulich kaufte er in meinem Beisein ein Goldkettchen für siebenhundert Mark. Mich hat's fast umgehauen. Aber solche Geschenke macht er eben.«

Herbusch verrät nicht, daß er davon bereits Kenntnis hat. »Seiner Frau, nehme ich an«, fragt er.

Hüppig druckst herum. »Ich weiß es nicht.«

In Herbuschs Augen glimmt Zweifel auf. »Er hat eine Geliebte?«

Wieder zögert Hüppig, ehe er antwortet. »Ich kann es Ihnen nicht sagen, weil ich nichts Genaues weiß.«

»Aber Sie haben einen Verdacht.«

Hüppig bedauert. Der Oberleutnant ärgert sich über dessen Ziererei. Bevor er jedoch weiter in Hüppig dringen kann, geht die Tür auf, und eine gutaussehende Kollegin kommt ins Zimmer. Herbusch schätzt sie auf Ende Dreißig.

»Entschuldigung«, sagt sie, an Hüppig gewandt, »ich wußte nicht, daß du Besuch hast. Aber ich muß dich unbedingt nachher gleich sprechen.« Ihr Ton ist bestimmt.

»Das ist Oberleutnant Herbusch von der Kriminalpolizei«, stellt Hüppig vor, »und das ist Kollegin Rothers, eine leitende Mitarbeiterin.« Die Genannte blickt verwundert auf den Oberleutnant. Der hat sich erhoben und reicht ihr die Hand.

»Worum geht es denn?« fragt Frau Rothers mit kühler Distanz. Herbusch bemerkt in diesem Moment Hüppigs Verlegenheit. Sein Blick wandert zwischen den beiden hin und her.

»Ach, nichts Besonderes, Frau Rothers«, sagt er leichthin. »Wenn ich Sie noch sprechen müßte, melde ich mich nachher bei Ihnen, danke.«

Pikiert verläßt Annemarie Rothers den Raum.

»Ist sie es etwa?«, fragt der Oberleutnant.

Hüppig bedauert erneut. Er wüßte es nicht. Manchmal habe es den Anschein. Schubert und Frau Rothers arbeiten gelegentlich bei ihr zu Hause an Modellentwürfen.

»Eine attraktive und energische Frau, wie es scheint.«

»O ja, das können Sie laut sagen. Frau Rothers wacht mit Argusaugen darüber, daß sich keine Verhältnisse im Betrieb anbahnen. Schubert ist bei unseren Frauen gefragt.«

»Vielleicht Eifersucht?«

»Ich weiß es nicht.« Hüppigs Miene ist wieder verschlossen. »Wissen Sie, ob er sich scheiden lassen will?«

»Davon habe ich nie etwas gehört.« Hüppig schweigt einen Moment. »Warum ist Frau Schubert nur fort, und wohin ist sie?« fügt er nachdenklich hinzu.

»Das würden wir auch gern wissen. Sie haben mir ja leider nicht viel bei dieser Frage geholfen.« Herbuschs Vorwurf ist unüberhörbar. Er bedankt sich und bittet Hüppig, nichts über das Gespräch zu sagen. Sollte ihn Frau Rothers nach dem Grund der Ermittlungen fragen, müsse er sich etwas einfallen lassen.

Hüppig ist sichtlich erleichtert, als der Kriminalist geht. Er hat sich in seiner Rolle nicht wohlgefühlt. Auf der einen Seite ist er Schubert kollegial verpflichtet, auf der anderen Seite muß er die Kriminalpolizei unterstützen.

Herbusch beeilt sich, seinem Chef von Hüppigs Andeutungen zu erzählen.

»Das ist leider nur eine halbe Auskunft«, meint Scheffert ärgerlich, und Herbusch spürt, daß er es ihm zum Vorwurf macht, nicht nachdrücklicher an dieser Frage geblieben zu sein.

»Sobald Schubert zurück ist, sprich mit ihm über den Dienstagabend.« Er schweigt nachdenklich und kommt dann auf einen anderen Punkt. »Ich muß an die Geschwister der Vermißten denken. Die Nachforschungen unserer Genossen vom zuständigen Kreisamt haben zwar nichts ergeben, was entgegen den Angaben der Geschwister dafür spricht, daß Birgit Schubert vorige Woche bei ihnen war, dennoch ist ihr Leumund nicht ausgesprochen positiv. Alle Familienmitglieder werden als sehr verschlossen beschrieben, die sich von der Dorfgemeinschaft absondern und wie Pech und Schwefel zusammenhalten. Der Vater soll noch immer ein hartes

Regime in der Familie führen. Früher hat er es auch im Dorf getan. Er war lange Vorsitzender der LPG*. Trotz des Vermögens, um das die Schreiners stets ein Geheimnis machten, haben die beiden Alten in ihren besseren Jahren hart gearbeitet, gutes Geld verdient und sparsam gewirtschaftet. So sagen es jedenfalls Alteingesessene im Dorf. Schon damals sprach man vom Schreinerschen Familienclan, der sich nicht in die Karten gucken läßt. Selbst Söhne und Töchter waren bereits als Schulkinder so verschwiegen, daß nie ein Wort über Familienangelegenheiten nach außen drang.«

»Du denkst, daß sie wegen Birgits Sturheit Rache genommen haben?« Scheffert weiß es nicht. »Vielleicht haben sie Birgit so in die Mangel genommen«, meint er, »daß sie keinen Ausweg sah, als mit sich selber Schluß zu machen.«

»Womit wir wieder beim Selbstmord wären. Wo soll sie ihn verübt haben?«

»Das ist die große Frage.«

Annemarie ist geübt in solchen Dingen. Sie hat den Abend mit Schubert wieder so vorbereitet, daß sein harmonischer Ablauf sicher ist. Die Wandleuchte wirft rötliches Licht auf die gemütliche Sitzecke, und die Kerzen auf dem Tisch geben einen flackernden Schein ab. Getränke und Appetitshappen stehen bereit, und das im Kerzenlicht funkelnde Kristallgeschirr verleiht dem ganzen eine feierliche Note.

Als Heinz Schubert kommt, umarmt und küßt er Annemarie, erst dann überreicht er ihr die mitgebrachten Blumen. Wie gewohnt, nimmt er seinen angestammten Platz ein und macht es sich bequem. »Endlich wieder bei dir«, seufzt er vor Behagen. »Ist das öde zu Hause.« Annemarie gießt ihm etwas zu trinken ein. »Hat dich auch niemand gesehen?« fragt sie besorgt. Sie geht zu ihm, legt die Arme um seinen Hals und streichelt zärtlich sein Gesicht.

»Ich glaube nicht«, antwortet er. »Bin wieder durch den Hintereingang gekommen.« Er schweigt und genießt Annemaries Liebkosungen. Doch sie spürt, daß ihn irgend etwas bedrückt. »Was ist los?« fragt sie anteilnehmend. Sie weiß längst durch die Zeitung vom Verschwinden seiner Frau, doch es reizt sie, es von ihm selber zu hören.

»Ich sagte schon, wie öde es zu Hause ist. Und weißt du auch, warum? Meine Frau ist seit Dienstag voriger Woche fort, verschwunden.«

»Was? Das ist doch unmöglich!« Eilig kehrt Annemarie Anteilnahme hervor, setzt sich an seine Seite und sieht ihn forschend an.

»Deshalb dein Gesicht«, sagt sie. »Du warst die letzten Tage kaum anzusprechen. Hätte ich dir nicht gestern den Zettel in die Tasche gesteckt, wärst du womöglich heute immer noch nicht gekommen.«

»Du vergißt, daß ich auf Dienstreise war. Danach sind wir uns kaum über den Weg gelaufen.« Er schweigt, und ihn erstaunt es nachträglich selber, daß er sich nach seiner Rückkehr nicht gleich seiner Freundin anvertraut hat. Heute weiß er, daß er unangenehmen Fragen ausweichen wollte. »Vielleicht kann ich vorläufig gar nicht zu dir kommen«, fügt er nachdenklich hinzu.

»Das verstehe ich nicht. Wie meinst du das? Erzähl schon. Was war am Dienstag los? Du wolltest doch mit ihr über die Scheidung sprechen. Seit wann ist sie überhaupt weg?« Immer aufgeregter wird Annemarie. Ihre Anteilnahme vorhin tat ihm gut. Doch nun kommt sie ihm schon wieder mit diesem heiklen Thema.

»Wir konnten gar nicht miteinander reden, stell dir vor«, sagt er und ergreift ihre Hand. »Ich bin wie verabredet nach Altglienicke gefahren, aber sie war nicht da. Sie wollte schon eher kommen und die elektrischen Öfen einschalten. Ich dachte, daß es leichter ist, dort als in den gewohnten vier Wänden über diese Angelegenheit zu reden.«

Annemarie schüttelt ungläubig den Kopf. »Hast du eine Erklärung dafür?«

»Überhaupt nicht. Ich habe bald anderthalb Stunden gewartet, dann bin ich in die Stadtwohnung gefahren. Das ist nun zehn Tage her!« Mit einem unguten Gefühl bemerkt er wieder Annemaries zweifelnden Blick, hält ihm aber stand.

Annemarie muß etwas trinken. Schuberts Mitteilung scheint sie durcheinandergebracht zu haben.

»Ich glaube, du machst dir unnütz Gedanken, Heinz«, versucht sie ihn zu beruhigen. »Sie wird zu ihren Verwandten sein. Hat sie keinen Brief hinterlassen?«

»Nein, nichts. Und bei den Verwandten ist sie nicht. Ich habe schon nachgefragt. Inzwischen bin ich zur Polizei gegangen und habe sie als vermißt gemeldet.«

»Bei der Polizei? War das denn nötig?« ruft Annemarie erstaunt, und Schubert wundert sich darüber.

»Das war doch selbstverständlich«, sagt er.

»Es wird sich alles als harmlos herausstellen, du wirst sehen«, erwidert Annemarie und erklärt damit ihre Frage. »Du hast bestimmt voreilig gehandelt.«

Wenn es nur so wäre, denkt Heinz Schubert und läßt sich von ihr tatsächlich beruhigen. Beide verbringen ein paar zärtliche Stunden miteinander. Mehr als einmal wird Heinz Schubert in dieser Zeit von ihr an sein Versprechen erinnert, sich scheiden zu lassen und sie zu heiraten. Er versichert ihr, daß sich an seinem Vorsatz nichts geändert habe. Aber erst müsse seine Frau gefunden sein.

Später redet Annemarie davon, daß sie sich ihre kleine Laube in Ahrensfelde zu einem komfortablen Wochenendgrundstück ausbauen lassen könnten, selbstverständlich mit Swimmingpool, denn Grund und Boden sei genug vorhanden. Heinz hört ihr zu. Doch woher das Geld dazu genommen werden soll, weiß er nicht. Neulich erst die teure Kette. »Du trägst sie ja gar nicht«, sagt er aus seinen Gedanken heraus.

Annemarie blickt erstaunt auf. »Du meinst die Kette?« Schon holt sie die Schmuckschatulle herbei und angelt die Kette mit dem Finger hervor. Nun schaukelt sie vor Schuberts Augen und erinnert ihn daran, was er für ein verrückter Kerl ist, der soviel Geld für kleine Aufmerksamkeiten ausgibt.

»Ein schönes Stück, mein Schatz«, sagt Annemarie. »Ich trage sie nur zu bestimmten Anlässen.« Sie küßt ihn. »Du solltest mir nicht immer so teure Geschenke machen.«

Heinz gibt ihr im stillen recht und ahnt nicht, daß Annemarie solche Gaben von ihm erwartet. Als er ihr vor Wochen die Kette zum Geburtstag mitbrachte, war er danach so blank, daß Hüppig ihm wieder aushelfen mußte. Aber es hatte ihn gereizt, dieses schöne Stück an Annemaries Hals und ihre vor Dankbarkeit strahlenden Augen zu sehen. Heute schwebt ihm ein junges Gesicht vor, dem dieser Schmuck noch besser stehen würde.

»Ich liebe Gold«, flüstert Annemarie an seiner Seite.

»Vielleicht kann ich dir bald wieder mal ein kleines Geschenk machen«, sagt Heinz Schubert so leicht dahin, als wäre dies kein Problem für ihn. Doch im nächsten Augenblick wird ihm bewußt, daß er erneut zu weit gegangen ist. Das Geld gehört doch Birgit, denkt er. Da ist kein Herankommen.

»Übrigens, da ist noch was«, sagt er. »Ich glaube, ich habe einen Fehler gemacht.« Seine Miene ist schuldbewußt. Dann erzählt er, daß er den Kriminalisten über den Dienstagabend nicht die Wahrheit gesagt habe. Er glaubte, sich durch das Eingeständnis, die Scheidung zu beabsichtigen und sich aus diesem Grunde mit seiner Frau auf dem Grundstück verabredet zu haben, selber in Verdacht zu bringen, mit ihrem Verschwinden zu tun zu haben.

»Man wird inzwischen wissen, daß ich nicht länger im Betrieb war. Wenn sie doch nicht so mißtrauisch gewesen wären.«

»Und was willst du nun machen? Deine Angaben revidieren?«

Er zögert. »Nicht von mir aus, nur wenn sie mich fragen. Ich habe gedacht, ganz einfach zu sagen, daß ich bei dir gewesen bin. Wir haben dienstliche Angelegenheiten erledigt. Zum Beispiel die Durchsicht von Entwürfen, die du mit nach Hause genommen hast, um den Stoffverbrauch zu kalkulieren. Ich hätte zuerst nichts davon erzählt, um keine falschen Gedanken aufkommen zu lassen. Zumindest stimmt dann, daß ich länger gearbeitet habe.«

»Meinst du nicht, wir könnten in Verdacht geraten?«

»Ich hoffe nicht. Das würde ihrem Mißtrauen neue Nahrung geben.«

Annemarie zündet sich eine Zigarette an und nimmt nachdenklich einen tiefen Zug. »Ich denke, es ist alles Unsinn. Bestimmt kehrt deine Frau bald zurück. Wenn du aber meinst, daß es so das beste ist, bestätige ich deine Angaben natürlich. Warum nicht.«

Ihr kommt ein Gedanke. Wenn sie Schuberts falsche Angaben für richtig erklärt, hätte sie ihn in der Hand, und das könnte eigentlich nichts schaden. Vielleicht ist er dann eher bereit, ihren Zukunftswünschen entgegenzukommen.

Heinz Schubert umarmt sie dankbar. »Je mehr ich mir das überlege, um so günstiger erscheint mir meine Idee.« Erleichtert läßt er sich von Annemarie noch einmal verführen.

Als der Oberleutnant am nächsten Tag mit Heinz Schubert in seinem Dienstzimmer sitzt und ihm vorhält, bei seiner Anzeige nicht ganz aufrichtig gewesen zu sein, wird Schubert verlegen. Er läßt sich Zeit mit einer Erklärung.

»Wollen Sie diesen Widerspruch nicht aufklären?« fragt Herbusch ungeduldig.

»Doch, doch. Entschuldigung. Ich habe einen Fehler gemacht. Ja, bedauerlicherweise. Es war wie ein Reflex. Ich glaubte, Mißtrauen auf Ihrer Seite zu spüren, und dachte, wenn ich die Wahrheit sage, daß Sie sie gleich mit dem Verschwinden meiner Frau in Zusammenhang bringen. Vielleicht, weil Sie ein Verhältnis zwischen Annemarie Rothers und mir vermuten. Wir haben aber nur Dienstliches erledigt. Kollegin Rothers hatte Entwürfe mit nach Hause genommen, um die benötigte Stoffmenge zu kalkulieren. Nun wollten wir weiter daran arbeiten, verstehen Sie?«

»Warum soll ich das nicht verstehen«, erwidert Herbusch sarkastisch. »Doch eins will ich Ihnen sagen. Wenn Sie mit Frau Rothers ein Verhältnis haben, rate ich Ihnen, bei der Wahrheit zu bleiben. Wir sind keine Moralapostel, aber wir sind für Ehrlichkeit. Sollten wir später ermitteln, daß Sie wieder einmal gelogen haben, machen Sie sich tatsächlich verdächtig.«

Heinz Schubert ist unbehaglich zumute. Doch nun hat er mit Annemarie etwas anderes ausgemacht, und außerdem bat sie ihn gestern noch einmal ausdrücklich, die Beziehung zwischen ihnen nicht einzugestehen. Es könnte ihn, wie er selber schon befürchtete, in Verdacht bringen. Wie besorgt sich Annemarie zeigt, denkt er. Ihre Gefühle für ihn sind nicht anzuzweifeln. Außerdem redete sie davon, daß sie ihr Ansehen im Betrieb und den Respekt, den sie bei den Mitarbeiterinnen genieße, nicht verlieren wolle. Käme ihr Verhältnis heraus, würde man ihr mangelnde Moral vorwerfen. Das kann er gut verstehen. So schweigt er verbissen und redet nur, wenn ihm die Antwort nicht verhängnisvoll erscheint.

»Sie haben vor einiger Zeit von jemandem eine goldene Kette in der Gaststätte ›Zum Anker‹ gekauft. Nun, nicht einmal sehr teuer, das ist ohnehin relativ. Siebenhundert Mark, wenn ich richtig informiert bin. War sie für Ihre Frau bestimmt?«

Schubert ist irritiert, er schluckt, antwortet nicht gleich. Verdammt, noch eine verzwickte Frage, denkt er. »Ja, für meine Frau«, bringt er schließlich heraus. »Sie muß sie bei sich haben.«

»Das werden wir ja sehen.«

Oberleutnant Herbusch entläßt Schubert. Er hat das Gefühl, mit seinen Vermutungen auf dem richtigen Weg zu sein.

Endlich gibt es für die Kriminalisten einen Lichtblick. Bisherige Mitteilungen von Bürgern zum Presseartikel über die Vermißte hatten sich stets als unbrauchbar erwiesen. Nun meldet sich eine Frau aus Dubkow, dem Heimatort Birgit Schuberts. Es handelt sich um die Kälberzüchterin Gerda Hohn, die sich öfters in Berlin bei Verwandten aufhält. »Ich habe sie gleich erkannt«, erzählt sie aufgeregt. »Deshalb habe ich mich auch sofort gemeldet. Ich wußte schon, daß die Kriminalpolizei in unserem Dorf herumgefragt hat. Nur die Gründe dafür waren mir unbekannt.«

»Sie kennen Frau Schubert gut?« fragt Scheffert gespannt.

»Natürlich. Wir sind zusammen zur Schule gegangen und waren bis zu ihrer Heirat befreundet. Dann sahen wir uns kaum noch.«

»Und jetzt können Sie uns etwas über ihren Aufenthaltsort sagen?«

»Nein, leider nicht. Aber ich habe sie eine Woche vor ihrem Verschwinden zufällig in Berlin getroffen, und wir sind zusammen Kaffeetrinken gewesen. Dabei hatten wir uns eine Menge zu erzählen.«

»Das glaube ich Ihnen gern. Bitte sprechen Sie weiter«, ermuntert Scheffert sie. Frau Hohn holt tief Luft und schildert den Kriminalisten noch einmal Birgits Sorgen hinsichtlich der Forderungen ihrer Geschwister, den Vater aufzunehmen. Man wolle ihr sonst das Erbe streitig machen. Ungeduldig erfahren Scheffert und Herbusch zum zweiten Mal die ihnen bekannte Geschichte von dem Kinderwunsch der Vermißten und über ihre Pläne zur Anlage des Vermögens. Doch dann werden Frau Hohns Aussagen noch interessant.

»Sie hat mir anvertraut, daß sie Sorgen mit ihrem Mann hat.« Frau Hohn macht eine Pause, als suche sie nach den richtigen Worten.

»In welcher Beziehung?« möchte Oberleutnant Herbusch wissen.

»Er hat eine Geliebte!«

Die Kriminalisten wechseln einen Blick miteinander. Also doch!

»Hat sie den Namen der Frau genannt?« fragt Scheffert gespannt.

»Nein, leider nicht. Aber Birgit kennt die Frau. Sie haben vor nicht allzulanger Zeit miteinander über diese Affäre gesprochen.«

Das ist nun wirklich bemerkenswert.

»Wissen Sie, was bei dem Gespräch herausgekommen ist?« fragt Scheffert weiter.

»Birgit hat der Frau gedroht, sie auf ihrer Arbeitsstelle

unmöglich zu machen, wenn sie nicht die Finger von ihrem Mann läßt.«

Gerda Hohn hält nachdenklich inne, und wieder verständigen sich die Kriminalisten mit Blicken. Vermutlich denken beide das gleiche. Es kann sich bei der Freundin Schuberts eigentlich nur um eine Arbeitskollegin handeln, um Annemarie Rothers!

»Die Frau ist sehr arrogant gewesen, hat Birgit erzählt«, fährt Frau Hohn fort. »Sie hat sich überhaupt auf nichts eingelassen. Birgit solle das mit ihrem Mann klären, hat sie gesagt, nicht mit ihr.«

Wieder sehen sich die Kriminalisten an. Ein solches Verhalten trifft haargenau auf Frau Rothers zu.

Sie erfahren schließlich noch einmal von der Wettleidenschaft Heinz Schuberts und davon, daß er über Birgits Vermögen nicht verfügen durfte, obwohl er sie ständig darum bat. Auch auf Birgits Geschwister kommt Frau Hohn noch einmal zu sprechen. Sie erzählt, daß ihre Freundin schon immer von ihnen bevormundet wurde. Auch das wissen die Kriminalisten bereits. Für sie bleibt im Moment nur interessant, daß die Vermißte erst vor kurzem mit der Freundin ihres Mannes gesprochen hat. Wußte ihr Mann davon, und welche Auswirkungen hatte dies? Kann dieser Umstand mit dem Verschwinden Birgit Schuberts zusammenhängen?

Diese und ähnliche Fragen stellen sie sich, nachdem Frau Hohn sie verlassen hat. Für sie steht jetzt fest, daß Heinz Schubert intime Beziehungen zu einer anderen Frau unterhält. Mit ihr verbringt er vermutlich die Abende, an denen er später nach Hause kommt. Vielleicht weigerte sich Frau Schubert, sich scheiden zu lassen, und da mußte er einen Ausweg finden. Daß Annemarie Rothers ihn zu einer Scheidung drängte, kann man bei ihrer zielbewußten Art mit Sicherheit annehmen. War seine Frau erst tot, hätte er nicht nur den Weg zu Annemarie Rothers frei, sondern besäße zudem noch ein ansehnliches Vermögen.

Aber immer noch ist Birgit Schubert nicht gefunden, und immer noch weiß man nicht, falls sie nicht mehr lebt, wann ihr Tod eingetreten ist. Es bleibt nichts übrig, man muß Heinz Schubert in die Enge treiben.

Hauptmann Scheffert nimmt sich vor, selber mit ihm zu reden. Schubert muß dazu gebracht werden, freiwillig eine Durchsuchung seiner Wohnung, seines Grundstücks und seines Fahrzeugs zuzulassen. Gegenwärtig reichen die Gründe nicht aus, ein Verfahren gegen ihn einzuleiten. Der zuständige Staatsanwalt sieht auch keine andere Möglichkeit.

Nach einigen Vorbereitungen ruft Hauptmann Scheffert ihn in seinem Betrieb an und informiert ihn davon, daß er mit Oberleutnant Herbusch in Kürze bei ihm sein werde. Sie wünschten ihn allein zu sprechen.

Scheffert wählt absichtlich Schuberts Arbeitsstelle als Treffpunkt, um diesem ein Gefühl der Sicherheit zu geben. Wenn er nichts zu verbergen hat, würde er ohnehin mit allem einverstanden sein. Wäre das Gegenteil der Fall, so meint der Hauptmann zu Herbusch, könnte er den Besuch der Kriminalisten und deren Anliegen viel eher als Routinesache abnehmen und wäre demzufolge leichter bereit, ihrer Bitte zuzustimmen. Es kommt darauf an, wie Schubert auf die Schritte der Kriminalpolizei reagiert.

Heinz Schubert hat bereits Kaffee für seine Besucher vorbereiten lassen und empfängt sie in seinem Büro.

»Haben Sie meine Frau gefunden?« fragt Schubert und sieht gespannt in die Gesichter der Kriminalisten. Lange genug hat er mit dieser Frage warten müssen, und nicht umsonst, so sagte er sich, wünschten sie ihn so plötzlich zu sprechen. Aus seinen Worten war deutlich Sorge um seine Frau herauszuhören.

»Nein, leider immer noch nicht«, erwidert Hauptmann Scheffert. »Wir kommen aus einem anderen Grund.«

Über Schuberts Gesicht verbreitet sich Enttäuschung. Scheffert erläutert ihm nicht ohne Vorwurf, daß sie nun von seinem Verhältnis zu einer anderen Frau wüßten. Oberleutnant Herbusch habe ihm schon einmal zu verstehen gegeben, daß sie nicht da seien, um Moralverstöße zu ahnden, doch immerhin sei dies nun schon der zweite Punkt, in dem er nicht aufrichtig zu ihnen gewesen sei. Das spräche nicht gerade für ihn.

»Sie wollen also wissen, wer es ist«, fällt ihm Schubert ins Wort.

»Oh, wir wissen es«, blufft Scheffert, »es wäre jedoch schön, wenn Sie es selber sagen.«

Endlich ringt sich Schubert dazu durch. »Es ist Frau Rothers«, sagt er kleinlaut.

»Na bitte, es geht doch. Sie wollten sich und ihr keinen Ärger machen, deshalb haben Sie es verschwiegen, nicht wahr«, redet Scheffert ihm zu Munde, als ob er der Sache nun keine große Bedeutung mehr beimesse. Herbusch beobachtet Schubert aufmerksam und bemerkt dessen Erleichterung.

»So ist es.«

»Gut. Sie haben also nichts zu verbergen, dann werden Sie auch nichts dagegen haben, wenn wir uns in Ihrer Wohnung und auf Ihrem Grundstück einmal umsehen. Auch Ihr Auto würden wir etwas näher in Augenschein nehmen. Sie verstehen?«

Schubert macht ein verdattertes Gesicht. Damit hat er offenbar nicht gerechnet. »Nein, eigentlich nicht«, gesteht er zögernd: »Sie verdächtigen mich also, wollen nach Spuren suchen. Oder irre ich mich da?«

»Von Verdacht ist keine Rede, Herr Schubert. Es ist reine Routinesache«, behauptet Scheffert, »glauben Sie mir. Und wenn Sie nichts zu befürchten haben, dienen unsere Maßnahmen doch nur dazu, Sie zu entlasten, nicht wahr? Wir brauchen aber Ihre Zustimmung.«

»Ich verstehe. Also wenn es sein muß, gleich.«

Jetzt ist die Erleichterung auf Seiten der Kriminalisten, die sie sich aber nicht anmerken lassen.

Auf Hauptmann Scheffert und seinen Begleiter warten bereits die Experten vor Schuberts Wohnhaus.

In den nächsten Stunden haben die Kriminaltechniker damit zu tun, in der großen Wohnung alle Räume gewissenhaft nach Spuren abzusuchen, die auf ein begangenes Verbrechen schließen lassen. Auch Schreibtischfächer, vor allem Schränke der Vermißten, werden nach Hinweisen durchsucht, die in irgendeiner Weise auf einen Selbstmord oder auf Zerwürfnisse zwischen den Eheleuten hindeuten. Das Ergebnis ist enttäuschend. Auch die Suche in Schuberts Wagen bringt nichts zutage.

Anschließend fährt die Kriminalistengruppe nach Altglienicke. Auch die Spurensuche in der Laube führt zu keinerlei Anhaltspunkten. Bleibt noch der Garten.

Schubert verfolgt alle Maßnahmen der Kriminalisten mit Erstaunen. Seinem Gesicht ist weder Angst noch Unruhe abzulesen. Eher hat man den Eindruck, daß er selber gespannt darauf ist, was die Kriminalisten finden werden.

Auch der Suchhund läuft vergeblich auf dem Grundstück umher. Frisch umgegrabene Stellen sind nicht vorhanden. Voller Enttäuschung muß Hauptmann Scheffert am späten Abend seinen großangelegten Einsatz beenden.

Es ist sechzehn Uhr. Schubert räumt nervös seinen Schreibtisch auf. Als er Annemarie Rothers in der Mittagspause davon unterrichtete, daß er der Kriminalpolizei sein Verhältnis zu ihr eingestehen mußte, wollte sie sich gleich mit ihm für abends verabreden, um Näheres zu erfahren. Doch erstens kann er ihr dazu nichts sagen, denn er weiß nicht, wie die Kriminalisten es herausbekommen haben, und zweitens hat er am Abend etwas anderes vor. Unter einem Vorwand entzog er sich weiteren Fragen.

Als nun das Telefon klingelt, greift er hastig zum Hörer. Er scheint auf diesen Anruf gewartet zu haben. »Ja, natürlich, wie abgesprochen«, sagt er leise, als befürchte er, es könne ihn jemand hören. »Beeil dich und geh schon vor. Bis nachher. Tschüß.«

Die Tür geht plötzlich auf, und er kann nicht schnell genug den Hörer auflegen, Annemarie Rothers' mißtrauischer Blick entgeht ihm nicht.

»Kommst du nun heute?« fragt sie, den Blick noch immer auf das Telefon gerichtet. Schubert versucht, seine Verlegenheit zu verbergen.

»Heute nicht, Liebes, es geht nicht. Ich muß noch einmal zur Polizei. Wir sehen uns morgen bei dir, ja?«

»Zur Polizei, so«, wiederholt Annemarie mit einem vieldeutigen Unterton und verläßt das Zimmer grußlos. Schubert atmet auf. Als er kurze Zeit später einen anderen als den gewohnten Weg einschlägt, achtet er nicht darauf, daß Annemarie Rothers ihm voller Zweifel nachblickt. Nach einer Weile folgt sie ihm. Doch plötzlich, als ahne er etwas, springt er auf eine anfahrende Straßenbahn.

»Verdammt«, murmelt Annemarie Rothers wütend. Er hat also doch Geheimnisse.

Eine überraschende Mitteilung bringt die Kriminalisten zwei Tage später in Aufregung.

In Bolzig, einer Kleinstadt, wurden zwei Schecks auf den Namen Birgit Schubert von einer Frau eingelöst! Auf einen hatte sie fünfhundert Mark abgehoben, mit dem anderen ein Kleid gekauft.

Heinz Schubert hatte angegeben, daß seine Frau die Handtasche mit Papieren, darunter ihrem Personalausweis, bei sich haben muß. In der Wohnung fanden sich weder Handtasche noch Ausweis.

»Also lebt Frau Schubert«, ruft Gerhard Herbusch seinem Chef entgegen, als dieser in sein Zimmer kommt und ihm die Nachricht überbringt.

»Aber warum meldet sie sich nicht. Welchen Grund gibt es für ihr Schweigen«, fährt er erregt fort. »Sie muß doch das Mithilfeersuchen in der Zeitung gelesen haben.«

»Vielleicht wollte sie ihrem Mann nur einen Schock versetzen. Aber so geht das nicht. Wir werden viel zu tun bekommen, um diese mysteriöse Angelegenheit aufzuklären«, knurrt Scheffert vor sich hin.

»Wo, sagtest du, wurden die Schecks eingelöst?« fragt Herbusch ihn.

»In Bolzig. Eine Kleinstadt, im gleichen Kreis wie Dubkow gelegen. An diesen Fakt kann man verschiedene Vermutungen knüpfen.«

»Da wären wir wieder bei ihren Geschwistern.«

Scheffert schweigt sich aus.

»Wenn es sich aber nicht um Frau Schubert handelt, um wen dann? Um die Mörderin?« fragt Herbusch und ist selber überrascht von seinem Gedanken.

»Oder jemand hat die Tasche fortgeworfen, ohne Mörder zu sein. Sofern es sich überhaupt um einen Mord handelt«, entgegnet der Hauptmann.

»Heinz Schubert?«

»Du stellst zuviel Fragen, Gerhard. Veranlasse sofort die Einziehung der Schecks und ihre Übersendung nach Berlin. Ich sorge dafür, daß sich unsere Experten gleich an die Schriftuntersuchung machen. Dazu benötigen wir Schriftmaterial von Birgit Schubert. Du mußt vorher mit ihrem Mann reden. Am besten, sofort. Ruf ihn an, er soll nach Hause kommen und dir Briefe oder andere von ihr geschriebene Unterlagen zur Verfügung stellen.« Scheffert läuft zurück in sein Zimmer. Herbusch verständigt sich mit Schubert und bittet ihn, doch gleich in seine Wohnung zu kommen, weil sich etwas Interessantes ergeben habe.

Wenig später treffen sie dort zusammen.

»Setzen wir uns erst mal«, fordert er Schubert auf. Dieser spürt offenbar, daß der Oberleutnant ihm etwas Besonderes mitzuteilen hat, und wartet mit lauerndem Blick auf dessen Erklärung.

»Es sind Schecks Ihrer Frau eingelöst worden«, sagt dieser und sieht dabei Schubert durchdringend an. »Vielleicht sogar von Ihrer Frau selber.«

Schubert scheint aus allen Wolken zu fallen. Mit aufgerissenen Augen schüttelt er fassungslos den Kopf. Dann kommt ihm offenbar die Erkenntnis. »Meine Frau lebt also«, ruft er, und Herbusch glaubt, einen Freudenschimmer in Schuberts Blick zu entdecken.

»Das wissen wir leider nicht. Wie gesagt, es kann jemand anderes ihren Ausweis benutzt haben. Und weil wir das feststellen wollen, brauchen wir etwas, was Ihre Frau geschrieben hat, zum Vergleich, verstehen Sie?«

Schubert versteht. Er läuft aufgeregt in der Wohnung umher und sucht Briefe zusammen, die er Herbusch auf den Tisch legt. »Die hat meine Frau mir voriges Jahr geschrieben, als ich zur Kur war. Sie können sie ruhig lesen. Es ist nichts dabei, bitte. Wo sind denn die Schecks eingelöst worden?« will er wissen.

»Nicht in Berlin.« Mehr möchte der Oberleutnant nicht sagen, und das ist auch nicht nötig. Er hat es eilig. Scheffert wird die Fahndungsmaßnahmen nach Birgit Schubert verstärken und die nach der unbekannten Scheckeinlöserin, wenn es nicht Frau Schubert selber war, für die ganze Republik einleiten.

Heinz Schubert hat sich wieder beruhigt. Noch weiß man nichts Genaues, und er wird abwarten müssen. Er nimmt sich vor, heute besonders nett zu Annemarie zu sein. Ein bißchen quält ihn der Gedanke, sie gestern belogen zu haben. Noch einmal rückt er seine Krawatte zurecht, wirft den Mantel über und geht.

Annemarie Rothers empfängt ihn wie immer charmant, und er glaubt, das Spiel schon gewonnen zu haben. Nach dem Abendbrot und der Flasche Sekt, die er mitgebracht hat, genießt er wieder ihre Aufmerksamkeiten. Sie hat sich heute besonders schön gemacht. Er ist schon nahe daran, davon zu erzählen, daß es ein Lebenszeichen von Birgit gibt. Doch plötzlich beginnt Annemarie zu fragen, ob er gestern eine Verabredung hatte. Sie hält ihm vor, ihr nicht treu zu sein. Noch lächelt sie bei diesem Vorwurf, doch er hört den ernsten Unterton, und ihm wird flau im Magen. Hat sie also doch etwas bemerkt, denkt er ärgerlich und sucht nach einer Ausrede.

»Das eine kann ich dir sagen. Wenn es das junge Ding ist, an das ich denke, das will doch nur Karriere machen. Das Mädel benutzt dich, und du bildest dir noch etwas darauf ein«, sagt sie mit Nachdruck.

Heinz Schubert fühlt sich in seiner Ehre getroffen. Das will Annemarie ihm doch nur einreden, um ihn aus der Reserve zu locken.

»Ich hatte eine geschäftliche Verabredung«, erwidert er laut und bestimmt. »Du kannst denken, was du willst.«

Seine Freundin lacht spöttisch. »Ich denke, du mußtest zur Polizei?«

»Das hatte sich erledigt.«

Annemarie Rothers beißt sich auf die Lippen. Sie bezweifelt seine Worte. Geschäftliche Verabredungen finden meistens im Betrieb statt. Leider hat sie nichts in der Hand, um Schubert einen Seitensprung beweisen zu können. »Nun gut, mein Lieber«, sagt sie leichthin, »ich glaube dir.« Sie umarmt ihn, obwohl ihr im Moment nicht danach zumute ist. Sie erinnert sich recht gut ihrer Bedenken, als vor einigen Wochen diese neue junge Kollegin ins Entwurfsbüro übernommen wurde. »Du gehörst doch mir«, flüstert sie Schubert ins Ohr. »Dich gebe ich nicht frei, ich liebe dich.«

Heinz Schubert atmet auf. Nochmals gutgegangen, denkt er und erwidert ihre Zärtlichkeiten. Doch es ärgert ihn auch irgendwie, daß er nun zwei eifersüchtige Frauen hat, die Besitzanspruch auf ihn erheben. Eine zu Hause und eine hier. Er macht sich von Annemarie frei.

»Hoffentlich lebt meine Frau«, sagt er.

Annemarie ist enttäuscht. Wie er gerade jetzt darauf kommt. Nicht einmal fürs Bett scheint er heute zu haben zu sein.

»Wenn du sie nicht umgebracht hast«, sagt sie aus Ärger eiskalt.

»Aber Annemarie, wie kannst du nur so etwas sagen?« In seiner Empörung kommt Schubert in den Sinn, nicht von den eingelösten Schecks zu reden. Das gehört nicht hierher, sagt er sich. Bald darauf entschuldigt er sich bei Annemarie und macht Anstalten zu gehen. Seine Freundin muß sich zusammenreißen, um nicht ihren Unmut allzu deutlich zu zeigen.

»Nun gut, mein Schatz«, sagt sie einlenkend, »vielleicht bist du das nächste Mal in besserer Verfassung.« Enttäuscht und verbittert bleibt sie zurück. Gegen eine Zwanzigjährige hat sie kaum Chancen!

Oberleutnant Herbusch hat die Gutachten von den Schriftexperten abgeholt und ist auf dem Weg zu seinem Vorgesetzten. Er kennt ihren Inhalt. Die Unterschriften stammen nicht von Birgit Schubert. Jemand hat ihren Namenszug nachgeahmt. Die Schrift liegt nicht in der Sammlung ein und kann demzufolge keiner schon bekannten Betrügerin zugeordnet werden. Wer war die Frau, die mit den Schecks einkaufte und sie einlöste?

Diese Frage stellt sich Hauptmann Scheffert etwas später ebenfalls. »Können wir also davon ausgehen, daß wir es mit einem Verbrechen zu tun haben«, schlußfolgert er. »Frau Schubert wurde umgebracht, wer weiß, aus welchem Grund, und diejenige, die die Schecks benutzte, steht vermutlich mit der Tat in Zusammenhang.«

»Du denkst an einen Raubüberfall?«

»Nun ja, möglich wäre einer, zur Zeit nur ohne Opfer«, entgegnet Scheffert spöttisch.

»Man kann es verscharrt haben. Und Schubert?«

»Wer hat das Geld eingelöst, das Kleid gekauft? Schubert hätte andere Motive.«

»Das stimmt nur zum Teil. Die große Erbschaft hätte er gemacht. Bei der Frau kann es sich um eine Komplizin handeln, die ohne sein Wissen Schecks und Ausweis benutzte.«

»Eine Verrückte. So was wird immer sehr schnell aufgeklärt, weiß doch jedes Kind«, meint Scheffert.

Manchmal dauert es auch etwas länger, denkt Herbusch ironisch. »Es gibt welche, die sich für unfehlbar halten«, erwidert er.

»Wenn wenigstens die Untersuchung der aus Schuberts Wohnung gesicherten Spuren einen Fingerzeig gegeben hätte«, sagt Scheffert niedergeschlagen. Doch sein Ton ändert sich gleich wieder. »Wie verhält sich denn Schubert in der Freizeit? Gibt es etwas Auffälliges?«

Herbusch schüttelt den Kopf. »Nein, nichts. Aber wir können ihn nicht rund um die Uhr beobachten. Dazu reicht die Kraft nicht«, meint er nüchtern, und Scheffert muß ihm recht geben. »Hat man in Bolzig von der Verkäuferin oder

der Postangestellten etwas über die Scheckbetrügerin in Erfahrung bringen können?« fragt Scheffert weiter.

»Ja. Frau Völker, die Postangestellte in Bolzig, es gibt dort nur eine Zweigstelle, erinnert sich noch dunkel an die Frau. Sie sagte zu unserem Genossen im Kreisamt, daß ihr die Frau bekannt vorgekommen sei. Sie glaubt, sie schon bei KIM gesehen zu haben. Einen Betriebsteil davon gibt es bei Bolzig. Aber genau weiß sie es nicht.«

»KIM?«

»Ja. Konkret? Kombinat für Industrielle Mast. Noch nie gehört: Von dort bekommst du deine Frühstückseier.« Herbusch grinst spöttisch. »Herr Völker ist Kraftfahrer bei KIM, und deswegen kommt seine Frau gelegentlich dorthin und kennt einige Leute vom Sehen.«

»Na, da müssen wir doch dranbleiben«, ruft Scheffert spontan, »warum hast du mir das nicht gleich gesagt. Wieder grinst Herbusch. »Ich fahre morgen hin, wenn's dir recht ist. Ist schon alles angeschoben.«

»Als ob ich eine andere Wahl hätte«, murmelt Scheffert.

Heinz Schubert ist angenehm erregt. Er hat vor einer halben Stunde die elektrischen Öfen eingeschaltet, die jetzt in den Räumen seines Bungalows wohlige Wärme ausstrahlen. Auf dem Tisch steht ein winziges Schmuckkästchen. Noch ist sein Deckel geschlossen, doch bald wird Eva ihn öffnen und darin den schmalen Goldreif mit dem hellblauen Aquamarin finden.

Schubert stellt sich ihr Gesicht vor, und seine Vorfreude auf das heutige Abenteuer wächst. Er schaltet das Radio ein, sucht einen Sender mit unaufdringlicher Musik, geht dann zurück zum Tisch und stellt die Gläser zurecht. In der Küche stehen Sekt und Naschereien. Es kann also nichts schiefgehen.

Sie haben sich auf einundzwanzig Uhr geeinigt. Das war aus seiner Sicht die beste Zeit, um von möglichen Beobachtern nicht erkannt zu werden. Er war heute nach der Arbeit rasch nach Hause gegangen, hatte etwas gegessen, geduscht und schließlich gegen acht die Wohnung verlassen. Der Lada stand wie immer auf dem Bürgersteig vor seinem Haus, und so machte er sich damit auf den Weg nach Altglienicke.

Eva Preuß würde mit der S-Bahn kommen, und der Fußweg vom Bahnhof bis zu seinem Grundstück war nicht weit. Er hatte vor, hier zu übernachten und morgen früh gleich mit dem Wagen zu seiner Arbeitsstelle zu fahren. Sollte es sich ergeben, daß Eva bei ihm bliebe, müßten sie sich etwas einfallen lassen, um nicht morgen zusammen gesehen zu werden.

Da kam sie. Er geht ihr auf dem Kiesweg entgegen und bringt sie ins Haus. Eva Preuß schaut sich drinnen neugierig um. »Hübsch hast du es hier«, sagt sie und legt ihren Mantel ab.

»Nimm doch Platz«, fordert Schubert sie auf und dreht das Radio leiser. Eva ziert sich nicht lange, und als er den Sekt aufmacht und ihr zu trinken anbietet, greift sie zu. Nach dem ersten Glas tauschen sie einen Kuß, der Heinz Schubert noch mehr in Hochstimmung bringt. Nach weiterem Sektgenuß werden ihre Küsse leidenschaftlicher.

»Mach's dir doch bequem«, flüstert Schubert und rückt Eva die Kissen auf der Couch zurecht. Er selber hat den Binder abgelegt und die oberen Knöpfe seines Hemdes geöffnet.

Eva Preuß genießt es offensichtlich, so von ihrem Chef umworben zu werden. Es ist nicht das erste Mal, daß sie mit ihm zusammen ist. Doch bisher waren es nur harmlose Restaurantbesuche, die vermutlich diesen Abend einleiten sollten. Als ihr Schubert das Schmuckkästchen in die Hand drückt und sie darin den Ring entdeckt, fällt sie ihm spontan um den Hals. »Danke, ist ja toll«, ruft sie überrascht und küßt ihn immer wieder. Als sie sich etwas beruhigt hat, steckt sie sich den Ring an und bewundert ihn.

»Behalt ihn gleich an«, sagt Heinz Schubert und legt die leere Schachtel in ihre Handtasche. Eva freut sich, daß ihr Chef so von ihr eingenommen ist. Vielleicht kann sie mit seiner Hilfe bald den Posten der Gruppenleiterin einnehmen, und dann ist es nicht mehr weit bis zur Leiterin einer Abteilung in ihrem Betrieb.

In ihrem Liebeseifer überhören beide, wie an der Eingangstür geschlossen wird. Jemand betritt den winzigen Korridor. Es ist Annemarie Rothers, die einen Schlüssel zum Bungalow besitzt. Schubert hat ihn ihr schon im vorigen Jahr gegeben, wenn sie sich hinter dem Rücken seiner Frau hier draußen trafen. Mit ihr rechnet Schubert nicht, denn eigentlich müßte sie sich in Leipzig befinden. Sie war vor zwei Tagen gefahren und wollte erst morgen zurück sein.

»Störe ich«, ruft sie laut und läßt die beiden auseinanderfahren. Ihre Stimme hat wieder jenen harten Klang, den Schubert an ihr kennt, wenn sie wütend oder erregt ist. Fassungslos starrt er sie an.

»Du, Annemarie?«

Eva Preuß ordnet lächelnd ihr Kleid, schüttelt ihr Haar auf, und tut so, als wäre ihr die Situation überhaupt nicht peinlich.

»Ja, ich.« Annemarie Rothers wirft ihren Mantel über einen Stuhl und setzt sich. »Damit hast du wohl nicht gerechnet. Ich denke, Fräulein Preuß wird jetzt gehen.«

»Ach. Sie haben wohl ältere Rechte?« fragt die Genannte spöttisch. »Na prost Mahlzeit.« Sie lacht amüsiert und macht sich offenbar über die nicht mehr so junge Rivalin lustig. Heinz Schubert weiß nicht, was er sagen soll. Obwohl ihm der Kragen zu eng geworden ist, knöpft er sein Oberhemd wieder zu.

»Ich bitte dich, Annemarie, keine Szene«, sagt er gepreßt.

»Ältere Rechte, jawohl, Fräulein Preuß. Das kann man wohl sagen. Wir sind seit langem befreundet, wenn Sie das interessiert.«

»Oh, nicht im mindesten, Frau Rothers. Was gehen mich Ihre Beziehungen an«, ruft Eva lachend. »Das hat doch nichts mit mir zu tun. Wenn ich ihn haben will, dann nehme ich ihn mir. Ob es Ihnen gefällt oder nicht. Aber ich werde Sie beide jetzt allein lassen. Für Ehekrach bin ich nicht. Obwohl Sie ja nicht miteinander verheiratet sind.« Ihre Selbstsicherheit und jugendliche Frische bringt Annemarie Rothers noch mehr in Wut. Sie muß mit ansehen, wie Eva Heinz Schubert provokatorisch küßt und er ihr in den Mantel hilft. Schubert ist im Moment auf beide Frauen wütend. Jede von ihnen tut so, als sei er ein Gegenstand, den man sich nimmt, wenn man ihn braucht.

»Tut mir leid«, sagt er zu Eva draußen an der Pforte. »Ich konnte nicht wissen, daß ...«

»Schon gut«, fällt Eva ihm lächelnd ins Wort, »man soll eben nichts mit älteren Herren anfangen. Schönen Dank für den Ring.« Noch einmal küßt sie ihn und geht. Schubert ist durch den Kuß besänftigt, denn eigentlich hatte ihn Evas Bemerkung getroffen. Von wegen »älteren Herren«. Keinesfalls soll der Ring eine Fehlinvestition gewesen sein, denkt er und geht zurück ins Haus.

Annemarie hat sich inzwischen Sekt eingegossen und trinkt wie eine Verdurstende, als wolle sie etwas nachholen. »Das hab ich mir doch gedacht«, platzt sie heraus, »du hast also doch etwas mit ihr.«

Heinz Schubert kann seinen Ärger schlecht verbergen. Annemarie wollte ihn überraschen. Nur aus diesem Grunde ist sie früher nach Berlin zurückgekommen. Das ist ihr auch gelungen. Er weiß nicht, daß sie sogar fast vierzig Minuten vor seinem Bungalow ausgeharrt hat, um eine verfängliche Situation abzuwarten.

Er gibt sich keine Mühe, etwas zu beschönigen. Als Annemarie sich beruhigt hat, steht sie auf und legt die Arme um seinen Hals. Schubert wehrt sie mit einer heftigen Bewegung ab. Brüskiert läßt sie die Arme sinken. Langsam schlägt ihre erlittene Enttäuschung in Wut um. Dabei war sie fast bereit gewesen, ihm zu verzeihen.

»Du willst mich also nicht mehr. Willst mich loswerden, wie du eine Frau losgeworden bist. Aber das wird dir nicht gelingen.«

»Was willst du damit sagen«, schreit Heinz sie an, springt

auf und packt sie an den Handgelenken. Wütend blickt er sie an. Er läßt auch nicht locker, als sie vor Schmerzen aufschreit.

»Laß mich los, verdammt noch mal. Du hast bestimmt deine Frau auf dem Gewissen. Wo warst du denn an jenem Dienstagabend, he?«

Schubert läßt sie augenblicklich los. »Du bist ja wahnsinnig«, ruft er. »Das glaubst du doch selber nicht.«

Annemarie Rothers greift nach ihren Sachen und wirft ihm die Schlüssel vom Bungalow vor die Füße. »Ich werde zur Polizei gehen und sagen, daß du nicht bei mir warst. Wir werden ja sehen, was dabei herauskommt.«

Wenn sie geglaubt hätte, mit dieser Erpressung eine Veränderung in Schuberts Verhalten ihr gegenüber zu erreichen, sollte sie sich gründlich geirrt haben.

»Dann geh doch«, ruft er ihr zu. »Und damit du's weißt: Ich liebe Eva Preuß, und dich hab ich über.«

Fassungslos verläßt Annemarie Rothers sein Grundstück. Schuberts letzte Bemerkungen haben ihr den Rest gegeben.

Oberleutnant Herbusch ist nach Bolzig gefahren. Frau Völker erwartet ihn in ihrer Wohnung. Noch einmal erfährt er, daß sich die junge Postangestellte schwach an jene Scheckeinlöserin erinnern kann, die vor einigen Tagen fünfhundert Mark bei ihr abhob.

»Es kommt selten vor, daß Leute von uns Geld holen«, sagt sie und unterstreicht damit, daß ihr die Frau schon aus diesem Grunde besser im Gedächtnis blieb.

»Sie deuteten meinem Kollegen vom Kreisamt an, Sie hätten die Frau davor schon mal gesehen?«

»Ganz sicher bin ich mir nicht. Manchmal hole ich meinen Mann vom Betrieb ab. Sie wissen, daß er Kraftfahrer bei KIM ist. Dort sind viele Frauen beschäftigt. Ich denke mir, daß sie dort vielleicht arbeitet oder zu tun hatte.«

»Dann fahren wir doch am besten hin und sehen uns die Frauen an«, sagt Herbusch.

»Sie braucht nicht unbedingt jetzt dort zu sein. Ich mache Ihnen einen besseren Vorschlag«, erwidert Frau Völker mit einem kessen Lächeln. »Nächstes Wochenende findet bei KIM ein Betriebsvergnügen statt. Da sind alle Kollegen geladen. Vielleicht ist diese Frau darunter.«

»Das ist keine schlechte Idee.« Herbusch lächelt verschmitzt zurück und vereinbart mit Frau Völker, daß sie ihn sofort telefonisch verständigen soll, wenn sie diese Frau unter den Gästen entdecke. Er werde an diesem Abend im Dienstzimmer des ABV in Bolzig auf ihren Anruf warten. Frau Völker ist einverstanden.

Hauptmann Scheffert starrt mißmutig durch das Fenster seines Dienstzimmers ins Freie. Das Wetter ist auch nicht dazu angetan, seine Stimmung zu heben. Feiner Nieselregen und die dunkle Wolkendecke am Himmel färben Häuser und Straßen in trübes Grau, das sich aufs Gemüt legt.

Alle bisherigen Vergleichsuntersuchungen verliefen negativ. Wo soll er noch ansetzen? Ohne Opfer war schlecht, jemanden des Mordes oder Totschlags zu beschuldigen.

Die Meldung über Annemarie Rothers Erscheinen reißt ihn aus seinen Betrachtungen. Diese Frau erregt schon lange seine Neugier. So ganz abwegig hält er den Gedanken nicht, sie mit dem Verschwinden Birgit Schuberts in Zusammenhang zu bringen. Schade, daß Herbusch nicht da ist, er kennt die Dame schon etwas länger.

»Nehmen Sie bitte Platz«, fordert er sie nach der Begrüßung auf und übersieht geflissentlich ihre langen schlanken Beine, die sie aufreizend übereinanderschlägt.

»Was führt Sie zu uns?

»Darf ich rauchen?« Annemarie Rothers wartet eine Antwort nicht ab, und Scheffert bleibt nichts übrig, als ihr den Ascher zuzuschieben. Eigentlich sieht er es nicht gern, wenn in seinem Zimmer geraucht wird. Aber hier muß er wohl ein Auge zudrücken.

»Ich habe eine Aussage zu machen«, erklärt Annemarie Rothers entschlossen und bläst mit gespitzten Lippen Rauch in die Luft.

»Es handelt sich, wie ich vermute, um die Sache Schubert«, fragt Scheffert und lehnt sich abwartend zurück.

»Sie sagen es.« Annemarie Rothers holt tief Atem, als müsse sie sich selber einen Ruck geben, um mit der Sprache herauszukommen. Dann redet sie drauflos. »Heinz Schubert war nicht am Dienstagabend vor drei Wochen bei mir. Er hat Ihnen nicht die Wahrheit gesagt. Wo er war, weiß ich nicht. Ich habe seine Aussage leider aus lauter Freundschaft zu ihm bestätigt.«

Scheffert muß seine Überraschung verbergen. Nur jetzt keine voreiligen Bemerkungen, denkt er. Sie könnten die Redebereitschaft seiner Besucherin beenden. Als sie nicht weiterspricht, beugt er sich näher zu ihr. »Ich höre«, sagt er nur und blickt sie abwartend an.

»Ich sagte schon, ich habe aus Freundschaft zu ihm diese falsche Aussage bestätigt. Er hat mich darum gebeten.«

»Ohne zu fragen, wo er wirklich war?«

Frau Rothers' Blick wird unruhig. Sie überlegt, warum sie eigentlich nichts davon erzählen soll, daß Schubert sich mit seiner Frau treffen wollte, um mit ihr über die Scheidung zu reden. Ob es stimmt, ist eine andere Sache. Er hatte es ihr gegenüber später verneint. Aber eine solche Aussage würde ihn belasten. So gibt sie Schuberts Erklärung wieder, ohne zu erwähnen, daß diese Verabredung nach seinen Angaben nicht stattgefunden hat.

Scheffert ist erneut überrascht. Das hieße, Schubert hat als letzter seine Frau lebend gesehen. Aber warum wies niemand darauf hin. Zum Beispiel Leute aus Altglienicke, die das Ehepaar Schubert kennen.

»Und was veranlaßt Sie, heute mit der Wahrheit herauszukommen? Es ist doch die Wahrheit?« fragt Scheffert.

»Ja, selbstverständlich. Sie zweifeln doch nicht etwa daran«, erwidert seine Besucherin pikiert.

»Reden Sie nur weiter, ich höre.«

»Ich habe lange darüber nachgedacht und bin zu dem Schluß gekommen, daß es in der Sache nicht weiterhilft, wenn ich diesen Punkt nicht richtigstelle.«

Scheffert nimmt ihr zwar diese Begründung nicht ab, äußert sich aber nicht dazu. Es muß zwischen Schubert und ihr etwas vorgefallen sein, was sie zu diesem Schritt bewog.

»Ich kann Ihnen leider nicht den Vorwurf ersparen, daß Sie uns durch die Bestätigung falscher Angaben nicht gerade einen guten Dienst erwiesen haben. Aber lassen wir das jetzt. Etwas anderes. Kennen Sie Frau Schubert persönlich?«

Kaum hat Scheffert diese Frage ausgesprochen, breitet sich Unsicherheit über das Gesicht seiner Besucherin aus.

»Nun, wie das manchmal so ist«, antwortet sie zögernd. »Man steht sich plötzlich gegenüber und redet miteinander. Aber das ist lange her.«

»Über den Inhalt dieses Gesprächs möchten Sie mir wohl nichts erzählen?«

»Wie ich schon sagte, es ist lange her. Aber es gab keinen Streit zwischen uns, wenn Sie das meinen.« Annemarie Rothers weicht bei ihren Worten dem forschenden Blick des Hauptmanns aus.

»Haben Sie Heinz Schubert zur Scheidung gedrängt?« fragt dieser weiter. Annemarie Rothers wird sich plötzlich bewußt, daß sie nun Fragen beantworten muß, mit denen sie nicht konfrontiert worden wäre, wenn sie sich nicht selber ins Spiel gebracht hätte. Das war von ihr nicht bedacht worden.

»Ich denke, daß ich nur meine Pflicht tat, wenn ich Sie von der Wahrheit unterrichte. Nun kommen Sie mit Fragen, die nichts mit der Sache zu tun haben.« Hochmütig schaut sie aus dem Fenster.

»Ich wollte nur wissen, ob Sie Herrn Schubert zur Scheidung gedrängt habens Was ist dabei? Sie haben doch mit ihm ein Verhältnis. Er hat es zugegeben. Und er wollte, wie Sie sagen, mit seiner Frau über die Scheidung sprechen. Also bitte.«

»Er hat es zugegeben? So so. Ich weiß wirklich nicht, was diese Frage mit Frau Schuberts Verschwinden zu tun hat. Ich denke, daß ich jetzt gehen kann.« Schon ist Annemarie Rothers aufgestanden, als sähe sie das Gespräch als beendet an. Scheffert hat einen solchen Ausgang nicht gewollt. Er findet das Verhalten seiner Besucherin eigenartig. Erst spielte sie sich als Wahrheitsfanatikerin auf, die der Polizei helfen will, dann sind ihr seine Fragen lästig. Da stimmt doch etwas nicht.

»Einen Moment, Frau Rothers. Ich habe Sie etwas gefragt und bitte um Antwort. Eine Scheidungsabsicht Schuberts kann sehr wohl mit dem Verschwinden seiner Frau zu tun haben. Das einzuschätzen, müssen Sie uns schon überlassen.«

Sein Ton hat Annemarie Rothers dazu gebracht, augenblicklich wieder Platz zu nehmen.

»Ich habe ihn darum gebeten, weil er zwar öfters davon sprach, aber nie etwas unternahm«, ringt sie sich endlich mit verkniffenem Mund ab. Sie weiß nun, daß sie in eine zweifelhafte Rolle geraten ist, in die sie sich selber hineinmanövriert hat.

»Danke, mehr war's nicht, was ich wissen wollte. Es war gut, daß Sie die Sache richtiggestellt haben. Ich werde Sie hinausbegleiten.«

Annemarie Rothers wundert sich über die Wendung des Gesprächs. Schon setzt sie wieder ihre hochmütige Miene auf und läßt sich zum Ausgang bringen. So kann man doch nicht mit mir umgehen, denkt sie und verabschiedet sich von Scheffert recht unterkühlt.

Der ist schon mit seinen Gedanken woanders. Das Verhalten der Frau regt ihn nicht so sehr auf wie ihre Aussage. Vertieft in seine Überlegungen, läuft er über den langgestreckten Flur zurück in sein Zimmer. Nun können Sie doch mit Schubert ganz anders reden, haben endlich etwas in der Hand, sagt er sich. Wenn auch die Durchsuchung seiner Wohnung und des Grundstücks keine Hinweise erbracht haben, die einen Verdacht gegen ihn untermauerten, so ist dennoch nicht ausgeschlossen, daß er seine Frau umgebracht hat. Wenn es stimmt, daß er mit ihr eine Aussprache über die Scheidung beabsichtigte, kann man sich bei einiger Phantasie die Geschichte leicht zu Ende denken. Herbusch wird bald zurück sein, dann wird er mit ihm beraten, wie man am besten vorgeht. Er grübelt wieder darüber nach, was die Rothers veranlaßt haben kann, zur Kriminalpolizei zu kommen und Schuberts Aussage richtigzustellen. Ist es aus Rache gegen Heinz Schubert geschehen? Wenn ja, woraus resultieren ihre Rachegefühle. Ist sie eifersüchtig auf eine andere, und wenn ja, auf wen? Frau Schubert kann es nicht sein. Und noch ein Gedanke schießt ihm durch den Kopf. Er erinnert sich Herbuschs Gedanken, die Bolziger Betrügerin könne eine Komplizin vom Täter sein. Sie müssen dafür sorgen, daß sie von Frau Rothers möglichst unauffällig etwas Schriftliches bekommen, damit Vergleichsuntersuchungen mit den Schecks erfolgen können. Bisher ist man ja davon ausgegangen, daß sie und Schubert am Dienstagabend zusammen waren.

Heinz Schubert sitzt Oberleutnant Herbusch zerknirscht gegenüber. Er weiß offenbar nicht, wohin mit seinen Händen, knackst mit den Fingern und legt sie schließlich gespreizt auf seine Oberschenkel. Als ihn die Kriminalisten vorhin ohne Ankündigung im Betrieb aufsuchten und ihn baten, unverzüglich zur Klärung von Fragen mitzukommen, hatte er weiche Knie bekommen.

»Ich war an dem Abend mit Eva Preuß zusammen, nicht mit meiner Frau«, gesteht er. »Eva Preuß ist eine junge begabte Kollegin im Entwurfsbüro. Es war unser erstes Zusammentreffen. Später sahen wir uns noch zwei-, dreimal privat.«

Herbusch, dem Hauptmann Scheffert die Gesprächsführung überlassen hat, hebt überrascht den Kopf. »Was denn, wollen Sie uns verschaukeln? Erst haben Sie länger gearbeitet! Dann waren Sie mit Frau Rothers zusammen! Nun sagen Sie, daß Sie an dem bewußten Dienstagabend mit Fräulein Preuß ein Stelldichein hatten. Wir dagegen haben eine Aussage vorliegen, die etwas ganz anderes behauptet.«

Schubert stößt ein ironisches Lachen aus. »Ich weiß, ich weiß. Frau Rothers war bestimmt bei Ihnen, nicht wahr? Sie will sich doch nur rächen.«

»Rächen? Wofür? Und warum mit falschen Angaben?

Wenn es stimmt, daß Sie mit Ihrer Frau verabredet waren, sich sogar mit ihr trafen?« fragt ihn Herbusch erregt. Auch Scheffert ist ärgerlich aufgestanden: »Dann sind Sie nämlich der letzte, der Ihre Frau lebend gesehen hat. Dann haben Sie sie umgebracht«, ruft er Schubert zu.

»Nein«, schreit dieser auf, »ich habe überhaupt keinen Grund.«

Schubert ringt nach Luft und preßt sich die Hand auf die Brust, als habe er Herzschmerzen. »Ich habe Frau Rothers belogen. Das war die beste Ausrede, um vor ihr sicher zu sein. So konnte ich mich ungestört mit Fräulein Preuß treffen«, jammert er.

»Aber warum spielte Frau Rothers das Spiel mit, als Sie sie baten, vor der Polizei Ihr Alibi zu bestätigen. Wollte sie nicht wissen, wie das Gespräch mit Ihrer Frau ausgegangen ist? Das ist doch alles Humbug, Herr Schubert!« Herbusch ist so ärgerlich, daß er mit einer heftigen Handbewegung über den Schreibtisch wischt und dabei den Bleistifthalter umwirft.

»Ich habe ihr später erzählt, daß die Aussprache mit meiner Frau nicht stattgefunden hat, weil sie nicht, wie verabredet, gekommen ist. Ich hätte zwar auf sie gewartet, aber umsonst.«

»Entschuldigen Sie, aber das ist uns zu hoch«, sagt Herbusch, ruhiger geworden. Er wirft einen fragenden Blick zu Scheffert hinüber.

Dieser nickt. »In Ordnung«, sagt der Hauptmann, »hole Fräulein Preuß sofort her.«

Zur Enttäuschung der Kriminalisten bestätigt Fräulein Preuß Schuberts Angaben. Auch Angestellte des Restaurants, in dem sie waren, erinnern sich an die beiden. Nun gerät der Verdacht gegen Schubert ins Wanken.

Die nächste Enttäuschung bereitet den Kriminalisten das Ergebnis der Schriftuntersuchungen. Annemarie Rothers hat nicht Birgits Schecks unterschrieben! Eine Gegenüberstellung mit Frau Völker aus Bolzig ist also überflüssig. Nun setzen Scheffert und Herbusch ihre Hoffnung auf den kommenden Sonnabend. Das Betriebsvergnügen beim KIM muß ihnen Aufschluß bringen.

Doch bevor es soweit ist, macht eine furchtbare Entdekkung die bisherige Vermutung zur Gewißheit.

Ein Spaziergänger hat in einem abgelegenen Waldstück in der Nähe von Dubkow eine Tote gefunden. Sie war mit Laub abgedeckt. Die kühle Witterung hat sie im guten Zustand erhalten, und der äußeren Beschreibung nach kann es sich dabei durchaus um Birgit Schubert handeln. Ihr Leichnam befindet sich auf dem Weg zum Gerichtsmedizinischen Institut in Berlin.

Als Hauptmann Scheffert diese Nachricht erhält, springt er auf und läuft hinüber in Herbuschs Zimmer. »Eine Tote in der Nähe von Dubkow«, ruft er. Herbusch läßt fast den Telefonhörer fallen, den er soeben aufgenommen hat.

»Die Neubrandenburger MUK ist schon am Ort. Wenn sich Frau Schuberts Identität erweist, übernehmen wir sofort.«

»Dubkow? Da kommt doch Frau Schubert her!«

»Selbstverständlich. Und dort wohnen ihre Geschwister!«

»Und Bolzig liegt nur ein paar Kilometer von Dubkow entfernt. Donnerwetter!« Herbusch kann sich immer noch nicht von dieser Überraschung erholen. Er muß an seine Begegnung mit Anita Lowitz und Wolfgang Schreiner denken.

»Aber langsam«, dämpft Scheffert die Atmosphäre. »Noch wissen wir nicht, ob es Frau Schubert ist. Setz doch bitte Doktor Frank vom Gerichtsmedizinischen Institut in Kenntnis, daß er bald Arbeit bekommen wird. Wir werden an der Obduktion teilnehmen. Ich verständige Staatsanwalt Forster.«

»Gut, dann werde ich Heinz Schubert darauf vorbereiten, daß er vorher die Tote identifizieren muß.«

»Das zuallererst, selbstverständlich.«

In den nächsten Minuten verbreitet sich Hektik in dem Doppelzimmer der beiden Kriminalisten. Bald ist alles in die Wege geleitet, um die notwendigen Maßnahmen zu gewährleisten.

Was die Kriminalisten später erfahren, bestätigt ihre Annahme. Bei der Toten handelt es sich um Birgit Schubert. Ihr Mann hat sie identifiziert. Die Untersuchungen der Gerichtsmediziner untermauern diese Feststellung. Zahnstatus, Operationsnarben und dergleichen zeugen von der Richtigkeit. Die Kopfverletzung allerdings, so heißt es zunächst, könne sowohl von einem Schlag als auch von einem Sturz herrühren. Dazu sind weiterführende Untersuchungen notwendig, deren Ergebnis noch abzuwarten ist.

Hauptmann Scheffert und Oberleutnant Herbusch sind schon am folgenden Tag in Dubkow und befassen sich noch einmal mit den Familienangehörigen der Toten. Wieder ist die Situation so, wie Herbusch sie bei seinem ersten Besuch erlebt hat. Die Gebrüder Schreiner sind ins Haus von Anita Lowitz gekommen, und alle halten sich in der Wohnküche um den runden Tisch auf. Nur Hans Schreiner steht mit seinem Rollstuhl abseits.

»Sie ist tot?« fragt Anita Lowitz leise, und zum ersten Mal bemerkt Herbusch Fassungslosigkeit, Erschütterung, sogar Trauer in ihrem Gesicht.

»Vielleicht war es ein Unfall«, meldet sich Wolfgang Schreiner zu Wort. Diesmal ist seine Stimme gedämpft. Auch ihm ist die Nachricht vom Tod seiner Schwester nahegegangen. Trotz aller Zwietracht, die unter den Geschwistern herrscht, verbindet sie, wie es scheint, Zuneigung.

»Nach einem Unfall sieht es nicht aus«, erwidert Hauptmann Scheffert. Herbusch bemerkt mit einem Blick auf Hans Schreiner, daß der am meisten aus der Fassung gebracht worden ist. Er verbirgt seine Tränen kaum und wirft seiner Schwester vorwurfsvolle Blicke zu. »Du hast schuld«, ruft er ihr zur Überraschung der Kriminalisten zu. »Du hast sie mit der Wegnahme des Erbes erpressen wollen, jawohl«, sagt er, und seine Worte gehen in Schluchzen über.

»Aber ich habe sie doch nicht umgebracht«, wehrt sich Anita Lowitz, »das glaubst du doch selber nicht.«

»Du oder er«, schreit Hans und weist auf Wolfgang. »Nur ihr könnt es gewesen sein.«

»Nun mal bitte sachlich«, beruhigt Scheffert ihn. »Wann war Ihre Schwester Birgit tatsächlich das letzte Mal hier bei Ihnen? Sagen Sie es, junger Mann, wenn Sie es wissen.«

»Ich habe sie lange nicht gesehen. Mindestens ein Vierteljahr nicht. Aber ich weiß nicht, ob sie mit den anderen zusammengekommen ist.«

Hans Schreiner ist ruhiger geworden. Abwartend sieht er zu seinen Geschwistern hinüber, als hoffe er, von ihnen darauf eine Antwort zu erhalten.

»Nein, nein, Birgit war nicht hier«, behauptet Anita Lowitz noch einmal. »Wie ich es ihnen, Herr Oberleutnant, schon neulich sagte. Fragen Sie alle Dorfbewohner, machen Sie, was Sie wollen. Das Mädel war nicht hier.«

Plötzlich läßt sie den Kopf auf den Tisch sinken und weint.

Wolfgang Schreiner ist offensichtlich auch nicht mehr weit davon entfernt, in Tränen auszubrechen. »Es ist so, wie Anita sagt«, krächzt er, als stecke ihm ein Kloß im Hals. »Wir haben Birgit das letzte Mal vor einem Vierteljahr gesehen.«

Die nochmaligen Ermittlungen im Dorf führen zu keinem anderen Ergebnis. Anita Lowitz kann auch nicht die Frau sein, die in Bolzig Birgits Schecks einlöste. Sie war an dem betreffenden Tag zu Hause. Dafür gibt es glaubwürdige Zeugenaussagen. Hinzu kommt, daß Anita Lowitz schon vom Äußeren her nicht mit Birgit Schubert verwechselt werden kann. Sie ist größer, älter und dunkelhaarig. Wie aber kommt Birgits Leiche nach Dubkow? Dieser Tatbestand und die Einlösung der Schecks in Bolzig stehen im Zusammenhang. Aber wie sieht dieser Zusammenhang aus? Die Untersuchung des Fundortes hat inzwischen ergeben, daß er nicht mit dem Ort des eigentlichen Geschehens identisch ist. Vorgefundene Reifenspuren deuten viel eher darauf hin, daß sie mit einem Fahrzeug hingebracht wurde. Die Spuren sind jedoch nicht auswertbar. Würde es jetzt im Frühjahr nicht Spaziergänger geben, die es an die frische Luft treibt, wäre sie vermutlich vorläufig nicht gefunden worden.

Birgits Geschwister stellen später ihre Häuser freiwillig

zur Durchsuchung zur Verfügung. Das Ergebnis ist negativ. Nicht die geringsten Anhaltspunkte werden entdeckt, die auf ein an Birgit begangenes Verbrechen schließen lassen.

Das nervöse Trommeln mit den Fingerspitzen auf den Schreibtisch ändert für Oberleutnant Herbusch nichts daran, daß es bereits einundzwanzig Uhr ist und ein Rufzeichen von Frau Völker noch aussteht. Vor einer Stunde hat das Betriebsvergnügen bei KIM begonnen.

Die schrille Klingel des Telefons läßt Herbusch hastig zum Hörer greifen. »Kommen Sie bitte sofort, die Frau ist hier«, hört er die Stimme von Frau Völker.

Schon eine halbe Stunde später sitzt Cornelia Fellmann vor ihm im Bolziger Büro. Sie stammt aus Melzow, einem Ort, einen Katzensprung von Dubkow entfernt. Frau Fellmann muß Farbe bekennen. Was sie angibt, klingt glaubwürdig.

Seit drei Jahren arbeitet sie bei KIM. Am vierzehnten März, einen Tag nach dem Verschwinden der Frau Schubert, hatte sie Spätschicht. Wie immer kam sie mit dem Fahrrad vom Betrieb und war auf dem Wege nach Hause. In Höhe des Waldgürtels bei Dubkow beobachtete sie, wie ein PKW aus dem Dunkel des Waldes auf die Chaussee einbog. Sie hatte kurz zuvor noch das Zuschlagen der Tür gehört und vermutete, daß wieder einmal heimlich Müll abgeladen worden war. Es war bereits zweiundzwanzig Uhr dreißig, also keine Zeit, zu der man Pilze sammelt oder spazieren geht. Das Fahrzeug kam ihr entgegen und fuhr in Richtung Berlin davon. Ob ein Mann oder eine Frau am Steuer saß, kann Cornelia Fellmann nicht sagen.

Wieder trommeln Herbuschs Finger ungeduldig auf die Tischplatte. »Was hat das mit den Schecks der Toten zu tun, die wir bei Dubkow gefunden haben«, will er wissen. »Bitte kommen Sie zur Sache.«

»Ich war neugierig, bin in den Wald gelaufen. Ich meine, weshalb hat sich da jemand mit seinem Fahrzeug aufgehalten? Ach was, ich weiß nicht, was mich hineingetrieben hat«, ruft Frau Fellmann verzweifelt.

»Und? Haben Sie etwas entdeckt?«

Frau Fellmann schluchzt. »Hätt ich sie doch nicht genommen. Hätt ich sie doch liegen gelassen.«

»Wen oder was denn bitte?«

Frau Fellmann blickt auf, als wundere sie sich über die Frage des Kriminalisten.

»Die Handtasche, die Handtasche, erklärt sie rasch. »Sie stammte von einer Frau Schubert. Sie muß aus dem Auto gefallen sein.«

»Besitzen Sie die Tasche noch?«

»Sie liegt auf dem Dachboden, erwidert Frau Fellmann weinend.

Es ist müßig, daß Herbusch fragt, weshalb sie den Fund nicht meldete. Die Versuchung war zu groß gewesen. In der Geldbörse über dreihundert Mark, dann die losen Schecks und der Ausweis. Frau Fellmann hat beides mißbraucht. Immer noch weint sie, und nur schwer ist aus ihr herauszubekommen, welches Fabrikat und polizeiliches Kennzeichen zu erkennen waren, falls sie darauf geachtet hat. Herbuschs Zweifel an ihrer Darstellung lassen sie noch einmal heftig aufschluchzen, dann sagt sie, was ihr in Erinnerung geblieben ist. Es war ein heller Wagen, ein Lada wahrscheinlich. Vom Kennzeichen kann sie nur die Buchstaben IMX und die ersten beiden Zahlen 07 nennen.

Die leere Handtasche in ihrer Wohnung wird als Beweisstück beschlagnahmt. Zusammenhänge zwischen dem Taschenfund und dem Tod Birgit Schuberts ergeben sich nicht. Frau Fellmann kannte sie nicht. Sie wird sich wegen Betruges und Urkundenfälschung verantworten müssen.

Die nächsten Tage sind voll angestrengter Arbeit. Schuberts Wagen war es nicht, der von Frau Fellmann gesehen wurde. Es war der von Annemarie Rothers! Die Kriminalisten frohlocken. Ihr Verdacht erhält eine Bestätigung. Die Spuren in ihrem Wagen sprechen eine eindeutige Sprache. Trotz offensichtlicher Säuberung des Kofferraumes werden Blutsubstanzen und Haare gefunden, die vom Opfer stammen.

Annemarie Rothers kehrt zunächst wieder ihre Hochmütigkeit hervor, will niemals in Dubkow oder in dessen Nähe gewesen sein. Ihr Leugnen hilft nichts.

»Was geschah am Dienstag, dem dreizehnten März, Frau Rothers?« fragt Hauptmann Scheffert noch einmal mit Nachdruck. Er steht dabei hinter seinem Schreibtisch, die Hände aufgestützt, den Oberkörper nach vorn gebeugt, und schaut die vor ihm Sitzende mit gespannter Erwartung an.

Annemarie Rothers sitzt kerzengerade auf dem Stuhl, die Hände liegen bewegungslos in ihrem Schoß, nur ihre Augen, die irritiert zwischen dem Hauptmann und Oberleutnant Herbusch wandern, verraten ihre Unruhe. Herbusch hantiert an dem Tonbandgerät, um ihre Aussagen auf diese Weise festzuhalten.

»Wie kommen Sie nur immer wieder auf diese Frage«, entgegnet Annemarie Rothers und versucht, ihrer Stimme die gewohnte Festigkeit zu geben. Es gelingt ihr schlecht.

»Antworten Sie bitte.« Schefferts Ton ist scharf. Er nimmt Platz und läßt dabei die Verdächtige nicht aus den Augen.

»Ich bin nicht mit Frau Schubert zusammengewesen. Das sagte ich Ihnen bereits.« Wieder kehrt sie ihre selbstsichere Art heraus, doch Scheffert entgeht nicht das Zucken in den Mundwinkeln, das sie nicht unterdrücken kann.

»Spielen Sie uns bitte hier kein Theater vor. Sie haben sich doch Ihr eigenes Alibi zerschlagen, als Sie sagten, Schubert wäre nicht an diesem Abend bei Ihnen gewesen, wie erst von Ihnen behauptet.«

Annemarie Rothers schweigt verbissen. Wie recht er hat, denkt sie und überlegt krampfhaft, wie sie auf weitere Fragen reagieren soll. Sein Argument hat sie erwartet. Nun ist hinzugekommen, daß man vor ihrer Zuführung ihr Fahrzeug gründlich untersucht hat, und ihr steckt die Angst in den Gliedern, man könnte etwas gefunden haben. Sie beobachtet, wie der Hauptmann einige vor ihm liegende Hefter aufschlägt, die ihm kurz zuvor gebracht worden sind, und darin herumblättert. Sie kann Fotos erkennen, den dazugehörigen Text aber nicht lesen.

»Wir haben hier die Ergebnisse der Spurenauswertung, Frau Rothers«, sagt er, und an seiner Stimme erkennt sie, daß diese Ergebnisse gegen sie sprechen. Er liest ihr einige Passagen vor, und nun weiß sie, daß kein Entkommen ist. In ihrer Miene zuckt es wieder, doch immer noch schweigt sie.

»Sie haben die Tote in Ihrem Wagen transportiert. Die Beweismittel sind erdrückend«, hält ihr der Hauptmann vor.

»Nein«, murmelt sie hilflos, »ich war es nicht.« Ihrem Ton fehlt jede Überzeugungskraft.

»Dann sagen Sie, wo Sie an dem Abend waren und wie das Blut von Frau Schubert in Ihren Wagen kommen konnte.«

»Vielleicht hat Heinz Schubert den Wagen benutzt«, zischelt Frau Rothers mit zusammengepreßten Zähnen. »Er hat es doch schon öfters getan.« Verzweifelt versucht sie, sich an diesen Strohhalm zu klammern, doch es hilft ihr nichts.

»Der hat ein Alibi, das haben Sie wohl vergessen: Fräulein Preuß!«

Diese Wahrheit, die ihr mit polternder Stimme von dem Hauptmann vorgehalten wird, bringt sie ins Wanken. Sie ist intelligent genug, einzusehen, daß sie sich in eine Sackgasse verrannt hat.

»Ich werde alles sagen«, murmelt sie.

In der Vernehmung schildert Annemarie Rothers, was sich an dem betreffenden Abend abgespielt hat. Ihr bleibt nichts anderes übrig. Sie hat eingesehen, daß ihr jetzt nur noch die Wahrheit helfen kann.

Ihre Aussagen werden protokolliert und in den folgenden Tagen auf ihre Richtigkeit geprüft. Für Hauptmann Scheffert und Oberleutnant Herbusch steht nach mühevoller Kleinarbeit schließlich folgender Sachverhalt fest:

Annemarie Rothers hatte Heinz Schubert nicht geglaubt, daß er am Dienstag, dem 13. März, eine Aussprache mit seiner Frau herbeiführen wollte. Schon seit einigen Wochen war ihr aufgefallen, wie sehr er hinter Eva Preuß her war. Sie folgte ihm nach Arbeitsschluß und beobachtete, wie er mit Eva Preuß ein Restaurant aufsuchte. In ihrer Wut und

Enttäuschung wollte sie zu seiner Frau gehen und sie von dem neuen Verhältnis ihres Mannes unterrichten. Sie hoffte, in Birgit eine Verbündete zu finden, um Schubert von der Preuß abzubringen. Zugleich glaubte sie, ihn danach für sich zurückgewinnen zu können. Am meisten brachte es sie in Rage, daß er sie so eiskalt belogen hatte und ihr weismachen wollte, daß er sich heute mit seiner Frau auf dem Grundstück traf, um mit ihr über die Scheidung zu reden.

Sie traf Frau Schubert auf dem Wege zum Arzt. Birgit Schubert zeigte sich einem sofortigen Gespräch nicht abgeneigt. Auf Vorschlag der Rothers fuhren sie mit einem Taxi zu ihrem Laubengrundstück nach Ahrensfelde. Ihr eigenes Fahrzeug hatte sie den Winter über in der dortigen Garage stehen, um es in der Stadt nicht ungeschützt der Witterung auszusetzen.

In ihrer Laube erzählte sie Birgit Schubert von der Liaison ihres Mannes mit Eva Preuß. Doch anders als erwartet war die Reaktion ihrer bisherigen Widersacherin. Birgit Schubert warf ihr vor, eine Lügnerin zu sein. Sie lachte sie sogar aus und hielt ihr vor, daß sie erst tags zuvor wieder ein Zettelchen von ihr in den Taschen ihres Mannes gefunden habe, dessen Inhalt ihr Beweis dafür sei, daß das Verhältnis zwischen ihnen keinesfalls beendet ist. Sie erklärte, zwar nicht zu wissen, was Frau Rothers mit ihrer Behauptung bezwekke, glaube ihr aber kein Wort.

Darauf wurde Annemarie Rothers wütend. Sie bezeichnete Birgit Schubert als dumme Pute vom Lande, der nicht zu helfen sei. Sie hätte nichts anderes verdient, als betrogen zu werden. Frau Schubert nahm diese beleidigenden Worte nicht hin, und es folgte ein scharfer Wortwechsel zwischen den Frauen. Immer mehr gerieten sie in Erregung und beschimpften sich gegenseitig. Es war, als hätten sich auf beiden Seiten die Schleusen geöffnet, um unterdrückte Gefühle endlich frei zu lassen. Im Verlauf der sich zuspitzenden Auseinandersetzung griff Birgit Schubert nach einem zufällig auf dem Tisch liegenden Küchenmesser und wollte damit auf Annemarie Rothers einstechen. Diese wehrte sich und schlug mit einem

Metallaschenbecher auf Frau Schubert ein. Birgit Schubert stürzte und fiel dabei mit dem Kopf gegen den Heizkörper. Sie blieb reglos liegen. Annemarie Rothers mußte mit Entsetzen feststellen, daß ihre Rivalin tot war. In Panik verließ sie ihr Grundstück und fuhr nach Hause. Erst zwei Tage später kam sie zur Ruhe und überlegte, was zu tun sei. Sie befürchtete, in Verdacht zu geraten, und entschloß sich, Frau Schubert beiseitezuschaffen. Sie wußte durch Heinz Schubert von dem gespannten Verhältnis zwischen Birgit und ihren Geschwistern und kam auf den Gedanken, sie in die Nähe von Dubkow zu bringen, um den Verdacht auf andere zu lenken. Inzwischen, ihre Sicherheit wiedergewonnen, benutzte sie mit der ihr eigenen Couragiertheit ihren PKW, der in ihrer Garage in Ahrensfelde stand.

Als sie sich schon vom Dubkower Wald entfernte, fiel ihr noch die Handtasche von Frau Schubert ein, die auf dem Rücksitz des Wagens lag. Beim nächsten Waldstück bog sie ab, um sich des verhängnisvollen Beweisstückes zu entledigen.

Nach gründlicher Säuberung des Wagens hatte Frau Rothers endgültig ihre Selbstsicherheit wiedergewonnen und überspielte in den folgenden Tagen und Wochen jedes bißchen Angst.

Mit der Zeit verspürte sie sogar Erleichterung darüber, eine Rivalin los zu sein und den Weg für eine Ehe mit Schubert frei zu haben. Es hieß nur noch, keiner anderen den Vortritt zu lassen. Als sie von Schubert erfuhr, daß seine Frau vermutlich Schecks eingelöst habe, er hatte es ihr nach erstem Zögern später eingestanden, frohlockte sie sogar. Sie glaubte, gewonnenes Spiel zu haben. Von einer Fremden war unbewußt ein gutes Werk getan worden. Durch ihr Handeln wurde der Anschein erweckt, daß Frau Schubert noch lebte. Eines Tages würde man vielleicht annehmen, sie sei heimlich ins Ausland gegangen. Doch alles verlief anders. Eva Preuß war ihr in die Quere gekommen und schließlich Frau Schubert tot aufgefunden worden. Ihre Hoffnung, den Verdacht auf andere zu lenken, hatte sich nicht erfüllt.

Die Untersuchung in Ahrensfelde förderte Blut- und Haarspuren am Heizkörper und auf dem Fußboden zutage. Sie stammten von Birgit Schubert. Am Messer, das noch am Boden lag, fanden sich Fingerabdrücke, ebenfalls von Birgit Schubert. Hinzu kamen die im Wagen der Rothers gesicherten Spuren. Auf dem äußeren Rand des Kofferraumes fanden sich genügend Faserspuren, die von der Bekleidung der Toten herrührten.

Eine Rekonstruktion des Hergangs im Bungalow bestätigte Annemarie Rothers Angaben.

KARL HEINZ WEBER

Der verbotene Stolz

Immerhin war er schon achtundsechzig.

Das klang wie ein Urteilsspruch. Und die meisten, die den Satz sprachen, meinten ihn so. Meinten: In dem Alter stirbt man anders. Nicht so unvernünftig, so völlig unsinnig. Da bekommt man eine Krankheit, zum Beispiel. Da liegt man seine Zeit ab. Oder das Herz setzt aus. Einfach so, ohne Schuld, ohne Wissen. In dem Alter ...

Immerhin war er schon achtundsechzig, der Georg Schmalkas. Viele hielten ihn sogar für älter. Auch Leutnant Dresen hätte ein paar Jährchen zugelegt. Er war mit Klaus zur Schule gegangen, dem Sohn des Toten. Ein windiges Bürschchen, hatte es über den geheißen. Jetzt lebte er schon lange in Westdeutschland. Aber er war gleichaltrig mit Jürgen Dresen, und gleichaltrig hatte der auch die beiden Väter eingeschätzt. Doch Schmalkas war nun mal erst ...

»Immerhin war er schon achtundsechzig, Jürgen.« Dr. Weißberg sagte es. Sagte es genau wie die vielen anderen und meinte es auch so. »Gib das zu, Jürgen. Ein verrückter Tod. Auch wenn du als Kriminalist sicherlich ...«

Dresen gab es ohne Widerstreben zu. Es war wirklich unverständlich, warum Georg Schmalkas von einer fahrenden Straßenbahn gesprungen war. Überhaupt, und dann noch mitten im Verkehr. Mitten in der Stadt. Ein Kunstmaler, dünn wie ein Hecht und lang aufgeschossen, mit einem Herzfehler ...

Auch das sagte Dr. Weißberg: »Georgs Herz, es war nicht mitgewachsen, verstehst du? Zu klein für den großen Kerl, zu mickrig. Dreißig Jahre habe ich ihn behandelt. Jedes Wehwehchen. Ich kenne den kranken und kenne den gesunden Schmalkas. Deshalb, Jürgen. Georg springt aus keiner fahrenden Straßenbahn.«

»Er sprang aber, Herr Doktor. Von einem Anhänger der

Linie vier. Von einem dieser altmodischen Anhänger, mit offenem Perron noch. Es gab ein halbes Dutzend Augenzeugen, ihre Aussagen decken sich. Die Bahn mußte scharf bremsen. Schmalkas wurde nach vorn geschleudert. Er konnte sich festhalten und wieder fangen. Aber in der nächsten Sekunde ... er ließ nicht einfach los und ließ sich auch nicht fallen, sondern sprang. Alle haben es bezeugt. Er sprang hinaus, wurde von den Rädern gefaßt, mitgeschleift ... der Tod trat sofort ein. Was soll man da machen?«

»Den Grund suchen.«

Leutnant Dresen schwieg. Es war ein Schweigen mit Widerhaken. Er sah den Arzt an, der vor ihm saß und ihn ansah, und spürte den Haken. »Ich bearbeite den Fall nicht. Aber wenn Sie uns Anhaltspunkte geben können, bin ich selbstverständlich ... Ein Verbrechen liegt nicht vor, Doktor Weißberg. Vielleicht war es Leichtsinn. Oder ein Irrtum. Er nahm an, die Haltestelle wäre erreicht. Irgendeine Kurzschlußhandlung vermutlich.«

Der Arzt schüttelte den Kopf. Er schüttelte ihn immer wieder, fast unwillig. »Ich habe dich mit zur Welt gebracht, Jürgen. Und als du so ein Bursche von achtzehn oder neunzehn warst, hättest du mir beinahe meine Sprechstundenhilfe weggeheiratet, weißt du noch? Wir waren lange Zeit Nachbarn, deine Eltern und ich. Deshalb bin ich zu dir gekommen, obwohl du den Fall nicht bearbeitest, ich weiß das. Aber ich bin zu dir ins Büro gekommen, nicht in deine Wohnung. Verstehst du? Halbamtlich, sagen wir. Mein Besuch ist halbamtlich. Ich will mich jemandem anvertrauen, ohne daß daraus gleich Protokolle entstehen. Ein paar Gedanken will ich loswerden. Wenn Georg Schmalkas aus einer fahrenden Straßenbahn gesprungen ist, dann muß ein ungewöhnlicher Grund vorliegen. Für Georg ungewöhnlich ... Jürgen, ich war fast täglich mit ihm zusammen. Er war ein Einzelgänger. Er hatte nur mich zum Freund. Beinahe dreißig Jahre lang. Verstehst du, was dreißig Jahre Freundschaft bedeuten? Da weiß man viel vom anderen. Oft mehr als der Betreffende von sich selbst. Glaub einem alten Mann: Schmalkas wäre niemals absichtlich ... Und Kurzschlußhandlung? Du, auch Kurzschlußhandlungen haben ihre Ursachen.«

»Seelische vielleicht. Im Unbewußten steckende ...«

»Eben, eben, da sind wir ja nun schon mittendrin.«

»Sie, Herr Doktor, Sie sind mittendrin. Als Arzt. Ich aber bin Angehöriger der ...«

»Kriminalpolizei, ich weiß. Ihr habt Verbrechen zu verhüten und Verbrechen aufzuklären. Ich habe Krankheiten zu verhüten und Krankheiten zu heilen. Aber hat man euch nicht gelehrt, wie eng Verbrechen und Krankheit beieinanderwohnen können?«

Dresen mußte lachen. »Jetzt gehen Sie aber ran! Also: Was vermuten Sie? Vermuten Sie überhaupt etwas, oder haben Sie lediglich das Gefühl: Da stimmt etwas nicht?«

»Wenn ich etwas Bestimmtes vermutete, hätte ich nicht diese lange Einleitung benötigt. Ich weiß wirklich nichts. Ich weiß nur, daß dieser Sprung von der fahrenden Straßenbahn einfach nicht paßt, nicht zu Georg gehört. Verstehst du?«

»Schwer zu sagen. Das alles ist wenig faßbar, nicht? Vielleicht ...« Er sah auf die Uhr, seufzte, sah nochmals hin und sagte dann: »Begründen Sie Ihre Meinung! Mit dem lapidaren ›Das paßt nicht zu ihm‹ kommen wir nicht weiter.«

Dr. Arno Weißberg nickte. Er nickte sehr zufrieden, offenbar in der Gewißheit, seinen Gesprächspartner nun dort zu haben, wo er ihn hatte hinführen wollen. Er stellte den Gehstock, der bisher zwischen seinen Knien gependelt hatte, zur Seite, öffnete eine umflochtene Tabakdose und stopfte sich ein Pfeifchen. Zwischendurch fragte er, ob das auch gestattet sei, achtete aber kaum auf die Antwort, sondern paffte drauflos.

»Georg Schmalkas«, sagte er, »war Künstler, ohne jemals Kunst gemacht zu haben. Er wußte das auch. Aber im Gegensatz zu vielen, die das ebenfalls wissen, gab er sich nie wie ein Künstler. Er war weder von seiner Arbeit besessen, noch lag ihm diese geniale Großzügigkeit oder Wurschtigkeit im Alltagsleben, die so mancher für ein Attribut freien Künstlertums hält. Georg war akkurat, pedantisch beinahe, viel eher der Typ des Buchhalters als der des Kunstmalers. Ordnung ging bei ihm über alles. Ja, in vielen Dingen war er sogar kleinlich. Schon zweihundert Meter vor einer Haltestelle zählte er das Kleingeld ab. Nie trug er es lose bei sich. Sein Portemonnaie war wie eine Wechselkasse geordnet: Groschen, Fünfziger, Markstücke, alles an seinem Platz. Georg Schmalkas plante exakt den Tagesablauf. Wenn er sein Haus verließ, hatte er einen Zettel bei sich, auf dem nicht nur jede Besorgung vermerkt war, sondern auch die zweckmäßigste Reihenfolge. Er lief niemals ins Leere. Er wäre auch niemals grundlos ins Leere gesprungen, Jürgen. Genügt dir das?«

»Wofür, Herr Doktor?«

»Um zu erkennen, daß da irgend etwas gewesen sein muß, das Schmalkas zu dieser für ihn so atypischen Handlung getrieben hat. Mein Gott, ist das so schwer zu begreifen?«

Natürlich begriff Dresen. Zumindest begriff er, was Dr. Weißberg ausdrücken wollte. Aber was half das? Würden die meisten Hinterbliebenen eines auf solche Weise Verunglückten nicht ebenso argumentieren? Damit konnte er nicht zur Staatsanwaltschaft gehen und ein Ermittlungsverfahren beantragen. Ermittlungsverfahren gegen wen? Gegen Unbekannt? Was hat denn Unbekannt verbrochen?

Leutnant Dresen sagte: »Herr Doktor, wenn ich nicht hier beschäftigt wäre, hätten Sie dann auch die Kriminalpolizei aufgesucht?«

Diese Frage schmeckte dem Alten nicht. Er kaute an seiner Pfeife, stieß dann ein kleines Lachen aus, aber es klang unecht. Er schüttelte den Kopf, was nicht Antwort, sondern Ärger ausdrücken sollte. »Bist du ein Bürokrat geworden, Jürgen?«

Die Frage war ungerecht. Sie paßte auch nicht. Dresen hob die Schultern. ›Was soll das?‹ wollte er damit sagen.

Dr. Weißberg nickte. »Na also. Bist kein Bürokrat. Und ich bin kein schwatzhafter Tattergreis. Auch Georg Schmalkas war noch nicht senil, das weißt du genau. Er war auf seine Art sehr lebensbejahend. So still für sich, verstehst du? Er stand bei niemandem hoch im Kurs, das stimmt. Weder auf der Aktiv- noch auf der Passivseite. Man rechnete nicht mit ihm. Aber dieser Tod nun ... Plötzlich steht sein Name in einem Licht, das nie das seine war.«

»Tote rücken immer in ein besonderes Licht, Herr Doktor – wem sage ich das, nicht? Und die kurze Charakteristik, die Sie über Schmalkas gegeben haben ... Ich sehe da nichts, worauf eine neue Untersuchung fußen könnte. Es bleibt ein Unfall. Schmalkas fiel einem bedauerlichen Unfall zum Opfer.«

»Auch. Äußerlich betrachtet, fiel er einem Unfall zum Opfer.«

»Und wem noch?«

»Das sollst du ja gerade herausfinden. Deshalb bin ich hier.«

»Es liegt kein Verbrechen vor, das sagte ich schon. Und wenn sich Ihre Einschränkung auf seelische Probleme beziehen soll, Kummer, Schock, Angst ... Ich beschäftige mich mit Straftaten, Doktor Weißberg. Kummer haben ist nicht strafbar.«

»Aber Kummer erzeugen vielleicht? Ich will doch weder Verwirrung stiften noch Unsicherheit verbreiten. Ich meine nur, daß der Unfall eine Vorgeschichte haben muß. Daß wir die Ursache finden müssen. Nicht das, was auf der Bahn passiert ist – da zweifle ich keine Sekunde an eurer gründlichen Arbeit. Die Ursache liegt woanders. Georg Schmalkas fiel seinem Leben zum Opfer, so sage ich. Er wurde das Opfer von irgend etwas uns allen noch Unbekanntem in seinem Leben. Und ob dieses Unbekannte wirklich nichts Strafbares ist ... bist du überzeugt davon?«

Das saß erst einmal fest. Das konnte man nicht einfach wegschnippen wie ein lästiges Staubkörnchen. Der Widerhaken begann zu rumoren. Im Kopf Leutnant Dresens, der an das Gespräch zurückdachte, der an Georg Schmalkas dachte und an den Besuch des alten Arztes.

Der Kriminalist war auf dem Heimweg. Es war ein unruhiger Tag im Spätherbst. Manchmal schien die Sonne, dann wieder jagten tiefe Wolken über die Häuser von Ohnhausen.

Und jetzt am Abend wehte es kalt über die Norke, einem kleinen Flüßchen, das die Stadt in zwei Hälften teilte.

Die Menschen fröstelten. Der Himmel wirkte bleiern, als hätte er Schnee geladen. Ein Zug Krähen oder Dohlen flog vorüber, ihr Flügelschlag wirkte träge.

Dresen stand auf einer der Brücken, die über die Norke führten. Er sah den Kindern neben sich zu und dachte an die Kindheit Georg Schmalkas. Er dachte sie sich.

Als Schmalkas zur Welt kam, brach ein neues Jahrhundert an. Gott und Kaiser wurden gepriesen, und die Menschen fuhren in Pferdekutschen. Ein besonderes Jahr, dieses Neunzehnhundert?

Ein besonderes Leben wurde es gewiß, denn jedes Leben ist besonders. Und Jürgen Dresen dachte an die schönen Worte Hermann Hesses, daß jeder Mensch der einmalige, ganz besondere, in jedem Fall wichtige und merkwürdige Punkt sei, wo die Erscheinungen der Welt sich kreuzen, nur einmal so und nie wieder.

Achtundsechzig – wo sollte man da anfangen? Jeder Tat geht ein Leben voraus. Auch dem Sprung von einer fahrenden Straßenbahn? Was ging diesem Ereignis im Leben Georg Schmalkas' voraus? Der vielleicht den ersten Matrosenanzug geschenkt bekam, während in Petersburg ein Blutsonntag in die Geschichte einging. Der konfirmiert wurde, als in Sarajevo Schüsse fielen, die einen Weltkrieg einleiteten. Der den ersten Kuß austauschte, als man die Leiche Rosa Luxemburgs aus dem Landwehrkanal zog.

Und als Schmalkas so alt war, wie ich jetzt bin, überlegte Dresen, saß er da in den braunen Gefängnissen, oder bewachte er sie? Ging er an ihnen vorüber, nichtswissend oder nichts wissen wollend?

»Kümmere dich um seine Vergangenheit«, hatte Dr. Weißberg gesagt. »Schmalkas stand nicht allein. Er hinterläßt Spuren …«

Es dunkelte bereits. Die Stadtlichter flammten auf und warfen ihren Schein auf die Straßen. Langsam ging Dresen weiter. Er machte einen Umweg und kam in die Gegend, wo

Schmalkas gewohnt hatte. Ein ruhiger, gediegener Stadtteil in der Nähe des Marktplatzes. Solide Häuser rechts und links, und in der Mitte des Platzes eine Backsteinkirche. Dresen betrat eine enge Gasse. Schmalkas' Haus war zweigeschossig, es stand etwas eingeklemmt zwischen höheren Gebäuden. Auf der Rückseite lag ein großflächiger Hof.

Hier hatten sie oft gespielt, Jürgen Dresen und Klaus Schmalkas. Waren fortgejagt worden, wenn der Maler seine Staffelei aufbaute. Waren heimlich wiedergekommen und hatten zugesehen.

Da war nichts Besonderes in der Erinnerung haftengeblieben, was den Vater betraf. Ein Vater eben, der scherzen und gutmütig sein konnte, gelegentlich grob war und unzugänglich. Wie der eigene Vater, wie tausend andere Väter.

Damals hatten die Schmalkas das ganze Haus bewohnt. Als die Frau dann starb und Klaus sich verheiratete, war der Alte nach oben gezogen. Im Parterre lebte das junge Paar bis in die fünfziger Jahre, bis Klaus nach drüben ging. Ohne seine Frau, die in Ohnhausen zurückblieb, kinderlos blieb, sich nicht scheiden ließ, aber auch nicht nachfolgte. Sie besorgte dem Schwiegervater den Haushalt und arbeitete seit einigen Jahren in der Sparkasse. Gisela Schmalkas geborene Heimschlot, gleichaltrig etwa mit Dresen, ein hübsches, früher sehr graziles Mädchen und gut zu leiden. Ein Fenster war erleuchtet. Dresen sah Schatten, die sich hinter dem Vorhang bewegten. Ob Klaus zur Beisetzung seines Vaters gekommen war? Ob er vielleicht schon drinnen bei seiner Frau saß, der verlorene Sohn, dem der Vater nun kein Kalb mehr würde schlachten können?

Einen Augenblick zögerte Leutnant Dresen. Er blieb stehen und wollte klingeln. Doch was hätte er sagen sollen? Kondoliert hatte seine Frau sicherlich schon, sie kannte Gisela Schmalkas besser als er.

Beim Abendbrot fragte er Gudrun. Ja, sie hatte eine Trauerkarte hingebracht und auch einen Kranz bestellt. »Das müssen wir schon machen, Jürgen. Und einer von uns sollte auch zur Beerdigung gehen.«

Er schilderte seiner Frau das Gespräch mit Dr. Weißberg. Obwohl er damit kein Dienstgeheimnis verriet, denn es gab keines, verlegte er die Unterhaltung doch aus seinem Büro weg und sagte, er habe den Arzt zufällig unterwegs getroffen.

Seine Frau nickte, als er am Ende war. »Gisela macht einen ganz verstörten Eindruck. Vielleicht schlägt sie sich mit ähnlichen Gedanken herum. Ich weiß, sie hing sehr an ihrem Schwiegervater, aber daß er einmal ... immerhin war er schon achtundsechzig. Sie ist derart verzweifelt ... ich war richtig erschrocken, als ich sie sah.«

»Glaubt Gisela, daß Klaus zurückkommt?«

»Nein. Du etwa?«

Dresen antwortete nicht. Georg Schmalkas, dachte er. Achtundsechzig Jahre und ein zu kleines Herz. Ein Sohn, eine Schwiegertochter, keine Enkel. Ein Haus. Einen Beruf. Und einen Freund, Dr. Weißberg, der sich Sorgen macht.

Am nächsten Tag berichtete Jürgen Dresen seinem Vorgesetzten. Hauptmann Anklinger hörte schweigend zu. Dann ließ er sich den Vortrag wiederholen. Wenn es die Umstände erlaubten, hörte er sich jeden Bericht zweimal an. »Ich kenne dann das Ende schon und kann besser auf die Details achten«, pflegte er zu sagen.

»Was wollen Sie unternehmen, Genosse Leutnant?«

»Ich möchte den Dingen nachgehen. Ohne offiziellen Befehl, aber mit Ihrer Zustimmung. Ich verspreche mir zwar wenig davon, aber in den Wind schlagen können wir Doktor Weißbergs Hinweise auch nicht.«

»Hinweise sind es ja nicht. Es sind vage Mutmaßungen, die sich hoffentlich nicht ... Unsinn, hoffentlich doch als Spinnereien erweisen. Aber Sie haben recht: Nehmen Sie sich der Angelegenheit an. Allerdings kann ich Sie von keiner Ihrer sonstigen Aufgaben befreien.«

Dresen erhielt die Erlaubnis, unauffällig Recherchen anzustellen. Er durfte Dienststellen befragen und Berichte anfordern. Auch zur Beisetzung durfte er gehen.

Sie fand am Wochenende statt. Es regnete, und der Geruch der Kränze mischte sich mit dem Geruch feuchter Kleidung. Wider Erwarten war die Anteilnahme der Bevölkerung gering. Die Friedhofskapelle blieb halb leer. Am Grab sprachen der Pfarrer, ein Kulturfunktionär des Kreises und Dr. Weißberg. Sie betonten das schlichte, unauffällige Leben des Verstorbenen. Der Arzt würdigte Schmalkas' Aufrichtigkeit und Lebensmut. Jeder nannte das plötzliche Dahinscheiden ein tragisches Geschick, und der Pastor stellte es als Gottes unerforschlichen Willen hin.

Leutnant Dresen hielt sich im Hintergrund. Schon in der Kapelle hatten er und Klaus Schmalkas einander erkannt und zugenickt. Auf dem Heimweg wartete das Ehepaar auf ihn.

Gisela unterdrückte ein Schluchzen, als Dresen in warmen Worten sein Beileid bekundete. Sie wischte über die Augen und putzte sich die Nase, ihr Gesicht war blaß und ernst. Der Blick verriet tiefen Schmerz. Ohne ihre sonstige Fröhlichkeit sah sie reizlos aus. Sie erschien älter, als sie war. Ihr Mann wirkte vornehm und zurückhaltend. Erst als Dresen ohne Zögern das frühere Du gebrauchte, verlor Klaus Schmalkas etwas von seiner Starre. Die Einladung des Ehepaares, noch an der üblichen Kaffeerunde teilzunehmen, hätte Dresen unter anderen Umständen abgelehnt. So aber nahm er an. Die Tafel war im Wohnzimmer gerichtet. Ein Dutzend Personen etwa zwängte sich um den Tisch. Dresen saß zwischen Gisela und dem Pfarrer. Er konnte Klaus Schmalkas gut beobachten, der seinen Platz ihm gegenüber eingenommen hatte.

Die Unterhaltung schleppte sich hin. Nach dem Kaffee wurde Kognak gereicht, Klaus hatte ein paar Flaschen mitgebracht, wie er mehrmals betonte, und er trank am meisten. Dresen entdeckte jetzt purpurne Äderchen auf Schmalkas' Haut, die den Trinker verrieten. Das runde und auffallend schlaffe Gesicht sah bekümmert aus, um die Augen zogen sich Linien, die von Ermüdung sprachen.

Später fand sich Gelegenheit, ein paar Worte unter vier Augen zu wechseln. Klaus Schmalkas führte Dresen durch das Haus, und als sie im Atelier des Toten standen, kam er auf die Hinterlassenschaft seines Vaters zu sprechen.

»Ich möchte verschiedenes mitnehmen, ein paar Bilder und Zeichnungen. Ob das geht?«

»Hat dein Vater ein Testament gemacht?«

»Nein. Aber mit Gisela werde ich schon einig. Es fragt sich nur, was eure Behörden dazu sagen werden.«

»Du mußt einen Antrag stellen. Wie lange willst du bleiben, Klaus?«

»Ich weiß noch nicht.«

Georg Schmalkas' Atelier war ein normales Zimmer, das durch die breite, gardinenlose Fensterfront lediglich etwas heller wirkte als die anderen Räume. Die Staffelei war in eine Ecke geschoben. Sie stand leer, und Dresen fragte, ob man nach dem Unfall Veränderungen vorgenommen habe.

Klaus Schmalkas schüttelte den Kopf. »Ich habe nichts angerührt. Vielleicht hat Gisela ein bißchen Ordnung gemacht.« Und nach einer Weile: »Vater war ja wohl kein großer Künstler. Warum eure Behörden da Schwierigkeiten machen sollten, möchte ich wissen?«

Dann erzählte er von sich. Nichts Bedeutsames. Daß es ihm gut ginge drüben und daß sich für ihn eigentlich kaum etwas ändere durch den Tod des Vaters. »Gisela trifft es härter ... ich meine, was ihre Zukunft angeht.«

»Wollt ihr nicht wieder zusammenkommen?« fragte Dresen.

»Wie denn? Mir gefällt es dort, ihr hier. Und außerdem ...« Schmalkas' Gesicht verzog sich, es wurde muffig, er sah mit einemmal aus wie ein gealterter Beamter, der es nicht weit gebracht hatte im Leben. Er betonte, daß man ja schließlich älter werde. Immer wieder betonte er es, so als hätte Dresen das Gegenteil vermutet.

Dann schwieg er lange, und auch Dresen wußte nichts mehr zu sagen. Als die Tür geöffnet wurde und Gisela Schmalkas eintrat, standen die Männer am Fenster und sahen auf die Straße.

Draußen fiel dünner Regen. Auch einzelne Schneeflocken

waren dazwischen, die aber in der Luft schon schmolzen. Kinder hatten Gummistiefel an und patschten durch die Pfützen. Ihr Lachen drang gedämpft in das Zimmer.

»November«, sagte Schmalkas. »Der richtige Monat. Allerheiligen, Allerseelen, Buß- und Bettag. Totenmonat.«

Die Frau war näher gekommen. Sie sagte nichts. Jürgen Dresen drehte sich um, auch ihr Mann wandte sich ihr zu. Sie sah ihn an, forschend oder prüfend. Dann blickte sie zu Dresen, ebenfalls forschend, prüfend oder gar herausfordernd.

Sie hockte sich auf die Couch und verschränkte die Arme ineinander, als fröstelte sie.

»Ist dir kalt?« fragte Schmalkas.

Sie schüttelte den Kopf. Dann versuchte sie zu lächeln, Dresen anzulächeln, aber es mißlang ihr. Sie wirkte hilflos, aber in ihrer Hilflosigkeit nicht ohne Charme. Ein zerstörter Charme, dachte Dresen.

»Gehen wir zu den anderen«, sagte Schmalkas. Er ließ Dresen den Vortritt. Als der die Frau vorangehen lassen wollte, wehrte sie ab. Die Treppe knarrte, dennoch hörte er ein kurzes Flüstern hinter sich. Er konnte nichts verstehen. Es klang wie eine Ablehnung.

Schmalkas schenkte sofort wieder Kognak ein, als sie im Wohnzimmer waren. Man trank einander nochmals zu, dann brachen die meisten Gäste auf. Auch Leutnant Dresen verabschiedete sich. Zusammen mit Dr. Weißberg ging er die Straße entlang.

Der Arzt wirkte fahrig und unsicher.

»Ich bin völlig durcheinander, Jürgen«, sagte er nach wenigen Minuten und zog ein Buch aus der Manteltasche. Ein schmales Bändchen im Pappeinband. »Es gehört mir. Ich hatte es Georg geliehen und mir vorhin von Gisela zurückgeben lassen. Eine Abenteuergeschichte, nichts Besonderes. Aber hier …«

Er trat mit Dresen in das Licht einer Straßenlaterne. Dann schlug er das Buch auf. Zwischen zwei Seiten lag ein Zettel, der als Lesezeichen gedient haben mochte. »Da, lies mal!«

Es war ein linierter Bogen, der aus einem Heft gerissen

schien. Mehrere Zeilen waren mit Tinte geschrieben. Die Handschrift wirkte gedrängt und zierlich, war aber gut zu entziffern.

»Ich habe an meine wahren Freunde eine einzige, sie schwer belastende Bitte: Nicht mein Andenken besudeln zu lassen und jedem entgegenzutreten, der etwa behaupten wollte, ich sei an dieser oder jener Krankheit gestorben, etwa an meinem Herzleiden«

Der Satz schloß ohne Punkt ab, und eine Zeile tiefer stand das Datum.

Drei Tage vor seinem Tod hatte Georg Schmalkas die Zeilen geschrieben. Dr. Weißberg sagte: »Ein Testament ist das, Jürgen. Das klingt wie ein Testament.«

Sie standen in einem Hauseingang und sahen dem Regen zu. Auf den Pfützen bildeten sich Wasserblasen. Der Wind warf sich gegen die Männer und wehte Nässe in ihre Gesichter.

Dresen hatte den Text mehrmals gelesen. »Nicht mein Andenken besudeln zu lassen«, zitierte er dann. »Was meint er damit? Was soll das heißen, Doktor? Hatte sich Schmalkas strafbar gemacht?«

Der Arzt antwortete nicht sofort. Er steckte das Buch wieder ein. Den Zettel überließ er dem Leutnant. Schließlich meinte er: »Man merkt, daß du Kriminalist bist.« Aus den Worten sprachen Vorwurf und Ablehnung. »Du mußt nicht immer nur auf Verbrecherjagd sein, Junge! In jedem Leben steckt ein bißchen Schuld. Dazu braucht man nicht mit den Gesetzen in Konflikt geraten zu sein. Aber man trägt die Schuld mit sich herum, und wenn es ans Sterben geht ...«

Das war es, was den Alten vor allem bewegte.

»Georg muß geahnt haben ... nein, mehr: gewußt hat er es. Gewollt hat er es vielleicht! Und dieses Vermächtnis, das ist für mich bestimmt. Für mich hat er es geschrieben, in meinem Buch lag es.«

Weißberg sah nicht auf, als er das sagte. Er stand vornübergebeugt, den Kopf eingezogen, den er plötzlich schüttelte, als sei von irgendwoher eine Entgegnung gekommen.

»Woran denken Sie?« fragte Dresen.

Weißberg blickte ihn an. »Woran kann man schon denken bei solchen Worten!« Seine Stimme klang kühl und zugleich auch traurig.

Er hakte Dresen unter. »Ich möchte jetzt nach Hause.«

Lange Zeit gingen sie schweigend durch den Regen. Dann erzählte Dr. Weißberg: »An dem Tag, an dem Georg Schmalkas diese Worte niederschrieb, bin ich viele Stunden mit ihm zusammen gewesen. Erst bei ihm zu Hause, dann haben wir einen Spaziergang gemacht. Georg war so wie immer. Zurückhaltend, natürlich, ihm lag ja das Herz nie auf der Zunge. Aber wenn ich mir vorstelle, daß er am gleichen Tag diese beschwörende Bitte niedergeschrieben hat ... mir ist nichts an ihm aufgefallen, Jürgen, überhaupt nichts ...«

Auf einer Kreuzung blieben sie stehen.

»Besuch mich morgen«, sagte der Arzt. »Mir gehen da so Gedanken durch den Kopf ... wenn ich nur wüßte ...«

Dr. Weißberg drehte sich grußlos um. Er schlurfte über die Straße, und seine Lippen bewegten sich. Dresen sah ihm nach. Ein alter Mann, der mit sich selbst sprach und vielleicht mit Georg Schmalkas, dem Toten.

Georg Schmalkas, ein Hüne mit zu kleinem Herzen und einer zierlichen Schrift. Einer, der neben einem ging und mit dem man sprach. Von dem man geglaubt hatte, man kenne ihn. Nie war etwas Auffallendes an Schmalkas bemerkt worden. Ein Mensch, der mit sich und dem Leben zufrieden schien. Der seine kleinen Sorgen hatte wie jeder, der es vielleicht lieber gesehen hätte, wenn sein Sohn in der Nähe geblieben wäre, für den es aber keine unlösbaren Konflikte gegeben hatte.

Und von dem jetzt dieser Zettel vorlag, dieses Testament oder Vermächtnis, das alles in Frage stellte.

Darüber sprachen sie, Hauptmann Anklinger und Jürgen. Das Wetter hatte sich über Nacht verändert. Es hatte Bodenfrost gegeben, und auch gegen Mittag lag die Temperatur noch unter Null. Der Himmel war klar, die Sonne stand schräg am Horizont. Auf dem Rasen vor dem Polizeirevier glitzerte Reif. Ein Tag ohne Wolken und Nebel.

Hauptmann Anklinger war beeindruckt von Dresens Bericht. »Eine merkwürdige Sache«, sagte er mehrmals, als bekäme der Satz dadurch besonderes Gewicht. »Wenn das alles Bedeutung hat ... wenn da ein Zusammenhang besteht zwischen Schmalkas Tod und diesem Zettel ... wenn das tatsächlich mehr als ein Unfall gewesen sein sollte ...«

Sie rauchten und waren beunruhigt und zeigten es auch. Sie wußten zuviel, als daß sie mit ein paar Worten die Angelegenheit hätten vom Tisch fegen können. Sie wußten zuwenig, um die Angelegenheit einen »Fall« nennen zu können. Auf der Akte mit den wenigen Seiten stand nur der Name Georg Schmalkas, ohne Nummer und Aktenzeichen, weil man nicht sagen konnte, in welche Rubrik die Angelegenheit gehörte.

»Der Zettel ist kein Beweis«, sagte Anklinger. »Auch das Datum nicht.«

»Beweis wofür?« fragte Dresen.

Keiner gab Antwort. Sie fühlten sich unsicher wie selten. »Sollen wir eine offizielle Ermittlung ansetzen ... auf diese Zeilen hin?«

Die Verantwortung wog schwer. Sie lag nicht nur bei Hauptmann Anklinger, sondern auch bei Dresen. Er dachte an Gisela Schmalkas. Wie würde sie es aufnehmen, wenn plötzlich ...? Oder wußte sie von dem Zettel?

Dresden kannte die Zeilen inzwischen auswendig. »Da ist von ›meinen wahren Freunden‹ die Rede, Genosse Hauptmann. Georg Schmalkas war ein Einzelgänger. Außer Doktor Weißberg stand ihm niemand nahe. Wen meinte er mit ›Freunden‹, Mehrzahl also?«

Sie kombinierten herum. Sie fanden Erklärungen, die einleuchteten, und welche, die fragwürdig blieben. An jedem

Satzteil deutelten sie. Es waren Ersatzhandlungen, in die sie sich flüchteten. Sie wußten das.

Als Hauptmann Anklinger schließlich zu einer Besprechung gerufen wurde, atmeten beide auf. »Wir machen morgen weiter. Gehen Sie noch einmal zu Doktor Weißberg. Er hat es Ihnen angeboten. Vielleicht …«

Sie blickten einander an und verstanden sich. Das »Vielleicht« sollte »hoffentlich« heißen. Denn sonst …

Der Arzt erwartete Dresen bereits. Der Leutnant sah ihm an, daß er wenig geschlafen hatte, das Gesicht war blaß und übernächtig. Er machte einen müden Eindruck, den er durch eine straffe, aufrechte Haltung zu verbergen suchte.

Er führte Dresen ins Wohnzimmer. Auf dem Tisch waren Briefe und Notizen ausgebreitet. »Alles von Georg. Meine gestrige Vermutung hat sich bestätigt.«

Dresen wußte nicht, was Dr. Weißberg vermutet hatte.

»Nun … Georg hat diesen Zettel zwar geschrieben, aber nicht verfaßt. Vergleich doch mal: Georgs Stil war ganz anders. Er bevorzugte kurze Sätze. Seine Wortwahl war einfach, manchmal primitiv. Andererseits sorgte er in seiner Pedanterie geradezu besessen dafür, daß innerhalb eines Satzes keine Wortwiederholung vorkam. Dieses zweimalige ›Etwa‹ im vorliegenden Text … das stammt nicht von ihm, das hat er abgeschrieben.«

»Woraus abgeschrieben? Und warum?«

»Georg nahm selten einmal ein Buch zur Hand«, erzählte Dr. Weißberg. »Und wenn, dann bestimmt keines, das zur Weltliteratur zählt. Er bevorzugte ein Niveau, das etwa dem seinen entsprach, verstehst du? Mittelmaß. Genies und hochtalentierte Meister flößten ihm Unbehagen ein. Er kam sich kümmerlich neben ihnen vor. Sie waren ihm nie Ansporn. Auch in der Malerei nicht.«

Ob er denn keine Vorbilder gehabt habe, wollte Dresen wissen.

»Ach, weißt du … früher, in seiner Jugend, da bestimmt. Aber später … er hatte sich mit seinem Los abgefunden und litt eigentlich nie sonderlich unter der eigenen Mittelmäßigkeit. Richtig gekannt und verehrt, ja, angebetet nahezu hat er nur Barlach. Ernst Barlach, ja … aber er hat ihm nie nachgeeifert … seine Liebe zu diesem ganz Großen hatte andere Ursachen.«

Und Dr. Weißberg erzählte von einem Guido Schmalkas, einem Vetter des Toten, der ein bedeutender Sammler und Mäzen der bildenden Künste gewesen sei. In den dreißiger Jahren, als Barlach von den Nazis verleumdet wurde, war es diesem Schmalkas gelungen, ein paar Skizzen und Entwürfe des Künstlers zu retten. »Und als Guido dann starb, nach dem Kriege, vermachte er Georg die Schätze. Was den wiederum bewog, sich nun intensiv mit Barlach zu beschäftigen … und von dorther rührt schließlich diese einzige, ehrliche Begeisterung für einen Künstler, deren Georg fähig war.«

Übrigens hatte Schmalkas die geerbten Kostbarkeiten im Laufe der letzten Jahre abgesetzt. »Ich nehme an, aus finanziellen Gründen«, berichtete der Arzt. »Georgs Einkünfte waren bescheiden. Er war nicht besonders fleißig. Oft hatte er keine Lust, Aufträge auszuführen. Und da griff er auf diese bequeme Art des Geldverdienens zurück. Ein paar Exemplare erwarb das Barlach-Haus in Güstrow, einige verkaufte er an Privatpersonen, darunter auch an mich.«

Leutnant Dresen sah sich das Bild an, das im Schlafzimmer des Arztes hing, eine Kohlezeichnung, signiert mit E. Barlach, neunundzwanzigster Dritter zweiundzwanzig. Eine ruhende Frau war skizziert, deren nackte Füße unter einem Kittel oder Kleid hervorsahen.

»Träumende«, erläuterte Dr. Weißberg, »aus Barlachs Schaffensperiode, die man ›Anerkennung‹ nennt, neunzehnhundertzweiundzwanzig. Als das Werk entstand, ließ er sich endgültig in Güstrow nieder. Im gleichen Jahr vollendete er so bedeutende Werke wie ›Der Rächer‹, ›Die Ausgestoßenen‹, und sein Drama ›Der Findling‹ erschien mit zwanzig eigenen Holzschnitten in der Pan-Presse …«

Dresen sah überrascht auf. »Sie kennen sich aber auch ziemlich gut aus, Herr Doktor.«

Der Arzt nickte. »Damit hat mich Georg angesteckt. So etwas bleibt ja nie aus. Aber ich bin dankbar dafür. Übrigens geht Klaus der gleichen Leidenschaft nach. Ich war ganz überrascht, denn sein Vater hatte nie etwas erwähnt.«

»Haben Sie mit Klaus über Ernst Barlach gesprochen?«

»Ja, gestern abend. Klaus kam zu mir. Er druckste lange herum, ehe er mit der Sprache herausrückte. Um die ›Träumende‹ ging es ihm. Er wollte die Zeichnung zurückkaufen. Du kannst dir vorstellen, wie unangenehm mir das alles war. Natürlich möchte ich das Bild behalten. Andererseits rührte mich Klaus. Es schien ihm sehr ernst zu sein, er bettelte geradezu. Er stand vor dem Bild, faßte es immer wieder an, streichelte es, möchte ich mal sagen. Und erst als ich ihm auf seine Frage hin den Preis nannte, den ich seinem Vater bezahlt hatte, gab er auf. Soviel könne er nicht aufbringen, sagte er. Als er ging, war er völlig mutlos.«

Wieso mutlos? wollte Dresen fragen. Aber da hatte sich schon ein anderer Gedanke in ihm festgesetzt, und der erschien ihm wichtiger: »Verstehen Sie mich nicht falsch, Herr Doktor ... aber diese Zeichnung, die Ihnen Georg Schmalkas verkauft hat ... die ist doch echt?«

»Echter geht's nicht. Georg hatte alle Exemplare seines Cousins, neun waren's wohl, überprüfen lassen. Das entsprach vollauf seiner Akkuratesse. Als sich die Verhältnisse nach dem Kriege konsolidiert hatten, schickte er die Zeichnungen an Barlachs Nachlaßverwalter in Güstrow. Dessen jeweilige Stellungnahme hat er später dem Käufer selbstverständlich mit übergeben. Auch die zu der ›Träumenden‹. Ich kann sie dir zeigen, da ist nichts Schiefes dran.«

Schmalkas war wirklich sehr gewissenhaft vorgegangen. Aus dem Schriftwechsel, der dem Arzt über die »Träumende« vorlag, konnte man seine geradezu pedantische Genauigkeit erkennen. Da blieb nicht der geringste Zweifel zurück, das war Tatsache.

Aber auch dieser Zettel war Tatsache. Diese Beschwörung, sein Andenken nicht besudeln zu lassen und jedem entgegenzutreten, der etwa behaupten wollte, er sei an dieser oder jener Krankheit gestorben, etwa an seinem Herzleiden. Tatsache war, daß ein Mensch diese Worte aufschrieb, der drei Tage später …

»Warum hat Ihr Freund das geschrieben, Herr Doktor? Abgeschrieben meinetwegen. War das eine Marotte von ihm? Sammelte er Aphorismen, gefällige Formulierungen oder ähnliches?«

Dr. Weißberg verneinte.

»Also warum dann? Das muß doch einen Grund haben. Schmalkas tat nie etwas ohne Grund! Das waren Ihre Worte vor ein paar Tagen.«

Der Alte nickte. Er gab das alles zu. Mit Blicken, die voller Fragen waren, voller Sorgen. Der plötzliche Umschwung im Gespräch hatte ihn zusammenfahren lassen. Auch äußerlich. Er hockte im Sessel, in sich gekehrt, und seine Bewegungen waren müde und hilflos.

Er sagte nichts. Er ließ Dresen reden, der mit vielen Worten ebenfalls nichts sagte. Der Leutnant spürte es selbst. Und er spürte auch, daß der Arzt eine Wand errichtet hatte, hinter der er sich verkroch. Eine Wand des Schweigens, die etwas verbergen sollte. Mißtrauen dem Leutnant gegenüber? Oder Zweifel am Sinn dieser Unterhaltung? War Dr. Weißbergs Schweigen ein Verschweigen?

Dresen versteifte sich darauf. Er zimmerte sich diese Einschätzung zusammen, weil er sie brauchte. Am nächsten Morgen, Anklinger gegenüber, klang sie wie Gewißheit.

»Doktor Weißberg verschweigt etwas. Durch den Zettel ist er auf eine Spur gestoßen, die er für sich behalten möchte. Er ist unsicher geworden. Vielleicht bereut er schon, uns angesprochen zu haben.«

Anklinger reagierte, wie Dresen befürchtet hatte. »Wenn der Zettel abgeschrieben wurde, verliert er an Bedeutung. Und da er das einzige Indiz überhaupt war …«

»Wer sagt uns denn, daß Schmalkas den Text nicht doch selbst verfaßt hat?« Dresen führte den Hinweis auf das Herzleiden an. »Georg Schmalkas war herzkrank. Das müßte wirklich ein komischer Zufall sein …«

Gab es komische Zufälle? »Eine Tautologie«, sagte Anklinger, »jeder Zufall ist komisch.«

Nun gut, das war so dahingesagt, war kein Streitobjekt. Dresen nickte auch nur und überging den Einwurf. Er zählte die Falten auf Anklingers Stirn. Es waren erst zwei, das ließ hoffen. Hauptmann Anklinger sprach von Barlach. »Ernst Barlach«, sagte er, »war der einzige, zu dem Schmalkas aufgeblickt hat ... und dann dieser Text hier. Da sind so Worte, Dresen, die berühren mich. Für jemanden, der die Zeit miterlebt hat ... besudeln, wissen Sie, das war Nazizeit. Ein Terminus, der damals gebräuchlich war. Könnte es nicht sein, daß Barlach vielleicht ...«

Ein Gedanke, dem Dresen schon nachgegangen war. Der bei Schmalkas' Verehrung für Barlach gewissermaßen auf der Hand lag. »Aber Ernst Barlach hat kein Testament hinterlassen, Genosse Hauptmann.«

Schön und gut, aber was bewies das schon? »Barlach war ja nicht nur bildender Künstler. Auch als Schriftsteller hat er sich betätigt. Dramen und Erzählungen sind von ihm erschienen, Gedichte. Außerdem hat er einen umfangreichen Briefwechsel hinterlassen. Überall können diese Sätze stehen, auf die es uns ankommt.«

So redeten sie. Es blieb nichts anderes, als zu reden. Es gab keine Spuren, die zu verfolgen waren, keine Verdächtigen, denen man beikommen mußte. Es gab nach wie vor keine Handhabe, nun endlich mit Forsche und Können einem bestimmten Verdacht nachzugehen.

»Mit welchem Recht etwa sollten wir gegen Schmalkas ermitteln?« erklärte Hauptmann Anklinger. »Seinen Schreibtisch öffnen lassen, die Papiere durchsehen oder Angehörige vernehmen? Mit welchem Recht und mit welchem Ziel? Das ist keine Sache für uns, Dresen. Das sind Fragen, um die sich Psychologen kümmern sollten. Bleiben wir bei dem Kioskeinbruch letzte Nacht. Darin kennen wir uns aus. Schuster, bleib bei ... ach, das ist Unsinn. Dennoch, Genosse Leutnant, ich muß passen!«

Anklinger paßte nicht. Er hörte sich auch weiterhin Dresens magere Berichte an, immer wenn es die Zeit erlaubte, nach Feierabend oft und während des Mittagessens.

Leutnant Dresden holte heran, was er in den wenigen Stunden, die für diese Dinge blieben, beschaffen konnte.

Den Verband Bildender Künstler hatte er um eine Beurteilung über Georg Schmalkas gebeten. Sie fiel nicht ungünstig für den Maler aus. Man bestätigte ihm eine gewisse Vielseitigkeit und ein solides handwerkliches Können. Mehrere Werke des Künstlers hatte Dresen sich angesehen: Holzschnitte, meist religiösen Charakters, Aquarelle, Kupferstich- und Mosaikarbeiten. Auftragsstücke zum großen Teil, für Kunstgewerbeeinrichtungen, aber auch für Privatpersonen. Nirgends entdeckte der Leutnant irgendwelche Anzeichen einer Barlachnachahmung, da hatte Dr. Weißberg völlig recht. Schmalkas' Einkünfte entsprachen, soweit sie steuerlich erfaßt waren, seinem künstlerischen Niveau: auch hier Mittelmaß. Irgendwelche Vergehen oder Hinterziehungen waren von keiner Seite gemeldet worden. Und das Kramen in der Vergangenheit? Keine NS-Belastung, nirgendwo erkennbare dunkle Flecke. Ein Leben ohne Fehl und Tadel demnach. Und ein Tod ohne Hintergründe demnach. Mußte so nicht die Schlußfolgerung lauten?

Jürgen Dresen sprach sie selbst aus. Er sprach sie verbissen aus, und es klang, als beschwere er sich. »Mich läßt das einfach nicht los, Genosse Hauptmann!«

Anklinger verstand ihn. Andererseits konnte man keinem Phantom nachjagen. »Wir haben einen Punkt erreicht, der wie ein Schlußpunkt aussieht. Belassen wir es dabei.«

Er hatte »wir« gesagt und damit seinen Anteil übernommen.

Dresen war ihm dankbar, aber er war nicht erleichtert. »Irgend etwas ist mit Schmalkas«, sagte er. »Und wenn wir jetzt aufgeben ...« Er wiederholte, was ihm Dr. Weißberg vorgehalten hatte: In jedem Leben steckt ein bißchen Schuld. An diesen Satz klammerte er sich. »Wir müssen Georg Schmalkas' Schuld suchen!«

»Wo, Genosse Leutnant?« Die Frage war ehrlich gemeint. Sie sollte nicht einschüchtern oder abriegeln. Anklinger war nicht der Mensch, der andere zu bremsen versuchte, nur weil er selbst auf der Stelle trat. Er war durchaus bereit, Beharrlichkeit zu akzeptieren. »Wo sollen wir suchen? Welcher Bereich bleibt uns noch?«

»Die Familie«, antwortete Dresen, »der Sohn vielleicht.« Seine Stimme klang unsicher und wenig überzeugend. Er hatte keine Gründe aufzuführen.

Anklinger verlangte keine. Er wußte, daß neben dem Verstand auch Gefühle ihre Berechtigung hatten. Auch in diesem Beruf. Daß es so etwas wie Instinkt gab, ein Wittern, das nicht aus dem Kopf, sondern aus dem ganzen Körper kam.

»Aber sei vorsichtig, Jürgen.« Er legte ihm die Hand auf die Schulter. »Georg Schmalkas ist durch einen Unglücksfall ums Leben gekommen. Diese offizielle Todesursache gilt nach wie vor. Laß keine Zweifel bei den Angehörigen aufkommen. Das wäre verantwortungslos.«

Das »Du« war völlig unerwartet gekommen. Anklinger geizte gewöhnlich damit. Bei aller Herzlichkeit, bei aller Natürlichkeit im Umgang und in der Haltung bewahrte er stets eine gewisse Distanz zu anderen. Vertrauen war ihm wichtiger als Vertraulichkeit. Seine Mitarbeiter wußten und respektierten das. Sie litten nicht darunter. Es ließ sich gut arbeiten dabei.

Für Jürgen Dresen bedeutete der Wechsel in der Anrede mehr als eine Auszeichnung. Sie belastete ihn auch. Er sah darin eine Wertschätzung, die nicht nur ihm, sondern mehr noch seinem Vorhaben galt. Hauptmann Anklinger hatte die ganze Schwere zum Ausdruck bringen wollen, die Sorgfalt, die aufzuwenden war.

Dresen schleppte an der Verantwortung, sie hemmte ihn. Als er Klaus Schmalkas gegenübersaß, fühlte er es ganz deutlich. Hinter dem Ernst und der Ruhe, die er nach außen zeigte, steckte eine nur mühsam bezähmte Nervosität. Eine Erwartung, die er nicht zu definieren vermochte.

Dresen war am frühen Nachmittag zu den Schmalkas gegangen. Er hatte gehofft, um diese Zeit beide anzutreffen. Aber Gisela war nicht zu Hause, und ihr Mann sagte auch nicht, wann sie wiederkommen würde.

Die Begrüßung war steif und förmlich verlaufen. Schmalkas hatte sein Erstaunen über den Besuch nicht verbergen können. Fast ärgerlich hatte er den Leutnant angesehen, sich dann aber schnell umgestellt und eine übertriebene Gastlichkeit an den Tag gelegt.

Sie saßen im Wohnzimmer, in bequemen, altmodischen Sesseln, und auf dem Tisch standen Kognak und Gläser, die Schmalkas aufgetragen hatte. Er sah müde und abgespannt aus, aber auf eine andere Weise als damals nach der Beerdigung. Ein bißchen verludert, fand Dresen. Schmalkas' Atem roch schal, die Augenlider schienen ein wenig verklebt. Seine Stimme war lau und langweilig.

Er trank wieder sehr hastig, rauchte auch pausenlos.

Doch davon abgesehen, trug er ein Selbstbewußtsein zur Schau, das verblüffte. Zur Schau tragen, ja, so empfand es Dresen. Es wirkte aufgesetzt und unpassend. Und unangenehm.

Ein rechtes Gespräch wollte nicht aufkommen. Die paar Jugenderinnerungen waren unergiebig und bald verbraucht. Andere Themen, die Dresen anschnitt, nahm Schmalkas nicht an. Er antwortete gelangweilt, und was er sagte, war platt und banal. Eine frostige Stimmung lag im Zimmer, die dem fahlen Novemberlicht entsprach, das durch die Fenster fiel.

Ein bißchen Wärme kam in die Unterhaltung, als Schmalkas von seinem Vater erzählte. Ganz unvermittelt hatte er damit begonnen: »Wenn Vater noch lebte …«

Es war viel Gutes, was er über ihn sagte. Viel Schmeichelhaftes auch. Nicht alles klang echt, nicht alles war glaubhaft. Manchmal ertappte sich Schmalkas selbst bei Übertreibungen. Dann schüttelte er den Kopf, und sein Gesicht nahm etwas Kindliches, Hilfloses an.

Über den Tod seines Vaters, über die Todesursache, verlor er kein Wort. Auch auf Georg Schmalkas' Beruf kam er nicht zu sprechen. Es waren abseitige Geschichtchen, die er auskramte. Begebenheiten, die er selbst nicht miterlebt hatte. Jürgen Dresen hörte zu. Ab und zu streute er eine Frage oder Bemerkung ein, aber Klaus Schmalkas griff sie nicht auf. Ein langer Monolog wurde abgespult, der nach und nach abglitt und an Wert verlor. Was dann am Schluß blieb, waren leere Worte.

Schmalkas mußte das wohl selbst spüren. »Fünfzehn Jahre waren wir getrennt«, sagte er. »Was weiß ich eigentlich von Vater? In fünfzehn Jahren ändert sich ein Mensch. Auch Väter können sich noch ändern. Glaubst du nicht?«

Dresen antwortete mit einem Achselzucken. Er war sich nicht klar, worauf Schmalkas aus war und ob er überhaupt auf etwas aus war. Klaus Schmalkas hatte schon viel getrunken. Die Haare hingen ihm in die Stirn, und die Stimme war noch kraftloser geworden. Einen Augenblick sah er Dresen an. Dann schweiften seine Augen durch das Zimmer, bedächtig beinahe, als sähe er es zum erstenmal.

Langsam kehrte sein Blick zurück. »Du tust so unbeeindruckt«, sagte er. Etwas Vorwurfsvolles ging von ihm aus.

»Ich bin nicht unbeeindruckt«, antwortete Dresen. »Mir tut das alles sehr leid, Klaus.«

Schmalkas winkte ab. Die Handbewegung sollte Überdruß ausdrücken. Als hinge ihm die Unterhaltung zum Halse heraus. Auch sein Gesicht verzog sich gelangweilt. Es dauerte lange, ehe er wieder sprach. »Ihr seid so anders. Auch Gisela ist anders. Ich verstehe euch nicht mehr ...«

Ein wehleidiges Klagen, das anklagen sollte. Dresen ließ sich nicht täuschen. Das bißchen Mitleid, das für Sekunden in ihm aufgekommen war, mahnte ihn zur Vorsicht.

»Worüber beklagst du dich? Du hast deinen Weg selbst gewählt ...«

»Und Vater den seinen!«

Das klang doppeldeutig. Das war nicht mehr lau und langweilig gesagt. Schmalkas saß jetzt aufgerichtet am Tisch. Sein Blick, der immer ein wenig verglast gewirkt hatte, war mit einemmal ganz gespannt und offen. Was Dresen darin las, erschreckte ihn. Etwas Verbindendes lag in Schmalkas' Augenausdruck, ein kumpanenhaftes Wir-brauchen-einander-doch-nichts-vorzumachen etwa. Dabei keineswegs spöttisch oder überlegen, sondern durchaus ehrlich.

Das war alles sehr schnell gegangen. Schmalkas schien ebenfalls erschrocken. Er schlug die Augen nieder und wandte den Kopf. Seine Sehnen am Hals traten stark hervor. Die Haut war gerötet. Dresen mußte reagieren. Er konnte nicht behutsam abwägen. Jedes Zögern würde Schmalkas recht geben.

»Ich weiß wirklich nicht, worüber du dich beklagst.« Er wiederholte seine Worte. Er sprach kalt und sachlich. »Du hast deinen Weg selbst gewählt. Mach nicht andere verantwortlich! Und was deinen Vater angeht ...«

Dresen brach ab. Schmalkas war herumgefahren. Beinahe gierig beugte er sich über den Tisch. Ein gespanntes Warten lag in der Haltung.

Dresen verlor den Mut, seinen Satz zu vollenden. Er wich aus. Leiser und versöhnlich sagte er: »Man kann seinen Weg korrigieren, Klaus. Sprich mit Gisela. Sprecht euch aus, das klärt die Situation.«

»Klärt sie, aber ändert sie nicht!«

Da hatte Haß mitgeklungen. Vielleicht auch Verbitterung, Haß aber auf jeden Fall. Auf wen? Schmalkas' Blick wurde abweisend. Er kniff den Mund zusammen, als hätte er gesagt, was zu sagen war, und als wünschte er keine Unterhaltung mehr.

Die Chance war vergeben, Dresen spürte es. Wortlos stand er auf. Unter seinen Schritten knarrten die Dielen. Er sah auf die Uhr. Es war spät geworden. Schmalkas hatte seinen Sessel nach hinten geschoben. Breitbeinig saß er da, etwas schräg, in den Händen hielt er die Flasche. Die Mundwinkel hingen schlaff nach unten, das Gesicht war trocken und leer, nur noch Oberfläche, kein Inhalt mehr. Eine faltige, verwüstete Oberfläche, aus der zwei verglaste Augen stierten und die grau war, wie von einer Staubschicht überzogen.

Wie sollte er die Begegnung mit Klaus Schmalkas einschätzen? Als Fehlschlag? Dresen war sich nicht einmal sicher, ob es überhaupt ein Schlag gewesen war.

Am Nachmittag noch, auf dem Heimweg, glaubte er seine Enttäuschung ziemlich leicht überwunden zu haben. Ich bin einer Sache nachgegangen, die gar keine ist, hatte er sich gesagt, in Gedanken Dr. Weißberg zitiert und ihm recht gegeben. Man darf wirklich nicht immer nur auf Verbrecherjagd sein.

Aber zu Hause dann, am Abend, als die Kinder schliefen und Ruhe eingekehrt war, als er an das dienstfreie Wochenende dachte, das bevorstand, an die Tage ohne Anklinger, ohne Aussprache also – da hatte es zu vibrieren begonnen. Irgend etwas in ihm, das er nicht beschreiben konnte. Da hatte er Kartoffeln geschält und Spielzeug repariert, einfach, weil er Bewegung für seine Hände brauchte.

Mach dir nichts vor, sagte er sich, du hast geglaubt, ziemlich leichtfertig über die Angelegenheit hinwegkommen zu können. Aber das ist ein Fehlschlag gewesen, dieses Gespräch mit Schmalkas. Ein Fehlschlag, der zu verschmerzen gewesen wäre. Das Terrain war aufgelockert und schien fündig. Du hättest doch nur zu graben brauchen, Alter.

Und wonach, bitte schön? Das eben war der wunde Punkt: Man kann nur fragen, wenn man sich im klaren ist, was man wissen will. Er hatte es nicht gewußt.

Die Tiefstimmung hielt an. Am nächsten Vormittag räumte Dresen im Keller auf. Als Dr. Weißberg kam, schichtete er Holz.

Der Arzt stand plötzlich im Türrahmen. »Jürgen!« Eine Anrede wie ein Anlauf. »Du mußt unbedingt nachforschen, wo der Brief geblieben ist!«

»Was für ein Brief?«

»Das weiß ich nicht. Auch die Brinkmann weiß das nicht. Aber sie will ...«

»Wer ist die Brinkmann?«

»Die Postbotin, Jürgen. Und sie weiß genau und will sämtliche Eide darauf schwören, daß sie Georg Schmalkas einen Brief ausgehändigt hat. Am Tage des Unfalls. Sie traf ihn, als er zur Haltestelle der Linie vier ging. Sie gab ihm einen Brief und die Zeitung. Den Brief nahm er, die Zeitung nicht. Er bat, sie bei ihm zu Hause abzugeben, was Fräulein Brinkmann auch gemacht hat. Wo ist der Brief geblieben?«

»In Schmalkas' Kleidung wurde kein Brief gefunden, das weiß ich.«

»Na bitte, da haben wir's!« Der Arzt gab die Feststellung von sich, als sei nun alles klar. Er bewegte auch die Hände so, kippte den Kopf nach hinten: Da haben wir's!

Leutnant Dresen telefonierte mit Hauptmann Anklinger. Dr. Weißberg stand dabei. Er nickte, schüttelte den Kopf, machte Zeichen. Wie ein Schulmeister, der seinen Prüfling nicht durchfallen lassen möchte.

Als Dresen sich auf den Weg zu der Postbotin machte, begleitete der Arzt ihn ein Stück. Es war ein grauer, dumpfer Tag mit Nässe und Glätte unter den Schuhen. Fräulein Brinkmann wohnte in der Altstadt, etwa zehn Minuten entfernt.

Dr. Weißberg sprach von dem Brief. Er stellte Vermutungen an, wo er abgeblieben sein könnte. Zwischendurch schnaubte er sich die Nase, an der sich immer wieder kleine Tröpfchen bildeten. »Ich glaube, der Brief ist sehr wichtig, Jürgen. Du gibst mir doch Bescheid, wenn ihr etwas herausbekommt. Oder ist das ein Dienstgeheimnis?«

Woher sollte er das jetzt schon wissen? Dresen brummte eine Antwort, auf die er selber böse war. Der Arzt sah ihn von der Seite an. »Hast wohl schlechte Laune, was?« Dann sagte er, und er war bemüht, es ganz beiläufig zu sagen, so wie eine nebensächliche Floskel: »Ich weiß inzwischen, wo Georg diese Zeilen herhat. Ihr braucht da nicht weiter zu forschen. Konzentriert euch auf den Brief!«

Dresen blieb stehen. »Wir konnten gar nicht forschen! Sie waren ja halbamtlich bei mir. Halbamtlich marschiere ich bei dem Mistwetter zur Brinkmann. Alles halbamtlich, Herr Doktor!« Und dann, nicht mehr mit Wut, nur noch mit Ungeduld in der Stimme: »Na los, erzählen Sie schon!«

Aber das wollte Dr. Weißberg nicht. Das sei hier wohl

nicht der richtige Ort, sagte er. Außerdem eile es ja auch nicht. Der Zettel habe mit Georg Schmalkas' Tod nichts zu tun, das wisse er jetzt.

»Schön, daß *Sie* es wissen«, knurrte Dresen. Er verabredete sich mit Weißberg für die nächste Woche. »Aber in der Dienstzeit! Da komme ich amtlich!«

Bei Helga Brinkmann dann endlich ein Gespräch ohne jede Schnörkel. Kein Widerspruch, kein Irrtum, so schien es. Ein Brief, normal frankiert, von normaler Größe, die Anschrift mit Maschine geschrieben. Der Absender? – Achselzucken, schließlich sehr vorsichtig: »Ein aufgedruckter Absender, aber ich verbürge mich nicht dafür.«

Aufgedruckt, das hieße: Behörde, Betrieb, Dienststelle. Konnte alles mögliche heißen, auch Privatperson. Der Aufdruck bedeutete somit gar nichts. Trotzdem: Dank an Fräulein Brinkmann und Ermahnung zum Schweigen. Zwanzig Minuten Fußweg dann zur Dienststelle.

Anklinger erwartete den Leutnant bereits. Er hatte die Unterlagen herbeischaffen lassen, die über den Verkehrsunfall angelegt worden waren. Gemeinsam studierten sie die Aufstellung der bei der Leiche vorgefundenen Gegenstände: ein Personalausweis, ein Versicherungsausweis, eine Konsummitgliedkarte, ein Ausweis des Verbandes Bildender Künstler, ein benutztes und ein unbenutztes Taschentuch, ein Kamm, ein Portemonnaie mit acht Mark fünfzehn Hartgeld und fünfunddreißig Mark in Scheinen, ein leeres Straßenbahnheft, ein Filzstift (blau), ein Bund mit zwei Schlüsseln, ein Taschenmesser mit Nagelfeile und Korkenzieher. Alles.

Kein Brief.

»Schmalkas muß ihn fortgeworfen haben«, sagte Dresen. »Und so, wie er mir geschildert wurde, hat er ihn bestimmt erst säuberlich gefaltet, dann zerrissen und die Schnipsel nebeneinander in einen Papierkorb gelegt. Vielleicht an der Haltestelle, während er auf die Bahn wartete.«

»Ein unbedeutender Brief demnach, meinst du.«

»Sieht so aus. Zumindest hielt der pedantische Schmalkas es nicht für erforderlich, ihn aufzuheben.«

»Aber der pedantische Schmalkas sprang nur wenige Minuten später aus einer fahrenden Straßenbahn.«

»Meinst du, er wollte zurück, um den Brief wieder herauszukramen?«

»Darauf will ich gar nicht hinaus. Ich meine nur, Georg Schmalkas hat an diesem Vormittag eben nicht immer seinem Naturell entsprechend gehandelt. Es kann also durchaus möglich sein, daß der Brief doch von Bedeutung war. Der Inhalt hat ihn aufgeregt, aus dem Tritt gebracht. Er warf den Brief weg, was sonst nicht seine Art war, und sprang dann aus der Bahn, was ja ebenfalls nicht ...«

»Immerhin war er schon achtundsechzig.«

»Sag ich ja.«

Und was nun? Mit gelegentlichen Gesprächen beim Mittagessen war es nicht mehr getan. Die »Angelegenheit« war zu einem »Fall« geworden.

»Zum Fall Georg Schmalkas«, sagte Anklinger.

»Zum Fall Schmalkas«, korrigierte Dresen. Er schilderte den Nachmittag in Schmalkas' Wohnung. Anklinger ließ sich den Bericht wiederholen, bevor er urteilte. »Dir ist nichts vorzuwerfen. Solche Situationen werden in keinem Lehrbuch behandelt. Da muß man Erfahrungen sammeln, und auch die reichen meist nicht aus. Und was du da in Schmalkas' Augen gelesen haben willst – so etwas ist immer sehr subjektiv, weißt du. Vielleicht bist du doch ein bißchen voreingenommen gegen Klaus Schmalkas.«

Dresen gab es zu. Nicht in Worten, denn Anklinger verlangte keine Stellungnahme, aber sich selbst gegenüber gab er es zu.

Als der Anruf von der Post kam, waren Anklinger und Dresen schon im Aufbruch begriffen. Der Vorgesetzte von Fräulein Brinkmann war am Apparat. »Unserer Kollegin ist erst nachträglich eingefallen, daß der Brief, um den es ihnen geht, per Einschreiben gekommen war. Sie hat sich bei mir gemeldet, und wir haben die Unterlagen herausgesucht. Der Brief kam aus Güstrow, vom Barlach-Haus in Güstrow.«

Die beiden Offiziere sahen sich an. »Und einen solchen

Brief soll der gewissenhafte Schmalkas fortgeworfen haben? Ich fahre nach Güstrow, Genosse Hauptmann!« sagte Dresen.

Anklinger schüttelte den Kopf. »Überlaß das mir. Am Montag werde ich darüber berichten. Bis dahin unternimmst du nichts. Das ist ein Befehl, Genosse Leutnant!«

Das ließ sich leicht sagen: Du unternimmst nichts! Was sollte man machen, wenn der Zufall zufällig mitspielte? Der komische Zufall?

Am Sonntagnachmittag machte Dresen mit seiner Familie einen Spaziergang. Sie hatten sich einige Zeit im Zentrum aufgehalten, vor den Schaufenstern und Auslagen, und streiften nun am Ufer der Norke entlang. Das Wetter war schön für diese Jahreszeit, mit einem Stich ins Sonnige sogar. Das Wasser schwappte träge vor sich hin, kraftlos, als wartete es auf die Eisdecke. Der Boden war hart gefroren, man konnte vom Weg abweichen und über die graugrünen Wiesen rennen.

Die Kinder waren begeistert. Sie spielten, kicherten, und sie fanden immer wieder etwas zum Fragen. Sie fragten ohne Unterlaß, und Dresen erklärte. Er erklärte gern. Von seinen zwei Töchtern war ihm keine Frage zuviel.

Er war voll bei der Sache. Er ritzte Skizzen in die Erde, sprach von Endmoränen und Meerestiefen und stockte erst, als seine Frau ihn anstieß und flüsterte: »Dort hinten kommt Gisela Schmalkas, Jürgen.«

Was tut man in so einem Fall? Man denkt an den Befehl und dreht sich nicht um. Leutnant Dresen drehte sich auch noch nicht um, als die beiden Frauen schon miteinander sprachen. Doch das war keine Lösung, er mußte sie begrüßen.

»Klaus ist gestern nacht zurückgefahren«, sagte Gisela Schmalkas sofort. Sie sprach keineswegs traurig oder verbittert. Eher amtlich. So, wie sie auf der Sparkasse sagen würde: Die Abbuchung ist erfolgt. Ihr Blick ruhte dabei nachdenklich auf den Kindern. Vielleicht, weil sie gerade neben ihr standen, vielleicht aber auch, weil Gisela nicht den Kopf wenden und Dresen ansehen wollte. Dann fügte sie hinzu: »Vielleicht kommt er wieder. Er hat es angedeutet.«

»Für immer?« fragte er.

Sie antwortete nicht. Sie öffnete und schloß die Handtasche, zog dann an ihrem Schal, der verknautscht war und schief saß. Schließlich sagte sie leise, aber sehr fest und bestimmt: »Ich möchte nicht, daß er zurückkommt.«

Das war an ihn gerichtet. An den früheren Freund ihres Mannes, vor allem jedoch an den Offizier der Kriminalpolizei. Dresen empfand es so. Er las es auch in ihren Augen, die ihn jetzt groß und bittend ansahen.

Er nickte. Aus Verlegenheit, nicht als Zustimmung. Das Gespräch mißfiel ihm. Immerhin lag ein Befehl vor, nichts zu unternehmen. Dresen hätte abbrechen, mit ein paar billigen Floskeln den Abschied suchen müssen. »Es wird schon werden« und so.

Aber da stand die Frau vor ihm, die in diesem Augenblick alles, nur keine Floskeln erwartete. Die eine Antwort hören wollte. Eine Meinung wenigstens oder einen Hinweis. Dresen hatte auch einiges parat. Es war nicht schwer, Offizielles von sich zu geben. Etwa: »Wenn Klaus in die DDR übersiedeln will, ist das sein gutes Recht. Ob ihr aber wieder zusammen leben wollt, liegt bei euch. Liegt an dir, Gisela.«

Das wäre nicht falsch gewesen. Wäre vielleicht sogar tröstlich aufgefaßt worden. Als Rat oder Ausweg. Aber Dresen sagte etwas ganz anderes. Die Worte kamen fast wie von selbst. Sie standen in keinem Zusammenhang mit dem Vorangegangenen. Er stellte eine Frage, die einem Außenstehenden unverständlich erscheinen mochte, nicht aber Gisela Schmalkas. Schon während er sprach, reagierte sie sehr deutlich und sichtbar. Ein aufatmendes Erschrecken spiegelte sich auf ihrem Gesicht wider, als Dresen sagte: »Kennt Klaus den Brief?«

Ja, aufatmend und erschrocken zugleich, so wirkte sie. Sie zuckte zusammen und entspannte sich. Etwas Starres wich aus ihrer Haltung. Zum Vorschein kam eine ruhige, gefaßte

Furcht, mit der sie sich abgefunden hatte. Sie sagte: »Klaus kennt den Brief. Natürlich. Komm, du kannst ihn lesen.«

Die Antwort überraschte Dresen. Sie irritierte ihn so sehr, daß er nicht weiterzufragen wagte, woher sie den Brief hätte und ob sie ihrem Schwiegervater noch einmal an der Haltestelle begegnet wäre. Dresen ging mit. Hätte er erst Anklinger anrufen und um Erlaubnis bitten oder ablehnen und alles auf Montag verschieben sollen? Ohne Risiko kein Erfolg, sagte er sich.

Unterwegs sprachen sie nur Nebensächlichkeiten. Gisela Schmalkas schritt sehr forsch aus, sehr bewußt, als sollten ihre Bewegungen ihren Entschluß bekräftigen. Doch im Haus dann verlangsamte sich alles. Umständlich legte sie ab, betrachtete sich lange im Spiegel und zögerte, ihren Gast ins Wohnzimmer zu führen. Dort lehnte sie sich an den Kachelofen, fröstelnd und müde, und starrte vor sich hin, schweigend noch immer und traurig jetzt.

Dann plötzlich fuhr sie auf, schreckte zusammen, als sie Dresen ansah, und überschlug sich beinahe, ihn zu bewirten. Sie brachte Kognak, eine Flasche von Klaus noch, zwei Gläser, Aschenbecher und Zigaretten. Sie huschelte aufgeregt durch das Zimmer, bis Dresen sich ihr in den Weg stellte und sie zum Sessel führte. »Setz dich, Gisela. Das ist unwichtig.«

Er wartete. Die Wanduhr tickte, auf der Straße hupte ein Auto.

Nach einer Weile sagte er: »Du wolltest mir den Brief zeigen, Gisela.«

»Ja, ja.«

Nichts weiter. Sie blieb sitzen, rührte sich nicht, starrte auf die Tischdecke. Dann endlich, mit einer trägen Handbewegung über die Stirn: »Ich will dir erst etwas anderes zeigen. Vielleicht verstehst du dann …«

Sie öffnete ihre Handtasche und nahm ein Stück Papier heraus. Ohne einen Blick darauf zu werfen, gab sie es Dresen. Der las: »Zur Kunst gehören zwei. Einer, der sie macht, und einer, der sie braucht. (Ernst Barlach)«

Dresen reichte das Blatt zurück. Einen Augenblick sah es aus, als wollte Gisela Schmalkas es zerreißen. Dann rollte sie es zusammen, glättete es wieder und legte es beiseite.

»Das war Vaters Spruch. Nicht sein Evangelium, eher sein Alptraum. ›Meine Kunst braucht niemand‹, sagte er. Ich hielt das für eine Marotte von ihm, ein Sich-Bemitleiden. Er hat anderen gegenüber nie solche Gedanken ausgesprochen. Er ließ sie sich auch nicht anmerken. Daß er aber in dieser Gedankenwelt lebte, daß sie sein Selbstbewußtsein unaufhörlich zerstörte, wurde mir dann in einer schrecklichen Form vor Augen geführt. Ich werde diese Stunden nicht vergessen. Nie in meinem Leben ... Es war kurz vor seinem Tode, drei Tage vor diesem Unglücksfall. Vater kam herunter und setzte sich zu mir. Er brachte ein Buch mit, aus dem er mir vorlas. Das machte er zwar selten, aber hin und wieder kam es schon vor. Das Buch handelte, wie fast alles, was er las, von Ernst Barlach. Von seinem Tod diesmal, von seinem Begräbnis. Berühmte Namen standen da: Käthe Kollwitz, Georg Kolbe, Max Planck, Oskar Loerke. Sie hatten den Mut aufgebracht, Barlach die letzte Ehre zu erweisen. Vater war tief beeindruckt, obwohl er davon sicherlich nicht erst durch dieses Buch erfahren hatte. Aber an diesem Tag ... ich sah plötzlich, daß er etwas abschrieb, aus dem Testament Oskar Loerkes. Das Testament wurde in dem Buch zitiert und als Beispiel auch für Barlachs Lebensweg bezeichnet. ›Ich habe an meine Freunde nur die eine Bitte ...‹, so etwa geht es. Vater las mir die Zeilen vor, dann sah er mich an und sagte: ›Das ist schön, so soll auch mein Testament beginnen. Aber schließen‹, sagte er, ›wird es so: Ich bin an Gram gestorben, an Schande, an Angst, ich bin gestorben, weil ich versagt habe im Leben ...‹ Ich habe erlebt, Jürgen, wie gebrochen ein so redlicher Mensch wie er sein kann. Zermürbt, verschlissen ... er hat mir alles gebeichtet ...«

Und dann erzählte Gisela Schmalkas. Es wurde kein fließender Bericht, kein vorbereitetes Geständnis. Immer wieder suchte sie nach dem richtigen Wort, und sie streute viel Überflüssiges ein. Stets war sie darauf bedacht, den Schwiegervater zu schonen und Verständnis für ihn in Dresen zu wecken.

Der Leutnant begriff, daß das Beiwerk nötig war und dazugehörte. Es war nicht damit getan, zu sagen: Georg Schmalkas hatte ein Barlach-Original gefälscht. Hatte die »Träumende« kopiert. Wie es dazu gekommen war, welche Faktoren wirkten und welche Gefühle ihn trieben, darum ging es. Nicht der rote Faden war die Geschichte, sondern das Drumherum.

»Als Vater nach vielen, vielen Versuchen und Entwürfen endlich ein Exemplar in der Hand hielt, das dem Original gleich schien, war er ein anderer Mensch geworden. Zum erstenmal in seinem Leben hatte er ein Ziel, das er sich selbst gestellt hatte, auch erreicht. Eine neue Möglichkeit, sich zu betätigen und etwas zu leisten, bot sich ihm. Nicht in betrügerischer Absicht, sondern als legaler Berufszweig. Vielleicht lag dort seine wahre Begabung, und erst im Alter hatte er sie entdeckt. Vater war fröhlich und ausgelassen ... so wie er es eben konnte.«

Einen Augenblick lächelte Gisela Schmalkas. Sie sah etwas, was schön war in der Erinnerung. »Ein paar Jahre ist es jetzt her«, fuhr sie fort, »neunzehnhundertvierundsechzig, als Klaus uns zum letzten Mal besuchte. Er war gekommen, um Vater Barlach-Bilder abzuhandeln. Er wollte sie drüben verkaufen, weil es ihm angeblich schlecht ging. Immer ging es ihm schlecht, seit er weg ist. Vater weigerte sich natürlich, er wollte seinem Sohn helfen, schon, aber nicht auf diese Weise. Da nahm Klaus heimlich ein Bild mit, die ›Träumende‹. Er wußte nicht, daß er die Kopie gegriffen hatte. Vater merkte es nicht sofort. Und als er es entdeckte, hatte Klaus das Bild schon verkauft. Als Original, davon war Klaus ja überzeugt. Und nichts geschah. Die Fälschung blieb unbemerkt. Woche auf Woche verging, es wurden Monate, Jahre. Vater fühlte so etwas wie einen verbotenen Stolz in sich. Hatte er sich nicht wenigstens auf diesem Gebiet als Könner bewiesen? Trotzdem quälte ihn das Gewissen. Er konnte das Original nicht mehr sehen und verkaufte es seinem Freund Doktor

Weißberg und lebte so weiter, zwischen Angst und Freude schwankend, wobei die Angst im Laufe der Zeit immer geringer wurde. Bis dann jener Brief kam ... hier ist er.«

Es war ein Schreiben vom Barlach-Haus in Güstrow, wie Dresen sofort sah. Ehe er den Inhalt las, schaute er auf Datum und Stempel. Der Brief war mehrere Wochen alt! In höflichen Worten wurde Schmalkas darin informiert, daß aus der Bundesrepublik ein Bild, die »Träumende« von Barlach, zur Prüfung eingesandt worden war, das sich einwandfrei als Fälschung erwiesen habe. Das ergebe sich nicht nur aus der Strichführung der Zeichnung selbst, sondern vor allem aus dem benutzten Papier, das künstlich gealtert worden sei und an den Rändern unechte Vergilbungen zeige. Man bat Schmalkas, sein Original zu Vergleichszwecken zur Verfügung zu stellen oder anzugeben, ob und an wen er das Bild veräußert habe.

»Da war es aus mit Vater. Alles zerbrach in ihm. Was sollte er tun? Ach, vieles hätte er tun können und müssen. Wäre er nur nicht so verschlossen gewesen, auch zu mir. So tat er das Dümmste – nämlich nichts. Er antwortete einfach nicht.«

Gisela Schmalkas machte eine Pause. Vielleicht war sie am Ende und wartete auf Dresens Urteil. Sie nahm den Zettel, der neben ihr lag, und rollte ihn wieder zusammen. Dann sah sie den Leutnant an, mit einem Blick, der voller Fragen und Hoffnung war.

»Vater war kein Betrüger«, sagte sie schließlich. »Glaub es, Jürgen. Glaubt es. Er hat nichts Unredliches vorgehabt ... er war so glücklich zeitweise ...«

Glücklich? Zufrieden vielleicht, stolz oder auch überzeugt von sich, aber glücklich? Glück kann doch nur empfinden, wer redlich handelt. Aber das hatte Georg Schmalkas nicht getan.

Leutnant Dresen fühlte sich einsam an diesem Abend. Es gab niemand, mit dem er sprechen konnte. Anklinger hielt sich in Güstrow auf, und seiner Frau gegenüber mußte er schweigen. Er kurbelte unentschlossen am Radio herum, hörte Schlager, dann wieder ernste Musik, aber das lenkte nicht ab. Schon frühzeitig ging er zu Bett, er wollte noch lesen, doch auch das gelang nicht. Der Schlaf kam zögernd, mit ihm kamen Träume, die wirr und schwer waren. Er stand vor einem Gericht, vor Männern in schwarzer Robe, er sollte eine Frage beantworten, die er nicht hören konnte, er hörte seine eigene Stimme nicht.

Am Sonntagmorgen, unausgeschlafen, mißmutig und auch körperlich nicht erfrischt, rief er in Anklingers Wohnung an. Anklinger war Witwer. Er lebte mit seiner Tochter zusammen, die als Stewardeß arbeitete. Sie sagte, ihr Vater sei noch nicht zurück und habe auch nicht hinterlassen, wie lange er fortbleiben würde. Ob sie etwas ausrichten könnte.

»Nein, nein«, sagte Dresen und legte auf.

Wieder ging er in den Keller, aber das Holz war schon gestapelt, er fand keine Beschäftigung. Alles war ihm im Wege, seine Frau, die Kinder. Ein Unbehagen saß in ihm, das wie eine Krankheit wirkte, die noch nicht ausgebrochen war.

Träge und ohne Inhalt schlichen die Stunden an ihm vorüber. Nach dem Abendbrot holte er Fotoalben hervor. Er suchte Bilder aus seiner Jugendzeit, auf denen auch Georg Schmalkas zu sehen war. Er betrachtete dessen Gesicht, das Gesicht des Dreißig- und Vierzigjährigen und ließ es altern in seiner Phantasie. Doch was dort entstand, waren die Züge des Sohnes. Immer wieder mischten sich die Gesichter von Vater und Sohn, und beide bekamen etwas Zerstörtes, Erfolgloses, ja Schuldhaftes im Ausdruck. So wie Dresen Klaus Schmalkas zuletzt gesehen hatte, grau und wie von einer Staubschicht überzogen, verzog sich auch das Gesicht des Malers: eine öde, ausgetrocknete Landschaft, die jeden Augenblick auseinanderbrechen konnte.

Diese früher nie entdeckte und vielleicht auch gar nicht gegebene Ähnlichkeit wurde vorherrschend in Dresens Erinnerung. Es bestürzte ihn, daß er sich Georg Schmalkas nicht mehr vorstellen konnte. Das Gesicht des Sohnes überlagerte das des Vaters, wie vielleicht auch Klaus' Schicksal das des Vaters überlagert hatte. In jedem Leben steckt ein bißchen

Schuld, hatte Dr. Weißberg gesagt. Steckte in Georg Schmalkas' Leben vor allem die Schuld seines Sohnes?

Hauptmann Anklinger kam am anderen Morgen gegen zehn Uhr ins Büro. Er machte einen bedrückten Eindruck. Anklinger hatte beide Fensterflügel weit geöffnet, der Herbsttag versprach schön zu werden, sanft und durchsichtig. Vom nahen Bahnhof hörte man das Rattern und Kreischen rangierender Züge und dieses mißtönige, unverständliche Gepfeife dazwischen, mit dem aber die Bahnarbeiter einander Weisungen gaben.

Anklinger deutete auf einen Stuhl. »Erzähle du erst mal. Du hast bei uns angerufen?«

Dresen erstattete Bericht. Der Hauptmann verzog keine Miene. Er ließ sich den Vortrag auch nicht wiederholen. Lange Zeit saß er schweigend hinter dem Schreibtisch, und als Dresen wortlos seine Zigarettenschachtel hinüberreichte, schüttelte er nur den Kopf.

Endlich sagte er: »Es ist noch ein drittes Exemplar der ›Träumenden‹ aufgetaucht. Eine Aachener Galerie hat es dem Barlach-Haus in Güstrow zur Begutachtung eingereicht.«

»Noch eine Fälschung?«

»Noch eine Fälschung. Die gleiche Machart, sagen die Experten.«

Dresen war wie vor den Kopf geschlagen. Hatte Gisela Schmalkas ihn belogen? Er sah Anklinger an, der unsicher die Schultern hob, als erriete er Dresens Gedanken. »Auf jeden Fall war das der Inhalt des zweiten Briefes, den Schmalkas erhielt«, sagte er dann.

Dresen nickte. Schmalkas' anschließende Handlung war somit sein Schuldbekenntnis. Er fühlte sich zum zweitenmal ertappt und gab auf.

Aber warum hatte er die Fälschung wiederholt? Immer wieder stellten sie sich diese Frage. Doch alle Antworten und Erklärungen, die sie fanden, begannen mit »Vielleicht«. Sie beschlossen, noch einmal mit Gisela Schmalkas zu sprechen.

Sie kam am nächsten Tag. Ihr Blick war offen. Man merkte ihr an, daß sie sich von einer Last befreit hatte. Das noch immer blasse Gesicht zeigte nur Trauer, keine Spannung mehr.

Sie wiederholte, was sie schon Dresen mitgeteilt hatte, etwas kürzer, geraffter diesmal, aber mit der gleichen Wärme und Parteinahme für ihren Schwiegervater. Hauptmann Anklinger unterbrach nicht. Als Gisela Schmalkas fertig war und fragend die beiden Offiziere ansah, erhob er sich und trat dicht vor sie. Das war seine Art, Verständnis und Anteilnahme auszudrücken.

»Ihr Schwiegervater hat nicht nur einmal die ›Träume‹ kopiert«, sagte er. Seine Stimme klang leise, und er feuchtete die Lippen an, als machte es ihm Mühe zu sprechen. »Wenige Minuten vor seinem Tod, vor dem Unfall auf der Straßenbahn, bekam er die Mitteilung, daß noch eine zweite Fälschung entdeckt worden war.«

Dresen sah, daß er noch etwas hinzufügen wollte. Aber Gisela Schmalkas hatte die Hand des Hauptmanns ergriffen, und ohne Überlegung, wie es schien, rief sie: »Klaus hat ihn dazu angestachelt! Wenn Vater das getan hat, dann wegen Klaus, Herr Anklinger!«

War das wirklich das einzige Motiv gewesen? Gisela Schmalkas behauptete es, aber beweisen konnte sie es nicht. Keiner von ihnen konnte Beweise vorlegen. Aber auf die kam es an. Tat, Täter, Tatmotiv – dieses kriminalistische »Dreiecksverhältnis« galt auch hier.

Jürgen Dresen sah immer wieder das leere, vom Trinken zerstörte Gesicht Klaus Schmalkas' vor sich. Die alte Voreingenommenheit wollte wieder von ihm Besitz ergreifen. Er traute ihm zu, daß er seinen Vater gedrängt hatte, den Betrug zu wiederholen. Doch sprach den das frei von Schuld?

Gisela Schmalkas hatte von der zweiten Kopie keine Ahnung. Sie beteuerte es, und sie glaubten ihr. Mit diesem Glauben jedoch setzten auch Zweifel ein, Unverständnis für das Verhalten des Schwiegervaters.

Warum hatte Georg Schmalkas seiner Schwiegertochter nur einen Teil seiner Schuld gestanden? Was erreichte er mit dieser verlogenen Darstellung einer verlogenen Wahrheit, wie Anklinger es bezeichnete, als sie wieder allein waren?

»Wie war ihm wohl zumute dabei? Was ist in ihm vorgegangen, wenn er Gisela ansah? Wenn er das Vertrauen spürte, das in ihrem Lächeln lag? Wenn sie ihm zuredete und ihn aufmunterte? Hätte er nicht wenigstens dann, in solchen Momenten, das Versäumte nachholen und endlich seine volle Schuld gestehen müssen? Es war doch ohnehin vorbei. Der erste Brief aus Güstrow lag vor. Die erste Fälschung war geplatzt. Warum hat Georg Schmalkas da noch geschwiegen?«

Wie sollten sie das wissen? Sie konnten herumraten. Sie konnten sagen: Versetzen wir uns mal in seine Lage. Sagen konnten sie es, versuchen konnten sie es – gelingen würde es ihnen nur unvollkommen.

Vielleicht, so überlegten sie, wollte Schmalkas nur zugeben, was erwiesen war. Vielleicht hoffte er, daß es bei dieser einen Entdeckung bliebe. Vielleicht auch war er einfach nur feige. Er wollte alles gestehen, aber dann verlor er den Mut. Die Reaktion seiner Schwiegertochter, ihr Erschrecken schon nach den ersten Sätzen, die Angst, von ihr verurteilt, sogar verachtet zu werden, hatte ihn verstummen lassen. Die eine Kopie – da kam er glimpflich weg, da stieg er in ihren Augen, aber mehr …

Der Verdacht, Georg Schmalkas habe die Kopien auch oder sogar vorwiegend in betrügerischer Absicht hergestellt, wurde schließlich zur Gewißheit. In der Bundesrepublik war noch eine weitere Fälschung entdeckt und nach Güstrow eingereicht worden. Keine Nachahmung der »Träumenden« diesmal, aber auch eine Barlach-Zeichnung und ebenfalls von Klaus Schmalkas angeboten.

Gegen ihn wurde ein Ermittlungsverfahren eröffnet. In seiner Aussage schob er alle Schuld dem Vater zu. Georg Schmalkas habe ihm die Bilder gebracht und gebeten, sie in der Bundesrepublik zu verkaufen. Da er, Klaus, von Jugend an gewußt habe, daß sein Vater wertvolle Barlach-Originale besitze, sei ihm niemals der Gedanke gekommen, bei diesen Exemplaren könne es sich um Fälschungen handeln. Dieser Einlassung schloß sich das Gericht in der Bundesrepublik an und übergab den Vorgang der Staatsanwaltschaft in Ohnhausen.

Gisela Schmalkas war alt geworden in den Tagen der Vorverhandlungen. Sie trug eine Last, die zu schwer war für sie. Nur wenig erinnerte noch an das grazile, lebenslustige Mädchen von einst.

Als Leutnant Dresen zum ersten Termin ging, zur ersten offiziellen Gegenüberstellung mit ihr, hatte er eine unruhige Nacht hinter sich. Seine Kinder- und Jugendjahre waren an ihm vorübergelaufen, die Zeit mit Klaus und Gisela, mit Gudrun, mit den alten Schmalkas und den eigenen Eltern, und er war müde und zerschlagen am Morgen aufgewacht. Hauptmann Anklinger, dem er davon erzählte, legte einen Arm um seine Schulter und meinte: »Ich will dir was sagen, Jürgen: Ein Kriminalist, der in deiner Lage zu einer solchen Verhandlung geht und davor ruhig schlafen kann, scheidet menschlich schon aus für uns. Der hat sich in unserem Staat selbst disqualifiziert für diesen Beruf.«

Am Abend suchte Dresen Dr. Weißberg auf. Der Arzt wußte Bescheid und stellte keine Fragen. Er sagte: »Georg war mein Freund. Ich kann da nichts rückgängig machen. Ich will es auch nicht.«

Lange standen sie unter dem Bild der »Träumenden«.

»Als Georg mir das Bild anbot, drängte er es mir förmlich auf. Als wollte er es loswerden ... das sage ich nicht, weil ich jetzt die Ursache kenne. Ich hatte auch damals diesen Eindruck ... Aber was hat dieser Eindruck genutzt? Was habe ich daraus gemacht? Nichts natürlich. Und was hätte ich daraus machen können! Das ist es, Jürgen. Wir machen zuwenig aus unseren Eindrücken. Wir speichern sie und rükken mit ihnen heraus, wenn es zu spät ist.«

An der Tür, bei der Verabschiedung, sagte Dr. Weißberg: »Ich glaube, Georg hat darunter gelitten, daß sich sein eigenes Leben in seinem Sohn wiederholte. Sie haben beide versagt und ihre Chancen nicht genutzt. Als Georg das begriff, machte er Schluß. Er sah keine Möglichkeit, etwas zu ändern, und deshalb … er war ja nicht mehr der Jüngste, nicht?«

Nein, das war er nicht, dachte Dresen. Immerhin war er schon achtundsechzig …

BERND DIKSEN

Rache ist kein Kinderspiel

»Nein«, sage ich gerade halbwegs zufrieden, »heute war wieder ein herrlicher ruhiger Tag. Bis auf die Beschwerde eines Bürgers, dem man über Nacht die Gartentür mit einem Erdhobel blockiert hat. Aber sonst nichts, es wird immer friedlicher.«

Auf die knappen Dienstanweisungen, die meine vorgesetzte Dienststelle per Telefon abgibt, horche ich mehr geschäftsmäßig. Für mich ist der Tag so gut wie zu Ende, mein abendlicher Bericht als Abschnittsbevollmächtigter dürfte für heute meine letzte Amtshandlung sein.

Und so spiele ich unaufmerksam und kindisch mit der geringelten Telefonschnur, als draußen ein Moped knattert, aufheult und gleichzeitig fürchterlich quietschend gebremst wird. Nun fällt man zwar heutzutage auch bei uns auf dem Dorf eher mit einem Fahrrad als mit einem Motorfahrzeug auf, aber mitunter hat man doch böse Vorahnungen. Vorsichtshalber sage ich schnell noch: »Das heißt, wenn ich mal unterbrechen darf, jetzt ist es erst halb fünf und wird eben erst dämmrig ...«

Weiter komme ich auch nicht mehr. Durch die ewig klemmende Tür zum Dienstzimmer poltert ein ölverschmierter Mensch, schießt gleich bis zum Schreibtisch vor, stützt seine Schmierpfoten direkt auf meine saubersten Akten und schnauzt mich formlos an: »Mann! Sie müssen sofort ...! Meinen Boß hamse erschossen!«

»Was? Erschos...?«

»Sage ich doch, verflucht! Regelrecht erschossen! Machen Sie bloß endlich, Mann! Rufen Sie alles an, Rettungsdienst, Krankenwagen, Polizei!«

»Polizei bin ich«, knurre ich gereizt und schnuppere verstohlen gegen den jungen Mann. Aber er riecht nicht nach Alkohol. Ihm zu glauben fällt mir trotzdem schwer. Erschossen? Leider habe ich den Telefonhörer noch immer am Ohr und aus dem brüllt es nun unbeherrscht: »Verdammt! Was ist da los? Ich höre was von erschießen! Reden Sie doch endlich!«

»Ruhe!« brülle ich zurück und erschrecke, weil ich kaum einen Genossen Hauptmann kenne, der sich von einem VP-Meister anbrüllen läßt. Aber ich bin verdammt durcheinander. Eben noch freut man sich über die ländliche Ruhe, und dann wird einer erschossen! Und ich Esel hatte mir früher immer etwas mehr Leben gewünscht. Aber seit vor drei Monaten der VEB Meliorationsbau mit zwei Dutzend Kippern, einigen Planierraupen und Baggern rings um unser einst so stilles Dorf tobt, wummert und dröhnt, bin ich ganz entschieden wieder für ländliche Ruhe.

Immerhin, nach einigen Wochen sehr munteren Treibens seitens der zu den Baggern und Kippern gehörenden Kollegen scheinen sie sich an uns zu gewöhnen oder wir uns an ihre Munterkeit. Jedenfalls wurde es von Tag zu Tag alltäglicher und eben ruhiger.

Aber nun scheint mir doch, daß ich mitten in die Vorbereitungen für den ersten DEFA-Wildwestfilm* hineingeraten bin.

»Erschossen«, murmele ich ungläubig vor mich hin und werde endlich dienstlich. »Ich komme! Oder ... Moment mal!« Ich gebe schnell noch und sozusagen auf Verdacht den ungeheuerlichen Tatbestand an meine vorgesetzte Dienststelle weiter und frage erst dann: »Wen haben sie erschossen?«

»Mann! Meinen Boß!« Der Bengel vor mir grunzt empört und wird krötig. »Menschenskind! Bei so 'ner umständlichen Arbeit verblutet der noch!«

»Was denn? Verbluten? Ich denke ... erschossen, wie?«

»Naja«, sagt er darauf, »nicht so direkt, Chef. Aber getroffen haben sie ihn. Und gebrüllt hat er, Mann o Mann! Und sich im Dreck gewälzt! Sauber getroffen!« Und dann knallt er die Faust auf den Schreibtisch und empört sich: »Direkt in den Hintern! Linke Backe!«

Der Tatort reizt direkt zu lauten Verwünschungen. Erstens ist das Novemberwetter miserabel, diesig, feucht und obendrein noch kalt. Zweitens aber gibt es im Umkreis von fünfzig Metern keinen halbwegs trockenen Fleck Erde. Ich muß unwillkürlich und vorsichtshalber verstohlen grinsen, als ich den Genossen Oberleutnant Poinzer vom VPKA beobachte, wie er mit seinen schwarzen Halbschuhen verzweifelt versucht, den Mittelpunkt des Tatortes, einen schmutzig-gelben Bagger, zu erreichen. Ich kenne mich hier aus und habe deshalb Gummistiefel an. Hinter uns ist eine ganze Kolonne G5-Kipper in Reih und Glied aufgefahren. Die Fahrer stehen, vereint und brüderlich wie selten, auf der Kuppe des Erdbuckels, den der Bagger abtragen soll. Die Sicht von da oben dürfte gut sein, vielleicht reden sie deswegen so wild alle gegen alle. Wahrscheinlich aber reden sie weniger über den Arbeitszeitausfall als über das Attentat auf den Baggerführer Lothar Höhne.

Denn leider ist es wahr – der ›Boß‹ mußte mit einer Schußverletzung ins Krankenhaus gebracht werden. Und doch wird die Schußwunde vielleicht noch nicht das Gefährlichste sein. Höhne war bewußtlos, als ihn vor fünf Minuten der weiße B1000 abtransportierte. Er hat noch eine böse Kopfverletzung. Wahrscheinlich ist Höhne vor Schreck und Schmerz aufgesprungen und in der Enge seiner Kabine mit dem Kopf gegen die Feststellschraube des vorderen Fensters geprallt.

Es muß ihn getroffen haben, als er gerade den schweren Korb schwenkte, zwischen dessen Stahlzähnen ein mächtiger Baumstumpf klemmt. Vor Schreck oder Schmerz – oder beides zusammen – muß er den Handhebel der Seilbremse losgelassen haben.

Der Korb mit Baumstumpf krachte aus rund drei Meter Höhe auf die linke Bordwand des wartenden Kippers, und da hängt er jetzt noch. Der Wagen mit zersplitterter Bordwand steht etwas unglücklich im Schlamm, die Schnauze tatendurstig in die Höhe gereckt. Und von einem Unfall kann leider auch keine Rede sein. Im Blech der Schiebetür zur Fahrerkabine ist ein kleines Loch. Oberleutnant Poinzer klettert eben vorsichtig vom Bagger in den Schlamm zurück. Er wischt sich die Hände an einem blütenweißen Taschentuch sauber, worüber sich seine Frau ganz bestimmt freuen wird. Neben mir steht Leutnant Ohlig, klein und etwas bequem und mustert abwechselnd die Szenerie und seine ebenfalls verdreckten Schuhe.

»Dicker Hund«, murmelte Poinzer, als er uns mühsam erreicht und wischt noch immer an seinen Händen. »Unglaublich, was? Hier wird tatsächlich scharf geschossen.«

Warum er ausgerechnet mich und auch noch vorwurfsvoll ansieht, kann ich mir zur Not ausrechnen. Aber er will vorerst weiter nichts, sondern sagt zu Ohlig: »Veranlassen Sie alles weitere. Fotos, recht viele, auch von der weiteren Umgebung. Schußrichtung, Schußwinkel, Kaliber, na, Sie wissen ja ... Und wir«, damit meint er nun doch mich und deutet dabei auf die Hügelkuppe, »wir werden uns mal um das Völkchen da oben kümmern.«

Dann sieht er sich mißmutig um. Viel ist nicht mehr zu sehen. Um uns ein verschlammter Abraumbetrieb, in einiger Entfernung die Lichter der ersten Häuser, und links vom Bagger, etwa hundertfünfzig Meter entfernt, der Fluß. Auch er ist nicht mehr zu sehen, aber um ihn dreht sich die Arbeit der Männer, zu denen wir jetzt hinaufstiefeln.

Oben, noch einige Schritte von den Fahrern entfernt, blickt er sich um, mustert nachdenklich den Bagger und murmelt: »Viel werden uns weder Schußwinkel noch Schußrichtung nützen. Ja, wenn der Kasten gerade still gestanden hätte ... aber so? Mitten in der Drehung? Und einen Schuß will hier doch auch niemand gehört haben, nicht?«

»Gehört bestimmt«, sage ich eifrig, »und nicht nur einen. Heute ist Treibjagd drüben hinterm Fluß.« Und wie zur Bestätigung knallt irgendwo ein Schuß, allerdings einige Kilometer entfernt.

»Soso«, macht Poinzer, »Treibjagd.« Ziemlich plötzlich wendet er sich zu den ungefähr zehn Fahrern und fragt laut: »Hat hier jemand gesehen, wer den Schuß abgegeben hat?

Oder aus welcher Richtung geschossen wurde? Wer war gerade hier?«

Zögernd meldet sich ein Blondkopf mit seinem verwegenen Hut auf den Locken, die Krempe ist auf einer Seite mit einem soliden Nagel hochgesteckt. Oder genagelt. Aber der Mann kommt nicht zu Wort. Aus dem Mittelpunkt der Runde drängt sich mein Freund, der Baggerschmierer, wie das in Fachkreisen heißt. Er ist noch immer aufgeregt, und auch er reibt sich unentwegt die Hände sauber, allerdings an Putzwolle und nicht an einem Taschentuch. Aber vielleicht hat er bloß keine Frau, die ihm das wieder wäscht. Alt ist der Bengel nämlich noch nicht, höchstens zwanzig.

»Erzählen Sie.«

»Hab ich doch schon ... gibt nicht viel. War plötzlich ein ziemliches Durcheinander, kann ich Ihnen sagen. Und keiner wußte erst, was überhaupt los war. Ich stand gerade dort», er deutet fahrig auf einige zusammengenagelte Schalttafeln, die wohl eine Art Bude darstellen sollen, »habe die Fettpresse gefüllt. Ist unser Lagerschuppen da. Tolles Ding, was?«

Poinzer winkt ungeduldig ab, und ich verkneife mir gerade noch die Bemerkung, daß die Bude vielleicht vollständiger geworden wäre, wenn man nicht die Nägel zweckentfremdet verwenden würde.

»Zur Sache, junger Mann ... wie heißen Sie übrigens?«

»Fink«, sagt er recht leise, und trotz der trüben Baustellenbeleuchtung sehe ich, daß er verstohlen mit der Faust seinen Kollegen droht. Die Leute werden unruhig, und dann verstehe ich auch Finks Geste. »Schmierfink?« sagt einer aus der Mitte und kichert.

»Weiter«, verlangt Poinzer, grinst aber auch.

»Blöde Bande«, mault Fink und schränkt hastig ein, »die da hinten, natürlich ... Ja, also, ich fülle gerade so meine Fettpresse, weil wir ja jede Pause abschmieren müssen, wenn der Laden laufen soll, nich? Ja, also ich fülle so vor mir hin ...«

»Vor mich«, sagt unvermittelt hinter ihm Ohlig, der eben dazukommt.

»Is doch egal. Füllen muß ich trotzdem.« Er schmeißt plötzlich seinen Putzlappen Ohlig vor die Füße und kräht: »Verdammt, und wenn ich's jetzt noch mal erzähle, dann platzt mir das Ding noch! Also, gefüllt ist sie nun«, sagt er wieder zu Poinzer, »und da eben krachte es!«

»Was? Der Schuß?«

»Was für'n Schuß?« fragt der Bengel albern. »Nee, nee, is nich, von wegen Schuß und so. Jedenfalls nicht in dem Moment. Sonst ist ja 'n Schuß hier nichts außergewöhnliches. Als wenn hier 'n Tierreservat wäre, was? Die Herren Jäger ballern doch schon den ganzen Nachmittag wild in der Gegend herum ...«

»Kommen Sie doch endlich zur Sache!«

»Bin doch dauernd mittendrin! Nämlich, der Krach, das war, als der Korb mitsamt den ollen Stubben auf die Bordwand orgelte. Mann! Ich bin vielleicht aus dem Freiluftklosett da herausgeschossen. Ich dachte, jetzt kracht alles zusammen! Mann, habe ich mir erschreckt ...«

»Mich erschrocken«, verbessert der kleine Ohlig, nun schon grimmiger. Das ist übrigens seine Marotte, die Verbesserei. Damit kann er einen glatt zur Verzweiflung bringen.

»Sage ich doch dauernd«, entrüstet sich Fink. »Es krachte also, ich hin zum Bagger, und ehe ich ran war, höre ich schon den Kurt brüllen. Mann, dachte ich, das Seil! Jetzt isses passiert!«

»Was für ein Seil nun schon wieder?«

»Na, das vom Korb natürlich! War nämlich schon lange Zeit zum Auswechseln. Aber Kurte, was der Höhne ist, der hatte ja immer keine Zeit. Feste Moneten machen, verstehn Sie? Meinte auch noch 'ne halbe Stunde vorm Krawall, bis zur Pause wird's wohl noch halten. Das Seil, meine ich. Na ja, und wie er nun doch so brüllte, da dachte ich, jetzt ist es gerissen und hat ihn bestimmt erwischt. Das gerissene Ende, meine ich. War's aber nicht. Erwischt hat's ihn aber trotzdem, nicht?«

»Ist das nun alles?«

»Eigentlich ja! Als ich ziemlich ran war, kippte Kurte gerade aus seinem Kasten und wälzte sich im Dreck. Und hat immer noch gebrüllt. Und 'n Hintern hat er sich gehalten. Und dann hat er immer geschrien, Hilfe, und ... na ja, daß 'n eben in den Arsch geschossen hätten.«

»Gesäß«, korrigiert Ohlig sofort. Aber der Bengel mustert ihn nur erstaunt und kräht munter: »Mann, ich war doch dabei und nicht Sie! Ich habe doch genau gehört, von wegen in den ...«

»Gut, gut«, unterbricht Poinzer, »und dann informierten Sie den Abschnittsbevollmächtigten?«

»Erst haben wir noch nachgesehen, am ... am Gesäß, Herr Genosse.« Das gilt natürlich Ohlig, aber der nickt nur zustimmend. »Dann haben wir ihn erst noch zur Seite geschafft, er wurde auch immer leiser. Wimmerte bloß noch. Na, und ich bin los.«

»Sie sagten eben, wir haben. Wer noch?«

An Fink vorbei schiebt sich der Kollege mit dem genagelten Hut. »Ich«, sagt er, »ich stand ja gerade unterm Bagger. Ist mein Wagen da unten.«

»Schön«, sagt Poinzer knapp. »Was gesehen? Was Verdächtiges?«

»Nein. Überhaupt nichts. Ich habe mich auch nur mächtig erschrocken, als der Korb auf die Bordwand krachte. Mir fiel vor Schreck die Schwarte aus der Hand. Nämlich, ich habe ein bißchen gelesen. Kann man doch, nicht?«

»So? Wenn ich mich aber der einschlägigen Unfallverhütungsvorschriften erinnere, haben Kraftfahrer ihre Fahrzeuge während des Ladevorgangs durch Maschinen zu verlassen. Oder?«

»Na ja«, gibt der Fahrer zu und feixt verlegen. »Aber hier im Schlamm herumspringen, ist auch nicht gerade ein Vergnügen.«

»Ein Kubikmeter Dreck oder gar einen wuchtigen Baumstubben auf den Schädel noch weniger, meine ich. Na, aber weiter. Das heißt, wenn Sie so intensiv gelesen haben, ist Ihnen sicher gar nichts aufgefallen, was?«

»Stimmt! Jedenfalls habe ich in den Sekunden keinen

Schuß hier in der Nähe gehört. Und wie gesagt, heute werden hier wohl Weihnachtsbraten vorfristig geschossen. Wem soll da noch ein Schuß merkwürdig vorkommen?« Und wieder knallt es zur Bestätigung irgendwo hinter dem Fluß.

Eine Stunde später stehen wir noch immer auf dem Hügel. Zwar haben wir inzwischen alles Mögliche aus Höhnes Leben zusammengefragt, so weit es den Kollegen bekannt war, aber Poinzer harrt stumm hier oben aus, bis die Genossen unten alles und von allen Seiten untersucht und fotografiert haben.

Der Name Kurt Höhne ist in meinem Dienstzimmer schon einmal genannt worden. Ein Protokoll existiert darüber aber nicht. Jedenfalls geriet er vor Wochen nach oder während eines Trinkgelages in ein Handgemenge mit einem Kraftfahrer, das er siegreich gestalten konnte. Sehr siegreich, überzeugend sozusagen, denn er schlug den anderen kurzerhand knock out.

Nur, der andere war Siegfried Pohl. Und Pohl ist unser lesehungriger Kraftfahrer.

»Was meinen Sie?« fragt mich Poinzer während dieser Überlegungen. Ich bin erst einmal vorsichtig und hebe unentschlossen die Achseln. Die Schlacht ist lange her, und außerdem kann Pohl eigentlich nicht gut der späte Rächer gewesen sein. Schließlich erzähle ich Poinzer aber doch von dem Zwischenfall, obwohl ich es im allgemeinen nicht für besonders bemerkenswert halte, wenn sich zwei, und dazu noch Arbeitskollegen, prügeln. Ich wüßte besseren Zeitvertreib.

»So«, sagte Poinzer. »Da hätten wir ja schon zwei Varianten. Die erste und am nächsten liegende Möglichkeit ist ja wohl die, daß es sich um einen verirrten Schuß eines mäßig veranlagten oder ungenügend geschulten Waidmanns handelt. Aber es ist aus verschiedenen Gründen doch recht unwahrscheinlich, meine ich. Die Antwort darauf gibt sich von selbst, wenn wir Art und Herkunft des Geschosses kennen.«

Dann sieht er mich an und erklärt trocken: »Trotz Ihres lobenswerten Glaubens an die Redlichkeit einiger Mitmenschen – ein Racheakt hat durchaus mehr für sich. Und trotzdem, diese Variante gefällt mir überhaupt nicht.«

»Mir auch nicht«, knurrt Ohlig zustimmend. »Wäre dann bloß mangelhaftes Schießvermögen, der Treffer in den Hintern.«

»Was sagen Sie dazu?« fragt mich erneut Poinzer.

Ich sage erst einmal gar nichts, aber dann rege ich mich doch etwas auf. »Hört sich ja an wie Mord, nicht wahr? Oder wenigstens wie ein Versuch dazu. Dabei ging es in letzter Zeit hier wirklich manierlich zu. Im Gegensatz zu den ersten Wochen, als die Bauleute neu ins Dorf kamen ...«

»Hören Sie auf«, unterbricht mich Poinzer. »Das klingt mir wieder so nach der Legende von der wilden Horde. Die Bauleute, fast alles junge Menschen, wollen einfach beweisen, was sie für Kerle sind und wie vertrocknet dagegen die Einheimischen. Und sie beweisen es manchmal mit ein bißchen viel Alkohol. Aber erstens sind das beileibe nicht alle Kollegen, und zweitens läßt diese Sucht erfahrungsgemäß schnell und meist von allein wieder nach. Am Ende sind die Wilden nur noch durch Kleidung oder Dialekt von den anderen zu unterscheiden. Aber, trotzdem ... schießen? Das ist tatsächlich etwas neues bei uns. Sehr neu sogar – und verflucht unbeliebt.«

Während sich Poinzer zum Rechtsanwalt der Bauleute macht, sind meine Gedanken schon wieder bei Höhne. Verdammt, wie war das doch gewesen? War das nicht dieser Höhne, der damals ...?

»Ist was?« Dieser Oberleutnant Poinzer kennt sich entweder in den Gesichtern anderer Leute aus, oder er beobachtet mich, weil er eventuell mich im Verdacht hat. Ausgerechnet mich! Das heißt, so ganz und gar abwegig ist das auch wieder nicht, denn immerhin trage ich ganz offiziell eine Waffe. Aber ich halte es schon für ein Kunststück, eine Pistolenkugel durch eine Blechwand zu jagen. »Na ja«, sage ich und stiere unentschlossen auf das gegenüberliegende Flußufer, das ich aber nur sehe, weil ich weiß, daß es da sein muß. »Der Höhne, der ist ein ziemlicher Draufgänger. Verheiratet ist er auch nicht, und er hat sich die Bärbel Freitag angelacht. Das heißt, er hat sie jemandem weggenommen.«

»Aha! Und wem?«

»Dem Herbert Hinze«, sage ich zögernd. »Ist Brigadier drüben in der Leitwerkstatt für Landmaschinen. Feiner Kerl.«

»Und warum quälen Sie sich dabei so? Ist er ein naher Verwandter von Ihnen?«

»Nein«, sage ich leise, »aber ... im Jagdkollektiv ist er.«

Wie ich fast befürchtet habe, ist Herbert Hinze zur Jagd und noch nicht wieder zu Hause. Seine Mutter sieht uns besorgt nach, als Poinzer knapp bestimmt, daß Herbert umgehend zur Dienststelle kommen soll.

Die paar Schritte zum Büro hängen wir schweigend unseren Gedanken nach. Wir könnten es mit Sicherheit auch laut tun, denn wir denken ja doch an ein und dieselbe Geschichte. Recht hat der Genosse Oberleutnant: Es ist verdammt ungewöhnlich bei uns, daß man Streitigkeiten mit einem Schießeisen bereinigt. Und obendrein noch mit einer Flinte. Herbert Hinze? Schießen kann er, Waffenträger ist er auch, aber ... es muß doch ein Unterschied sein, ob man auf Fuchs, Hase oder Kaninchen ballert oder ob man auf einen Menschen zielt.

Bei mir drin ist es hübsch gemütlich, und das finden die beiden Genossen offenbar auch. Ohlig reibt sich zufrieden die Hände und läßt seine paar Kilo in meinen einzigen Sessel fallen, während Poinzer ans Fenster geht und in die Finsternis draußen starrt.

»Kaffee?« frage ich diensteifrig.

»Immer!« Ohlig nickt sehr überzeugt, als sei er bloß wegen meines hier im Ort anerkannt guten Kaffees aus der Kreisstadt herübergekommen.

»Sagen Sie«, Poinzer wendet sich träge um, »dieser Hinze, ist er schon mal aufgefallen?«

»Ja«, sage ich und registriere zufrieden das leichte Erstaunen Poinzers, denn ich füge hinzu: »Aber angenehm. Nationale Front*, NAW* und so. Feiner Kerl, sagte ja schon.«

»Auch feine Kerle können stolpern«, behauptet Poinzer sachlich. »Und wie war das damals mit dem Mädchen? Bärbel oder wie sie heißt?«

»Wie das manchmal so ist, Genosse Oberleutnant. Die beiden, Bärbel und Hinze, gingen schon zwei Jahre miteinander. Wir haben schon angeschlagene Kaffeekannen und Blumentöpfe für den Polterabend gesammelt. Bis dann meine Sorgenkinder vom Meliorationsbau kamen. Der Teufel mag wissen, was ihr dieser Höhne vorgeflunkert hat oder wie er es sonst anstellte. Jedenfalls war schon eine Woche nach seinem Auftauchen die große Liebe im Eimer. Freilich, eigentlich war nicht viel mehr, als daß man Bärbel mit Höhne zusammen einen Tanzabend hatte verlassen sehen, nachdem sie vorher fleißig zusammen getanzt hatten. Aber, wie das so auf einem Dorf auch heute manchmal noch ist, es reichte. In manchen Dingen ist man rückständig oder wenigstens hartnäckig. Obwohl ich persönlich in diesen Dingen auch mehr für Rückständigkeit bin.«

»Und diese neue Liebe, hält sie immer noch?«

»Wie ich hörte, nein. Der Wahn ist kurz, die Reue etwas länger oder wie das heißt.«

»Kommen Sie«, sagt Poinzer zu mir. »Wir sehen uns das Ufer jenseits des Flusses an. Sie finden sicherlich auch im Dunkeln die Stelle, die Höhnes Arbeitsplatz gegenüberliegt.« Und zu Ohlig, mit einem spöttischen Blick auf dessen Schuhwerk und den bequemen Platz: »Falls der wilde Jäger auftauchen sollte – Sie bleiben sicherlich gern hier?«

Ohlig feixt anerkennend und blinzelt mir zu. »Gehen wir«, sage ich.

»Wir fahren«, korrigiert Poinzer, hängt aber auf dem Flur vorsorglich hinten dran, »wenigstens so weit es geht.« Es geht nicht weit. Das liegt am Reiseziel und liegt auch daran, daß der Wartburg nicht unbedingt als geländegängig zu bezeichnen ist. Der Weg zum anderen Ufer, vor einigen Monaten nicht mehr als ein Feldweg zur bequemeren Heuernte, mitunter auch noch zur Holzabfuhr aus dem naheliegenden Wald benutzt, ist durch die Dreiachser zu einer total verschlammten Wellenbahn geworden. Uns bleibt nichts übrig, als den Wagen gleich hinter der Brücke zu verlassen und den Rest durch Nacht und Nebel zu marschieren. Leider ist der Rest der längste Teil des Weges, und leider auch marschieren wir weniger, als wir stolpern, schlittern und taumeln.

Dann aber stehen wir zwischen kahlem Weidengestrüpp am Flußufer. Hinter uns sind schwach erleuchtete Planierraupen und eine aus drei Wohn- und Gerätewagen bestehende Wagenburg zurückgeblieben. Sie werden voraussichtlich noch einige Zeit dort stehenbleiben. Soviel ich weiß, soll auch noch ständig wiederkehrenden Überschwemmungen durch einen langen Deich vorgebeugt werden.

Genau gegenüber, höchstens zweihundert Meter entfernt, steht der schmutzig-gelbe Bagger. Eine seltsame Stille liegt über der Baustelle, noch immer steht die lange Kette der Kipper.

»Tadelloses Schußfeld«, sage ich.

Man sieht trotz der trüben Novemberluft nicht nur den Bagger, man sieht die offene Schiebetür, und man sieht deutlich den Fahrersitz. Ich bilde mir sogar ein, daß ich das verhängnisvolle Loch im Türblech sehe.

»Vielleicht kann der Schuß nur von hier gekommen sein, wie?« Poinzer klopft dabei unwillkürlich mit dem Fuß auf die Grasnarbe. »Sehen sie genau hin! Der Bagger hat während des gesamten Arbeitsganges einen Schwenkbereich von, na, sagen wir siebzig bis achtzig Grad. Baggern, schwenken, auswerfen, hin und her. Im Moment des Baggerns kann nicht geschossen worden sein, es sei denn von oben, von der Hügelkuppe. Aber da hätte Fink den Täter sehen müssen, nicht wahr? Zumindest bei der Flucht. Die nächsten dreißig Grad kommen wegen des Einschusses kaum in Frage, die Kugel ist mit Sicherheit fast rechtwinklig auf dem Blech angekommen. Bleibt eigentlich nur das Ufer hier.«

Er prüft einen Augenblick das hinter uns liegende Gelände,

besonders die Schatten der Gerätewagen und schüttelt dann befremdet den Kopf. »Ich wundere mich nur, daß keiner der Kollegen von dort jemanden gesehen hat. Oder haben will.«

»Deckung gibt es doch hier genug«, sage ich und deute auf das Gestrüpp um uns, das sich in beiden Richtungen am Fluß hinzieht.

»Eben«, knurrt Poinzer, als gefiele ihm ausgerechnet das nicht. Mir gefällt es freilich auch wenig, weil ich nämlich den Herbert Hinze noch immer für einen anständigen Kerl halte. Aber an Hinze denkt auch Poinzer.

»Ich weiß nicht«, sagt er nachdenklich. »Der Mann ist Jäger, kann schießen, treffen sicher auch. Aber wenn er ein so verantwortungsbewußter Weidmann und Mitmensch ist, dann hätte er sich einen üblen Scherz erlaubt. Einen sehr üblen sogar. Vorausgesetzt, der Zielpunkt war geplant, sozusagen als schmerzhafter Denkzettel. Aber er muß doch sehr gut wissen, daß Schüsse mitunter danebengehen? Oder etwas anderes treffen? Zum Beispiel dreißig bis sechzig Zentimeter höher, was?«

Dreißig bis sechzig Zentimeter höher, gemessen an einem sitzenden Menschen, wäre ganz gewiß kein Scherz mehr gewesen, abgesehen davon, daß auch eine Kugel im Hintern kein Witz ist.

»Wollen wir wetten?«

»Wetten?« frage ich verblüfft zurück. »Um einen Menschen wie Herbert?«

»Quatsch! Um Menschen wette ich überhaupt nicht. Aber dafür wette ich, daß Hinzes Flinte ein anderes Kaliber hat als die Tatwaffe. Wäre sonst entschieden zu einfach, die Geschichte.«

Sein Optimismus wird erheblich gedämpft, als wir bei unserer Rückkehr erfahren, daß die Jäger inzwischen zurückgekehrt sind, bis auf einen. Bis auf Herbert Hinze.

Trotzdem, die Wette verliert er nicht. Am Morgen, als die beiden mehr als zeitig wieder eintreffen, sind sie nicht nur ausgeschlafen, sie wissen auch einiges mehr.

»Ein Karabinergeschoß«, sagt Poinzer, nachdem er frisch um einen anständigen Kaffee gebeten hat. »Infanteriemunition, deutsches Fabrikat. Leider hat Höhne eine ernste Gehirnerschütterung und läßt noch nicht mit sich reden. Leider deswegen, weil uns weder Schußwinkel noch der Moment bekannt sind, als Höhne den Schuß erhielt. Ich meine, so würde sich vielleicht der Standpunkt des Schützen schneller ausrechnen lassen. So aber bleibt eigentlich noch immer der ganze Schwenkbereich. Fest steht nur, daß Höhne kurz vor Beendigung des Schwenkens getroffen wurde, sonst wäre der Korb nicht auf die Bordwand gefallen.«

»Infanteriemunition?« frage ich. »Na schön, die stammt sicherlich aus alten Zeiten. Das Zeug hält sich leider verflucht lange.« Dann aber grinse ich Poinzer an. »Nebenbei gesagt, für Jagdwaffen läßt es sich nicht verwenden, wenn auch Jagdmunition ebenfalls unter dem Begriff Infanteriemunition geführt wird.«

»Was aber noch nicht viel besagen will«, mischt sich Ohlig ein. »Erstens haben auch heute noch Militärwaffen das gleiche Kaliber, und zweitens fürchte ich, daß vom letzten Krieg noch so viel von dem Mist in Äckern, Wiesen, Wassern verborgen liegt, daß man das Zeug mit einem Mähdrescher ernten könnte, wenn es nur wachsen würde.«

»Gab es hier Waffen- oder Munitionsfunde?« Die Frage Poinzers war unbedingt fällig.

»Selten«, sage ich bestimmt. »Paar Handgranaten und eine halbverrottete Panzerfaust fand sich mal.«

»Und was macht unser Freund Hinze? Noch nicht eingetroffen?«

»Doch«, sage ich, denn dafür habe ich mich brennend interessiert. »Ist schon auf Arbeit, habe angerufen.« Zehn Minuten später sind wir auch da. Wir finden Herbert am Schalter der Werkzeugausgabe. Ich erkenne den großen Burschen schon von weitem. Er sieht uns zwar gleichgültig, aber auch leicht verkatert an.

»Ich war's nicht«, sagt er sofort und wenig höflich, ohne auf Poinzers Vorstellung und Gruß zu antworten.

»Was waren Sie nicht?« Ich finde, das ist eine recht überflüssige Frage. Jeder im Dorf weiß natürlich vom gestrigen Rückfall ins Raubrittertum, und es wird ohnehin noch lange Gesprächsthema bleiben.

»Der Schütze«, sagt Herbert lakonisch.

»Und warum eigentlich nicht?«

»Weil ich auf den anderen geschossen hätte«, sagt Herbert.

Wir alle brauchen so etwas wie Schrecksekunden, dann ist Poinzer wieder am Ball.

»Und auf welchen anderen, bitte?«

»Auf Pohl natürlich. Auf wen sonst?«

»Pohl? Und wieso natürlich? Mann, reden Sie endlich flotter und vor allem weniger in Rätseln. Wenn ich mich nicht irre, wird man auch in diesem Betrieb eher für gute und klare Arbeit prämiert als für eingesparte Reden.«

»Wollen wir eigentlich hier stehenbleiben?« erkundigt sich darauf Hinze, und er ist kein bißchen aufgeregt. Immerhin, die Frage ist durchaus berechtigt. Inzwischen nämlich dürfte die gesamte Produktion zum Stillstand gekommen sein. Selbst die Küchenfrauen brauchen jetzt neues Werkzeug oder wenigstens Schmierseife. Poinzer kneift spöttisch die Augen ein und nickt Herbert zu. Der versteht natürlich ohne Worte. Vielleicht redet er selbst deshalb nur wenig, weil er einfach voraussetzt, daß auch andere mit zwei, drei Silben auskommen.

Der Einfachheit halber führt er uns direkt zum Wartburg auf den weiten Hof, zeigt auf den Wagen und knurrt undeutlich: »Falls Ihnen auch der Rest meiner Reden nicht gefällt, muß ich ja sowieso hier rein, nicht?«

»Steigen Sie ein«, brummt Poinzer gemütlich zurück, offenbar gefällt ihm Herberts Art trotz gegenteiliger Versicherungen. Aber auch das Einsteigen geht nicht so flott wie gewünscht, denn Herbert legt erst gewissenhaft eine verrutschte Decke auf Sitz und Lehne zurecht, ehe er in den Wagen klettert.

»So«, macht Poinzer, als wir endlich alle sitzen, »und nun

aber wirklich etwas forte, klar? Und hübsch der Reihe nach. Dazu ohne Umwege und möglichst dicht an der Wahrheit. Auch klar?«

»Klar«, bestätigt Herbert knapp. »Allerdings gibt es genau genommen überhaupt nichts zu erzählen. Jedenfalls nichts, was mit der Geschichte in direktem Zusammenhang steht.«

»Und indirekt?«

»Sagte ich schon, ich hätte auf Pohl geschossen, wenn ich schon mal abgedrückt hätte.«

»Pohl«, wiederholt Poinzer und blinzelt Ohlig zu, der klein und halb verdreht hinter dem Lenkrad hockt. »Unser lesender Kipperfahrer. Den können Sie offenbar nicht leiden, wie?«

»Leiden? Weiß ich nicht. Auf jeden Fall gönne ich ihm eine Ladung Schrot. Auch in den Hintern.«

»Und warum eigentlich?«

»Warum?« Hinze sieht Poinzer erst kritisch an und sagt dann zögernd. »Weil er so etwas wie der Nachfolger meines Nachfolgers ist. Ganz einfach. Und ein Lump obendrein.«

»Na na! Nachfolger leuchtet mir ja eventuell noch ein, falls sich Ihr Kommentar auf Ihre ehemalige Braut bezieht. Aber Lump?«

Herbert starrt böse vor sich hin, und dann preßt er zwei Sätze durch die Zähne wie halbvertrocknete Zahnpasta aus der Tube. »Er ist verheiratet ... und Bärbel kriegt 'n Kind.«

»So«, sagt Poinzer nach einer ganzen Weile und sieht mich an, als wenn es auch zu meinen dringendsten Aufgaben gehörte, die Schwangerschaftsberatungen zu überwachen. Aber bewiesen scheint mir nun, daß man hin und wieder tatsächlich auf den allgemeinen Dorfklatsch hören sollte. Ich hätte dann bestimmt gewußt, was sicher schon die Ferkel quietschen.

»So«, sagt Poinzer gleich noch einmal, »nur eins, Kollege Hinze, gefällt mir wenig. Woher nämlich wissen Sie, daß Pohl ausgerechnet zur Tatzeit unterm Bagger stand?«

»Ich habe ein vorzügliches Zeissglas«, knurrt Herbert fast

gekränkt zurück. »Und weil Sie es wahrscheinlich sowieso schon wissen – ich stand einige Minuten am gegenüberliegenden Ufer und habe mir meine besonderen Freunde durchs Glas angesehen.«

»Wirklich nur angesehen?«

»Ja«, sagt Herbert, aber es hört sich an wie der Standlaut eines Jagdhundes. Eines bösen Hundes obendrein.

»Und dann?«

»Bin ich weitergegangen, was sonst? Schließlich war ich, auf Jagd und mußte den Uferstreifen abgehen.«

»Auch nachts?« fragt Poinzer harmlos.

»Nein.«

»Ein guter Redner werden Sie nie«, versichert Poinzer ironisch. »Sonst wüßte ich jetzt schon, wo Sie nachts waren.«

»Wo schon! Im Nachbardorf. In der Kneipe. Was soll ich auch weiter machen?«

»Kneipe!« sage ich. »Letzte Zuflucht für starke Männer, wie?«

»Starke ...?« Herbert sieht ziemlich getroffen um sich und brüllt plötzlich los: »Wo soll ich denn hin, zum Teufel, was? Jeden Abend in den Fernseher stieren? Früher, ja! Da war das anders.« Dann wird er ebenso schnell wieder leiser. »Früher ... da kam ich zu ihr. Sie hat erzählt, ich habe erzählt, meistens ich. Von der Jagd oder so, man geht ja nicht nur mit einer Büchse durch den Wald, nicht? Da gibt es Jungtiere, richtige Liebespärchen, wie, na, wie bei uns eben. Und sie saß dabei, hörte zu, fragte ... Kinder laßt mich doch in Frieden!«

»Noch nicht«, sagt Poinzer fast gefühlvoll. »Sie müssen schon verstehen. Ihre Waffe brauche ich zum Beispiel. Und die Stelle, an der Sie gestern nachmittag standen, interessiert mich auch. Und dann sagt er knapp und befehlend zu Ohlig: »Fahren Sie los!«

Bärbel Freitag arbeitet im gleichen Betrieb wie Hinze, nur in der Normenabteilung. Als wir eine Stunde später und hübsch im Gänsemarsch in ihr Bürozimmer marschieren, muß ich unwillkürlich feixen. Ich könnte wetten, daß auch Poinzer und Ohlig verstohlen auf ihren Leib schielen. Na, festzustellen ist rein äußerlich jedenfalls noch nichts, vielleicht ist es wirklich nur Klatsch?

»Fräulein Freitag«, beginnt Poinzer, stutzt dann, weil heute nämlich Freitag ist und redet etwas unklar weiter. »Sie wissen sicher ... eine peinliche Geschichte, wie?«

»Weiß nicht«, sagt Bärbel, und sie sieht mich an, als wolle sie sich vergewissern, daß wenigstens ich nichts Böses mit ihr im Schilde führe.

»Ich hörte, Sie seien mit dem Verletzten befreundet gewesen? Oder – sind Sie noch?«

»Weder noch.«

Poinzer findet das zunächst komisch und fragt dann: »Aber kennen werden Sie ihn wenigstens doch noch, wie?«

»Leider.« Sehr knapp, und ich finde es selbstverständlich, daß mich ein schneller Blick Poinzers streift. Sicherlich liegt ihm die Frage auf der Zunge, ob Bärbel am Ende ähnlich maulfaul ist wie Herbert Hinze.

»Leider, soso. Und warum, leider?«

»Ich mag ihn nicht.«

Darauf schüttelt Poinzer nur mißbilligend den Kopf. Und soll auch einer begreifen! Sie mag den Kerl nicht, was ich eigentlich verständlich finde, und läßt trotzdem einen zuverlässigen Menschen wie Herbert im Stich? Das heißt, zuverlässig? Weiß man das noch so genau?

»Und Pohl?«

Jetzt sieht Bärbel wütend hoch und wirft den hübschen Kopf in den Nacken. »Der?« macht sie gereizt, und das klingt wahrhaftig alles andere als begeistert oder gar verliebt. »Das ist genau so einer.«

»Was für einer?«

Bärbel schweigt und sieht angestrengt zum Fenster hinaus. Ohlig räuspert sich und wird etwas anzüglich. »Nicht die wahre Liebe – oder?«

Auch er bekommt keine Antwort, wenn man Poinzers verwarnenden Blick nicht dazu rechnet.

»Wissen Sie, wie man mit einem Gewehr umgeht?« fragt Poinzer unvermittelt.

Bärbel wendet leicht theatralisch den Kopf, sieht ihn prüfend oder neugierig an und sagt zunächst recht tapfer: »Natürlich weiß ich das. Herbert hat mir oft ...« Und dann ist es aus, der Rest ist erbärmliches Schluchzen. Poinzer schubst uns einfach aus dem Zimmer.

Weil Ohlig meint, daß wir inzwischen ein Frühstück verdient haben, sitzen wir wenig später in meinem Dienstzimmer.

Poinzer erledigt drei Dinge auf einmal: Er ißt, betrachtet nacheinander einige Tatortfotos und beginnt nebenbei, eine Art Generalstabskarte zu zeichnen. Das Ergebnis dieser Bemühungen scheint ihn indessen nicht sonderlich zu befriedigen. Er betrachtet das fertige Werk recht skeptisch und schüttelt ablehnend den Kopf.

Aber das galt doch nicht seiner Zeichnung. Etwas anderes gefällt ihm nicht. »Man kann es drehen, wie man will«, sagt er verdrießlich, »man kommt trotzdem immer wieder auf das Flußufer als Ausgangspunkt.«

»Warum auch nicht?« fragt Ohlig.

»Warum? Weil wir dann immer wieder auf Herbert Hinze stoßen.«

»Nicht unbedingt«, widerspricht Ohlig ruhig, »vergessen wir nicht, daß am jenseitigen Ufer außerdem noch mindestens vier Kollegen Höhnes gearbeitet haben. Dazu kann man getrost noch zwei oder drei Kipperfahrer rechnen, die entweder mit oder ohne Ladung dort herumkurvten. Mit denen werden wir uns allmählich auch befassen müssen. Warum sollte nicht einer aus Höhnes unmittelbarem Bekanntenkreis die notwendige Stinkwut auf den Baggerfahrer gehabt haben?«

»Alles richtig, aber ... mit einem Karabiner?«

»Das bleibt allerdings die kleine Sensation. Seit wann schreitet man denn bei uns mit einer Flinte zur Bereinigung von Meinungsverschiedenheiten, was? Und vor allem, zum Teufel, woher hatte hier eigentlich jemand einen Karabiner nebst Munition? Und verwendet das Zeug obendrein noch zum Schießen?«

»Und außerdem«, sagt Poinzer nach kleiner Pause, »trotz der wilden Jäger – ein Schuß in unmittelbarer Nähe müßte doch aufgefallen sein? Und wieso eigentlich haben dann weder Hinze noch die anderen Kollegen den Schuß gehört? Hinze muß doch, da er Pohl im Wagen erkannt hat, genau zur Tatzeit dort gewesen sein.«

»Womit er nebenbei den Pohl noch ziemlich entlastet, wie?«

»Aber Hinze ist bisher der einzige, der überhaupt eine Art Motiv haben könnte.«

»Das reicht nach meiner Auffassung höchstens für einen Kinnhaken«, knurrt Ohlig böse und betrachtet seine Faust abschätzend.

»Offenbar gehen in diesem Fall die Meinungen weit auseinander«, brummt Poinzer dazu. »Auf jeden Fall müssen wir uns darum kümmern, wer noch außer Hinze und Pohl dem Höhne eine Ladung ins Gesäß gönnte. Die schlimmste Möglichkeit, also einen glatten Mordversuch, weigere ich mich hartnäckig anzuerkennen. Wir sind ja schließlich nicht in Chikago oder sonstwo, wir sind hier bei uns. Und unter Kollegen bereinigt man Streitigkeiten nicht nach Filmmustern. Vor allem müssen wir endlich wissen, woher der Karabiner stammt. Und obendrein so gut erhalten, daß sich mit ihm noch schießen läßt.«

»Könnte es nicht sein«, sage ich, »daß er bei den Erdarbeiten gefunden wurde? Ich meine, vielleicht lag er irgendwo sauber verbuddelt, wurde ausgebaggert und drüben an der Kippe mitsamt dem Erdreich abgeladen?«

»Und jemand hat ihn bloß ausprobieren wollen? Oder wie?« Ohlig sieht mich fragend an, gibt dann aber zu: »Allerdings, der Gedanke hat allerhand für sich. Nur, wo wäre der Schießprügel jetzt?«

Poinzer sieht mich freundlich an und antwortet lakonisch: »Im Wasser.«

»Werden wir wohl noch baden gehen müssen?« Ohlig

schüttelt sich und sieht geradezu verliebt meinen Kachelofen an. »Übrigens«, meint er dann, »genau da könnte aber auch Hinze eine abgefeuerte Waffe gelassen haben. Zumal er überhaupt nicht auffiel, wenn er mit einem Karabiner im Futteral spazieren ging und ihn am Ufer versteckte.«

»Man sagt ja, Rache sei süß«, murmelt Poinzer zustimmend. »Und Pohl wäre vielleicht nur deswegen verschont geblieben, weil er sehr günstig saß. Möglicherweise hatte der es sich so bequem gemacht, daß man selbst mit dem schärfsten Zeissglas nicht genau ausmachen konnte, wo nun die einzelnen Körperteile waren?«

Zum Glück klingelt gerade jetzt das Telefon. Zum Glück für Herbert, denn allmählich erwärmt sich Oberleutnant Poinzer wieder mächtig für seine anfängliche Variante. Ich bin höflich genug, ihn erst fragend anzusehen, ehe ich den Hörer abnehme. Es ist auch so eine halbe Kraftverschwendung, denn man verlangt ausdrücklich den Genossen Oberleutnant.

»Was gibt's?« fragt er ungnädig, als er den Hörer am Ohr hat. Dann horcht er, nickt, setzt sich unvermittelt aufrecht und fragt erstaunt: »Und Sie irren sich bestimmt nicht?« Dann horcht er wieder, murmelt entschuldigend: »Na, nichts für ungut«, und legt den Hörer auf.

Mit einem Gesicht, als nehme er Abschied von lieben Bekannten, zieht er darauf seinen eben erst fertiggestellten Generalstabsplan zu sich heran und macht durch einen Kreis, der den ungefähren Standort Herberts angeben soll, ein schlichtes Kreuz. So gewissenhaft, als wollte er einen Fünfer im Zahlenlotto versuchen.

»Nehmen wir ihn aus dem Rennen?« erkundigt sich Ohlig, fast etwas schadenfroh.

»Zu fünfzig Prozent«, sagt Poinzer gelassen, »Hinze müßte nämlich im Fluß gestanden haben, wenn er der Schütze gewesen sein soll. Wie mir soeben mitgeteilt wurde, haben die Untersuchungen am Einschußloch in der Baggertür ergeben, daß der Schuß etwas schräg von unten gekommen sein muß. Das soll übrigens auch der Wundkanal in Höhnes

Gesäß bestätigen, obwohl das kein brauchbarer Beweis sein muß. Wer weiß, wie Höhne gerade gesessen hat, was?«

»Damit fallen aber auch alle Beschäftigten am jenseitigen Ufer aus«, meint Ohlig.

»Auch nur zu fünfzig Prozent. Immerhin gibt es Boote, und so dunkel war es noch nicht, daß nicht jemand einen Kahn gesehen und gefahren haben sollte. Falls überhaupt aus einem Boot geschossen wurde.«

Das Telefon klingelt schon wieder, und diesmal bedient sich Poinzer gleich selbst. Völlig zu Recht, denn er bestätigt knapp, daß er am Apparat sei. Dann sagt er wieder ja und daß es schön sei. Außerdem verspricht er noch, daß er sofort käme.

»Höhne ist vernehmungsfähig«, erklärt er uns, als er den Hörer aufgelegt hat, steht auf und knöpft seinen Mantel zu. »Der Arzt rief an, ich fahre sofort rein. Befassen Sie sich inzwischen mit Leuten, die eventuell auch noch im November Kahn fahren.«

Gegen Mittag kommt Poinzer zurück und erklärt uns, daß man nicht starr an einer Regel festhalten dürfe, weil es vorkäme, daß es auch Ausnahmen gibt. Zum Beispiel die, daß nicht immer der kürzeste Weg am schnellsten zum Ziel führe.

Der kleine Ohlig steigt beträchtlich in meiner Achtung, denn er weiß verblüffend schnell Bescheid. »Da Sie von Höhne kommen, bezieht sich Ihre Feststellung vermutlich auf den Schwenkbereich des Baggers?«

»Genau«, sagt Poinzer. »Ich bin bloß froh, daß die Geschichte nicht ganz und gar übel ausgegangen ist, tödlich, meine ich. Wir hätten uns schwarz kombiniert. Nämlich, so ungewöhnlich und wenig einleuchtend es ist, aber Höhne hat *tatsächlich* die letzte Ladung mit dem Baumstubben andersherum geschwenkt. Also fast um dreihundert Grad statt um knapp siebzig.«

Ich erinnere mich an unser Gespräch mit den Bauarbeitern und frage: »Wegen des Baumstubbens etwa?«

»Genau«, sagt Poinzer. »Höhne, dem es übrigens ganz gut geht, wenn er auch etwas unglücklich auf dem Bauch liegt, Höhne also riß und zerrte an dem mächtigen Stubben, vermutlich die berühmte alte deutsche Eiche. Und da der Klotz weder lotrecht noch in Schwenkrichtung wollte, versuchte er es nach der anderen Seite, schon weil er da viel mehr Platz hatte. Bißchen Schrägzug, kraftiger Ruck und dann kam der Stubben. Logisch, daß Höhne gleich den Schwung nutzte und sich in gleicher Richtung weiterdrehte. Am Kipper mußte er ja auf jeden Fall ankommen, nicht wahr?«

»Ist er ja auch«, sagt Ohlig trocken.

Poinzer schlägt vor, es so zu machen, wie Höhne gestern, und den Schwung auszunutzen. »Wir setzen uns jetzt in den Wagen und fahren zum Bagger.«

Im Wagen fragt Ohlig: »Und wußte Höhne wenigstens ungefähr, wann ihn das Geschoß traf?«

»Ja, aber wirklich nur ungefähr. So bei fünf Meter vor der rechten Bordwand. Genau ist das natürlich keinesfalls. Immerhin, wenn man die Drehgeschwindigkeit nimmt, Schrecksekunde und Fallgeschwindigkeit des vollen Korbes dazu, könnte man vielleicht auf eine ähnliche Distanz kommen. Zumal ja der Punkt des Aufpralls auf der linken Bordwand festliegt. Damit ist das vermutliche Schußfeld eigentlich wieder begrenzt. Freilich«, schließt Poinzer skeptisch, »das dachten wir schon gestern, wie?«

»Auf jeden Fall«, sage ich, »liegt das Flußufer in völlig entgegengesetzter Richtung, und kein Hinze kann von dort geschossen haben. Hat Höhne sonst keinen Verdacht, wer ihm den liebenswürdigen Denkzettel verpaßt haben könnte?«

»Nicht die Spur. Er meint sogar, daß er das Opfer eines glatten Irrtums sein müsse. Auch den Fahrer Pohl hält er für unschuldig. Die alte Geschichte sei doch längst begraben, die Sache mit Bärbel meint er damit. Vergeben und vergessen, in etlichen Litern Bier ersäuft, gemeinsam gesoffen, versteht sich.«

»Die fühlen sich wohl glatt als bedauernswerte Leidensgefährten?«

»So ähnlich«, sagte Poinzer knapp, und dann sind wir an Ort und Stelle. Ich weiß noch nicht, daß mir ein tüchtiger Schreck bevorsteht und stiefele ahnungslos hinter den beiden her zum immer noch pausierenden Bagger. Nur Kipper stehen heute weder in Reih und Glied noch sonst irgendwo herum. Sie laden heute am zweiten Bagger, der den Erdbukkel vor uns vom anderen Ende her auffrißt.

Die Reifenabdrücke des durch einen mächtigen Baumstubben vorübergehend aus dem Arbeitsprozeß gefallenen Kippers sind noch tadellos erhalten. Es macht mir gar keine Mühe, im leichten Radius fünf Meter abzumessen. Aber dann läuft mir doch ein Frostschauer über den Rücken. In der nun plötzlich möglichen Schußrichtung, ungefähr hundert Meter entfernt und ein klein wenig unter uns, stehen die letzten drei Höfe. Und bis dorthin ist kein Baum, einfach nichts, wohinter sich ein Schütze verborgen haben könnte. Er wäre unter Garantie von einem Fahrer der ununterbrochen hin und her donnernden Dreiachser entdeckt worden.

Irgend etwas sitzt mir im Hals, als ich zu Oberleutnant Poinzer sage: »Im vorletzten Haus, das mit der Veranda, da wohnt – Bärbel Freitag.«

Obwohl ich hätte schwören können, daß wir im vorletzten Haus keine Menschenseele antreffen werden, kommen wir schon im Flur dem ersten Lebewesen in die Quere. Und wegen der Enge des schmalen Gevierts sogar sehr.

Mitten in der Enge nämlich steht unser Lehrer und macht verkrampfte Bewegungen wie ein nach langer Verletzungspause vorsichtig wieder trainierender Sportler. Seine Bemühungen gelten freilich nur dem Versuch, ohne Sachbeschädigungen in den Wintermantel zu kommen.

Unser Lehrer hat nämlich die Figur eines germanischen Recken und sieht weit eher nach einem Hufschmied als nach einem Lehrer aus. Ich habe bisher noch von keinem Fall gehört, daß ihm die durchaus nicht besonders artigen Jungen des Dorfes einen der üblichen Streiche gespielt haben.

Er sieht auf Ohlig herunter, fragt, ob der der Arzt sei, und gibt sich gleich selbst die Antwort, indem er knurrt: »Na, wahrscheinlich nicht.« Dann stürmt er nach einem kaum ernstgemeinten »Wiedersehn« aus dem Flur.

Ohlig deutet mit dem Daumen auf die nächste Tür, hinter der leise Geschirr klirrt. Poinzer klopft forsch an das Holz der Füllung, und ich wundere mich, daß von innen Frau Freitag zum Hereinkommen auffordert. Soviel ich weiß, hat sie Nachmittagsschicht im Mischfutterwerk, und eigentlich ist der Betrieb dort ohne sie gar nicht mehr denkbar. Immerhin war Frau Freitag die erste aus dem Dorf, die bereitwillig umschulte. Mitunter nennt sie sich selbst lächelnd Spezialistin für Knopfdruck. Sie sieht unserer Prozession erstaunt und besorgt entgegen. Unwillkürlich läßt sie den Wasserkessel in der Schwebe hängen, dem durchdringenden Geruch nach brüht sie eben Pfefferminztee auf.

Poinzer stellt sich und Ohlig vor und bittet, sich nicht von der Arbeit abhalten zu lassen. Aber das ist für meinen Geschmack nicht mehr als eine billige Redensart. Wer brüht schon ungerührt Pfefferminztee auf, wenn zwei Mann Kripo und ein ABVer in voller Uniform in die Küche marschieren?

»Ja, aber«, sagt sie endlich und streift sich nervös das bunte Kopftuch von den widerspenstigen Haaren. »Wieso …?«

»Nur so«, versichert Poinzer und sieht sich schnell in der erstaunlich geräumigen Küche um. »Wir möchten Ihnen ein paar Fragen stellen. Sicherlich haben Sie schon erfahren, was dort drüben passiert ist.« Er deutet mit dem Kopf in die Richtung, wo der Bagger stehen kann.

»Natürlich«, sagt sie ungehalten. »Und was haben wir damit zu tun?«

Poinzer sagt vorerst einmal gar nichts und lächelt sie nur unentwegt an. Die Frau wird unsicher, sieht mißbilligend von einem zum anderen, gießt mit zittrigen Fingern den Rest Wasser in die Kaffeekanne und bittet: »Darf ich mal zu dem Kranken … Er braucht seinen Tee.«

»Aber bitte sehr«, sagt Poinzer freundlich, und sie verschwindet mit der Kanne durch eine Tür nach nebenan. Es ist ihr Wohnzimmer, durch die halboffene Tür sehen wir unter einer großkarierten Wolldecke auf einer Couch ein neugieriges Jungengesicht zu uns herüberstarren. Mir scheint, es ist nicht nur Neugier im Gesicht des dreizehnjährigen Tilo, aber da er zweifelsohne krank ist, erklärt sich auch der Leidenszug.

Poinzer huscht schnell ans Fenster, als Frau Freitag uns den Rücken zeigt und gleichzeitig dem Jungen die Sicht nimmt.

Ohlig, der schon die ganze Zeit über dort gestanden hat, sagt: »Tadelloses Schußfeld.« Poinzer nickt ihm zu und steht schon wieder neben mir, als Frau Freitag zurückkommt und die Tür sacht einklinkt.

»Sie müssen schon entschuldigen«, sagt sie dann ruhiger, »der Junge ... sie haben ihn aus der Schule nach Hause schikken müssen. Der Lehrer war auch eben da ...«

»Nanu?« frage ich, »der beste Schwimmer im Dorf? Werden denn auch Sportskanonen krank?«

Sie lächelt dankbar, etwas geschmeichelt, welche Mutter ließe ein Lob ihres Kindes kalt, auch wenn es nicht ganz so ernst gemeint ist? »Ich weiß auch nicht«, sagt sie dann bereitwilliger, »der Tilo ... das fing eigentlich schon in der Nacht an. Aber, bei dem Wetter? Sicher eine Grippe, ich muß wohl doch den Arzt anrufen.«

Ja, sagt Poinzer, das werde wohl das beste sein, und er wolle sie auch gar nicht lange aufhalten.

»Sagen Sie, Frau Freitag, gestern nachmittag, waren Sie da zu Hause?«

»Ich? Wo denken Sie hin! Ich komme immer erst kurz nach achtzehn Uhr, jeden Tag. Also auch gestern. Und warum fragen Sie?«

»Und Ihre Tochter?« Man verlangt zwar allgemein, daß man auf eine Frage nicht mit einer Gegenfrage antworten soll, aber einem Kriminalisten bleibt oft nichts anderes übrig. Auch dann nicht, wenn der Gefragte losheult. Und Frau Freitag schluchzt so, wie heute morgen Bärbel geschluchzt hat. Zwar verhaltener, aber doch wirkungsvoll, es sieht fast ein bißchen nach Kino aus.

Poinzer versucht, sie zu trösten: »Aber, Frau Freitag, beunruhigen Sie sich doch nicht. Das sind reine Routinefragen.«

»Und wenn schon«, flüstert die Frau. »Das arme Kind.«

Ich überlege noch, warum sie so theatralisch heult, als Poinzer ungehalten wird. »Zum Teufel«, knurrt er gereizt, »armes Kind? Wo leben wir den eigentlich?«

Frau Freitag sieht vermutlich ein, daß Heulen wenig hilft. Resolut wirft sie den Kopf zurück, kontrolliert mit einem raschen Blick, ob die Tür zum Wohnzimmer auch wirklich geschlossen ist, und sagt, anfangs noch etwas verlegen: »Sie müssen das verstehen ... die Bärbel, ... und mein Mann! So kannte ich ihn überhaupt noch nicht. Als wenn das Mädchen sonstwas verbrochen hätte.« Den Rest verschluckt sie, als hätte sie nun doch zuviel gesagt. Aber wenigstens ist ihre alte Entschlußkraft offenbar wieder vorhanden. »Darf ich jetzt den Arzt anrufen?« fragt sie Poinzer und fügt hinzu: »Ich muß auch zur Arbeit.«

»Gehen Sie nur«, sagt Poinzer freundlich. Sie zieht den Mantel über. »Wenn sonst noch etwas ist – um vier kommt mein Mann.«

Wir folgen ihr auf die Holzveranda und bleiben dort stehen. Während Frau Freitag mit ihrem Moped ins Dorf hineinknattert, blickt Poinzer wieder schräg nach oben zum Bagger hin. »Sie haben recht«, sagt er zu Ohlig. »Ein tadelloses Schußfeld.«

»Man müßte sich ein bißchen umsehen.« Ohlig deutet mit dem Kopf in eine Richtung, die das Haus mit allen Nebengebäuden einbezieht.

Ich protestiere lebhaft, nicht, weil ich unter allen Umständen für völlige Korrektheit bin, aber ich weiß, daß hinter den Gardinen im Nebenhaus die alte Mutter Köhler hockt und wie eine Filmkamera alles registriert, was wir hier unternehmen. Und da sie leider Gottes nur die Höhe ihres Sparguthabens eisern für sich behält, wären die Freitags morgen so etwas wie Meuchelmörder. Ich habe etwas gegen Gerede, und außerdem sind mir Freitags vorerst noch zu schade dafür.

»Wenn das so ist ...«, sagt Poinzer gutwillig und mit viel

Verständnis für ländliches Familienleben. »Und nun nutzen Sie Ihre Orts- und Menschenkenntnis mal zur Erforschung, wann Bärbel Freitag gestern Feierabend hatte, was sie danach getrieben hat und so weiter. Vor allem möchte ich wissen, ob sie zur Tatzeit zu Hause war.«

Ich sage »Jawohl« und marschiere ab. Hinter der nächsten Wegbiegung drehe ich mich noch einmal nach den beiden um, aber ich sehe weiter nichts, als daß sie einträchtig quer über den feuchten Acker zum Bagger hinhüpfen.

Es wird schon wieder dämmrig, als ich endlich auch in meinem Dienstzimmer eintreffe.

»Bleiben Sie gerüstet«, verlangt Poinzer, als ich mein Koppel abschnallen will. »Und schießen Sie los. Knapp und präzise, wie sich das gehört.«

Ob ich es präzise mache, weiß ich nicht, knapp aber auf jeden Fall. »Bärbel verließ pünktlich um vier den Betrieb, der Pförtner hatte sie gewissenhaft ausgetragen und den abgegebenen Zimmerschlüssel notiert. Zehn Minuten nach vier war sie bereits zu Hause.«

»Zehn nach vier – und der Schuß fiel zwanzig bis fünfundzwanzig Minuten nach sechzehn Uhr«, sagt Poinzer. »Wo arbeitet eigentlich Herr Freitag?«

»Im Rinderstall.«

»Und wenn er nun entgegen der Überzeugung seiner resoluten Frau gestern nicht wie immer um vier nach Hause gekommen ist?«

»Wenn!« entgegne ich. »Bis jetzt können wir ihm das Gegenteil nicht beweisen.«

Poinzer nickt mir zu und nimmt eine ausgebreitete Zeitung vom Schreibtisch, über die ich mich ohnehin schon gewundert hatte. Aber unter der Zeitung liegt meine Karte des Dorfes, eine Landkarte von der Genauigkeit eines Meßtischblattes der Luftspionage.

Die Karte ist von ihm ergänzt oder verschandelt worden, wie man will. Säuberlich ist der Baggerstandort eingetragen, ein Zirkelschlag kennzeichnet den Schwenkbereich. Dann macht er eine Handbewegung zu Ohlig, als wollte er einen Sünder zur Bestrafung näherbitten, nimmt aber nur ein bereitwillig gereichtes Zettelchen in Empfang.

»Das hier«, sagt er und tippt auf das leicht verschmutzte Papierchen, »sind die technischen Daten des Baggers, soweit sie uns interessieren können. Und nun passen Sie auf: Die Drehgeschwindigkeit beträgt im ersten Gang vier Meter pro Sekunde. Genauer, das ist der Weg des Baggerkorbes in einer Sekunde. Dieser Gang war eingelegt, wie uns bewiesen wurde, nicht etwa der zweite, bedeutend höhere. So, und wenn wir nun Höhnes Aussage glauben, daß er nämlich getroffen wurde, als der Korb nur fünf Meter von der rechten Bordwand entfernt war, dann«, Poinzer nimmt Bleistift und Lineal und zieht eine Gerade vom angenommenen Standort Höhnes während der fraglichen Sekunde zum Haus der Freitags und ergänzt, »könnte der Schuß sehr gut von da gekommen sein, nicht wahr?«

Dem kann man nicht gut wiedersprechen, und Poinzer spinnt den Faden weiter. »Die Entfernung beträgt etwa einhundertfünfzig Meter, eine sehr vorteilhafte Entfernung, dazu mit einiger Garantie, daß man auch trifft, was man aufs Korn nimmt. Glauben wir aber Herrn Höhne nicht, oder nehmen wir die Gehirnerschütterung so ernst, wie sie fraglos sein kann, könnte der Schuß auch eine halbe Sekunde früher gekommen sein. Übertragen wir auch diese Schußrichtung«, sagt er etwas zu sich selbst und führt den Befehl auch prompt aus, »wo kommen wir dann hin?«

»Zum Rinderstall. Aber«, sage ich trotzdem ungläubig, »wissen wir denn, ob Freitag nicht doch schon zu Hause war! Und ... überhaupt! Ein Schuß aus einem Rinderstall! Bei dem Krach wäre die Hälfte aller Kühe die Wände hochgestiegen. Machen Sie doch um Himmels willen aus meinen Genossenschaftsbauern keine rächenden Cowboys!«

Poinzer beschäftigt sich weiter mit mir. »Sie müssen Freitags gestrige Arbeitszeit ermitteln. Erstens können Sie so etwas ganz gut, und zweitens fallen Sie im Rinderstall nicht sonderlich auf.«

Er merkt erst, daß er eben ein fabelhaftes Kompliment gesagt hat, als Ohlig laut loslacht. Und da Poinzer tatsächlich etwas verstört die Augen rollt, lache ich schließlich mit. Am Ende lachen wir alle, und das schadet auch keinem Menschen.

»Ich meinte natürlich«, berichtigt sich Poinzer mühsam, »Sie fallen weniger auf, weil Sie ja jeden kennen. Aber weiter: Ihr zweites Argument, Krach und so, man kann Schußwaffen bekanntlich sehr dämpfen, nicht wahr? Herr Freitag dürfte immerhin noch Soldat gewesen sein, kann also mit Schußwaffen umgehen und weiß sicherlich über Schalldämpfung Bescheid. Und drittens, von wegen rächender Cowboy, so können wir den Cowboy zwar streichen, aber – nach Frau Freitags Worten zu urteilen, hat er doch eine ziemliche und sogar ihr unverständliche Wut wegen der ... na, sagen wir Panne mit Bärbel.«

»Schön«, muß ich widerwillig zugeben, »aber Sie sagten eben, daß Höhne gar nicht genau bestimmen kann, wann er getroffen wurde. Wie denn nun, wenn er erst kurz vorm Ziel, ich meine, so ein bis zwei Meter vorm Kipper getroffen wurde? Was's dann?«

»Mhm«, macht Poinzer, aber meine Hoffnung, er bewundere nun meinen Scharfsinn, ist außerordentlich verfrüht. »Sehen Sie«, sagt er nämlich ohne jeglichen Spott, »ich verstehe ja, daß Sie sich sträuben, anzuerkennen, daß einer Ihrer Dorfbewohner die Nerven verloren haben soll. Ehrt Sie, daß Sie die Menschen hier verteidigen wollen. Aber, machen Sie das lieber nicht auf Kosten der Logik. Der Bagger war nachweislich in Bewegung. Hätte nun der Schuß so getroffen, wie Sie es gern haben möchten, wie sollte dann der Korb noch auf die Bordwand fallen? Er wäre mit Sicherheit erst einige Meter hinter dem Kipper in den Dreck aufgeschlagen. Sie dürfen ja weder die sogenannte Schrecksekunde noch die Drehgeschwindigkeit außer acht lassen, klar?«

Ohlig ergänzt sachlich: »Wobei Sie auch nicht die Kleinigkeit übersehen dürfen, daß dann der Kipper in Schußrichtung gestanden hätte. Da aber die Kugel, oder besser, das Geschoß zwar leicht schräg von unten, aber doch rechtwinklig auf dem Blech der Tür ankam, müßte es auch noch glatt den ganzen G 5-Kipper durchschlagen haben. Und das schaffen bestenfalls panzerbrechende Waffen.«

»Richtig«, sagt Poinzer befriedigt. »Bliebe eigentlich nur noch die vage Möglichkeit, daß der Schuß früher, also etwa zehn Meter vor dem Kipper getroffen hätte. Aber dann ist nicht einzusehen, wie und warum der Korb erst noch so weit geschwenkt wurde. Obwohl, das will ich durchaus nicht abstreiten, auch das nicht unmöglich sein kann. Aber, und das spricht nun wieder dagegen, dann hätte eigentlich unser Freund Fink, der ja in seinem, wie er sich ausdrückte, Freiluftklosett die Fettpresse füllte, mit Sicherheit etwas mehr sehen müssen als nichts. Die Bude wäre dann ziemlich nahe an der Schußrichtung gewesen.«

Nach einer Pause sage ich schließlich ergeben: »Na, dann werde ich mal rüberfahren, nicht?«

»Aber seien Sie vorsichtig«, rät mir Poinzer.

»Warum? Hier wird doch nicht dauernd geschossen!«

»Das wohl nicht, aber ... sehen Sie, daß wir auch Freitag verdächtigen, ist ganz normal. Aber es ist noch nicht einmal das schlimmste. Viel schlimmer ist nämlich, daß der Rinderstall gut und gern vierhundert Meter vom Bagger entfernt ist, verstehen Sie? Es dürfte doch wohl recht schwierig sein, aus einer solchen Entfernung, dazu noch bei einbrechender Dämmerung, einen gezielten Schuß genau anzubringen. Auf deutsch: Auf den Hintern zielen und ihn auch noch treffen. Dazu mit einem vermutlich nicht erstklassigen Gewehr und ziemlich alter Munition, nicht wahr? Und außerdem: Woher sollte Freitag geahnt haben, daß sich der Bagger gerade in diesem Augenblick linksherum drehen würde, wie? Er schwenkte doch immer nach rechts, und während dieses Arbeitsganges hätte er doch Höhne nie von der Seite sehen können, nicht wahr?«

Ich finde das einleuchtend und nicke auch schon vorlaut, da sagt Ohlig mit geradezu scheußlicher Sachlichkeit: »Aber von vorn immer.«

Eine knappe halbe Stunde später sitze ich mit Oberleutnant Poinzer ziemlich unglücklich im Wagen, der die paar hundert Meter bis zu Freitags in einer Zeit schafft, die mir selbst für eine Galgenfrist zu kurz erscheint. Ich habe das verdammte Gefühl, daß wir auf eine Premiere zusteuern, die mir herzlich wenig gefällt.

Ich habe inzwischen ermittelt, daß Karl Freitag gestern tatsächlich erst nach halb fünf den Rinderstall verließ. Und was noch schlimmer ist, er war ganz allein in einer abgesonderten Abteilung, und obendrein gehen die Fenster der angeschlossenen Futterkammer auch noch in Richtung auf die Baustelle.

Heute aber ist er zu Hause, und er reagiert genau, wie ich es vorausgesagt habe. Er spielt verrückt. Nach den ersten Sätzen deutet Poinzer mahnend nach nebenan, wo noch immer der kranke Junge liegen dürfte.

»Ach was!« polterte Freitag, ein hagerer Vierziger mit zerfurchten Gesichtszügen und ungewöhnlich klobigen Händen. »Soll er's ruhig hören! Dann weiß er wenigstens gleich Bescheid, wie's im Leben zugeht. Und das andere kann er erst recht hören, und ich wiederhole, ich habe im Stallgang gesessen und auf den Tierarzt gewartet. Und zwar allein, weil erstens nicht mehrere wegen einer kalbenden Kuh herumsitzen müssen und zweitens, weil kaum noch jemand da war.«

»Und als der Tierarzt kam?«

»Bin ich gegangen, was sonst? Der Brigadier kam ja mit ihm, was sollte ich noch? Und damit Sie auch das noch wissen, ich bin gleich hinten über die Felder. Da lang!« Er deutet fahrig und wütend aus dem vorderen Küchenfenster hinüber zu den Lichterreihen des Rinderstalles, den man gut sehen kann.

Bärbel sitzt blaß am Küchenherd und starrt Poinzer seltsam an, seit er in der Küche steht. Irgend etwas gefällt mir nicht an ihrem Gesicht, ich weiß nicht, ist sie erschreckt oder ungläubig, oder hat sie einfach Angst vor dem, was hier vielleicht passieren kann.

»Aber den Höhne kennen Sie doch, wie?« fragt Poinzer, der Karl Freitag nicht aus den Augen läßt.

»Der Strolch!« Freitag sieht dabei wütend auf seine Tochter, die irgendwie verlegen den Kopf senkt und doch leise bittet: »Aber ... Vati, bitte!«

»Strolch, sage ich. Und das meine ich auch. Der – und genauso der andere. Einer von beiden ist ein ganz verdammter Lump. Und du ...«, wendet er sich wieder an Bärbel, »du solltest dich schämen! Tag und Nacht. Hergelaufene Kerle und gleich mit ins Bett, pfui Deibel!«

»Stop!« unterbricht Poinzer scharf. »Erstens gehört das hier nicht her und zweitens – vielleicht denken Sie mal gelegentlich an Ihre eigene Jugend zurück. Oder denken Sie eventuell auch mal daran, daß das Mädchen jetzt alles andere als Vorwürfe gebrauchen kann. Klar?«

»Das ist ja wohl meine Sache«, faucht Freitag zurück, angelt dabei eine dreiviertel volle Wodkaflasche aus dem Kühlschrank und nimmt einen kräftigen Schluck gleich aus der Flasche. »Jawohl, meine Sache. Oder wenigstens unsere Sache. Und wenn Sie sich schon so ausgiebig um unser Wohlergehen kümmern – vielleicht können Sie so nebenbei aus dem verstockten Ding da herausbringen, wer von den beiden Ganoven denn nun eigentlich der ... na ja! Einer kann's ja schließlich bloß gewesen sein, was?«

Aber da springt plötzlich Bärbel auf und schreit, wütend, empört oder einfach nur, weil sie endlich einmal nicht ganz allein ihrem Vater gegenüber steht: »Damit du es ganz genau weißt – keiner von den beiden war's!«

»Ach?« brüllt Freitag unbeherrscht und knallt die freie Hand auf den Küchentisch, »die unbefleckte Empfängnis Maria, was? Vielleicht biste nun auch noch 'ne Heilige?«

»Ruhe, zum Donnerwetter!« donnert Poinzer dazwischen, während Ohlig still und leise die höchste Sprosse meiner Achtung erklettert. Er nimmt das Mädchen behutsam an den Schultern und fragt fast zärtlich: »Wollen Sie nicht lieber nach nebenan gehen? Wir werden den jungen Mann da schon beruhigen.«

»Mit'n Gummiknüppel, was?« mault Freitag, aber vorsichtshalber leise und verlegen lachend.

Bärbel schluchzt vor sich hin, schüttelt aber zu dem Vorschlag Ohligs den hübschen Kopf und sagt traurig: »Was Vater bloß denkt! Als wenn ich so eine bin ... Ich habe doch gar nichts mit den beiden gehabt, jedenfalls nicht so ...«

Jetzt endlich ist auch Ohlig einmal etwas durcheinander. »Ja, aber«, sagt er verdutzt, »entschuldigen Sie, aber wer ... ich meine, so von allein ...« Nun verheddert er sich auch noch, was aber bei einer so delikaten Frage noch verständlich ist. Außerdem lehnt sich Bärbel plötzlich fest an ihn, als wollte sie demonstrieren, wer denn nun der richtige Sünder sei. Ohlig steht recht unglücklich dabei und pustet sich Bärbels Haare aus seinem Gesicht.

»Das ist es ja«, flüstert sie dann, »es glaubt mir doch niemand!«

»Was?« schreit Karl Freitag, und er sieht tatsächlich unglücklich aus, »etwa noch ein anderer? Mensch, ich mache aus dir ...«

Weiter kommt er nicht. Noch ehe wir sozusagen amtlich eingreifen können, reißt sich Bärbel aus den Armen des kleinen Leutnants, steht da wie die Rachegöttin persönlich und schreit ihren Vater an.

»Damit du es ganz genau weißt, ich habe überhaupt mit keinem anderen ... das war doch damals bloß, weil Herbert nicht mit zum Tanzen wollte! Ich bin doch nur aus Ärger allein gegangen. Aber da waren die Bauleute, und die können auch ganz nett sein, wenn sie wollen. Und der Kurt, der Höhne, tanzen konnte der! Bloß später, da wurde er frech, aber Herbert hatte überhaupt keinen Grund, den Beleidigten zu spielen! Und der Pohl, der wollte mich dann trösten, wie er es nannte. Aber solchen Trost brauche ich nicht ...«

Nun kommt sie auch nicht weiter. Ihr Schluchzen klingt zwar wieder ein bißchen nach Theater, aber Poinzer nutzt klug die Chance. »Und wer ist nun wirklich der Vater, Fräulein Bärbel?«

»Wer?« fragt sie zurück und sieht sich traurig um. »Wer schon! Herbert natürlich!«

Papa Freitag glotzt und läßt vor Verblüffung beinahe die kostbare Wodkaflasche fallen. Er glotzt, als hätte Bärbel nun tatsächlich einen Heiligenschein.

»Aber, Kind«, sagt er dann und recht zaghaft, »warum um Gottes willen hast du das nicht längst gesagt? Und warum auch ihm nicht?«

Bärbel schüttelt den Kopf und lehnt sich wieder an Ohlig, ehe sie ziemlich bestimmt sagt: »Weil er mir das ja doch nicht mehr glaubt.«

Und dann fühle ich mich plötzlich in ein Theaterstück versetzt. Die Tür geht nämlich auf, und wie eingerahmt steht plötzlich Herbert Hinze auf der Schwelle und sagt laut, damit es auch alle hören: »Doch, ich glaube es!«

Das Theaterstück geht für die nächsten Minuten in einen beeindruckenden Stummfilm über. Bärbel verschmäht jetzt natürlich den kleinen Ohlig und lehnt, ganz glückliche Jägersbraut, an der Brust, an die sie hingehört. »Happy end«, murmelt Ohlig nach einer ganzen Weile und sieht fragend Poinzer an, als wolle er für einen vorübergehenden Rückzug plädieren. Aber Poinzer schüttelt entschlossen den Kopf und beobachtet nachdenklich Papa Freitag, der geistesgegenwärtig die Sachlage zu seinen Gunsten nutzt. Er füllt nämlich Schnapsgläser randvoll. »Na ja«, macht Ohlig, »einen Erfolg haben wir ja schon.« Dabei deutet er grinsend auf das Paar am Küchenherd. »Bloß«, sagt er dann bedauernd, »das war ja nicht unser Auftrag, was?«

»Genau«, antwortet Poinzer und beendet fast brutal die Szene, als er laut sagt: »Und trotzdem muß jemand auf Höhne geschossen haben!«

Ich glaube nicht, daß er mit dem Erfolg gerechnet hat, der sich nun einstellt. Herbert Hinze dreht sich halb um, ohne seine Bärbel freilich loszulassen, und sagt sehr ernst und deshalb ziemlich wirkungsvoll: »Ich war es!«

Poinzer mustert ihn mitleidig und macht spöttisch: »Ach?«

»Sie glauben mir wohl nicht? Bitte ... ich habe doch geschossen! Weil ich dachte, na ja, was sollte ich auch sonst denken?«

»Das ist mir egal«, knurrt Poinzer und gar nicht mehr sehr friedlich. »Mich interessiert dann, wie sie es angestellt haben!«

»Ganz einfach«, sagt Herbert etwas hastig. »Beinahe so, wie Sie es von Anfang an gedacht haben. Ich stand am Ufer, das heißt, genauer gesagt, ich lag auf dem Bauch, sah die beiden, die ich so gut leiden konnte, und schoß eben. Auf Höhne, weil ich den besser ins Visier bekam. Das ist alles.«

»Sie lesen wohl zu viel Jägerromane von Ganghofer, was?« Poinzer grinst jetzt sogar abfällig. »Und wenn ich Sie jetzt noch so nebenbei ersuchen würde, mir die Tatwaffe zu zeigen, dann haben Sie die vermutlich irgendwo ins Wasser geschmissen, wie?«

»Genau.«

»Und wo, das haben Sie natürlich inzwischen vergessen, nicht wahr?« Poinzer schüttelt den Kopf und beendet die Einlage sarkastisch. »Beschäftigen Sie sich lieber mit den Hochzeitsvorbereitungen, junger Mann.«

Karl Freitag hat inzwischen fast unbemerkt, dafür aber sehr entschlußfreudig vier der sechs gefüllten Schnapsgläser geleert. »Und Sie«, wendet sich Poinzer unvermittelt an ihn, »Sie feiern wohl schon Polterabend – oder brauchen Sie etwas Mut, wie?«

»Mut? Wozu?«

»Sie können doch mit Waffen umgehen, nicht wahr?«

»Und ob«, grunzt Freitag zustimmend. »Ich hatte damals sogar die Schießschnur beim Barras.«

»Sieh mal an«, sagt Poinzer, »und Sie sind auch sicher, daß Sie gestern halb fünf den Rinderstall verließen? Um nach hier, nach Hause zu gehen?«

»Absolut.«

»So«, sagt Poinzer auch dazu und dreht sich Bärbel zu. »Eigentlich müßten Sie das ja bestätigen können. Sie waren doch längst hier, nicht wahr?«

»Ja, aber«, Bärbel zögert unsicher, »gesehen habe ich Vater erst um fünf. Ich war im Stall, meine Arbeit ...«

»Also nicht«, stellt Poinzer sachlich richtig. »Und wenn ich mich recht erinnere, mit Waffen können Sie auch umgehen, wie?«

Ich weiß nicht, was sich Poinzer von seiner Fragerei versprochen hatte, dieses Resultat wahrscheinlich nicht. Bärbel sieht ihn an, als begreife sie erst jetzt, daß sie auch in den Kreis der Verdächtigen einbezogen ist. Dann aber reißt sie sich ungestüm von Herbert los, stürzt zur Flurtür und schreit unter Tränen, ehe die Tür von außen zuknallt: »Aber doch nicht mit einem Karabiner!«

Zehn Minuten darauf stampfen wir wieder einmal durch Nacht und leichten Nebel. Poinzer hatte darauf verzichtet, der werdenden Mutter hinterherzurennen und sie zu fragen, woher sie wußte, daß der Schuß mit einem Karabiner abgegeben wurde. Das Mädchen mußte erst einmal zur Ruhe kommen, dann wollten wir noch einmal mit ihr sprechen. Trotzdem beschäftigten wir uns jetzt schon mit den Möglichkeiten, woher sie es erfahren haben konnte. Ohlig fragte mich nach meiner Meinung.

»Vom Schützen weiß sie es«, sage ich beklommen. »Nur, wer war der Schütze. Etwa sie selbst?«

»Kaum«, knurrt Poinzer, der dicht vor mir geht. »Im Augenblick ist sie doch die einzige, der auch nur die Andeutung eines Motivs fehlt, gleich ob für einen saftigen Denkzettel oder für weitaus schlimmeres. Immerhin wußte sie doch sehr genau, daß sich weder Pohl noch Höhne ernsthaft rühmen konnten, mit ihr intim verkehrt zu haben?«

»Bleibt eigentlich nur der Herr Papa, oder?«

»Ja«, sagt Poinzer, aber ohne rechte Überzeugung. »Wer bleibt sonst übrig? Welcher andere mögliche Attentäter wäre mit ihr so eng befreundet, daß er ihr derartig gefährliche Geheimnisse verraten hätte, wie?«

»Dann hätten sie uns aber eine hübsche Komödie vorgespielt!«

»Vielleicht ...?«

»Und Hinze?« frage ich.

Poinzer dreht sich zu mir um, und trotz der Dunkelheit scheint mir, daß er ironisch grinst. »Hinze! Mann! Sie wissen doch so gut wie ich, daß er am anderen Ufer stand. Oder lag, wie er behauptet. Nee, nee, sein Auftreten roch verdammt nach Selbstbezichtigung.«

Ein Weilchen latschen wir schweigend durch den Morast. Unser Ermittlungsplan sieht noch einen Besuch bei Fink vor, Fink, der die Fettpresse bedient. Wir wollten ihn fragen, ob er gestern einen Mann gesehen hat, der vom Rinderstall her über den Acker marschierte. Er müßte ihn nämlich mit Sicherheit gesehen haben, den Herrn Freitag. Kurz nach halb fünf war Fink ja schon in der Dienststelle, nicht war? Fink wäre nämlich der einzige, der Freitags Zeitangabe bestätigen könnte, da Bärbel ja erst gegen fünf ihren Vater sah.

»Und wenn er ihn gesehen hat?« fragte ich den Oberleutnant.

»Dann, lieber Freund«, sagt Poinzer, »dann werden wir gemeinsam einen ganzen Rinderstall umkrempeln. Dann nämlich hätte Freitag keine Zeit mehr gehabt, die Waffe außerhalb zu verstecken. Es sei denn, er hätte sie bei sich getragen. Aber das ist ziemlich unwahrscheinlich, und außerdem müßte das auch Fink gesehen haben. Vorausgesetzt freilich, Fink hat ihn überhaupt gesehen. Folglich müßte die verdammte Flinte eigentlich noch im Rinderstall stecken.«

Wir stiefeln auf die Lichtstreifen zu, die den Standort von Finks Bude schräg vor uns verraten. Vorweg stampft Poinzer, den Mantelkragen hochgeschlagen wie ein Filmkommissar.

»Beeilen wir uns«, mahnt Ohlig und deutet dabei auf den Bagger. »Wie ich hörte, ist so ein Klotz aus raffiniert zusammengesetzten Stahlteilen zu mehr nütze als bloß zum Herumstehen.«

Poinzer nickt dazu energisch und murmelt befehlend: »Bißchen leise jetzt. Scheint so, als säße Fink auch noch am späten Abend und füllte diensteifrig Fettpressen!«

Es scheint nicht nur so, es ist auch so. Wenigstens ersteres. Fink sitzt auf einem Diesel- oder gar Benzinfaß, aber er füllt weder Fettpressen noch etwas anderes. Er zeigt uns den Rücken, stöhnt und scheint schwer beschäftigt, angestrengt beschäftigt zu sein.

Er läßt vor Schreck zwei Kombizangen fallen, als Poinzer hinter seinem Rücken trocken, aber auch sehr scharf fragt: »Na, Fink? Ist noch Pulver drin?«

Er ist gerade dabei, von einem Infanteriegeschoß den Kopf von der Patronenhülse zu trennen.

Natürlich haben wir ihn mitgenommen. Ihn und noch neun verdammt gut erhaltene Patronen. Unterwegs wollte er zwar immer zu beschwörenden Erklärungen ansetzen, aber Poinzer verwies ihn auf gewisse Dienstvorschriften, besonders auf protokollarische.

Wir haben einen aufgebrachten Fink vor dem Schreibtisch sitzen. »Nee, nee, Chef!« redet er unentwegt auf Poinzer ein. »Wirklich, ich habe das Zeug doch nur gefunden! Genau zehn Stück, in Ölpapier eingewickelt! Und ... und wie das so ist, ich wollte doch bloß mal probieren, ob die Dinger noch brauchbar sind!« Und dann zum zehnten Mal wohl die beschwörende Versicherung: »Klar, daß ich die Dinger dann bei Ihnen abgeliefert hätte!«

»So, so! Klar auch noch! Selbstverständlich und ganz vorschriftsmäßig wollten Sie die Patronen abliefern – bis auf eine, nicht wahr? Ein Gewehr haben Sie wohl zufällig nicht noch gefunden?«

»Aber wie denn ... also ich schwöre bei ...«

»Und wie kam es zum zufälligen Finden?«

»Sagte ich doch schon, Meester! Gefunden, wie ich das Loch da buddelte!«

»Als ich buddelte«, korrigierte Ohlig und spottet dann: »Und natürlich haben Sie gebuddelt, weil Sie den Baggerausfall ausgleichen wollten, wie? Wegen der Planerfüllung!«

»Mann!« Fink sieht den kleinen Leutnant nervös an. »Soll ich denn etwa den Bagger nehmen, wenn ich bloß 'n kleines Loch brauche? Außerdem haben sie unsern ›Roboter‹ ja gesperrt, nicht? Ich wollte ja kein Erbbegräbnis anlegen? Ein Loch brauchte ich, verdammich – aber Sie sind eben nich vom Fach. Das isses.«

»Und was hat das mit Fachkenntnissen zu tun?«

»Ganz einfach! Ich brauchte das Loch, um die Ölkanne reinzustellen. Nämlich, das ist so: An sich hat man ja 'ne Pumpe zum Abfüllen, nich? Aber meine ist erstens nich Qualität ›Kuh‹ und zweitens habe ich man bloß eine. Und dauernd in den Fässern hin und herstecken, mal ins Öl, mal in 'nen Diesel und mal ins Waschbenzin, kalter Kaffee, nich? Und da buddelt man sich eben ein Loch, darüber rollt man das volle Faß, und ins Loch kommt der Eimer. So haben's vielleicht schon die alten Jermanen jemacht, aber klappen tut's trotzdem. Das Faß dreht man gefühlvoll, bis die Brühe in den Eimer läuft, und kullert es wieder zurück, wenn's genug ist. Is doch ganz einfach, nich?«

»Und dabei fanden Sie die Patronen, säuberlich in Fett und Ölpapier gewickelt?«

»Genau!«

»Und der gestrige Zwischenfall hat Sie scheinbar so wenig beeindruckt, daß Sie mit Zangen an scharfe Munition herangingen?«

»Na ja, man will doch auch mal wissen, was denn da dran ist, wenn's dauernd heißt, man soll das Zeug nicht anfassen. Kann man sich doch eigentlich nich vorstellen, daß der Krempel tatsächlich noch immer losgehen kann, nich?«

Poinzer schüttelt fast verzweifelt den Kopf. »Wenn Sie einen Schraubstock in der Nähe gehabt hätten, wären Sie wohl auch noch mit Hammer und Spitzdorn rangegangen, was?« Und dann sehe ich den Oberleutnant erstmals wütend, er brüllt sogar: »Und das alles zwischen Diesel und sogar Benzin! Explosionsgefährdete und wunderhübsch brennende Flüssigkeiten! Da hätte für die Bestattung Ihrer Reste sogar Ihr Eimerloch genügt – oder es wäre noch zu groß gewesen!«

Fink glotzt ausgesprochen unglücklich und rutscht fleißig auf seinem Stuhl hin und her. Poinzer beruhigt sich zu seinem

Glück ziemlich rasch und fragt dann kühl-sachlich: »Sagen Sie, ist an der Stelle, wo ihre luftige Bude steht, früher auch schon gebaggert worden?«

Fink nickt sehr bereitwillig. »Klar, so vor drei Wochen. Hat sich ja kaum gelohnt, wissen Sie, aber man will ja keine Mondlandschaft hinterlassen, nich? Und Kurte, was der Höhne ist, der kann schon baggern! Der macht aus'n Weinberg einen Fußballplatz, da kennt er nischt.«

»Soso«, macht Poinzer wieder einmal und sagt überraschend zu Fink: »Warten Sie doch mal draußen!«

Danach bin ich dran. »Von Ihnen möchte ich in Kürze hören, wem der Acker, oder was immer der Hügel draußen früher war, gehörte, ehe die Genossenschaft gegründet wurde. Vor allem, wem das Stück bei Kriegsende gehörte.« Und dann nachdenklich, aber doch logisch: »Ölpapier und sorgsam eingefettet – das hat kein Krieger auf der Flucht verloren. Das dürfte eher ein gläubiger oder vielmehr ungläubiger Nazi für alle Fälle vergraben haben, was?«

Ehe ich mich auf den Weg machen will, frage ich vorsorglich noch: »Und der Fink draußen? Mein Flur – also da kann ein Blinder ohne Schwierigkeiten türmen!«

»Warum soll er?« fragte Poinzer. »Oder meinen Sie, er war das, gestern? Ich halte das für ausgeschlossen. Erstens wäre dem Höhne ein aus dieser kurzen Distanz abgefeuertes Geschoß aus der anderen Hälfte Gesäß wieder herausgefahren und zweitens – er müßte dann auch noch mit Bärbel Freitag eng befreundet sein.«

»Halte ich auch bestenfalls für einen Wunschtraum des munteren Munitionsprüfers«, mischt Ohlig wieder mit.

In diesem Augenblick entsteht auf dem Flur Unruhe, Füße scharren, Schritte trappeln, und ich denke gerade: Jetzt ist der Fink doch getürmt.

Im gleichen Augenblick klopft es zaghaft, und ich sage schnell: »Herein!«

Die späten Gäste sind Bärbel und Tilo Freitag.

Der Junge sieht wirklich elend aus, ganz gesund ist er jedenfalls noch nicht. Bärbel blickt Oberleutnant Poinzer bittend an, ihre hellen Augen flehen: Sei nicht zu hart mit uns.

»Na?« sagt Poinzer und deutet auf den Stuhl vorm Schreibtisch. Er wirkt wie ein Lehrer, als er dem Jungen befiehlt: »Setzen!«

Aber der Bengel, der sonst wohl die große Schwester ärgerlich und großartig von sich drängen würde, bleibt stehen und hält sich krampfhaft an Bärbels Hand fest.

»Papa ist schuld«, sagt Bärbel hastig. Poinzer hebt unentschlossen die Schultern und murmelt: »Möglich.«

»Wirklich«, beteuert Bärbel und schubst den Jungen etwas in den Vordergrund. »Nun rede doch, hilft doch nichts.«

»Ich ... ich ...« Aus. Der Junge fängt tatsächlich an zu heulen, Poinzer schüttelt den Kopf, und Ohlig vermittelt, indem er den Jungen an beiden Schultern faßt und wie ein großer Kumpel sagt: »Immer raus damit. Hat sie recht, die Bärbel, da hilft nichts. Und hatten wir den Mut zu einem gefährlichen Spaß, müssen wir auch jetzt welchen haben. Das ist im ganzen Leben so. Schadet gar nichts, wenn du das jetzt schon begreifst, nicht wahr?«

»Er kann doch nichts dafür«, behauptet Bärbel mit einer Eindringlichkeit, als sei sie Tilos Mutter. »Er hat es eigentlich nur gut gemeint.«

Poinzers ironisches ›Ach‹ ist unbedingt fällig. »Immerhin aber eine recht eigenartige Methode, jemandem sein Wohlwollen zu beweisen, indem man ihm eine Kugel in den Hintern jagt, was?« Und dann wird er doch etwas ärgerlich. »Und überhaupt, auch wenn es dreimal gut gemeint war – das Resultat ist entscheidend, verstanden? Man wird und kann immer nur die Taten des einzelnen beurteilen, nicht aber seine Absicht, falls sich Absicht und Ergebnis so wenig decken wie in diesem Fall.«

»Aber, er wollte doch gar nicht auf Höhne schießen!« Bärbel schluchzt nun auch wieder. »Das passierte doch alles bloß, weil Papa immerzu geschimpft hat. Jeden Abend, seit er wußte, daß ich ...« Sie zögert und schielt verlegen auf den kleinen Bruder, obwohl der fast so groß ist wie sie, und ich denke gerade noch, daß heutzutage die Kinder immer länger werden, ehe Bärbel diplomatisch endet: »Na ja, seitdem ging das eben so.«

»Was ging eben so, Fräulein Bärbel? Was war so schlimm, daß man sich einfach eines gefundenen Karabiners bediente und auf Höhne schießen mußte?«

»Aber doch nicht auf Höhne! Warum denn auch? Das war doch ganz anders, Herr Oberleutnant! Papa ... Sie wissen ja, wie poltrig er ist, stundenlang schimpfte er über die beiden, über Pohl und Höhne. Alles hat er ihnen gewünscht, weil ... weil ... vor allem dem Pohl. Denn der hat immer damit herumgeprahlt, daß er mich ...« Es sieht hübsch aus, wie sie nun rot anläuft und zapplig an den Haaren herumdrückt. »Sie wissen schon, nicht? Blöder Kerl, der Pohl, meine ich ... und Papa ... Wir konnten doch die Baustelle vom Küchenfenster aus gut überblicken, na ja, und da hat er eben den beiden da oben alles mögliche gewünscht, nur eben nichts Gutes. Höhne hätte schon dreimal mit seinem Bagger umkippen müssen, wenn es nach Papa gegangen wäre. Und Pohl sollte jeden Tag fünf Reifenpannen haben, am besten immer mitten im Schlamm und an den Vorderrädern, damit er nicht noch aufs Trockene fahren konnte.«

»Und Tilo hat das alles mit angehört, wie? Und wollte ihm offenbar den Gefallen mit der Reifenpanne tun?«

»Ich weiß nicht, eher wohl ...« Sie bricht ab und schickt einfach den Jungen hinaus auf den Flur: »Geh mal einen Moment raus – aber lauf ja nicht fort, hörst du?«

Ich habe selten jemanden mit solcher Geschwindigkeit aus meinem Dienstzimmer verschwinden sehen. Bärbel lächelt sogar etwas anerkennend, ehe sie wieder zu Poinzer sagt: »Also, ja ... er muß sich das ganz einfach sehr zu Herzen genommen haben, verstehen Sie? Weniger wegen der beiden, als wegen mir. Obwohl, ich weiß nicht einmal, ob er überhaupt schon begriffen hat, um was es eigentlich ging. Vielleicht wollte er auch wirklich Papa einen Gefallen tun, vielleicht mich rächen, vielleicht war's auch alles zusammen. Die Jungens haben ja manchmal so Ideen, nicht wahr?«

»Haben Sie«, bestätigte Poinzer trocken. »Und die Kenntnisse im Umgang mit Waffen, die hat wohl der Verlobte und baldige Vater vermittelt, wie?«

»Nun ja, Jungens interessierten sich nun mal dafür. Soldaten spielen, schießen, am liebsten noch Raketen. – Aber schießen hat ihn Herbert nie lassen«, setzt sie eiligst hinzu.

»Das wäre ja auch! Übrigens, wo ist der Karabiner jetzt?«

»Bei uns, hinten im Garten, in der alten Laube.«

Es dauert fast drei Stunden, ehe wir wieder bei mir eintreffen. Und wir haben einen mächtig zerknirschten Karl Freitag zurückgelassen. Oberleutnant Poinzer hat ihm verdammt harte Sachen an den Kopf gepfeffert, in Worten, versteht sich.

Jetzt steht der Karabiner, in dessen Kammer ein Schuß fehlt, harmlos und etwas schäbig an meinen Rollschrank gelehnt. Das heißt, schäbig ist nur der halbverfaulte Kolben, sonst ist das Ding noch gefährlich funktionssicher.

»Jetzt einen anständigen Kaffee«, sagt Ohlig und sieht mich ausgesprochen freundlich an. »Kinder, wäre das eine Wohltat, was?«

»Genehmigt«, sage ich großartig und gehe hinüber in die Küche zu meiner Frau. Ich höre aber noch ganz gut, wie Ohlig hinter mir herspöttelt, daß ich wohl ganz froh sei, weil sich nun doch kein wild um sich schießender Meuchelmörder im Dorf betätigte. Auch Poinzers Antwort bekomme ich noch mit, schon, weil ich darauf neugierig bin und die Tür nur anlehne.

»Mit Recht«, sagt er entschieden. »Mir fiel es von Anfang an schwer, daran zu glauben.« Als ich mich leise verkrümeln will, fährt er nachdenklich fort: »Wie sich alles verändert hat, wie? Früher sollen sich ja Kriminalbeamte nach sogenannten schweren Fällen gesehnt haben, um ihre Tüchtigkeit zu beweisen. Schon wegen der Beförderung, vom Ruhm und der Pension ganz zu schweigen. Und heute?«

Als ich mit dem Kaffee komme, bestimmt Poinzer und

reibt sich zufrieden die Hände: »Wir werden die belebende Wirkung, auch wenn sie zum Teil nur eingebildet ist, für das fällige Abschlußprotokoll nutzen, was?«

Ohlig ist gänzlich anderer Meinung und räumt nur ungern seinen Sessel am Kachelofen. Aber ich kann ihn sogar verstehen, weil er nun an die Maschine muß. Er seufzt vernehmlich, als er die Bogen in die Walze rädert.

Und weil mich noch interessiert, wieso Poinzer eigentlich den Tilo schon ein bißchen in Verdacht hatte, frage ich danach.

»Das war nicht besonders schwierig«, sagt Poinzer bereitwillig. »Nachdem ich wußte, daß auch dort gebaggert worden ist, wo Fink die Patronen fand – übrigens muß das Gelände gleich morgen gründlich untersucht werden –, müßte eigentlich auch Herr Freitag, dieser Unglücksrabe, als Täter ausfallen. Welcher erwachsene Mensch stöbert schon auf unergiebigen Baustellen herum? Noch dazu, wo er zwei von der Baustelle am liebsten vergiftet hätte? Jungens sind da anders. Für die hat natürlich ein Bagger etwas zu bedeuten, nicht wahr? Und wie schön, wenn sich noch etwas finden läßt. Zum Beispiel, wenn ein eingewickeltes Etwas, noch kaum sichtbar, direkt nach Entdeckung schreit.«

»Aber Tilo kannte doch von Herbert die Gefährlichkeit von Waffen, meine ich?«

»Schon, nur lockt Verbotenes bekanntlich am meisten. Zumal sich die meisten, siehe Finks Operation an scharfer Munition, keineswegs darüber im klaren sind, auf welches Spiel sie sich überhaupt einlassen. Nun ja, jedenfalls war schon klar, daß Bärbel kaum zur Selbsthilfe gegriffen haben konnte, nur, sie war schon zu Hause, als der Schuß fiel. Ich glaube ihr unbesehen, daß sie sich dabei wenig gedacht hatte. Erstens knallte es sowieso, und zweitens donnerte auch gerade ein Kipper vorüber.

Aber sie hat sehr schnell die Bedeutung des Vorfalls begriffen, als sie von Höhnes Schußverletzung hörte. Der Rest ist einfach. Bärbel weinte gestern morgen nicht aus unglücklicher Liebe, oder wenigstens nicht nur, sondern weil wir uns für Freitags zu interessieren begannen und aus Angst um ihren Bruder.«

Dann vergessen mich die beiden Genossen. Ich habe Muße darüber zu staunen, wie flink Ohlig auf meiner Maschine herumhämmert. Wenn das meine Frau hört, kann ich nicht mehr mit der üblichen Ausrede kommen, daß es an der Maschine liegen muß, wenn es bei mir so holprig geht.

»Was stehen Sie eigentlich hier so rum?« faucht mich plötzlich Poinzer an.

»Ja, aber ...«, stottere ich verwirrt und greife eiligst nach der leeren Kaffeekanne, doch bin ich damit auf dem falschen Dampfer.

»Hiergeblieben!« schnauzt er, aber wohl nicht ganz im Ernst. »Setzen Sie sich dort an den Tisch und entwerfen Sie umgehend einen geschliffenen Artikel für die Tageszeitung! Thema: Fundmunition und die eindringliche Warnung, daß solches Zeug miserables Spielzeug ist. Kann man gar nicht oft genug predigen.«

Ich will auf meine mäßige Begabung für höhere Wortkunst hinweisen, aber er läßt mich nicht zu Wort kommen.

»Haben Sie etwa keinen Stoff, wie? Mann, da kann man glatt einen Kriminalroman draus machen! Wenn jemand den linken Vorderreifen eines Kippers zerschießen will und dabei einem anderen in den Hintern trifft! Und bloß, weil der sich ausnahmsweise gerade einmal anders herumdrehte, als der Jemand daneben schoß! Hätte sich Höhne wie immer verhalten, also rechts geschwenkt, hätte er sich höchstens gewundert, warum sein Bagger plötzlich nicht mehr voll einsatzfähig ist.«

»Trotzdem ...«, wage ich einen letzten Bittgang.

»Beeilen Sie sich«, sagt Poinzer bloß, »ich will's noch lesen.«

Abschnittsbevollmächtigter, ABV Volkspolizist, der für die polizeilichen Aufgaben in einzelnen Straßen oder Wohngebieten zuständig war, vergleichbar dem Kontaktbereichsbeamten

ADMV Allgemeiner Deutscher Motorsport-Verband, 1957 gegründeter Verkehrsclub

Brigade Arbeitskräfte in einer Wirtschaftseinheit, allgemein gebräuchliche Bezeichnung in DDR-Betrieben

DEFA-Wildwestfilm Deutsche Film AG, kurz DEFA, das 1946 gegründete Filmstudio der DDR mit Sitz in Potsdam-Babelsberg, drehte etwa 700 Spielfilme und 2250 Dokumentar- und Kurzfilme, darunter keine »Western«, sondern in Abgrenzung zu diesem Genre die sogenannten Indianerfilme, die die Geschichte des »Wilden Westens« nicht aus der Sicht der Eroberer erklären

Eingaben gesetzlich verankertes Recht der Beschwerdeführung der Bürger bei den Volksvertretungen, ihren Abgeordneten sowie allen Staatsorganen, sozialistischen Betrieben und Institutionen

EMW Fahrzeug aus den Eisenacher Motorenwerken

FKK Freikörperkultur, in der DDR beliebte Form bei der Freizeitgestaltung an Ostsee und Binnenseen

Gagarin, Juri sowjetischer Kosmonaut, am 12. April 1961 mit dem Raumschiff Wostok 1 der erste Mensch im Weltall

GST Gesellschaft für Sport und Technik, paramilitärische Organisation, 1952 gegründet, 1990 aufgelöst, mit Schwerpunkt auf Ausübung technischer Sportarten wie Motor- und Schießsport

HO-Kommissionär die 1948 gegründete staatliche Handelsorganisation betrieb Unternehmen des Einzelhandels zum Teil auch mit Kommissionären

Jawa-Service tschechische Motorrad- und Automarke, 1929 gegründet, besonders Kleinmotorräder waren in den sechziger Jahren in der DDR verbreitet

Kaderunterlagen in den Kaderabteilungen der Betriebe geführte Unterlagen über jeden Betriebsangehörigen, vergleichbar Personalakten, in denen persönliche Daten, Arbeitszeugnisse, aber auch Verfehlungen festgehalten wurden

Kombinat Zusammenschluß einzelner VEB aus verwandten Produktionssparten zu größeren Struktureinheiten; geleitet wurde das Kombinat von einem Stammbetrieb aus, der meist der größte VEB im Verbund war

Konsumkaufhaus Kaufhäuser der Konsumgenossenschaft, neben der staatlichen Handelsorganisation (HO) die landesgrößte Handelskette

Krad Motorrad, Kurzwort aus Kraftrad

Lada sowjetische Automarke aus Togliatti an der Wolga

LPG Landwirtschaftliche Produktionsgenossenschaft, in Folge der 1952 beschlossenen Kollektivierung der Landwirtschaft vorherrschende Struktur.

MUK Mord- und Unfalluntersuchungskommission, später nur Morduntersuchungskommission

Nationale Front Zusammenschluß aller Parteien und Massenorganisationen sowie parteiloser Bürger unter der Führung der SED zur aktiven Teilnahme an gesellschaftspolitischen Prozessen

NAW Nationales Aufbauwerk, freiwillige und unentgeltliche Arbeitseinsätze zunächst zur Beseitigung der Kriegsschäden, ab 1952 organisiert von der Nationalen Front

PGH, Produktionsgenossenschaft verbreitete Form des genossenschaftlichen Zusammenschlusses von Handwerkern und Gewerbetreibenden

Sektorengrenze Aufteilung Berlins nach dem 2. Weltkrieg analog der Regelung für Gesamtdeutschland in 4 Sektoren; hier ist gemeint: Grenze zwischen sowjetisch besetztem Teil und den 3 Westsektoren, die bis zum Mauerbau 1961 passierbar blieb

Unternehmen mit staatlicher Beteiligung In der DDR existierte neben dem volkseigenen ein privatwirtschaftlicher Sektor. Der Anteil privater Unternehmen lag Mitte der 50er Jahre bei rund 15 % der industriellen Bruttoproduktion. Die staatliche Beteiligung sicherte die Einbeziehung in die sozialistische Planwirtschaft. 1972 erfolgte die Verstaatlichung von 2500 privaten und 5600 halbstaatlichen Betrieben; nur kleinere Handwerksbetriebe blieben privat

VEB Volkseigener Betrieb

VEB Minol für die Versorgung mit Kraft- und Schmierstoffen zuständig und Betreiber der Minol-Tankstellen

Volkseigentum Im Strafgesetzbuch der DDR (1974) waren »Straftaten gegen das sozialistische Eigentum» als gesonderter Straftatbestand ausgewiesen

Volkspolizei, VP Deutsche Volkspolizei, meist nur Volkspolizei, wurde im Juni 1945 in der Sowjetischen Besatzungszone zunächst als Länderpolizei gegründet. Sie unterstand dem Minister des Innern der DDR und war in Bezirksbehörden in allen Bezirksstädten und die VP-Kreisämter in den Kreisstädten gegliedert und bestand aus Schutzpolizei, Verkehrspolizei, Wasserschutzpolizei, Kriminalpolizei und Transportpolizei. Außerdem unterstand ihr das Paß- und Meldewesen. Um ihre militärische Gliederung als »bewaffnetes Organ« zu unterstreichen, trugen die Angehörigen der VP militärische Dienstgradbezeichnungen, z. B. Leutnant oder Hauptmann der VP

VP-Helfer freiwillige Helfer der Volkspolizei, interessierte Bürger konnten offiziell ehrenamtlich mitarbeiten, Ende der 80er Jahre gab es rund 177000 VP-Helfer

VPKA Volkspolizeikreisamt

Zweiundsiebzig Stunden Anspielung auf die CIA-gestützte Invasion von Exilkubanern gegen die Revolutionsregierung unter Fidel Castro am 17. April 1961, die innerhalb von 72 Stunden von den Kubanern abgewehrt wurde